6 第六卷

徐中玉 著 王嘉军 编

文集

徐中玉

华东师范大学出版社

徐中玉文集

第六卷　目　录

1

论文艺教学和语文问题

前　　记

　　这是我近年来在文艺教学过程中写下的有关文艺教学和语文问题的一些习作。

　　文艺教学问题,在文艺工作中或者教育工作中,都是占着非常重要地位的一个问题。今天,我们需要培养出大批的文艺战士,我们也需要通过优秀的文艺作品,向青年们进行生动的思想教育。为了要达到这个目的,就必须重视文艺教学问题,努力做好文艺教学工作。

　　我们当前的文艺教学,从内容到方法,无可讳言还存在着不少缺点。青年们一般都爱读文艺作品,苏联的和祖国的优秀文艺作品在培养青年具有热爱祖国、热爱人民、热爱劳动的崇高理想的工作上,的确已经产生很大的影响。可是这种影响却还不能说主要是由于文艺教学的力量,学校中的文艺课程还远不曾发挥出它应有的巨大作用。

　　要改进我们的文艺教学、提高我们文艺教学的质量,毫无疑问,并且也决不可能例外,我们必须虚心地、认真地向苏联先进的经验学习。我们的文艺教学自然是不能搬运苏联教材而必须结合着新中国的现实来自己编写,但在编写和教学这种教材时,苏联各种有关的文章和书籍,和他们在文艺学、语言学、教育学等方面的研究、成就,却是必须学习和吸取的。事实证明,那里很好地学习和吸取苏联的先进经验,那里的文艺教学工作就能获得迅速的进展,出现新的面貌。

　　本书中的大部分就是我在教学工作中学习苏联先进经验所积下来的一些记录。我们的文艺教学是进行马克思、列宁主义政治思想教育的一个重要组成部分,是要全面地、系统地、深入地从钻研实际问题中来逐步提高的长期工作。我在这方面的钻研体会还很肤浅,因此,我的这些记录只能算是对文艺教学的有关问题凭藉着苏联先进经验作了一些初步的整理和介绍工作,提供给同志们作教学和研究时的参考。

本书共分四部分:第一部分直接讨论文艺教学问题;第二部分讨论文艺修养问题;第三部分讨论文学语言和修改作品问题;第四部分讨论文艺批评问题。后面三部分的内容虽然不是直接讨论文艺教学问题,但这些问题实在都是文艺教学中的重要问题,如果我们对这些问题没有正确的认识和理解,教学就很难达成任务。

《列宁和语文问题》一篇,是我结合着文艺教学的需要从伟大的革命导师列宁的著作和有关列宁的著作中把一些和语文问题有关的资料辑录而成的。为了醒目起见,经略为分类,加上标题。但是,列宁的著作和有关列宁的著作介绍到我国来的目前还不够完全,我所读到的更少,所读到的著作也不敢说都能掌握要领,因此,这个辑录,还是一个很不完全的辑录,而且在摘取工作上和分类标题上,一定有不妥当的地方。不过我们还是可以从这个辑录中学习到列宁关于语文问题的许多丰富、精确的教导。从列宁的教导和他自己在语文的实践中,我们可以充分体会到他把语文作为一种"斗争和发展的工具"的看法和做法,而他之所以要这样看和这样做,则又非常明确是为了人民的利益和革命宣教工作的效果。

为了便于同志们作比较研究,在第一部分里附录了两篇文章:一篇是斯密尔洛夫的《为提高文学教学质量而努力》,这篇译文原是华东师范大学研究部发出的参考资料,是朱伯隆同志译的,国内尚未见有译文发表。我因为这篇文章对文艺教学和语文问题都有参考价值,征得研究部负责同志和朱同志的同意,作为附录。另一篇是普希金专家的意见,这是以苏联先进教育经验对我国语文教学实际的指导,更值得我们重视。介绍普希金专家意见的原文,是叶苍岑同志写的,分别发表在《人民教育》月刊一九五三年七月和十月号上,我因为这些意见对我国当前语文教学的帮助很大,征得叶同志的同意,节录要点,作为附录。(编按:本卷未收录)在这里我谨向他们致谢。

这本书中的文章绝大部分都曾在国内的期刊、报纸上发表过,这次收入,又都作了修改、补充或者重写。引文材料一般都注明出处,仅有很少一部分因引文书刊已失去,一时又不易找到,这些引注暂时只能从略。

希望同志们多多指教。

徐中玉

1954 年 5 月 12 日于华东师范大学中文系

第一部分　文艺教学问题

学习苏联经验，
改进文艺教学*

文艺教学的中心任务

今天我们学校的基本任务，是在对自然和社会发展的基本法则的科学地和深刻地了解的基础上，培养学生的马克思、列宁主义世界观，和社会主义的信仰与道德。因此，一切学科，都应当负起思想教育的重大任务，一切教师，不管他教的什么科目，都应当在教学中对学生进行思想教育。

在进行思想教育的这个巨大工作上，学校中的文艺教学在苏联一向被认作"以布尔什维克党和苏维埃国家的精神来培养学生的政治、道德的思想教育的有力工具"①，苏联的文艺教师也一向被认作在这方面是比之其他学科的教师负有更多的任务。

但强调文艺教学的思想教育任务，并不就是说除此之外文艺教学没有其他目的了。在论述各种学科的教育的与教养的意义时，凯洛夫这样指出：

在苏维埃学校里，文艺是教育学生热爱祖国、绝对忠实于苏维埃制度、决心为人民服务、为人民立功的强有力的工具。我们的文艺培养青年社会

---

* 原书按语：本文原载 1953 年 5 月 18 日《光明日报》。1954 年 3 月修改后收入本书。

① 1947 年 4 月 19 日俄罗斯苏维埃社会主义联邦共和国教育部专门委员会的决议《关于莫斯科列宁格勒学校中学生的思想政治教育的情况》。见金诗伯等译《苏联学生的思想政治教育》，联合出版社 1949 年 9 月出版。

主义的人道主义精神,同时使他们憎恨祖国底敌人。文学鼓舞着青年从事有利于社会的劳动,使他们趋向于崇高目的,培养他们高尚的道德与共产主义的思想性。

　　文艺能给学生以最深刻的、美的欣赏,培养学生底艺术兴趣和创作的能力。①

在这里,凯洛夫的意思就是说,文艺教学的目的,除了进行马克思、列宁主义的思想政治教育之外,还要负起"培养学生底艺术兴趣和创作的能力",以及进行审美教育的任务。

不消说,在文艺教学的各种任务中,思想政治教育的任务乃是最基本的任务。这种任务所以是"最基本的",除开马克思、列宁主义的思想政治本身对于社会主义建设事业,和人类无限光辉幸福的发展前途所具有的根本性质与决定意义之外,还由于文艺教学的其他任务都不可能离开它而真正完成。美的欣赏,艺术兴趣和写作能力的培养,只有在马克思、列宁主义的思想政治的基础上来进行,才不致走上错误的道路。因为文艺决不能离开政治而存在,而在新社会里,文艺的鉴赏和创作都不应该离开人民的利益和要求。当然美育也是培养共产主义思想和个性全面发展的有机部分。文艺教学的这些任务是彼此之间都有着极密切的联系,但作为其中心环节的则是马克思、列宁主义的思想政治教育。我认为,只有既能看到文艺教学的各种任务,又能看到其中贯串一切的中心任务,才可能在实际教学的过程中少走许多弯路。今天有些教师同志所以在文艺教学工作上还不免走了弯路,原因之一,就在于他们对文艺教学的目的任务还不明确,或者是自以为早已明确了,而在事实上却并未完全明确。

目前文艺教学中的缺点

在今天我们中学和大学里以选读作品为主要科目的文艺教学中,显然还存在着许多不合理的现象,有许多缺点应该赶快设法改进。

有这样一种情况:有人讲一篇描写解放后的农村青年男女在爱劳动的共同

---

　　① 凯洛夫《教育学》上册111页,沈颖等译,人民教育出版社1953年4月北京六版。(下引文同)

1631

认识下而恋爱的小说,为了要进行思想政治教育,他就把婚姻法找出来,让学生研究、讨论,并且还要"联系实际",端正学生的恋爱观点。另有一人讲一篇描写第二次世界大战以后,法国在反动的马歇尔计划的"美援"支配之下,人民的生活如何的困苦,工商业如何的不景气,美国统治者派遣的人如何的傲慢无礼的文章,为了要进行思想政治教育,他便把马歇尔计划的内容详详细细地加以讲解,甚至于把美国帝国主义援助蒋匪帮的资料也搜集了来。因此,一篇文章往往讲了两三个星期还没有讲完。就算讲完了,可是对于这篇文章本身却并没有说多少话。

也有这样一种情况:作品里表现了一个新的人物或英雄,于是为了要把学生培养成为具有新人或英雄的品格,教师就从中外革命领袖或教育专家的许多著作中去找来了有关英雄人物的定义,或特点的描写,排列了或归纳成若干点来详细向学生介绍,并根据了这些资料来评定这个人物的"够"或"不够";这样也可以把一篇文章的讲授时间拉得很长,可是对于作品中所表现的人物形象始终并没有作什么分析。

还有这样的情况:为了要培养学生的写作能力,教会他们运用名著中的语言和表现的方法,于是教师就把一篇文章划分成无数片段,一会儿讲章法,一会儿讲结构,一会儿又是句法语法,一字一句,多方赏玩,啧啧称叹。这一堂如此讲,下一堂还是如此讲,以为十分认真、切实。但对作品的整个思想内容却讲得十分模糊。

也还有这样的情况:讲完一篇作品,教师就忙于列举特点,例如关于思想的几点,人物的几点,语言的几点,结构的几点,加起来往往特点很多,看起来非常醒目,说得上有条不紊,但在这许多特点中究竟那些是最主要的,在这许多特点之间究竟有些什么关系,举出了这许多特点对学生理解本文究竟有多少帮助,却又不加说明,不去理会。

我以为,这些都是不合理的现象,都是应当赶快设法改进的。

很清楚,并不是不要把与课文有关的重要材料收集来向学生介绍,更不是不要进行思想政治教育。但是,第一,你既然是在教学文艺作品,就不能把本文搁在一边,反而把更多的时间去讲参考材料,这样做的结果会在那一方面都无收获;第二,这样的思想政治教育是从外面勉强加上去的,乃是一种十分枯燥乏味不能使人信服的说教,和从文艺作品内部出发来进行的生动感人的教育根本不同,不能有什么大的作用。

很清楚,并不是不需要向学生比较全面地介绍作为一个英雄人物应有的品格特征,但仅仅抽象地介绍这种品格特征,生硬地和作品中的人物加以比较,而不从具体地分析作品中所表现的人物形象出发,在艺术的分析讨论过程中使学生真切地体验和感受到英雄人物的崇高品质和可爱形象、以引起他们要仿效这个英雄人物的迫切情绪和真挚愿望,那么,要想把他们培养成为具有高尚品格的人物就只是一句空话。

很清楚,如果离开了作品的主题思想,离开了马克思、列宁主义的思想和政治,想仅凭一些公式化了的语文和修辞的常识,就教会学生写出好文章来,是不可能的。离开了主题思想,我们就无从判断语言文字的优劣,那时它们不过是一些没有生命的符号。离开了马克思、列宁主义的思想和政治,就会产生出极庸俗、甚至极反动的东西来,今天我们的文艺教学正要指出这样的作品是应该遭受人民的反对和排斥的。

同样的,那种胡乱列举特点的办法,也是多么无效,这样的列举,在貌似清晰的外表之下,实质上包含着极度的混乱。这种情况在苏联的某些教师中也发生过,曾被 B·普洛琴珂责难为这是“用筹码来计算的会计制度”。①

从以上这些不合理的现象中,可以归纳成为两点:脱离了作品的,不是从作品内部出发的思想政治教育;脱离了作品的思想政治内容的审美教育或写作教育。前者流于抽象、概念,说是文艺教学倒是把文艺的感人特点取消了;后者流于机械、形式,好像很具体,可是说了大半天对学生却并无用处。

我以为,所有这些不合理的现象,其所以产生的原因,都是由于对如何在文艺教学中进行思想政治教育和审美教育及写作教育,不够明确的缘故。

形象的体会和分析

高尔基这样指出:“文学是社会阶级和社会集团思想意识底形象表现,即情感、观点、意向、希望底形象表现。文学……是一切思想底最普及的和有效的宣传方法……文学用血和肉充沛着思想,文学所给予思想的明晰性和信念,比哲学或科学所给予的更大。”②在优秀的文艺作品里,总是流露着某种进步的倾

---

① B·普洛琴珂《苏联的语文教学》,家善译,见 1952 年 8 月 13 日上海《大公报》。
② 凯洛夫《教育学》,上册第 110 页引。

向,经常提出并试图解决生活中的类此主要问题,例如:做什么? 谁有过失? 我们应当爱和仿效谁? 恨和反对谁? 应该怎样生活和行动才能充分感受生活的幸福并成为有益于社会的人? 这就是说,在优秀的文艺作品的形象里,本来包涵着足够我们进行思想政治教育的思想内容,教师们正应通过对于作品中的形象的体会和分析,来揭露出这些思想内容,而进行思想政治的教育。只有认为在文艺作品的形象里,形象体系的互相关系和发展里,情节的进展和性格的逻辑发展里,在渗透全部作品的调子里,没有什么思想的人,才会离开了作品另外去找特殊的材料,说是"结合"却成了"替代"。这不但不是文艺教学,也是根本不理解文艺作品的特质和意义。

从形象的体会和分析中不但可以领会到作品的思想意识观点,并且能够使学生深切感受到这些东西,因而可以进一步理解,评定这些东西。这和外加的枯燥乏味的说教完全不同。

凯洛夫说:"艺术作品对于美感和判断之发展,具有决定性的意义。艺术作品表现着艺术家底情感、情绪、思想,然而这并非用抽象方法来表现的,而是以生动的形象表现出来的。……艺术作品底教育意义,首先就在于它们能使人们进入'生活内部',体验那反映在一定的世界观中的生活底片断。艺术家能把一个人在生活里所不能看到和注意不到的东西,清楚地表达出来,而人便知觉到那些前所未见的东西。在艺术作品中所知觉的东西跟以前体验过的、亲近的和亲密的东西之间的联系,就能加深知觉过程本身。"[1]这就是说,为了要从文艺作品中吸取教育意义,就必须从"体验"其中"生动的形象"入手,这才可以使学生进入"生活内部"。应当指出:这是最容易使学生感动和理解的方式。

但怎样才能做到这一点呢?

这就是创造性的叙述——读讲和具体的分析。

深刻地了解作品的最好办法之一,就是创造性地叙述它。所谓叙述,就是以讲故事的方式来讲解教材。教师选择了鲜明的、生动的教材,领导学生来进行叙述,在叙述的中间,对于作品中的主要人物的思想感情和行动,行动的环境(社会根据),事件和现象,都作生动清楚的讲解,使学生仿佛能用视觉直接领会到言语所叙说的东西一样。在这样的叙述中,不但要在学生的智慧方面发生作

---

① 凯洛夫《教育学》,下册第 361 页,沈颖等译,人民教育出版社 1953 年 4 月上海第二次印刷。(下引文同)

用,并且应该在他们的情感上、在他们的想像和意志上发生作用,唤起他们的爱与憎、愤恨或同情——以适合摆在教师面前的教育任务。①

读讲,就是通过教师或学生的朗读,和教师运用生动的语言,向学生传授他自己从作品中所获得的感受,以指导和帮助他们去体会作品中的形象。

莫斯科市教师研究所俄语与文学讲座教授Ｓ·Ａ·斯米尔诺夫曾说:"作品讲读占着我们工作底大部分。假如我们认为诵读的材料是第一流的作品,那么这种作品底艺术方面:色彩、形象、语言的生动,必须用这样的方式来教,即是要保证学生对美的了解。作品读得越好,学生就越能懂得和受它感染。列戈维也特教授说过,全部了解一个作品的最好的方法就是好好地高声诵读。作品一被高声诵读就成为好懂与易解了。"②他还指出:表情诵读的问题对教师在教育方面有巨大的意义,作品被不同地诵读就被不同地理解。事实上,好的诵读就能把作品中的精神、感情揭露出来,就可以使学生受到感染,并理解作品的思想感情和艺术特点,逐步养成说话和运用语汇的熟练技巧,留下深刻的印象。朗读原是我们文艺教学上传统的卓著成效的方法之一,这对学生有很多好处。教师虽或不可能马上都成为朗读文艺作品的能手(发音正确,感情充沛,能够充分表达出作品的精神、感情),但应当逐渐成为一个朗读的好榜样。使学生得以追随摹仿。

对于一篇文艺作品,学生不但要能了解其外表的和一般的意思,还要能理解作品中的主要意思。文艺教学中叙述——读讲的目的,就是使文艺形象对学生成为明显的和易于领会的东西,加强学生对于文艺形象的印象,帮助学生领会这一作品的主要思想,并了解它的优美地方。在叙述——读讲的过程中,教师必须以学生从自己经验中所获得的知识为凭藉,并从本人的深刻感受出发,传授并鼓舞学生的想像力,发挥学生的学习积极性。

文艺教师为什么要用种种方法帮助学生领会作品中的形象呢? 因为如果学生不能领会作品中的形象,教师就不能依据这个作品向他们进行各种教育,他们几乎就等于不曾接触到这个作品。但要学生领会作品中的形象,就需教师诱导,启发他们来感受作品中的形象。文艺教学永远应当培养学生的这种感受能力,而在培养他们善于"看",善于"听"的能力时,也就创造着那些为了扩大和

---

① 　凯洛夫《教育学》,上册第 161 页。
② 　Ｓ·Ａ·斯米尔诺夫《文学阅读教学上的思想政治教育》。

深入地认识现实世界的前提,不但要培养他们对于作品外形的领会能力,而且还要发展他们的印象底再现、分析、联想以及回忆以往体验的能力,正确掌握、鉴别被观察的对象中的一切的能力,和自己内在世界与人生观建立联系的能力。① 教师应当帮助学生从作品形象的感受中深刻体会主人公们的思想和感情,使他们自己也充满着强烈的情绪:一方面,从对于美的可爱的东西的感受中体会到快乐,并且用尽一切方法要把美的和可爱的东西努力实现在自己的行为和动作之中;另一方面,对于丑的可恨的东西则更感其丑和可恨,而引起他为消灭生活中的这种有害东西的坚强的努力。

发展学生的想像力,培养学生的感受能力,这也就是要发展他们的脑力活动,使他们逐渐能够独立地思维,发展他们宽广的眼界,养成独立掌握知识的能力,改善和扩充他们的全部智力、意向和兴趣。"先生讲,学生听"式的教学,不但枯燥乏味,而且还在抑制学生的智力,把他们培养成为一些盲目的,不加辨别的相信别人灌输给他们的一切的人物。这样的教学,在最好的场合,也只能使学生局限于一些已得的知识,而不能把它当作一把钥匙,去开启所有作品的大门。

创造性的叙述——读讲过程,或也可说就是在感性认识阶段上的分析和综合的过程。教师在着手读讲一篇文学作品的时候,应当首先使学生注意这篇作品中的形象的一般内容和意义,也就是说,先要概略地提供一个整个的形象,使它不但成为详细研究读讲对象的出发点,而且也是一个经常的背景,以后每一个别部分都在这个背景上被区别出来和被研究着的。

在这一方面,我认为 K·A·斯拉维娜教《真正的人》的经验已为我们供给了一个具体例证。② 作家鲍里斯·波列伏依在作品里描写了一个"真正的人"——阿历克赛·密烈西叶夫,教师斯拉维娜就要通过对于这个英雄形象的读讲讨论,使学生在体会感受了这个形象之后,深刻认识苏维埃人的性格,而培养他们自己也成为具有同样品质的新人。为了提供一个作为以后详细分析研究的经常背景,她的讲读是从这样开始的:

开始研究这篇小说,最好讲述《真理报》军事记者鲍里斯·波列伏依在

---

① 凯洛夫《教育学》,下册第 358 页。
② K·A·斯拉维娜《〈真正的人〉的教学经验》,廖序东译,见《中国语文》1952 年 11 月号。

奥辽耳附近的激战中怎样和战斗机驾驶员阿·马烈西叶夫（按：即作品中主人公的真名）相识。这个谦逊的外貌没有特点的人，介绍了给波列伏依，据说是团的最优秀的飞行员，那天打落了两架德国飞机。当军事记者看见了刚刚完成军事任务飞回来的飞行员解开自己的"双腿"抛到地板上的时候，他是多么惊奇。没有腿的飞行员呀！"这是从来没有的事。这是……功勋……航空史上从来没有过！"觉得惊奇的作家叫了起来。

　　然后，飞行员跟作家讲了自己的、惊人的故事：他怎样在敌占区从德国人那儿爬到自己人那儿；怎样锯掉了双腿；受伤的政治委员怎样开导他，说他是苏维埃人，应当活着，继续干自己的事业；顽强的、英勇的劳动和毅力怎样帮助没有腿的飞行员学会了驾驶战斗机，跟敌人战斗，胜利地消灭法西斯侵略者。①

　　这是一个极概略的介绍，却也提供了一个整个的形象。接下去，教者就用连续的五堂课通过朗读、讲述和讨论来详细研究这个形象的各部分。教者在这个过程中努力发展学生的想像力，就在术语的解释上也引导他们走向英雄性格的理解。例如解释"钳住"这个术语，这是象征地说明被敌人包围的飞机的处境，敌人的飞机在密烈西叶夫的右边，左边，上边，下边，这就是所谓"双重的钳子"。当学生们通过这样的说明，因而想像到包围的情况时，密烈西叶夫敢于从这种"保卫"中突围的英勇精神就在学生面前特别明显地表现出来了。对于英雄密烈西叶夫的一切行为、思想和性格，教者主要只是根据形象的描写，揭示情景，提出问题，每一部分都由学生们根据自己的感觉得出结论。例如当学生们从作品的形象中体会和感受到了这些事情："密烈西叶夫抵抗德国侵略者，保卫自己的国家。他为了祖国所需要的、自己的生命而勇敢地奋斗。密烈西叶夫从'双重的钳子'中挣脱出来落到地上之后，忍受了伤腿上的非常的疼痛，向东方、向自己人那儿走去。那儿还继续进行争取祖国自由与独立的斗争。密烈西叶夫的爱国精神表现在他和人民团结一致的情感上。难怪他听得炮声之后便不再觉得孤单了，他鼓舞自己说'没有关系，没有关系！同志们，一切都会好起来的'。"于是他们很自然的就得出了密烈西叶夫"热爱祖国"的结论。

　　在经过各部分的详细分析研究之后，最后又综合起来了，密烈西叶夫的整

---

① 　K·A·斯拉维娜《〈真正的人〉的教学经验》，廖序东译，见《中国语文》1952年11月号。

个的形象现在是以更完整更明朗的姿态出现了。他为苏维埃祖国而作战；他在战斗中和在敌人占领区中表现了无比的勇敢、大胆、决心、战友情谊和自我牺牲精神，在巨大的困难面前，他有着克服困难的铁的意志和坚韧性；他有高强的观察力和确定方向的机智——密烈西叶夫是一个苏维埃人，一个"真正的人"！学生们在一步一步地发见了主人公的性格之后，最后又把它们合成一个整体的形象，这是他们亲自体会感受后的结果。经过分析和综合，他们对于主人公的品质是很清楚了，而且不消说，他们也就评定了这个人物，决定了是否要仿效这个人物的思想和态度。于是学生也就进入了"生活内部"。

自然我们还需要进一步作理性认识阶段上的分析和总结。由于各种条件的差异，学生们的感性认识不可能完全一致，应当指出不一致的原因，而取得一致的正确认识。作品的主题思想究竟是什么？这个作品在当时究竟起了怎样的作用？对今天还有什么意义？它在文学发展史上所占的位置怎样？艺术表现有何显著的优点？……诸如此类，自然都还需要深入的研究。也只有这样从感性到理性再反复详细研究了这个作品，教师才能真正使学生全面感受和理解这个作品（人物性格和环境的关系，事件和社会整体的关系，作品的思想和艺术特点，等等），而完成教育的各种任务。

从上所说，那么我们可以明白了：在文艺教学上，如果不经过感性认识阶段的分析和综合，就不能使学生达到生动真实全面系统的理性认识。而在这样的教学过程中，因为对于作品中的形象有了足够的体会和感受，从而有了好的分析，充分的了解，于是文艺作品的思想内容就完全暴露了，作品的美也就因而明显了。在这样的基础上，教师就可以而且应当对学生指明：什么是阻碍人民前进的陈腐残余？这就是处在垂死、没落和颓废状态中的封建主义和资产阶级的思想与文化，我们应该同它们进行坚决的斗争，加以无情的鞭挞；又什么才能使我们的青年成为生气勃勃、有生活乐趣、忠于祖国、确信我们的事业一定会胜利、不怕阻碍，能够克服任何困难？这就是马克思、列宁主义的世界观，社会主义的道德，和积极参加有利于人民的劳动与斗争。在这样的基础上，教师就可以而且应当对学生指明：真正的美是什么，并使他们去正确理解和领会祖国自然的美，人物性格和品质的美，他们在社会上生活和活动的美，在新社会中社会关系的美，等等。① 在这样的基础上，关于作品的艺术结构、语言、表现方法等

---

① 凯洛夫：《教育学》，下册第 354—355 页。

等的研究,才有必要的凭藉,才能获得真正的效果。

从上所说,我们也就可以明白:文艺作品的思想政治教育是决不能脱离了作品和作品中的形象的体会、感受和分析来进行的;文艺教学的审美教育和写作教育(例如段落、结构、语言、表现方法等等的分析)是决不能脱离了作品的思想政治内容来进行的。文艺教学要求完成它的各种任务,就应当消除这些不合理的现象,改进这种到目前为止还是相当普通存在的缺点。

怎样介绍文章的作者

我们再谈谈在文艺教学上应当怎样介绍一篇文章的作者。在这方面,目前也普遍存在着缺点。

介绍文章的作者,至少有两种意义:第一,了解这个作者,就可以帮助我们更多了解所读他的这个作品;第二,作者本身的奋斗历史,对我们具有直接的巨大思想教育意义。例如读鲁迅的作品,了解了鲁迅的生活历史,思想发展和创作的道路,就可以帮助我们更多了解他的作品;而鲁迅的那种同旧社会坚决战斗,对新社会充满着热烈的希望和必胜的信念的生活精神,对于我们也可以产生直接的思想教育作用。

但要达到这些目的,得具备若干条件。

我们似乎已经习惯于过去那种介绍作者的方式:姓名、籍贯、出生年月、做过什么事,一大串官衔,然后是著过那些书,以及死亡的年月等等。并不是说,这样的介绍丝毫没有用处,但仅仅这样的介绍,像一张枯燥乏味的流水账单,一定达不到前述的目的。因为这里面只有一些死板板的事实,看不出作者的精神,接触不到作者的心灵,不能引起学生对于我们过去和现在的作家或学者们应有的亲近之情和民族自豪感。

介绍作者,除掉那些应当举出的事实,主要应当表出他的阶级立场,思想倾向,他的人格的基本特点。换句话说,也就是主要应当表出他的奋斗精神,因为只有这种精神,才最足以说明他的作品,并成为学生精神上的一种支持的力量。凯洛夫指出:学习伟人传记是共产主义道德底培养手段,为了顺利地教育青年一代,必须用过去和现在伟人底奋斗精神来薰陶他们。"为了这一点,必须有系统地使少年和青年认识科学和艺术底著名人物、杰出的历史人物和为了社会主义的斗争对于从压迫、剥削及暴虐之下解放人类的事业贡献了自己全部思想、情感与生命的伟大战士底生活传略。应当用这些英勇和果敢底伟大范例来诱导学生。"他又说："理想所反映的，并不是人们已经达成的东西，而是他们想要达成的东西。在某一个人物底形象已经成为学生底理想，成为学生一切愿望和志向底体现的时候，那末，这个少年就能获得自己道德发展底新支柱。在一切困难情形之下，他可以在内心里想起自己理想的形象，就在这个形象里找到精神上的支持。"[①]我们一般作品的作者也许不能说每一个都是伟人，但一个能够写出优秀作品来的人总必是具有奋斗精神的人，揭示出他的这种精神，就可在不同程度上培养学生的道德和鼓舞他们前进，并使他们从作者的奋斗生活里领会如何才能写出优秀的作品。

在文艺教学上，作家介绍一般不应占据过多的时间。有些教师不但未能把握作家的基本精神、人格，作简洁生动的介绍，反而枝枝节节的津津有味地讲述作家的生活细节，轶事传闻，藉此来博取学生的倾听，并且占去了不少时间，严重地侵占了学生对于作品本身的学习时间，这种做法是非常不对的。因为这不但无补于教学，可能还会产生相反的结果。

在文艺教学上，我们今天还存在着许多问题，许多缺点，应该展开讨论，尤其应该积极学习苏联的先进经验。只有这样，我们的工作才能少走许多弯路。

---

① 凯洛夫《教育学》，下册第 248 页。

苏联作家论文艺教学问题[*]

苏联作家重视学校中的文艺教学

斯大林曾把文艺作家称为"人类灵魂底工程师",这就是说,文艺作家对于教育人们,特别是教育青年,负有巨大的责任。教育工作也同样的,它在造就学生们的性格和道德方面,有着极重大的意义。文艺教师是通过文艺作品的讨论研究来对青年学生进行教育工作,除掉必须连带着培养学生们的审美力和文艺知识,主要的则是要在学生们心理上施行"一种确定的,有目的的,和有系统的感化作用",以便在学生们的身心上,养成社会主义社会新人应有的优秀品质。^① 青年学生们的精神发展大部分依赖于阅读和研究文艺作品,因此,学校中的文艺教师,在解决思想政治教育问题上,在青年学生的共产主义教育工作上,在所有的教师中间,很明显的是要担当起最负责的任务。

文艺教学是整个文艺事业的一个重要组成部分,文艺教学问题是所有文艺问题里面应该充分受到重视,并迫切需要适当解决的问题。在这方面,许多苏联的作家批评家的确都不曾忽略。特别像 A·法捷耶夫,他就再三为学校里的文艺教学问题发过言,提过有力的忠告。他在苏联作家协会理事会第十三次全体会议的报告中曾如此严重地指出:"现在是我们行动的时候了,特别是我们应

---

* 原书按语:本文写于 1954 年 3 月。
① 教育的这个意义,参阅加里宁《论共产主义教育》,第 74 页,陈昌浩译,时代出版社 1953 年 6 月北京重排版。(下引文同)

当研究高等学府文学讲授问题的时候了","现在是必须把这种情况结束的时候了,我们攻入这个'堡垒'的时候终于来到了,现在是应当严重地向高等教育部提出一个问题的时候了——我们不去用列宁主义底党底原则去灌输我们的青年,而只用些陈腐的资产阶级的文学观点去毒害青年们的头脑,究竟要到什么时候为止呢? 假使人们从青年时代就读着左一本右一本的错误百出的作品(按:这是指一些陈腐的使人不辨真相的文学课本),那么后来我们如何能够避免我们批评中的错误呢?"①他在联共(布)第十九次代表大会上的发言中,又这样直截有力的提出:"绝不要忘记,培养有天才的人是要从学校就开始","而要作到这一层,就必须把学校里的,首先是把那些高等师范学校里的文学教学法大大地加以改进"。②

苏联作家们对于学校文艺教学中存在的问题所提供出来的意见,即使比较片断,我以为也极值得我们借鉴,因为第一,这些意见都很具体,不是抽象的教条;第二,他们自己有创作的经验,对文艺的特性有深切体验,懂得怎样才能把一篇作品更生动的教给别人;第三,他们的意见都有着一个以共产主义思想教育青年学生的明确的目的。

古典文学的研究和教学不能与现代问题和现代文学脱节

早在一九三四年八月,高尔基在苏联第一次作家代表大会上的结束语中就已注意到文艺的教学问题。他说:"我们必须拟定一个对于刚开始写作的作家们的总的教学计划,这个计划在编制时千万要避免对年青人极为有害的主观主义。为此必须把《成长》和《文艺学习》两个杂志合并成一种文学教学性质的杂志,同时要废除个别作家对于刚开始写作的作家们的成效不大的教学方法。"③高尔基这些话虽不是针对着学校里的文艺教学说的,但他指出主观主义的教学计划对年青人极为有害,应当"千万要避免",这个指示对学校里的文艺教学同

---

① 法捷耶夫《论文学批评底任务》,蔡时济译,见《苏联文学批评的任务》,第83—86页,三联书店1951年3月第一版。(下引文同)

② 法捷耶夫《苏联文学艺术工作的任务》,第10页,蔡时济译,见《文艺理论学习小译丛》第二辑,新文艺出版社1953年3月上海第一版。(下引文同)

③ 高尔基《在苏联第一次作家代表大会上的结束语》,曹葆华译,见《人民文学》1953年12月号。

样是非常宝贵的。

我们可以从法捷耶夫的率直的报告里看到他对于苏联某些高等学校文艺教学中的严重缺点所作的尖锐指摘。这些缺点中的最重大的一个就是"教学与现代问题及现代文学完全脱节","对于文学现象的认识完全没有社会和党底立场","只用些陈腐的资产阶级的文学观点去毒害青年们的头脑",而不能以列宁、斯大林的观点去指导学生看过去和现代的文学。

法捷耶夫指出：由于"在文艺科学部门还潜伏着许多许多资产阶级的有害的残余，和现代资产阶级文艺学所散播的观点"，使得大部分批评家包括文艺教师在内都和现代脱了节。批评家和文艺教师们区分成：有些人只研究过去的文学，另外一些人则专门研究现代文学，而不接触到过去的。而在人数的对比上，研究过去文学的比研究现代文学的多得多。"这种有害的分割"，法捷耶夫说："它们是不易根除的，因为在文学批评家中间还存在着一种连环保。"这就是说，他们对于自己的这种严重缺点还经常要相互的包庇。

作为证据，法捷耶夫具体地举出了几个高等学校的名字，指出它们都还发行着与现代问题及现代文学完全脱节的"学术报告"。莫斯科大学语文学系一位教授做的竟是一篇《法国女王安娜·亚罗蒂斯拉沃芙娜底签名问题的研究》。他又引证了一个统计的数字，某校文学系"近五年来从全部学士、博士毕业论文里总计的结果，有二百一十二篇是论述十月革命以前的俄国文学史的，一百五十八篇是论述外国文学史的，而论现代俄罗斯苏维埃文学的，一共才二十四篇"。而在这些论文里，还存在着各色各样"完全没有社会和党底立场"的胡说八道。

不消说，这就是这些学校里错误地进行了文艺教学的结果。应当给青年学生灌输共产主义思想教育的学校，在最应负责的文艺教学上反而成了一个宣传陈腐的资产阶级文学观点的"堡垒"。但我们攻破这个顽固"堡垒"的时候应当终于来到了！[①]

这里的问题是在于：虽然可以而且也需要有所专攻，但在研究过去文学和研究现代文学之间，却绝不应当有一种断然的分割，彷彿是两件绝无关系的东西一样。问题还在于为什么研究现代文学的人会这样的少。经过断然分割以后的教学和研究，无论对于过去文学或现代文学，难道会更像"学术"，更有教育

① 法捷耶夫《论文学批评底任务》，蔡时济译，见《苏联文学批评的任务》，第83—86页。

意义些么？当然不！

不能以陈腐的资产阶级的文学观点毒害青年们的头脑

苏联青年作家特里佛诺夫在他荣获一九五一年斯大林奖金的小说《大学生》中，用活生生的真实表明苏联的青年人的性格在苏维埃现实的影响下是怎样形成和成熟的，他们的眼界怎样开阔起来，他们的意志怎样受到锻炼，他们有多么无限的、长足的发展机会。在这里面，作家表明了真诚勇敢的批评和自我批评对于帮助培养我们时代人物的特质是一种多么强大有力的武器。

在这里我们所以谈到这部小说，则是因为特里佛诺夫在书里曾用许多篇幅描写并严肃地批判了莫斯科一个师范学院的文学教授考塞尔斯基。这个考塞尔斯基教授由于他的深入骨髓的、"纯粹而不含杂质的"形式主义的文艺教学，最后终于受到了学院的解聘处分。

考塞尔斯基进行文艺教学的思想和方法彻头彻尾正是现代资产阶级文艺学的一套东西。特里佛诺夫对于这个使人憎恶愤懑的教授所作的一切描写，都可以用来当作前引法捷耶夫所说的注脚。应当指出，作为文艺教师，即使在苏联，尤其在我们中国，考塞尔斯基这样的人都还不是个别的现象。我们的每一位文艺教师，都应当在考塞尔斯基这个形象的镜子里，照一照自己，看看是否有和他相同或类似的地方，这对于提高改进我们的教学思想和方法，一定有不少的益处。

那么，考塞尔斯基究竟是怎样的一个文艺教师呢？

考塞尔斯基教授生着梳得光滑的、正在变白的头发，下巴骄傲地翘过来，好像居高临下地瞧着大家，甚至瞧着那些比他高的人的时候也是这样。他有不平凡的记性，和学院派的博学，脑袋里装满了书本上的"学问"。他上课时从来不用笔记簿，讲桌上摆着的唯一的东西是烟灰缸。有时候他背出整页整页的散文来。

考塞尔斯基最重视所谓"事实的知识"、"确确实实的学问"。他要学生们向古典作品学习，是因为"围绕着那些古典作品，已经堆积了很多批评的书籍，已经引起过无数意见，已经金鼓齐鸣的掀起过论战"，他以为如果学生能从这里面学会筛滤资料，就会得到"确确实实的学问"，这就是——也才是所谓可以"增添学问"的"研究工作"。他以为只要这样辛苦的每天的劳动，就能做出"有价值的成绩"。

考塞尔斯基一再强调他是多么"关心着"要给学生增添学问,要在学生们当中培植对研究的热爱,用独立的工作来丰富他们的经验,要他们能够从研究古典作品的资料中抽出"自己的、独立的结论",他又一再声明他是"衷心的欢迎现代作品的研究",可是在实际上,在教学和领导学生研究会的具体工作中,他却完全不是这样。他藉口苏维埃文学不是他的本行,所以"严格的不碰到它"。他最后虽然承认并不是从来就很适当的了解而且认识苏维埃文学的某些方面,但他仍以为只要在教课时候从没有发表过他的错误见解就没有错处可言。学生们要求研究苏联文学,他竭力阻挡,说如果把力量用在当代作品上,就会达不到研究的目的。他说:"我们的当代作家的作品冒出太强烈的油墨气味。在它们周围,参考资料至今还没有确定,就连批评家也常常走上岔路,弄错它们的价值。那么,要你们来下判断,那更是难上难了。"他认为关心自己时代文学的学生根本"还不够资格在这方面做出甚么严肃的事情"。他不要学生写研究现代文学的文章,认为这种文章一定"浅薄",因为在他看来,写这种文章"所根据的往往不是别的,只是最最贫乏的思想,有时候甚至还算不得思想,而只是朦朦胧胧的在摸索着思想,并没有确实的学识来支持它。他完全看不起"写写报纸文章的人",因为这种人"只消一个月就训练得出来"。一句话,考塞尔斯基的确绝口不谈苏维埃文学,但这倒不是由于研究苏维埃文学并非他的本行,而因他明明认为这种文学不值得认真研究,它不能够增加他所重视的所谓"事实的知识"。

因为他只重视"事实的知识",所以考塞尔斯基在古典作品的教学中教给学生的就只是"文学形式的干燥叙述,生平事迹的呆板记录"。他专门在细节上下功夫,他可以一连花好几个钟头探讨托尔斯泰在论理学上的错误,他像解剖学家那样的解剖作家。他年年讲这一套东西,二十年来他的讲义没有更动过一个字。他把最有趣的材料变成一种干燥的记录,一种清单,一种商品目录,他把文学作品中一切有生气的东西全给抽掉了。学生也爱古典作品,希望每天得着点他自己见不到的美,结果却不是这样,他得到的不是别的,而是些年代,年代,年代——它们多得堵住了学生们的喉咙!

考塞尔斯基因为只重视"事实的知识",所以他在实际上避免一切热烈的讨论和争辩,总之,他是要求学生躺倒在书本上来"研究",而反对任何他所说的"晓舌"。他考得很严,要求确切的符合他的定义,不喜欢独立的意见、理由、问题。他要考试学生的,并不是古典作家和作品的真正贡献,而是学生们永世也

1645

记不住的那些年代,那些小到无可再小的事实,所有的书里的所有的人物的姓名和父名,或者,这个作品是在哪儿发表的? 在什么时候? 在什么出版物上? 编者的全名是什么? 谁主持那年那个杂志的文学批评栏? 诸如此类。他就这样使学生们渐渐恨那些原先他们很喜欢的古典作家了,古典作家就这样几乎变成了学生们的"仇人",同时这样的考试也使学生们失去了对自己的信心。

就是这些年代啦,姓名啦,事件啦,构成了考塞尔斯基的所谓"事实的知识",或所谓"具体的知识的总和",以为"没有它,也就不会有真实的学问"。而他也就因为这样感到了十分的自满和骄傲。

但考塞尔斯基的这种文艺观点和教学方法在正确的同事和头脑清楚的学生们面前却受到了最尖锐的责备。他的自满和骄傲到后来只好整个儿的破产,任何好听的论调和狡辩都不能挽救他的失败。

新社会的,热心学习的,有着远大理想并且坚持原则的学生们一直在和考塞尔斯基斗争着。学生们看透了考塞尔斯基的一切。学生们热爱自己时代的文学,他们没有兴致再为屠格涅夫的作品写第一千零一篇论文——这类文章不但已经太多了,而且,关于屠格涅夫他根本没有什么独到的见解要说。他们的确打算在苏联新作品方面用一用脑筋,研究一下那里面有些什么好东西,有些什么坏东西。他们的论文也许不很深刻,不很动人,可是至少诚恳,方向正确,而且有益处。但考塞尔斯基却阻止他们这样做。这有什么理由呢?

学生们为什么要到学院里来? 用他们自己的话说,不是"为了吃锯末",而是"为了学习",因为他们"爱文学"。可是考塞尔斯基对他们做了些什么有益的工作? 一点也没有。他劝学生从古典文学里选择研讨的题目,并不是因为他真爱或真懂得古典文学,而只是因为他要把学生也从当前的现实拉开。学生们这样批评他:"他是研究工作者? 他只不过装扮成一个研究工作者罢了;他的全部心思都用在炫耀上。他的高贵的姿态啦,他的烟斗啦,他的漂亮的白头发啦,他的学问啦——他甚至炫耀他的学问。他把学问披在身上,就跟他穿着那种配着红骨头纽扣的毛背心一样。"学生们讨厌他讲课的方式,说他讲的课没有劲,又骂他一知半解,教条主义,"一点也不懂文学"。他们指出他是"形式主义者,纯粹的知识贩子",而且说他的形式主义是"最最纯粹的形式主义"。①

---

① 本节引语都采自特里佛诺夫《大学生》各章,汝龙译,平明出版社 1952 年 12 月初版。(下引文同)

所有这一切学生们对于考塞尔斯基的尖锐的批评和指摘，无疑都很正确。

考塞尔斯基不是别的，他就是法捷耶夫所指出的"在文艺科学部门还潜伏着许多许多资产阶级的有害的残余"中的一个，他的危害性就在于他是在以"陈腐的资产阶级的文学观点去毒害青年们的头脑"。

学习过去是为了更大胆地走向未来

说考塞尔斯基的文艺教学思想和方法都有严重的错误，是否等于主张不要重视不要研究古典文学呢？绝对不是的。

小说里的学生们都知道："苏联文学不是在真空里生长起来的，它也是在俄罗斯古典文学的基础上生长起来的。"古典文学应当学习，事实上学生们也都有学习的兴趣。但第一，不能认为古典文学无论在那一方面都比现代文学高明，因此得出可以不研究现代文学的结论，因为"讲到多样和复杂，也许苏联文学比他那亲爱的古典文学要高过一千倍"！因为苏联文学"更多的是在新思想、共产主义思想的基础上生长起来"的。第二，不能以历史编纂式的研究来对待古典文学，不能孤立地绝缘地来研究古典文学，而对现代文学则什么都不知道。①斯大林曾经号召我们科学不要脱离生活，应当去满足人民的日常需要，古典文学的研究家如果眼光只看见一些古书，他就不能为人民的日常需要服务，因为这正也是古典文学研究家的任务。② 古典文学并不是教条，不能把它当作一种偶像来崇拜，我们完全不必要"把它们的每一个字都认为圣典"。③ 一句话，不能够脱离了现代文学，脱离了现实生活，教条主义地形式主义地来研究古典文学。

日丹诺夫指出："我们的苏维埃文化是在批判地改造过了的过去文化遗产底基础上产生，发展和达到繁荣的。"过去文化遗产的意义和生命是存在于什么地方呢？这不是别的，而是伟大俄国革命民主主义的作家和批评家，他们不曾承认所谓"纯艺术"，"为艺术而艺术"，他们曾主张为人民的艺术、它的高度的思

---

① 参阅叶高林《斯大林关于语言学著作中的文学问题》，第 16—21 页，何勤译，新文艺出版社 1952 年 9 月第一版。

② 参阅西蒙诺夫《为布尔什维克的党性，为苏维埃文学高度艺术技巧而斗争》，王子野译。见《苏联文艺界的批评与自我批评》，第 58 页，新华书店 1950 年 7 月版。

③ 西蒙诺夫《苏联戏剧创作的发展问题》，李相崇等译，见《文艺报》第 98 期 27 页。

想性和社会意义。俄国的全部革命民主评论，"都充满着对沙皇制度的不共戴天的仇恨，渗透着为人民底基本利益、为人民底教育、为人民底文化、为人民从沙皇制度枷锁下的解放而斗争的崇高倾向"，它们都认为"文学应当为社会服务，应当在当代最尖锐的问题上给人民以回答，应当站在自己时代底思想水平上。"①这就是说，古典文学的意义和生命主要就在于它们的现实主义和人民性。

日丹诺夫又指出："我们布尔塞维克并不拒绝文化遗产，相反地，我们批判地接受一切民族和一切时代的文化遗产，以便从中挑选出一切能鼓舞苏联社会的劳动者在劳动、科学和文化方面完成伟大事业的因素。"他强调应该向古典作家学习，但并不认定古典遗产就是文化文学的绝对高峰，不能说进步在古典作家身上已经终止了，我们还必须超过古典作家。②列宁指示我们："保存遗产，这完全不是说就被遗产限制住。"斐定说得好："应当学习过去"，但这种学习的目的则是"为了更大胆地走向未来"，而且为了"将来不致白费气力去发现已经被发现的东西"，"对过去就要知道得彻底"。③所以，学习古典文学的目的不应当是为了满足个人的什么艺术趣味或思古之幽情，而是要把这种学习和发展现代文学的事业联系起来，和新社会的建设事业发生密切的关系。事实证明，用正确的观点方法来学习和继承优秀的古典文学遗产，不但可以发扬伟大的爱国主义，而且还可以从这些充满着人民性的作品中吸取创造的力量，它们激励了人类正义事业必然胜利的巨大信念，它们使人相信，在今天反对以战争、暴虐来凌辱人类文化的罪恶行为的斗争中，那些黩武的、梦想以屠杀、掠夺来征服世界的野心家一定要失败，而爱好和平的人民则必将得到胜利。

但要做到这一点，显然就绝不是考塞尔斯基那样的文艺教师所能为力的。因为他根本不知道什么才是古典文学的意义和生命，因为他就只知道用那些小到无可再小的事件、姓名、年代去堵住学生们的喉咙，因为他就跟契诃夫小说里的那个教授一样，他对莎士比亚并没有兴趣，却对他的剧本的注解有兴趣。

学习古典文学一定要经过"批判地改造"，必须"批判地吸收其中一切有

———————————

① 日丹诺夫《关于〈星〉与〈列宁格勒〉两杂志的报告》，曹葆华译，见《苏联文学艺术问题》，第56—58页，人民文学出版社1953年3月北京初版。（下引文同）

② 日丹诺夫《在联共（布）中央召开的苏联音乐工作者会议上的发言》，陈冰夷译，见《苏联文学艺术问题》，第116—124页。

③ 斐定《作家的技巧》，刘辽逸译，见《作家与生活》，第46页，文艺翻译出版社1953年4月北京三版。

益的东西,作为我们从此时此地的人民生活中的文学艺术原料创造作品时候的借鉴。"①为此,一个好的文艺教师,就应对所研究的古典作家和作品有具体的分析,应当在作家和人民与时代的社会运动的联系之中来研究作家的作品,应当分析当时的经济发展情况,那些产生当时社会斗争的物质前提,这样才能够正确地站在当时社会斗争的观点上来进行文艺的分析。② 而考塞尔斯基那样的文艺教师则完全排斥任何具体的分析,他所有的只是一种"为艺术而艺术"的观点,文学作品到他嘴里就只成为一些教条,或商品目录,所有的思想意义和真实生命都被他抛开了。显然,正如法捷耶夫所说,他"对于文学现象的认识完全没有社会和党底立场"。这样的教学,不但教不好古典文学,在学生中间发生应当发生的指导思想的作用,相反,它是在败坏古典文学,并且是在把学生的思想拉回到资产阶级的烂泥坑中去。

因此,考塞尔斯基的错处就绝不在他重视了或研究了古典文学,而是在于他以反社会反党的资产阶级观点,脱离了现代文学和现实生活,教条形式地来进行教学工作,以致既要败坏古典文学,更要把学生们的思想引导到错误的道路上去。考塞尔斯基在实质上是既不懂得现代文学也不懂得古典文学;他在形式上重视研究古典文学乃因他根本瞧不起现代文学,同苏联文学的思想精神格格不入的缘故。

我们今天还要加紧的学习古典文学,只有"赶上"了它才可能终于"超过"它。"但是继承和借鉴决不可以变成替代自己的创造",对于现代文学的学习研讨也是决不能被替代的。法捷耶夫指出的研究古典文学的人数比较研究现代文学的远要多出的不合理的现象,是应当结合实际来加以纠正的。

教学上形式主义、教条主义之思想和生活的根源

作为一个教条主义者,"纯粹而不含杂质的形式主义"者的文艺教师,像考塞尔斯基这样的人的思想和生活的根源是什么呢?

这就是他的固有的资产阶级倾向,这就是他的彻头彻尾是市侩式的个人主义。

---

① 毛泽东《在延安文艺座谈会上的讲话》。见《毛泽东选集》,第882页。
② 参阅法捷耶夫《论文学批评的任务》,刘辽逸译。见《苏联文学批评的任务》,第61页。

不管他是多么会掩饰和做作,但青年学生们的感觉多少灵敏,他们都知道即使对"学研会",考塞尔斯基的态度也跟他对苏联文学的态度一样——暗中瞧不起。他对学生的利益漠不关心,是一个冷冰冰的人。他接受一个投机取巧学生的谄媚,不公正的帮助他得到一份特别的奖学金。他又有很重的报复心,故意出些极琐细的问题使曾经批评过他的学生几次都考不及格。他不了解也不喜欢他的学生们,他傲慢地对待他们,轻薄地讥笑他们,完全忘记了自己应负的责任。他是那样虚伪、庸俗,实质上不学无术:他把苏联文学不看在眼里,他简直不懂苏联文学,一本也没有读过,可是他却买了一切严肃的杂志,从中他主要的是读一些书评,那样,可以省事一点,他就以这种方法来"追上时代",就只有着这么一点现代思想的轻微得很的倾向,因为他不能不有这么一点倾向——生活要求他有这么一点倾向嘛,因为他必须抓紧自己的安宁幸福,而为了这他就想来涂上一层骗人的保护色。当正确的同事们也批评了他"分析文学人物跟解剖死尸一样",批评了他的思想"赶不上时代"的时候,他就"扯头发,捶胸脯"地表示痛悔,应该改进,应该放弃他那形式主义的方法,可是应许之后他一切还是老样子。

这难道是一种偶然的现象么?

尽管考塞尔斯基写过文章,得过学位,多多少少变成文学界的一个人物了,尽管他曾在好几个学院里教课,在各杂志和出版局担任编辑,在种种的纪念委员会里做委员,公开演讲,他的姓名下面老是赘着"教授",常在报纸上和演讲布告牌上出现,多多少少成为一个"著名"的角色了,但他长期以来却始终只是一个只关切他自己的安宁幸福的市侩。这样的人当然无法避免把教学工作搞得很糟。

考塞尔斯基自称他热爱祖国。他说:"我啊,直到我的骨髓,直到我的灵魂深处,是俄罗斯人;我爱俄罗斯,爱俄罗斯文学,胜过爱生命本身。这不是一句空话。"但究竟是不是一句空话呢?当他的祖国在受难,在挣扎,凡有热血的人都奋勇地投入了革命斗争的时候,诚如他的老朋友也就是现在要签署解聘他的命令的文学系主任西索夫所指出:"四十年来,在这惊天动地的,划时代的四十年里,你一直过着一种错误的生活。唯一的你所操心的事就是怎样保住你的皮肤(按:是指保持性命或保住皮肉免得受苦)。你采取一种超然物外的怀疑主义的态度。不表示意见——这倒很方便。"四十年来,一切都变了——国家,人民,整个生活。只有考塞尔斯基却没有什么改变。他那种超然物外的怀疑主义终

1650

于变成了一种很有害的东西。西索夫指出得好,在他这一辈子当中,他从没有对随便什么东西表现过关切,除了关切他自己的安宁幸福。还在革命之前,他曾和一群革命思想的青年组织了示威运动来抗议大学当局解聘一位进步教授的罪行,这原是一件很好的事情,结果所有参加这次示威的学生通统被开除了,只有他一个人却没被开除,那是因为,他向校长悔了"罪"——也就是说,在这样的时候他就能暂时忘了他的怀疑主义,而却忘不了他的安乐。革命以后,他冷眼旁观了一阵,接着就开始往上爬,爬上他自己的舒适的小山的峰巅,那条山路走起来很轻松,山坡爬起来也便当——对他来说,这是这世界上最重要、最惹眼的峰巅了。可是他究竟要爬到什么目的地去,这究竟已把他引到了什么地方呢?别人在庄严地战斗,工作,他则藉口种种原因,坚决拒绝出去"冒险"。他从没有把他整个的心放进什么事情里去过,也从没有真正彻底的做过什么事,因为他素来只用一只手做一切事情,而另一只手则必须用来抓紧他自己的安宁幸福。但现在他的生命快要结束了,他这生命留下了什么东西?他的安宁幸福究竟在哪里?现在,岂不是他的工作,他的书,他的文章,它们全已成为过去的东西,对什么人也已一点用处都没有,再也没有一个人会跟着他走,会还记得他么?而且,就在目前,为着他的"在及格分数以下"的简直很糟的教学工作,为着学生的也就是人民的利益,学院还不能不给他以解聘的处分。

考塞尔斯基的教条主义,他的"纯粹而不含杂质的形式主义",或者他的唯美主义,所有这些,就都是他的这种市侩式的思想和生活的必然的结果。像考塞尔斯基这样的人,虽然在新社会的群众的批评和帮助之下并不是永远不能改正他的错误,但只要他还有着坚固的资产阶级的倾向,只要这种倾向还足以使他对于资产阶级文化不由自主的崇拜,那么他就当然做不好文艺教学工作,他就当然只能用一些陈腐的资产阶级的文艺观点来毒害青年学生的头脑。

小说《大学生》对于考塞尔斯基教授的描写和批判使我们深刻地体会到:文艺教师的思想改造是多么重要,资产阶级思想对于新社会的教育事业是有着多么巨大的破坏性。特里佛诺夫的这种描写和批判是及时的,有意义的,特别他通过西索夫来指出考塞尔斯基一切工作上的缺点的思想和生活的根源,是正确的,深刻的,我们每一个文艺教师都应从他的这种描写批判中引起严肃的反省和警惕,作出必要的结论。[①]

---

① 本节引语都采自特里佛诺夫《大学生》各章,汝龙译。

文艺教师应当是一个"真正的人",真正的教育家

文艺教师在所有的教师中间应当担负起最负责的任务,这首先就是指导思想,培养优秀道德品质的任务。这是一种神圣的,作用很大的工作,但为要做好这个工作,就得准备克服许多的艰苦。

在大学生瓦吉木的心目中,"领导的天才,用高尚的志向启发别人,领导别人前进的才能,是一切才能当中最最伟大的才能"。瓦吉木的父亲也说过:在一切摆在人类面前的工作当中,这个工作——教育人们做争取共产主义实现的战士的工作,大概要算是最最艰苦的了,它要求绝大的果断、才能和脑力。

瓦吉木和他父亲的话都不错。可是作为一切的前提的,还应当指出:你要教育学生有高尚的思想,一定要你自己先有高尚的思想。你要养成学生有优秀的道德品质,一定要你自己能以身作则,并且真正热爱你的工作和学生。

考塞尔斯基的失败就由于他自己就缺少着这样的思想、道德品质和热情。

从来只关切自己的安宁幸福的考塞尔斯基自称在革命之后也已"接受了"并且"吸收了"苏维埃的思想,他自称"诚诚恳恳","爱好"他的教学工作,可是他所以会"接受"或"吸收"苏维埃的思想是因为革命以后已经"没有战争,没有苦难"了,而且他为要向上爬也不能不多少这样"接受"、"吸收"一下,他其实还丝毫说不上已经"坚定的相信那种思想了"。因为正如西索夫所说:"人的思想不仅仅是吸收进去就算了事,思想是一种需要人为它战斗的东西。"高尚的思想和优秀的道德品质只有在积极参加人民的战斗中才能成长起来和具体地表现出来,它决不能从嘴巴里生长出来,并使人信服。可是考塞尔斯基事实上却素来只用一只手——半心半意的在工作,他对于教学,学生研究会,以及学生青年们,都是冷冰冰的,并没有真正的兴趣。他妄自尊大,沾沾自喜,接受谄媚,报复学生,同事和学生批评了他,他或则文过饰非,或则满口认错,决心不改。西索夫告诉他"这时代要求人最高度的,打破先例的坚持原则",而他乃毫无原则,根本谈不到以身作则。

作为一个文艺教师,如果"不仅今天,而且明天也想成为真正先进的教师,那他永远都应当同人民中最进步的部分在一齐前进",他应当"要像海绵一样,从人民中、生活中和科学中吸收一切优良的东西,然后再把这些优良的东西贡献给学生"。他应当"是无上诚实的人",因为诚实的性格,高尚廉洁的性格,这

不但使学生们敬仰,并且还薰染他们,这种性格能够在学生们的毕生生活中烙上极深刻的印象。因为文艺教师应当是教育家,"而教育家也就是人类心灵的工程师"。以上加里宁所说的这些话是多么正确。①

教师必须以身作则。学生们处处模仿教师,教师的世界观、品行、生活,对每一现象的态度都这样或那样影响着学生。正因为这样,所以一个教师必须好好检点自己,必须言行一致,必须做出好的榜样。否则,一方面固然会给学生恶劣的影响,另一方面,教师也就决不能有什么威信。加里宁说得好:教师每天仿佛蹬在一面镜子里,外面有几十双或几百双精细的、敏感的,即善于窥伺出教师优点和缺点的年轻的眼睛,在不断地盯视着他。教师任何一点虚伪、夸张、欺骗,即使最微细的事情,最微妙的变化,也很难逃过学生们的眼睛。②

教师必须热爱工作,热爱学生。高尔基曾经正确地指出:"才能是从对于工作的热情中成长起来的。极端地说来,甚至可以说:所谓'才能',本质上不过是对于工作,对于工作过程的一种'爱'而已。"③只有热爱工作,才能不断地改进工作,提高工作,而自己的能力也就可以锻炼发展得更好。只有热爱学生,才能也得学生的热爱,而鼓舞自己的工作热情。加里宁说得好:"一个人也许很有学问,文化程度很高,但若他用冷淡心情去领导青年,而不把心灵供献到教育和训练青年的工作上去,那青年立刻就会看破这点。他们是不会爱戴这样的领导者的。但是你若把心灵供献到工作上,……你为要做到这点,不惜费尽心血,那时你定能享受青年们的爱戴。他们不仅会尊敬,并且会爱戴这样的人,须知爱戴比尊敬更加重大。"④考塞尔斯基教授对学生冷冰冰的,一点也不关心他们的利益,结局证明不但对工作,就连对他自己的"安宁幸福",都非常不利。因为在新社会里,就不可能败坏了集体的工作倒还能取得自己个人的什么安宁幸福。

在《卓娅和舒拉的故事》里,留·柯斯莫捷绵斯卡亚回忆她中学时代的文学教师耶里萨维塔·阿法娜谢夫娜给她们的深刻影响,这样写道:

---

① 加里宁《在欢迎荣受勋章的乡村学校教师晚会上的演说词》,见《论共产主义教育》,第53—55页。

② 参阅加里宁《在教师报编辑部所召集的城乡优等教师会议上的讲演》,见《论共产主义教育》,第43—44页。

③ 高尔基《给某青年作家》,以群译,见《给初学写作者》,第63页,平明出版社1953年6月四版。

④ 加里宁《关于教育共产青年团员军人的几点意见》,见《论共产主义教育》,第223页。

耶里萨维塔·阿法娜谢夫娜总是微笑着走进教室,我们也随着她微笑了。她是那样活泼、年轻、和蔼可亲。她坐在讲桌后面,沉思地看着我们,不用任何开场白,开始就念道:

"树林脱下紫色的衣裳……"

我们能一直不倦地听着她讲。她一面仔细地讲给我们听,一面她本人也陶醉于她所讲述的美景之中。她努力给我们讲解俄罗斯文学的动人力量,它那鼓舞人的思想和情感,以及它的深刻的人道性。

听着耶里萨维塔·阿法娜谢夫娜的讲解,我明白了:教师工作是一种高度的艺术。当一个真正的好教师,必须具有活泼的心灵,清晰的头脑,当然,还必须非常喜爱儿童。耶里萨维塔·阿法娜谢夫娜虽然一向没有说过爱我们,可是我们无需任何解释就知道她是爱我们的。根据她看我们的眼神,根据她有时候亲切地把手放在我们的肩上,根据她在我们任何人遭到失败的时候怎样地伤心,我们就能理解到她对我们的爱。我们同样也爱慕她的一切:爱她的青春,美丽而沉思的面貌,愉快仁慈的个性,和她对于自己的工作的爱好。一直到我成年之后,抚育着自己的孩子的时候,我仍时常回忆我所敬爱的阿法娜谢夫娜先生,并且在困难的时候,常会设想:如果她在这里,她可能告诉我怎样做。[①]

在《大学生》里,拉果简科也说他从前的教师阿尔泰木·伊里奇是"好一个了不起的人",说哪怕到今天,要是他听见有人欺侮这个教师,他也要跑去打抱不平,他"甚至肯为他冒性命的危险"。瓦吉木的父亲的学生也那样的喜欢他的父亲,虽然他的父亲从来也没下过工夫博得学生的好感;瓦吉木甚至想起来他父亲怎样讪笑学校里有些教师"拉拢"学生,死乞白赖的要成为"最得人缘的教师"。他父亲向来严格,一丝不苟,不会谄媚任何人。那么像阿法娜谢夫娜,阿尔泰木·伊里奇,以及瓦吉木的父亲等这样的教师,他们的力量和魔力究竟在哪儿呢?——"最要紧的事是对人们有信心。高尔基的原则:绝对尊敬人们,要求人们拿出最好最大的力量来,这是顶要紧的事。"瓦吉木这样回答。"你自己也得做一个真正的人",拉果简科这样回答。他们两人都

---

① 留·柯斯莫捷绵斯卡亚《卓娅和舒拉的故事》,第5页,么洵译,中国青年出版社1953年5月三版。(下引文同)

说得很对。

文艺教师应当是一个真正的教育家。否则，即使他多少有一些文艺方面的知识，他仍不可能成为一个被学生们爱戴和永远感激地记得的好教师。

文艺教师应当懂得文艺、爱好文艺、善于教学文艺

文艺教师应当精通文艺。法捷耶夫指出："在学校里研究文学的时候，就必须连带着培养所有青少年的审美力和艺术的知识。"[①]

教师本身应当是个"文化程度很高的人"，"学识很高的人"。[②] 教师"应该懂得俄国文学，尤其是文艺作品，否则是行不通的"。加里宁这样说："教师所专门接触的乃是人材，而且是最年轻和最富于敏感的人材。文艺作品——我总在这样想，——是描绘人们典型底一幅最丰富的图画。从文艺作品内，你们可以看见在无限纷繁情况中人们的各种典型。所以，通晓文艺几乎是你们（按：教师）必具的职责。因此，提高文化，这首先是具备文艺知识。文艺作品最能丰富人们的思路，能够使人长进，使人更了解别人。"[③]加里宁甚至认为任何人如要达到较高的文化程度，要做好工作，都"应当很好地知道文艺作品"，每天都应当抽出些时间来读点文学书。[④] 因为只有这样才能更容易理解别人的内心和情绪，别人的精神需求和兴趣，而能及时的有效的来团结他们，帮助他们，组织他们一同把工作做好。

一般的教师，一般的工作者，还都应当很好地懂得本国文学，每天读点文学书，更何况是以教学文艺作品为专业的文艺教师。而像考塞尔斯基教授那样的文艺教师，却并不真懂本国的古典文学，更不愿读本国的现代作品——他顶多只敷衍取巧地读一点这方面的书评，所以，他的教学怎么能不失败。考塞尔斯基所以宁愿研究和批评古典文学，也因为古典文学的价值早已大致估定了，对

---

① 法捷耶夫《苏联文学艺术工作的任务》，第10页。

② 加里宁《在欢迎荣受勋章的乡村学校教师晚会上的演说词》。见《论共产主义教育》，第53页。

③ 加里宁《在教师报编辑部所召集的城乡优等教师会议上的讲演》。见《论共产主义教育》，第50—52页。

④ 加里宁《在苏联列宁共产青年团中央委员会及各省委担任青年学生和儿童团工作书记联席会议上的讲演》。见《论共产主义教育》，第68—71页。

古典文学的态度已经多多少少的确定，明确的定评也已经有了，他现在来"研究和批评"，就可以保险不出错儿了。而如果要研究和批评现代文学，那么，他就得自己动脑筋，就得准备同人辩论，就很容易出错儿。可是考塞尔斯基恰恰是一个只关切自己"安宁幸福"而绝不肯冒一点险的人，不肯动脑筋的人当然教不好书。

文艺教师应当懂得文艺，爱好文艺，并必须善于教学文艺。法捷耶夫指出："绝不能像常有的那一样，让文学在我们普通学校和高等师范学校里，只被看作是历史学或是某种社会学原理的插画，而不用任何补充教材去说明文学是美好的。"①

文艺教师在教学文艺作品的过程中不能不吸收若干历史的资料作为辅助，但他不应当把文艺课实质上变成历史课，不能离开了文艺作品另外来谈一套历史。文艺教师应当通过文艺作品来研究当时的历史，而不能把文艺作品本身只作为教学中的例证，却完全从历史教科书里去提供知识。这样的教学将因无视文艺的特点而使学生从这一课程得不着什么东西。这样的教学用不着花多少力气，只要翻阅一下历史教科书里相当的若干章节就行，可是却不能解决问题。因此，在文艺教学中吸收历史资料，只能在有助于说明作品的思想内容，有助于理解当时阶级相互关系的这个范围内来进行，这就是说，必须加以仔细的选择。过多的历史资料一定会造成堵塞学生记忆，掩盖主要的——即学生们为要理解文艺作品所应当知道的东西的结果。而且，任何时期历史资料的叙述都应当尽量利用最正确的总结性的论文，这种资料的叙述还应当带有生动活泼的故事性质，更好是多有一些例证，如图片等等。②

"文学是美好的"，文艺教师应当通过文艺作品的教学来进行促进学生个性全面发展的审美教育。这种审美教育的目的，是要培养学生们对生活中的优美事物具有领会、感受和正确理解的能力，是要发展他们对于生活中的美好事物的热爱，培养他们把这些美好的事物当作追求和效仿的对象，并把他们的能力应用于创造性活动和日常生活中去；这种审美教育要按照学生的年龄给予他们一定的艺术知识，帮助他们对文艺作品作出正确的评价，并培养他们创作文艺

---

① 　法捷耶夫《苏联文学艺术工作的任务》，第 10 页。

② 　本节参考斯密尔洛夫《为提高文学教学质量而努力》，原载苏联《文学教学法》1953 年第四号。

的技能和熟练技巧。这种审美教育的终极目的必然是要帮助培养学生使其成为具有共产主义思想和道德的人,成为争取共产主义实现的积极战士。[①]

但要达到这种目的,就不能把文艺作品只看作是"历史学或是某种社会学原理的插画";就不能像考塞尔斯基那样的把作品中生气呼呼的人物当成死尸一样地来解剖,或只记住其中的一些年代、姓名和事件;同时也不能脱离了作品的思想内容,整幅图画和整个形象,而只抓住其中个别的字句、细节、手法等来加以赞美,这样的分析同样不能产生真实的美感。

只有在对文艺作品中的形象进行具体分析和概括的时候,才能培养学生具有真实的美感。对于作品中所表现出来的美好事物,只通过其中形象的分析和概括,才能使学生充分感受,好好理解,深刻记住。文艺作家是通过形象来表现生活的,因此在教学中第一件事就要帮助学生充分来感受理解这些形象。如果构成形象的一些特征是很分散地存在于作品中的,教师的责任便在帮助和引导学生通过诵读、讲解、讨论等方式把它们集中起来,一定要学生们终于使自己能够明确地勾划出作品整幅的图画,人物整个的形象,让他们自己能对这些形象所表现的意义从内心深处作出必要的结论。只有在做到了这一点之后,个别字句、细节、手法的分析才有所附丽,才有意义,才能使学生领会艺术语言的美和力量。

加里宁说:"教育是一种最困难的事业。"真是的。我们要当一个好的文艺教师至少就应具备上面所说的这些条件。"优秀教育家们认为,教育不仅是科学事业,而且是艺术事业"[②],我看文艺教学还是一种更艰巨的综合艺术的事业,可是这倒绝不是无法做好的事业。

例如,"在卓娅和舒拉的生活上开始了一个完全新的阶段"的她们的文艺教师蔚拉・谢尔杰夫娜,一方面,在学生们的心目里"她真是很好的人",而另一方面她岂不也是和我们一样的普通人吗? 卓娅和舒拉对于她们的这位文艺教师简直是尊敬、钦佩之极,几乎不能用语言来适当表示她们对于这科教学的满足和对于教师的无限的赞美。不过我们从卓娅下面一节介绍的说话中难道真是

---

① 参考崔可夫《教育学》讲稿《美育的任务》,北京师范大学教育系译,见 1954 年 1 月 4 日《光明日报》。

② 参阅加里宁《论共产主义教育》,第 75 页。

不能大体看出蔚拉·谢尔杰夫娜的成功原因来么？[1]

我简直不会说……不，我会说。你知道么？她走进了教室，开始讲述，我们全知道：她不是因为功课表里有她的一门功课她才给我们上课。她本人是认为她所讲述的东西很重要并且很有兴趣。也看得出来，她并不需要我们把她所讲的全牢记下来，她只希望我们能思索和理解。同学说，她把文学作品中的主人翁交给我们，让我们"解剖"。真的，她说："你们喜欢这个主角么？为什么？你们以为她应该怎样作呢？"我们甚至不等到她的话停止了，就全教室里的人都一齐说话了：忽然这个站起来，忽然另一个站起来……我们争辩，气忿，以后在大家都表示了意见之后，她自己就开始讲话了。她那样平淡地，声音不大地讲话，好像教室里不是三十人，而是三个人一样。谁正确，谁错误，马上都清楚了。多么希望把她所讲的东西都读一遍呀！听了她讲述之后再读那书就完全不同了，可以看见以往完全没注意到的东西。再者，我们现在是真正了解莫斯科了，因为这个我们应该对她道谢。她在第一课上就问我们："你们到过托尔斯泰博物馆么？到过奥斯坦基诺么？"她接着就很气忿地说："嘻，你们还是莫斯科人哪！"可是现在我们和她一起什么地方都去遍了，所有的博物馆都参观过了！每次她都要我们思索一下新看到的东西。

从卓娅这一节介绍的说话，我们还是能够大体看出，蔚拉·谢尔杰夫娜的成功原因，就在于她是那样热爱工作，热爱学生，她是那样懂得文艺，并且善于教学文艺。她启发学生思索和理解，她引导学生对作品中的人物形象展开热烈的辩论，就从这种热烈的辩论中来集中，明确整个的形象，一层一层加深学生的感受，充分领会作品的思想，她最后所做的概括总结：则能使学生们的印象和认识更正确、更深刻，也更巩固。同时她也决没有成为过多的历史资料的俘虏，而是结合参观，通过图片实物等等具体的材料，使文艺作品的美和动人力量更加显著出来了。

这和考塞尔斯基的教学正可形成尖锐的对照。

蔚拉·谢尔杰夫娜的成功，正是由于她的教学已具备着前面我们从苏联作

---

① 留·柯斯莫捷绵斯卡亚《卓娅和舒拉的故事》，第 143—144 页。

家言论和作品中所归纳出来的这些基本条件。而所有这些,随便那一个普通人,只要他肯努力学习,不断的在生活和工作中锻炼,提高自己,就都可以从不具备到具备,从不够水平到合乎标准的。

以上苏联作家们以不同方式对于文艺教学中若干缺点所提的批评,我以为一样也适用于我们目前文艺教学中的同类缺点,这些缺点在我们的文艺教学中不但存在得更普遍,而且还是发展得更严重。在我们这里,古典文学和现代文学也是被许多人像鸿沟一样分割着的,现代文学也是被许多人口是心非地或只读些书评地接受着的。考塞尔斯基这样的人在我们这里到处都可以遇到。这些批评就能帮助我们来认识这种教学思想和方法是错误的,并从根本上来设法改正这种错误。苏联作家们对文艺教学的正面提示对于改进提高我们的文艺教学工作自然益处更大。我们只有向苏联学习,吸取他们的先进经验,才能少走或不走弯路,才能不辜负人民的重托,迅速前进。

关于文学教学[*]

更负责的任务

列宁在一九一八年就说："我们现在进行着的斗争的一个组成部分就是公共教育工作。对于伪善和谎言，我们能以完全公开的真理与之抵抗"，"我们公开地宣告，学校不和生活不和政治结合，是一种伪善和谎言"。学校必须和生活政治结合，这在苏联，就是在学校里，一定要"保证学生在他们底能力及年龄范围以内，了解苏维埃国家政策底重大趋势，对于资本主义世界政策和文化底批判态度，精通科学的唯物世界观底因素及社会主义人道主义底观念，苏维埃爱国主义情感底培养，爱戴我们底人民领袖及形成社会主义底行为习惯"（苏联教育部长卡拉喜及可夫）。而为了要做到这一点，列宁格勒的教育局长费德洛娃这样指出：

就必须要一切教师，不管他教那种科目，都能在教学中对学生进行思想教育。每课都应当是思想教育，就是说，每课都不应当只是传授知识，而且应当是培养共产主义的信仰和服务心，培养情意品质，工作能力，纪律性，行为的教养性，和其他为一个社会主义建设者，一个共产主义战士所必需的人格特质。一堂功课如不能在与精通知识与技术的有机配合中完成

---

* 原书按语：本文是参考《苏联学生的思想政治教育》（俄罗斯联邦教育部专门委员会会议的记录）一书中部分报告的主张写成，原载《新教育》第二期，1954年1月修改后收入本书。

思想教育任务,就是上得不好的一课。

因此,文学的教学应该进行思想政治的教育,这是毫无疑义的。通过文学这一科的内容来进行马列主义的思想政治教育,又不但是应该的,可能的,而且还是比之其它的科目更为适宜的。

这是因为:文学作品在本质上就是一定时代一定阶级人们的意识形态的表现,而且还是他们意识形态的最具体最生动的表现。在思想政治教育上,文学可说是一种极适宜的材料,因为它可以引起学生广泛的兴趣,可以联结他们的经验与感觉,较易加深他们的体会,而不致为那种仅仅的抽象论证所阻隔。

文学作品不但在一般的意识形态的研究上是一种极好的材料,在一种新的意识形态——共产主义世界观的形成的工作中也可以起特别重要的作用。具有深刻的思想性的文学,比较其他的科目,更有助于培养学生深刻的思想。现代青年的思想发展,一部分要依赖于阅读和研究表现工人阶级思想的文艺作品,苏联和我国近三十年来的情形都是很好的例子。苏联的教师一贯的把苏维埃文学的讲授用作以布尔什维克党和苏维埃国家的精神来培养学生的政治、道德的思想教育的有力工具,用作形成青年的积极理想的手段,他们在这一方面的成功已使他们充分认识了在解决思想政治教育问题上,文学的教师在教师中间"占据了思想战线上的最负责任的部分","负起了或许比其他科门的教师更负责的任务"。"五四"以来我国青年思想的前进,不能否认,其间也有着文学教师的许多功绩。在过去反动派统治下,许多中学国文和大学文学教师在事实上担当了传布进步思想的任务,不少青年学生在文学教师的宣传和鼓动下英勇地参加了解放的斗争,这是事实,而且不是偶然的。

文学的教学一定要做教育新中国青年的有力工具,过去如此,今后它一定更要努力做到完善的地步。今天学校里的文学教师们,在巩固并发扬社会主义思想,和肃清残留的各种反动思想的工作上,实在是负有极大的责任。我们文学教师能够负起这个重任来是十分光荣的。

政治和业务的结合

在文学的教学中应该进行思想政治的教育,这是说二者应该有机地结合,也就是业务学习与政治学习的统一,把它们分裂开来看是不对的。思想政治教育的效果一定要透过教学的整个过程显现出来,而不是在文学的教学之外再加上一点思想政治教育。

文学教学的基本工作是传授语文的基本知识和阅读与写作的训练,过去在旧社会里这种训练所以不能获得思想政治教育的效果——当然是指在前进意义上的效果——主要是由于以下几方面的脱节:阅读的内容一般与时代脱节,与生活脱节,在正轨的阅读中,学生几乎接触不到前进的思想,而对于这些陈腐的教材,一般的教师又不能运用正确的观点和方法去指导学生,以补学生无法接触到正轨的前进教材之不足,这是一。其次,写作的内容也一般都是限于学生贫乏的体验,反动统治的环境既限制他们阅读的范围,也限制他们写作的范围,鼓励他们仍作文言文就显然是要约束他们的思想,使他们完全不要去注意现实的问题,反动派教育的一贯政策就是不要学生注意现实,描写现实,学生所不要的他们非要你接受不可,而学生所需要的则他们照例一概不给,例如中学生喜欢写语体文,但学校一般都不鼓励,不指导,甚至还要加以种种的打击。在这种情形下,希望从阅读和写作的重重脱节中获得思想政治教育的成果,当然是非常困难的。

在另一方面,由于过去反动派思想政治教育本身的反动性和落后性,同样的也不能使阅读和写作的训练获得真正进步。他们在教材内容和写作方法等等上面束缚学生的结果,使学生对于文学这个课程因为一无所得而产生厌倦乏味之感,于是他们就更难获得进步,一般人所常说的学生国文程度低落,其症结就在此;但显然这责任主要应该由反动统治者担负的。

在文学的教学中,思想政治的教育与语文教育在过去一般也是密切结合的,不过这是结合在反动统治的基础上,结合在违反文学发展和学习发展的规律的基础上。正因为这样,所以在过去虽然是结合的,但这样的结合是有害于人民的,同时虽然结合了,也不可能达到反动统治者预期的效果。我们要打倒这样的结合,要暴露出来这种结合之反人民和反文学的恶果,我们需要的是另外一种结合——在推动人民前进和推动文学发展、学习有效的基础上的结合,因为这才是一种最正常的结合。

分析形象,感受形象

我们要在教学的过程中形成学生的世界观,帮助他们建立正确的见解和信仰,但要做到这一点,我们应该用什么方法呢?

应该指出:认为仅仅的教材思想内容正确积极就足够解决一切思想教育的问题了,这样的想法是过于天真的。

正确的思想政治教育不是要教师硬教给学生们一些教条,教条式的教学法完全适合于培养唯心论的思想意识,因为如果学生没有亲身体验到研究的过程,自己去发现和推理,他们对于辩证唯物论的信念就无法真正建立起来。思想政治教育的主要条件就是要把精通和巩固知识的过程行动化,这在文学的教学上,就是主要应通过分析形象感受形象的一连串具体的活动。同时它又必须运用历史唯物主义和联系现代的原则。

教师要把教材与我们的现实——现代联系起来,要把教材与党和政府的政策及其实际联系起来,同时又要从历史的发展观点来解释,这样的研讨是特别容易说明并使人相信的。可是也必须指出:要在教育中系统地应用这些原则并不是一件容易的事情。好些教师在这上面所作的联系和类比时常发生毛病。有时候,他们把过去无批判地理想化,有时则又把它弄得更坏。这种联系和类比常常是不合情理,不合分寸,牵强的和荒谬的。因为他们常把一些并不表现特征的思想硬加到一个作品上去,或者任意地——自由地解释作品中的人物,或者不适当地把作品中的人物与当前一个不同的人作轻率的比较。这样机械地处理的结果就一定是失败,他们之所以失败便因为没有估计或没有正确估计到历史的背景、人物与作品风格的特质等等,一句话,他们因为对于历史问题,现代问题和文学本身的问题都没有十分了解,所以这些比较就成了从外面取来,并在外面加上去的东西,也就是成了思想政治教育上的虚伪和形式主义的东西。文学这一科的思想政治方向,决不是把它的教材同现代和历史唯物论单纯地结合起来就能确定的。因此,我们虽然主张教师在教学时应当尽可能的把一件东西和另一件东西联系起来,但如果因为教师是特别慎重,为了不愿造成另一方面的错误而暂时还没有这样做,我以为也不应当给他谴责。一般地说,我们在这上面的认识和经验都还不够,应当逐渐去获得进步,目标要远大,但只想速成是办不到的。

也许我们一时还不能完满地做到,但我们的任务是要我们能够通过形象的分析研究充分地揭示作品的思想内容,使学生熟悉历史——文学的过程,发展的规律性,以及各个作家的作品和各种文学思潮的阶级性。特别对于一些伟大的代表性的作家,不但要使学生了解他们的生活事实,还要想法说明他们写作的动机,说明他们和环绕着他们的人民的关系,他们的斗争和他们在思想情感上的勇敢和坚强。我们要努力从人民的、革命的观点上估价一切作品,一切事件,和一切人与观念,说明现代事实和现象的历史根源及其可能的发展。

正确的思想信仰是要在斗争的过程中,在与不同的思想意识和见解作斗争的过程中才能培养起来的,因此文学教师应当善于利用教材的思想结论,使它带上有效的争论的性质,就在相互的辩论斗争中把一方的浮浅或错误暴露出来,因此引起学生的思想的积极改造。文学一科的思想政治教育,不是存在于外面,主要就存在于前面所说的分析说明和这所引起的辩论斗争之中。把学生引导到这种斗争中去,事实上并不怎样困难,因为在学生里面,即在目前条件之下,不健康的倾向和行动,不正确的思想,还是不一而足的。所有这些,他们必然会反映到教材的理解和评论上,教师应当鼓励他们大胆地说出来,发动广泛的讨论,以切实的事例启发他们,帮助他们逐步达到正确的结论。这样进行的思想政治教育就不是抽象的,外加的,分裂的,因此就可以保证了它的效果。

不要打击学生的错误,或者嘲讽他们,应该鼓励他们把心里的见解发表出来,只有这样,教师才能发现他们的错误在那里,从而才有教导他们的可能。要把他们认为很正当的东西之中的不正当之处具体指给他们看,要使他们自己理解事物的本质,这就是说,要使学生自己信服,自己作出必要的结论而不是强迫他们服从或毫不反抗的驯服。使他们自己信服这才是真正的教育。

生动清晰地阐述的必要

每一个文学作品本身内部都包含着一整套的思想问题,对于这种宝藏,我们一定要正确地、易懂地、生动地带到学生的面前,分析给他们看。和思想政治问题一道,教学上的活泼性和情绪性是必要的。

并不是有了学识就一定有教学的能力。有丰富学识的人不一定能够很好地解释他的材料。一个好的教师不但要有好的学识,并且要有好的教学能力,就是说,他能够说明,而且是用生动、易懂,同时又深刻的方式说明,就是在比较狭隘的文学题材的基础上也能广泛而清晰地去说明——发挥。适当的语言,不习惯于一种现成的公式,用各种方法去适应学生的需要和接受能力,这才能取得一定的效果。生动与清晰的阐述,这才能保证对作品有情绪上的了解。文学教师在叙述时也应当充满情感,他对于所教的作品一定要表示他自己的态度,虽然这种表示也许应当在较晚的时间才可以明白地表示出来。教师对这个作品的情绪态度,对于学生的思想感情可以发生很大的影响。因为教师是被学生摹仿的,学生的眼睛都看着他,他的每个现象都在学生们尖锐的感觉和注意之中。如果教师对于这个作品的情绪态度是冷淡的,客观主义式的,那就决没有方法使学生对这个作品热心起来。

在文学的教学上,仅仅学习字义,解释句子,追究出处,或者繁琐地抄录不相干的议论,背诵文法的外表和形式,是非常不够的。这样的教学,似乎很切实,也可能是很努力的结果,但如此支离破碎,缺少整个的印象,对于意义的了解,思想的把握,时常反而是有害的。理解力较高、认识较好的学生一般都不喜欢这种狭隘死板的教法,他们欢迎教师能够从作品出发有所发挥——当然是指那适当的发挥,而不是无根无据的或引起学生嘻嘻哈哈低级兴趣的胡扯。但要作到这点,自然先要教师在思想上和掌握教材上有充足的准备。

文学教师的准备

正确的完善的文学教学仅仅在课内进行还是不够的,一定要把课内课外打成一片,把学生的生活和文学结合成一个整体。重要的是,文学教师应该不脱离学生,应该知道他们的程度和情绪,他们的需要和困难。他应该接近学生,运用各种积极的方法,来培养学生的思考和独立工作的习惯,例如学生的论文和报告,独立研究各种题目,文学作品的欣赏,和文学性的晚会等等。只有这样,文学教师才能真正负起他的责任,提高学生的研究兴趣与研究水平。教师要切实负起领导研究与组织学习的责任,课外的有计划的活动时常比之课内影响更广泛而深入。在研究学习上,学生的自学应当与集体的学习配合进行。批评与自我批评的原则在这里也应当经常被运用,以改正各种偏向。

很明显的,只有准备得最充分、了解学生最多的教师才能正确地决定学生思想政治教育的实践工作,并且在教学的过程中——学生课内课外的活动中,成功地完成任务。细心的事前准备功夫是非常必要的。

但最重要的事前准备功夫指的是什么呢?首先无疑是提高他自己的政治水平,精通马列主义的基础及其在我国当前环境下的具体运用。我们如果不能严肃地并刻苦地来解决这个问题,要正确地解决文学教学中的种种问题,便是不可能的。不正确的思想意识,不但不能培养学生的革命世界观,帮助他们熟悉业务,反会阻碍了他们的正常发展。

文学教师当然必需精通文学这个科目的知识,否则他就不配做文学的教师。不过他还当了解教育学与学习心理的一般规律,并有意识地在教学里运用它们,这可以提高他的教学方式的水平。他应当不要完全依靠于他人的思想和忠告,而自己设法解决教学上的实际问题,根据进步的教学理论勇敢地设法来改善它。

因此每个教师就有必要经常努力学习,吸收并创造新的经验,他就不能不经常注意阅读各种必要的书报,以便从中熟悉最近的研究方法以及各种有价值的参考资料。同时,他自然也应当把自己在讲授本科时对学生进行思想政治教育的最好经验,以及对于形成学生正确观点的影响随时发表出来,以便交换和深入讨论,使它成为所有文学教师的共同财产。

应当很好地阅读文艺作品*

"通晓文艺几乎是你们必具的职责"

文艺作品在今天已越来越不止是文艺研究者、爱好者、或一部分学生青年少数人的读物。许多在过去根本没有条件接近文艺作品的人,今天在新社会中有了阅读文艺的权利,许多在过去并不从事文艺的研究、教学、表演、编写等工作的人,今天也因为祖国各方面的飞跃进步,深刻感受到了文艺的巨大教育作用而开始把懂得文艺作为推进和提高自己工作的一种动力。

加里宁曾经在对城乡的优等教师、青年团书记和作为未来工程师的高等技术学校学生的讲话中,再三再四地提醒他们应该懂得文学,应该尽可能每天都阅读一些文艺作品。为什么人们都应该懂得文学,阅读文艺作品呢? 因为在加里宁看来,我们既然必须要在工作中和各种各样的活人打交道,而我们的崇高责任是不但自己努力,也要推动并组织各种各样的人一同努力工作,那么我们就必须熟悉人和了解人。而文艺作品则正是"描绘人们典型底一幅最丰富的图画。从文艺作品内,你们可以看见在无限纷繁情况中人们的各种典型。……文艺作品最能丰富人们的思路,能够使人长进,使人更了解别人。"①一个普通的工程技术人员当然也有他的贡献,但是如果他还是一个好的组织者,他就可以

---

* 原书按语:本文原载 1953 年 8 月 11 日《文汇报》。

① 加里宁《在教师报编辑部所召集的城乡优等教师会议上的讲演》,见《论共产主义教育》,第 50—51 页。

对人民贡献得更大。因此,加里宁说:"提高文化,这首先是具备文艺知识,""通晓文艺几乎是你们必具的职责。"①

真实的文艺无情地抨击在社会中仍然存在的恶习、缺点和不健康现象,创造正面人物的艺术形象,教育我们并在思想上武装我们,指示我们应该怎样和不应该怎样,帮助我们看见前途,变得勇敢,为着美好的明天而奋斗。阅读这样的文艺作品对于我们每一个人的确都有极大的益处,优秀文艺作品曾是形成苏联英雄卓娅等崇高精神品质的一种极重要的力量,这就是明证。

文艺的根本任务是描写人,特别是描写新的人。文艺并不像政治那样的直接影响生活,它是通过人,通过创造典型,描写人的意志、行为、理想、感情,来影响我们的生活。一个好的文艺作品所以能使读者产生历久难忘的印象,没有例外就由于它具体真实地描写了各种不同的人物。《水浒传》里的武松、李逵、鲁智深,《红楼梦》里的贾宝玉、林黛玉、王熙凤,《阿Q正传》里的阿Q,诸如此类,在这些名著里若没有活跃着这些有血有肉的人物,我们就不会热爱它们。同样的,如果说一个文艺作品存在着很大的缺点,那也必是指它在描写人的方面还有许多不足。描写解放后工人积极劳动的小说《红花朵朵开》原是同类小说中比较优秀的作品,但它也存在着很大的缺点,便是作者过于着重描写了工作的技术,却太少描写工作着的人。这样的作品由于忽视这一点,因此也就不能较好地达到今天文艺作品应有的政治思想教育目的,它也不可能教会人什么技术。

文艺的根本任务既然是描写人,那么阅读文艺作品的首要着眼点也就不能不是关于人的描写。作品中的这个人是不是真实的存在?作家通过这个典型的描写企图反对什么、嘲笑什么、歌颂什么、支持什么?这些描写是否正确、具体、深刻?它能给自己什么有力的教育和影响?自己将怎样向这些具有崇高品质的英雄人物们仿效、学习?……

在这方面我以为高尔基阅读文艺作品的经验很值得我们学习、借鉴。

高尔基怎样阅读文艺作品

高尔基读过许许多多俄国的和外国的文艺作品。他在十四岁的时候就已

---

① 参阅加里宁《在高等技术学校内的第九次工会会议上的开幕词》,高霁云译,见《论社会主义文化问题》,第142—145页,光明书局出版。

"学会了有意识的阅读"。所谓"有意识的",就是说:从那时起他已能够通过故事,开始来了解那"描写的美丽"、"其中各人物的特性"和"作者的目的"。① 高尔基阅读着一切真正伟大的作品,他和名著里的主人公们生活在一起。这使他这样感到:"我生活在这样的世界,在这里如果不读书就完全不可能了解人。"②

文艺作品,高尔基说它"从古以来就是人们在艰苦的生活中的一个忠实的朋友和助手"。在高尔基的周围常常有一批卑劣庸俗的小人物,他们往往会"因为鸡的腿子被邻家的孩子用石头打断了或者窗子上的玻璃被打破了而在打架、吵嘴"。③ 这的确是一种非常讨厌、无聊,使人困倦、烦闷、甚至要发狂的生活。但是文艺作品,却给高尔基在没有认识过的世界里打开了窗户。给高尔基看到了"忠诚的人,精神健全的人,爱真理的、时常准备为真理、为美丽的英雄事业而牺牲的人。"④这帮助了高尔基从陈腐的泥沼上面抬起头来。虽然当时的生活还是和囚犯一样的痛苦,但在青年高尔基的心头却逐渐充满了健康和活泼的精神。他说:"我变成更为沉静,对于自己更有确信,我更意识地工作着,不甚注意那许许多多的生活的袭击了。"⑤一种勇敢和坚定的感情,就从阅读人物描写的深刻感受中生长起来,深深的影响了高尔基。

高尔基又不单从文艺作品认识人,他并且在丰富的实践的生活中认识了社会生活的真相,被压迫者的痛苦,人在生活中的地位,向万恶统治者反抗的正义性,和自己对于生活的恶劣应负的责任。他并不是读完了、有些认识了就算数了,而是就要根据他从作品中得来的认识马上实践起来,他痛恨书本中的那些卑鄙无耻的剥削者,他就在实际生活中狠狠地打击他们;他赞美那些为了人民的利益而不惜牺牲自己生命的英雄,他就积极参加革命的战斗,在实践中向这些英雄们看齐。

当青年高尔基从书本里看见有许多人生活得比他更坏,更困难,他就更有了决心,"不会和恶劣的环境去妥协"。被压迫的人们是如此的痛苦,高尔基对于他们绝不是无动于衷,他为这些不幸的人们痛哭,他是那样的同情和热爱他

---

① 高尔基《我怎样学习的》,齐生译,见扬伍编《高尔基文学论集》,天马书店1937年6月出版。

② 高尔基《书》。见《苏联的文学》,第118页,曹葆华译,新文艺出版社1953年11月上海第一版。(下引文同)

③ 高尔基《我怎样学习写作》,戈宝权译,三联书店1950年2月第一版。

④ 高尔基《我怎样学习的》,齐生译。

⑤ 同上。

们，以至他自己当时虽还只是"为呆笨的工作弄得不安静了的，被昏庸的叱责所侮辱了的一个孩子"，却就不能不向他自己宣布了如此庄严的一个约束："帮助人们，为他们忠诚服务，到我成年了的时候！"①

阅读文艺作品使青年高尔基很早就迫切想知道自己对于生活的恶劣是否负着责任。他的结论不是别的，就是假如没有上帝的存在，他就应该对于一切负责。他应当不是以忍受而是以反抗来对付生活的恶劣。如所周知，他后来就是这样履行了他青年时代的庄严约束，和生活的恶劣——及其制造者人民的敌人，斗争了整整的一生，而且获得了巨大的胜利。

高尔基在文艺作品的阅读里也培养了自己的审美能力和艺术表现的技巧。在高尔基看来，"一切美丽东西都是人所发明和描述出来的"。正是从人的阶级斗争和生产斗争中，以及从人和自然界的暴力的斗争中，高尔基看出了美的创造的本质。这就不知要比离开了人的生活的美的空谈高出多少。

从人的描写中来认识各种各样的人，通过人的思想、感情、关系来认识社会和生活，明确自己对于生活的恶劣应负责任，从而积极参加改造世界的斗争，而对于美和技巧的鉴赏也完全是从文艺作品描写人的根本任务出发来估量，这就是高尔基从青年时代就已学会了的"有意识的阅读"的要点。只有这样阅读，文艺作品才能给我们更多的教育。

关于作品的故事性和对故事的爱好

今天，还有一些人在阅读文艺作品时只对故事有兴趣，而且是只对惊险离奇、曲折怪诞的故事有兴趣，认为有这种故事的作品才值得阅读，才是最有价值的作品。他们不是通过人的描写，来更好地认识复杂多样的生活，发现作品的思想意义，却是想从故事中来满足自己单纯的好奇心，追求适合自己胃口的趣味。

并不是说我们不能爱好故事。优美的故事能使"孩子们忘掉游戏，老年人忘掉靠火"，爱好故事是人之常情，这种普遍的热情不能认作颓废的象征。也不是说文艺作品应当排斥故事，没有了故事文艺作品一般便不能存在。问题在于：如果只知道爱好故事而不能通过故事去欣赏和接受更重要的东西，就不能算是一个很好的读者。一个作品只写出了耸人听闻的故事，却并无更多的意

---

① 高尔基《我怎样学习的》，齐生译。

义,那么这也决不就是一个好作品,甚至它还是一种极有害处的东西。从过去各时代流传给我们的许多文艺名著可以证明,它们所以能够流传到今日,并且还如此激动人心,就因为它们不但有优美或令人震悚的故事,更重要的是通过这些故事中的人们的活动,它们还表现出来了种种非常高尚的思想和感情。

文艺作品应当具有浓厚的、强烈的故事性。但必需从刻划有血有肉的人物性格去达到。并不是有了热闹的情节,写了巨大的事件,就一定有浓厚强烈的故事性。相反,如果不是从中写出人物生活的尖锐矛盾,就顶多只能给人一种暂时的兴奋,终必使人感觉沉闷、厌倦。激动人心的力量要自然造成才能持久,这就必须从生活中去深加挖掘,而且以描写人为中心,按照事物发展的规律自然而紧凑地去结构故事。《钢铁是怎样炼成的》也好,《普通一兵》也好,《卓娅和舒拉的故事》也好,在这些作品里都没有惊险离奇、曲折怪诞的故事,有的只是这些普通人的自然而紧凑的思想、活动的描写,但它们却是多么感动和影响着我们呵!它们难道没有故事性么?当然不!但它们却不是以虚伪的惊险离奇、曲折怪诞来吸引人,而是以这些英雄的崇高理想和勇敢行为,以及他们的不在困难面前屈服,不断克服自己的弱点前进的真实具体的描写来吸引我们,而因此,它们才发挥了非常巨大的教育力量。

应当指出,如果以故事为一切,离开了人物,离开了生活的真实和崇高的思想,而一味追求不合理的惊险离奇、曲折怪诞,这就不是反映生活而是歪曲现实,这就不是教育读者而是要把读者引导到一条歪路上去。这种作品往往在惊险离奇、曲折怪诞的故事外衣下包藏着阻碍阶级意识发展的极反动的目的,就是使人脱离政治、脱离实际,不相信生活的发展有什么规律可循,目前美国资产阶级的反动文艺就是这个样子。爱读这样的作品实在是一种很大的危险,因为首先这将阻碍你自己的进步。而若只凭这类标准和这种趣味去接触优秀的文艺作品,你将以为这些作品很平常,没有看头,看不下去。其实并不是这些作品没有好处,而是你自己还未能辨别好坏,看出其中的真正光彩。希望这样的读者,好好的思索、比较、研究,我相信他们绝大部分逐渐都会发现自己过去阅读上的偏向。

树立正确的阅读态度和阅读方法

在阅读文艺作品上所表现出来的误错和偏向,这是由于这些读者的阅读态度和阅读方法还不够正确。

1671

有些人因为受了旧社会的影响，还把文艺作品看作"闲书"，以为阅读文艺是"旷时废日"，"不作正经事"。或虽拿来看看，不过由于闲得无聊，藉以消遣，只望能从书中找到一些免于疲倦的刺激。这就都不是正确对待文艺的态度。后者必然会流于追求故事和趣味。

阅读文艺是一件完全正当、非常有益的事情，但若抱着消遣的态度来阅读文艺，那么他就当然不可能从中认识到真正有益的东西。

阅读文艺的态度应该严肃，必须努力摆脱旧社会的各种影响，抱着一种诚恳的向新时代学习的心情，而自己所以要学习是为了服务于人民，把祖国建设得更好。不要害怕这样的阅读不会给自己带来阅读的快乐，当我们从作品中看到了英雄人物如何在艰苦的斗争中打败敌人，他们的想法是如何崇高又如何亲切地贴近着我们的心，作品中的某些语言是如何激动着我们，因为它意外地解决了我们内心中久悬的问题；当我们看到作者把坏蛋们的丑恶嘴脸揭露得如此彻底、痛快，把他们讽刺、打击得简直没有地洞可钻；或者作者写出了我们渴望知道但还未能知道的事情，也想写出但还不能巧妙表现的事情，和在生活中还没有普遍存在的新人典型，以及引导我们前进的明确道路；……阅读的快乐一定就会油然而生。

阅读文艺作品缺少正确的方法，这和今天学校中普遍存在的语文教学的缺点有很密切的关系。离开了课文内容，人物分析，而空谈政治思想教育的教条主义的语文教学，一个极端是容易使学生认为文艺作品应当等于政策条文的讲解，或某种技术方法的说明书，认为没有做到这个地步的作品便是"政治性不强"，"没有多大教育意义"；另一极端也很容易使学生误解政治性较强的作品一定枯燥乏味，以致望而生畏，反而会去接近软绵绵的东西。而津津有味于鸡毛蒜皮，把一篇完整的作品支离割裂为无数碎块来啧啧称叹的形式主义的教学，尤其容易引导学生在阅读文艺作品时走向脱离生活、脱离思想，而专重故事、词藻等等的错误道路。教师如果不能领导学生在作品形象的具体分析讨论中对于主人公们的思想感情获得深切的感受，就不可能使学生真正体会这个作品的意义，也就不可能养成他们独立研究一个文艺作品的能力。这是今天学校语文教学中一个带有根本性质的缺点，值得大家严重注意。

1672

谈欣赏的难关*

识 照 之 浅

我们每一个人都需要与书籍——不论是那一方面的书籍——作尽多的接触,我们几乎时时刻刻都渴望着能读到一些好书,而排斥什么也不能启发我们,帮助我们,或者反会阻害了我们的那许多坏书。不错,在恒河沙数的无数书籍里,汗牛充栋的坏书的确不在少数,排斥、甚至严厉地斥责它们正是我们为着要防卫自己的一种正当权利。但在行使这种正当权利的时候,让我们坦白反省一下,我们所据以判定好坏的标准是否完全正确?我们在匆遽之间却就以断然的语气判定的坏书,它们是不是真的那样毫无价值?

每一个人都可能有这种情形,即使他并不是一个轻率的读者,可是总有时会作出非常轻率的判断。枯燥,贫乏,没有趣味,诸如此类的感觉,常使我们对于一本书读不终卷,便怨诉丛集。于是我们就像平空受到了一场侮辱,许多欺骗,愤慨世间居然会有如此无聊的人写出如此无聊的书籍。这样的责备自然也有它的理由,而且对于某些真正毫无价值,甚至还要害人的书籍,痛斥本是一种必要;但问题是在这样的责备甚至痛斥常常缺乏事实的根据。就是说,我们所感觉的枯燥、贫乏、没有趣味,其实并不是这本书的真相,而只是我们自己的弱点,因为这只是我们自己的"识照之浅",以致不能够发现出书中的丰富意义来。

在知识的大海洋旁边,惟其我们都是如此浅陋,所以我们才能傲视群籍而

---

* 原书按语:本文原载《青年学习》第 1 期。1954 年 1 月修改补充后收入本书。

不大感到惭愧。我们常常一无所知或所知极少却装作什么都已精通,大言壮语,妄作解人。殊不知所有这样轻率的判断正不过可以暴露了我们自己的肤浅与不负责任。面对着一本难于欣赏的书籍,在怨恨与责备的同时,难道不应该想到自己也应该担负的许多责任么?

站在读者的立场,我们总是严厉地要求作者应该有写得好的能力,这样的要求如果说是正当的,那么要求作为读者的我们自己同时应该具有欣赏得好的能力,显然也是正当的。这两种能力的配合适应才是它们可以进步和发挥出来教育意义的保证。如果读者都是糊涂的,粗心粗气的,懒惰不长进的,试问还能从那里去产生培养出有能力的作者来?

偏见与困难

作为一个读者所以常常会是糊涂的,粗心粗气的,和懒惰不长进的,就因为欣赏原不是一件易事,在欣赏的过程中存在着许多难关,这些难关虽非天险,却亦决不能轻易度过。惟其不能轻易度过,所以那些没有勇气,没有耐心,不肯努力,不肯深入的人便不战而退了。并没有深切的认识,却有夜郎自大的胆量,再加上一种想抄小路以图出人头地的打算,于是他们就可以随意践踏他人的劳绩,以为只要能够踏在人家的头上,就能够显出自己是如何高明了。

欣赏的最大难关是种种色色的偏见。偏见的存在不但分布普遍,而且由来已久,根深蒂固,有些好像已成为我们身体的一部分,几乎无法割除。广布在社会、政治、宗教、民族、职业、时代、地域、性别等方面的偏见,真是种种色色,不能列举。我们每一个人都是在一种特定的阶级环境里出生,并被教养长大的,而由于我们——这个时代的大多数得以受到较多教育的知识分子——的出身,大都还不是真正的平民,因此在这个人民的世纪里,我们所持有的偏见比较起来就特别多。我们的这许多偏见唯其是从褓褓的时代就接受得来,而在逐渐长大之后,又很可能曾亲自体验而以为这种道理确实不错过,所以要避免或改变它们也就特别困难。许多偏见的不易革除是知道了这是偏见而革除的努力还不够,但另有许多偏见的不能革除却是由于在根本上还不知道这原来是偏见。几千百年来的传统压在我们的头上,阶级自私的感情植根在我们的心里,这就足够使我们把那些与自己不同的看法想法派作完全不对,而且这样做了在主观上还以为一点也没有不公道的地方。

1674

因为我们有着许多偏见,所以就很难达到正当的欣赏。正当的欣赏要以正确的理解为其基础,偏见则足以妨碍正确的理解。你以为对的也许正是错的,你以为错的也许正是值得赞扬的;你在书中找到了许多自己所同意的主张,你因此而发现了同道,感到一种不谋而合的欣喜,这种欣快的遇合虽然常常被人当作"好书"的重要标志,实际上可不能如此,因为这也许不过是双方偏见的沆瀣一气。

除掉种种色色的偏见,我们所研读的书籍如果在内容上太艰深,自然不能达到正当的欣赏。每一个人只能欣赏他所充分了解完全熟悉的事物,对于还不能确切把握其真正成就的书籍我们若不是只感到茫然、乏味或厌倦,那就一定只能说些空洞不切的含糊影响、似是实非的意见。面对着这样的作品,诚实的人自己承认还不能够完全接受,狡黠之徒则强不知以为知,穿凿附会或者故意歪曲,结果虽可以滔滔不绝但完全隔靴搔痒,并无是处。内容的艰深是一种情形,内容的陌生又是一种情形,有时表现形式的新奇特致也是一种情形。书里所讲的几乎完全超出自己的经验与知识,我们简直不知道应该怎样对付这种陌生的事物。不知道自然就不能欣赏,同样的,强作解事亦必无济于事。至于形式,传统的形式对我们太熟习了,因为欣赏起来这种传统的形式可以不费我们多大的心力,于是在潜意识里我们就认为这是一种最好的,理所当然的东西,而给了它太多的信仰。这样,在接触到一种新的表现形式时我们自然就对它发生了一种抗拒的心理,常常由于它的形式"不顺眼",便连它所含有的内容也一并忽略了。这样一种心理,固然也可说是偏见使然,但似乎更多由于惰性,它适应着我们好从抵抗最小的一环进行的这一种普遍的弱点。可是如果由它去适应,那就根本谈不到什么正当欣赏了,因为有了新的生活内容自然就会有需要新的表现形式。

欣赏的困难也存在于我们应该欣赏的范围太大。作为一个现代人,我们所需要的知识经验在质与量上都远超过前代的人民。我们要知道的比他们更广,同时在每一个问题里我们又需知道得比他们更深。而且我们的观点还常常应该是一个全新的观点,为要达到这种观点我们甚至还要先经过一番极顽强的改造自我的斗争。我们是生活在一个新时代的开头,这是一个变化最多最快的时代,我们要求更多的知识,可是要把握眼前的变化却多么困难。不要说生活的全局,就是在文艺这一个部分,我们的准备也感觉多么不够。何况也许我们的学习还太松懈,我们仅是匆匆地观察了一下,或者走马看花般地浏览了一遍,甚

1675

至这样做的时候还正值身心疲乏、心神都不能作有效运用的时候。

这就是欣赏的过程中存在着的一些难关的轮廓。它们矗立在那里，关塞极天，高入云表，使我们感觉心寒、气悸；但那高度的风光，那翻山越岭的野趣，那人迹罕到之处的新奇景物，却也不能不使我们油然生起一种向往之情。

扩大欣赏的基础

要度过欣赏的难关只有扩大欣赏的基础。

偏见的最大来源就是无知，或者知道得太不完全。因此如要避免或革除偏见，一方面固应加紧学习，以求更丰富更多面的知识，另方面就不能不有赖于正确的世界观，正确的认识方法的指引。欣赏的过程其实也就是认识的过程，有了这种观点和方法的指引，就能使我们在认识事物的过程中真正地看出哪些是歪曲了事物的本质的，哪些是把握了事物的本质的，从而才可以正确地估定作品的价值。

正确的世界观与认识方法在欣赏上是如此重要，因此得到它自然不会太容易。仅仅从书本上或别人的口头得来的常常太浮面，不能真正发生什么作用，应该把从这方面得来的认识同自己的生活实践配合起来，互相引证，互相加强，一定要表里如一，言行一致，不是所谓"红萝卜"。要改变思想就得先改变生活，而我们的生活却不是一下子就真能完全改变的，这需要极大的决心和磨炼，所以一种正确的世界观与认识方法必然是逐渐形成、逐渐生长的。不必心急，如果能这样做去，就一定可以得到它。你终将感到：人民的愿望与奋斗才真是历史进步的主力，马列主义才真是认识事物的锁钥。

生活的领域是如此广大，我们绝难完全了解，正不妨保有广泛的兴味，而仅择其中某几个更有把握更有兴趣的部分集中注意去研究、去欣赏。这样可以较易收获欣赏的效果。注意力集中之后，准备的工作就可以充分了，也就可以在身心最健旺的时候去欣赏了。一时还感觉艰深特致的东西，这样工作下去，就不致老是摸不着头脑，就可以逐渐到达迎刃而解的境地了。重要的是不要心急，不要一步就想跨到人人的前面去，你只要走的是康庄大路，你就一定能够到达目的地。一旦水到渠成，你就可以左右逢源，横说竖说，头头是道了。

欣赏要有道德。切不可凿空强作，无根妄说，甚至故意曲解，贻害他人。对于欣赏的对象，要有同情，要表尊敬，不能凭一己之私，诬蔑抹杀，或作题外的攻评。应该平心静气,就事论事,即使它有许多错误,也当以能发现其中正确的部分为自己应有的责任。

欣赏是对现实的认识,欣赏也是一种很大的快乐,因为它常常鼓舞我们:人世间的一切创造是如此丰富而多彩,劳动人民的精力是如此值得我们惊异,而劳动人民的企求进步、企求发展的斗争又是如此坚决,如此勇敢而且有着无限光明的前途。让我们多多地欣赏,而且让我们一道来欣赏吧! 在集体的欣赏学习中,我们的进步一定将会更快的。

第二部分　文艺修养问题

论文学的才能*

开端就是顶点——所谓"江郎才尽"

在孔平仲《续世说》里,有如下一节记载:

> 江淹以文章显,晚节才思微退。云:为宣城太守时,罢归,泊禅灵寺渚,夜梦一人,自称张景阳,谓曰:"前寄一匹锦,今可见还!"淹探怀中,得数尺与之。此人大恚,曰:"那得割截都尽!"顾见邱迟,谓曰:"余此数尺,既无所用,以遗君。"自尔,淹文章踬矣。又尝宿于冶亭,梦见一丈夫,自称郭璞,谓曰:"吾有笔在卿处多年,可以见还!"淹乃探怀中,得五色笔一以授之。尔后为诗,绝无美句,时人谓之才尽。[①]

这节记载,就是后来许多人常用的"江郎才尽"这个典故的一个出处。割截下来的锦已被索回去了,那支五色笔也已物归原主,所以后来江淹便再也写不出绮丽五色的所谓锦绣文章来了。

这是一个大家熟悉的典故,但其中所说,难道真是事实么?

不消说,对于有些作者,"开端就是顶点"是常见的事实,在他们引人注意的成名作以后,往往就不能再超过那样的水平,甚至不能再保持那样的水平,

---

* 原书按语:本文初稿原载《幸福》22 期,1954 年 1 月改写后收入本书。

① 孔平仲《续世说》卷二。

但索锦取笔云云,自然是虚妄的胡说。江淹如果有些文才,那决非由于向人借到了什么锦和笔,同样的,他如果才尽,也决不能是为了失掉什么锦和笔。用一种神秘的说法来解释一个作者的前进或堕落,不但是虚妄,而且每每也是一种诬蔑,其影响则还足以使一般人对文学的创造发生许多胡涂的看法,迷乱了他们的眼睛。辛勤的努力被忽略了,同样,那可耻的堕落也被掩饰过去,轻轻滑过了。

必须深入生活

文学的才能并不像有些人所想像的那样,是一个不可究诘的谜。

文学史告诉我们,任何一个伟大的作家他所以能够写出伟大的作品,首先是由于他有着非常丰富的生活经验,非常正确深刻的生活理解。作家越熟悉生活,越细心研究生活的规律,他的作品所反映的现实就越深刻、越真实。有些作品所以显得灰色而乏味,公式化和概念化,就因为它们的作者不是从活生生的现实中,而是从若干生活的公式概念中汲取来了这些主题和形象。一个作家如果不熟悉生活就一定创造不出典型的人物,而文学却一定要通过典型的人物来反映出所描写的时代,反映出一定阶级的生活状况,从而教育读者前进。生活对于作家是如此的重要,所以斯大林说:"形象和事件是不可以坐在自己的书房里臆造的。必须从生活中去汲取——研究生活吧。向生活学习吧!"①

作家应当有一种对于人的灵敏的感觉,他对于人物不但要看到他们的头发的颜色、皮肤、脸部线条、衣裳,而且一定还要窥见他们的灵魂。这种灵魂,又不但周围一般人所注意不到,甚至连人物自己也往往意识不到。可是要做到这一点他就必须深入到生活中去。作家必须是生活的参加者,尽可能多亲身经历一些事情。在从事创作以前,作家不但要有积年累月的准备——笔记、大纲等等,更重要的是他得多年参加火热斗争的生活,欢乐和痛苦,顺境和挫折,跟人们的密切交往。作家不可能把一切事情都亲身经历到,因此不应当要求他所表现的一定要完全是他亲身经历过的事情,但是如果他有了丰富的体验,那么他对于某些虽然没有亲身经历过的事情,以及人物的某些非常隐秘微妙的心情,就可能找到一条了解的道路。例如托尔斯泰的《战争与和平》,中间描写的是在他诞

---

① 转引自奥泽罗夫《苏联文学中的典型性问题》,叶湘文译,见《译文》第 3 期第 189 页。

生以前发生的事情,这些事情的战役资料他是可以找到的,但关于军官和兵士的心情的资料却决没有现成的东西。可是托尔斯泰却参加过西伐斯托波尔的保卫战。克里米亚战争当然和一八一二年的卫国战争不同,托尔斯泰当然不能机械地把他的心情和观察硬套到小说中去,但参加西伐斯托波尔保卫战这件事情却帮助托尔斯泰了解了《战争与和平》中的人物。若是托尔斯泰从来没有参加过战争,他就很难了解参战者的情绪,他们怎样克服恐怖,怎样在不断感到死亡逼近的情况之下过日子,怎样增进友谊,人们怎样变成更加粗暴同时却又更加敏感起来。

许多成功作品之所以获得成功,就因那些作家对于其中所写的人物和事情都非常熟悉,有过直接或间接的丰富的体验。

爱伦堡说:"这样的情形我们看见过不止一次了,有些青年作家在出版了第一本出色而有才能的书之后,他们的才华就早衰了;有时候就不再出第二本书,有时候也出了第二本第三本书,但是都使读者失望了。这样的悲剧常常是和作者的生平有关的。一个积极参加生活的青年,工程师或者地质学家,工人或者大学生,体验过一些生活,看到过一些东西;由于他有才能,所以他把自己的经验用到书里去,就一举成名。成为职业作家之后,他放弃了他以前所过的生活。不仅活的观察的来源,而且体验生活的来源都断绝了。第二本和第三本书之所以失败,是因为它不是以经验为基础,而是依靠了推测、文学上的影响,现成的公式写出来的。"①

爱伦堡的这一节话,很好地说明了造成"江郎才尽"这种事实的一个主要原因。

和人民群众有密切的联系

马列主义科学的出发点是:创造一切物质财富的劳动群众是社会决定的创造的力量,人民是历史的创造者。因此即使是最有天才的作家,如果他的活动,他的思想和意愿违反社会发展的要求,与之背道而驰,和人民群众不联系,那就会一事无成。

作家在自己的创作中力求真实地描写现实,就不能仅仅满足于个人的经

---

① 爱伦堡《谈谈作家的工作》,叶湘文译,见《译文》第 6 期第 163 页。

验,他还应该依靠人民的经验,倾听人民的意见,向人民学习,并充满人民的思想、情感、意愿和期望。这就是文学作品中真实地、深刻地了解生活和表现生活的保证。

不但如此,作家在人民的生活、劳动、愿望、斗争和创造中,还可以找到美的泉源。马克思主义揭示出人的审美感和美的法则与人民的劳动活动之间有着极深刻的联系。在人民的歌谣、故事、叙事诗、舞蹈等等里面,在人民的一切艺术创作中,体现着人民多世纪的审美经验,浸透着和谐与优美的气氛,富有鲜明的配比和高尚的特色,以及文艺上的完美形式。真和美的无穷泉源就是人民的生活经验和审美经验,许多伟大作家所以倾向于人民的原因就在于此。[1]

加里宁曾说:"我们知道,那些最有天才的诗人,最有才能的作曲家,只有当他们与人民创造的天才相结合,探到人民艺术底深根的时候,才能成为天才。……离开这个就不会有天才。……没有一个伟大人物在他底短促的生命中能作出这么多事,只有人民能作,人民是一切有价值的东西底创造者与保卫者。"因此加里宁指出:"在我国,一个艺术家要有伟大成就,必须到人民中间去;假使他底作品没有接触到人民大众,他是不会被重视的。"[2]在俄国文学中,例如普希金,他的力量就在于他的诗作的泉源是人民的,民间生活的因素对他的创作给了非常深刻的影响。列宁认为作家邬斯宾斯基之能有"深入到现象真髓的巨大艺术才干",这是跟他的热爱人民,跟他的"最熟悉农民"分不开的。鲁迅的天才无疑也是他同我们人民密切融合的结果。

作家必须和人民群众有密切的联系,这才能培养发展他的才能。而这种联系,如杜勃罗留波夫所描写,又"必须不单是要知道,而且自己还要深刻地强烈地去反复感受和体验这种生活;必须与这些人发生血肉的联系;必须自己要用他们的眼睛来看一些时候,用他们的头来想一些时候,用他们的意愿来希望一些时候,必须进入他们的皮肤和他们的灵魂"[3]。这就是说,作家必须积极地参

---

① 参阅伏•凯明诺夫《论现实主义艺术法则的客观性质》,高叔眉译,见《学习译丛》第10、11两期。

② 加里宁《在授与列宁格勒音乐院工作人员勋章时的发言》一文中语,转引自波哥洛夫《加里宁论文艺》,第9—10页,辛清译,新文艺出版社1953年3月第一版。

③ 转引自A•伊瓦盛科《论文学的人民性问题》,张孟恢译,见《斯大林论语言学的著作与苏联文艺学问题》,第185页,时代出版社1952年12月初版。

加人民的火热的斗争,必须和人民一道,为拥护新事物和反对旧事物而斗争。他不能是这个斗争的旁观者,对这个斗争不能采取中立和冷淡的态度。否则,他就无法正确深刻地认识现实,认识新事物,他就不能表现出来我们时代的先进人物。

深刻地体会到生活的规律性,积极地参加全民的斗争,为社会主义的建设事业而不倦地努力,这就能使作家同人民发生密切的——血肉一般的联系,这种联系就能使他们获得从事创作的强大力量。反之,如果作家的笔是为已经衰颓的社会势力服务,那么他就免不了要被大家遗忘。伟大的俄国批评家别林斯基曾十分正确地指出:"问题不在于作家的才能,而是在于这种才能具有什么倾向。"①

别林斯基的这一节话,从另一方面说明了"江郎才尽"的原因。一个作家不管他有多大本领,一旦叛离了人民,他的才能自然就要衰退净尽。

马列主义的思想武装

鼓吹虚伪的、反动的思想会使文学趋于没落,作家走上这条道路就会脱离人民,毁灭他自己。没有一个作家如果背叛了崇高的艺术思想,背叛了真理,忘掉了自己对人民的责任,为了取悦于反动统治阶级而在自己作品中故意歪曲现实,倒还可以保持自己的才能。

相反,如果一个作家能够忠实于生活真理,忠实于现实主义,能以每一时代的先进思想来武装自己,那么他的天才和能力就可以获得充分的发展。所有到今天还深为我们敬爱的古典作家们的作品,它所以有高度的艺术性和人民性,就因为他们在各自的时代中都具有先进的民主主义的世界观,这使他们对人民的不幸和痛苦具有深切的同情。在巴尔扎克和托尔斯泰身上,则表现了现实主义的最伟大的胜利。

世界观在文学创作中的作用是很大的。只有以先进理论为武装的作家,才有可能比较深入的理解和估计现实,认识现实的本质特征,它的合乎规律的发展倾向。作家的思想眼界越广阔,他就越能够在大量的印象当中,仿佛杂乱无

---

① 转引自 A·伊瓦盛科《论文学的人民性问题》,张孟恢译,见《斯大林论语言学的著作与苏联文艺学问题》,第 159—160 页。

章的生活事实当中,善于及时地阐明什么是主要的东西,而不致茫无头绪或沉没下去。因为文学像一切认识世界的手段一样,不单是反映现实,它还要起巨大的改造社会的作用。作家如果不了解现实生活中所发生的种种过程,把偶然的,甚至有害的东西当作了先进的和进步的东西,他就是走上了公开歪曲生活的道路。

在我们这个时代,每一个要求进步的作家都应当努力学习马列主义,一步也不脱离马列主义的世界观。

社会主义现实主义的文学要求从现实的革命发展中描写现实,不但要表现人民的今天,而且要透视到人民的明天,要用探照灯来帮助照亮人民前进的道路。这种文学又不但反映世界,而且要积极地帮助党按照共产主义的理想来改造世界。但这就要真正懂得已经获得了光辉灿烂的证明的马列主义科学理论。认识历史过程和对人类的未来有明确的概念,不会缩小而只会扩大作家的眼界。

契诃夫的艺术的观察使他也想到拯救人民脱离压迫的方法,但由于他不能看到和旧世界作斗争的真正的道路,于是他的成就便只限于批判现存的社会。他在一八九二年十一月二十五日写给苏伏林的一封信里说道:

> 记着,那些我们称之为永久的或者仅仅称之为好的作家们,那些对我们起一种陶醉的作用的作家们,有一个很重要的共同的特点:他们向着什么地方走着并且招呼你跟他们一起走去,并且你感觉到——不是用你的思想,而是用你的整个的生命——他们有一个一定的目的,就好像怀着既定的目的出现并且刺激想像的,哈姆雷特的父亲的鬼魂一样。有些作家——这看他们的才干而定——有近的目的:农奴制度,解放祖国,政治,美,或者只是伏特加,像德尼斯·达维多夫那样。又有些作家有更远的目的:上帝,死后的生活,人类的幸福,等等。他们中间最好的作家都是现实的,并且绘写生活的原来的面目,可是因为他们的作品的每一行,仿佛渗透了一种汁液似的,渗透着他们的目的底意识,所以你不仅仅感到生活原来的面目,而且感到生活应有的面目,这就是迷惑住你的地方。但是我们呢?我们!我们绘写生活的原来的面目,却不想向前再进一步……就是用鞭子抽也不肯向前再进一步。我们既没有近的目的也没有远的目的,而我们的灵魂空虚

得你能够在里面打球。①

契诃夫在这里诚恳地自白了他的弱点。在他那个时代,描写生活的真正目的只有社会主义,但这却是他所不能接近的。

作家在生活上和创作上必须登高远望,一定要有远见。而马列主义则已为我们创造了最高的理性的高原,从那里不但可以清晰地看见过去,并且还指示出了走向未来的一条唯一正确的道路。

巨大的写作劳动

作家应该深入生活,密切地联系人民,努力学习马列主义和党的政策,提高政治水平,此外他还须精通和锻炼艺术表现的技巧。所有这些他都得付出巨大的麻烦,细腻的劳动。

高尔基在给一位青年作家的信里说:"才能是从对于工作的热情中成长起来的。极端地说来,甚至可以说:所谓'才能',本质上不过是对于工作,对于工作过程的一种'爱'而已。"②李卜克内西在《马克思回忆录》里也曾这样说:"'天才就是勤奋',有人曾这么说。如果这话不十分正确,但依然至少有很大限度是正确的。"如果没有对于这种工作的热爱,没有经过长期刻苦的劳动,作家的才能就不可能成长,发展。

D·D·奥勃仑斯基回忆他所目见的托尔斯泰道:"我见过列夫·托尔斯泰伯爵的每一方面的创造活动……不论他做什么,他坚决地,自信地做着,相信他的工作是有价值的,而全神贯注在这工作之中。"③法国学者布丰说了"天才就是忍耐"的话,托尔斯泰补充说:"这话是完全正确的,不过这却不是说:好吧,我就忍耐吧,而是说,当你还没有把你能力所及的一切去贯注到一件事情上之前,决不要从自己手里放过它。"托尔斯泰最不满意于当时许多作家的便是他们写作的草率。一九○八年九月间有次他说:"不久以前,我又把普希金的作品读了

---

① 转引自加里宁《艺术工作者必须掌握马克思列宁主义》6—7 页,何勤译,新文艺出版社 1952 年 9 月第一版。

② 高尔基《给某青年作者》,见《给初学写作者》,第 63 页,以群译,平明出版社 1953 年 6 月四版。

③ 转引自莫德《托尔斯泰传》。

一遍,这是多么有益呵!全部问题就在于:像普希金及其他几位作家,或许连我也在内,都曾努力把他们能力所及的一切都贯注到他们的写作上去,可是现在的作家们则简直在玩弄题材和文字,玩弄各种比较法,而把它们胡搅一顿。"在一九〇九年二月四日的日记里他又这样写道:"大大小小的天才,从普希金到果戈理,都是这样地从事写作:'唉,不好,不妥当,无论如何,要写得更好些才行。'而现在的天才们呢?'嗳,谢天谢地,就这样算了吧!'"在托尔斯泰自己,则无论那一个作品,在写作之前总要孕育很长一段时期。不倦的推敲和无休无止的改作,一开始就已是他的信条。无论写什么作品,他总是竭力研究了种种材料,务使达到精确逼真的程度。例如在写《复活》的时候,为了不致误解当时囚犯生活的真相,他不但凭书本,并且还设法亲自去体察,或根据亲近友人的谈话去研究。他曾想访问莫斯科的布兑耳监狱,没有获准,于是他就设法去参观阿雷尔县的监狱。为要真实描写被流放到西伯利亚去的囚犯沿着市街行进的情形,他便等候在布兑耳监狱的大门口,等候囚犯们出来,一直跟他们一道走完了由监狱到车站的路程。他又在家里招待这监狱的管理人,详问他关于狱中生活的情况。他又向坐过牢的工人详问他在牢里的生活。

像托尔斯泰这样的例子,在伟大作家间是很多的。他们热爱自己的工作,不倦地追求完美,付出了巨大的劳动,所以才写出了激动人心的作品。

不断地学习,努力

作家要前进和提高——这是我们大家的道路,而不要"开端"就是"顶点",他就得完全自觉地跟随生活,不断地学习,不断地努力。

我们是在人类有史以来从未有过的读者面前工作,我们是在无限复杂丰富的时代中间工作,新与旧的斗争是这样的紧张,一切都在迅速地发展,变化,时时刻刻都有新的东西在出生、成长,旧的东西在死亡、减退。只要我们稍一忽略,稍一松懈,立刻就会落伍。但作家却应负起教育人民的任务。

魏庆之《诗人玉屑》中有一节说:

范季随尝请益曰:"今人有少时文名大著,久而不振者,其咎安在?"公曰:"止学耳!初无悟解,无益也。如人操舟入蜀,穷极险阻,则曰:吾至矣,于中流弃去篙榜,不施维缆,不特其退甚速,且将倾覆矣,如人之诗止学也。"①

学如逆水行舟,不进则退,这句古喻实有至理,这在今天,尤是如此。不进,就很容易马上落后,而一个在思想上艺术上落后的人,当然是无法满足迅速成长着的人民对于文学的要求的。

---

① 魏庆之《诗人玉屑》卷五。

论文学的技巧 *

什么是技巧

在《水浒》第三十六回里①，写宋江被穆家庄的追兵赶到了浔阳江边，前无去路，正在危急之际，忽从芦苇里摇出一只船来，宋江便哀求梢公救救他们。他们上船之后，不料那梢公张横亦是个强徒，拿出刀来，竟要请他们吃"板刀面"，逼他们跳下江去自杀。他们被逼不过，正只得跳时，对面摇来了另一只船，那船上的大汉李俊，同张横原是一路，却也是宋江的朋友。他见张横在江上做买卖，问起情由，疑心那就将被害的可能是宋江，便"咄！"的一声喊了起来，作者描写这个惊喜局面道：

> "咄！莫不是我哥哥宋公明？"宋江听得声音厮熟，便舱里叫道："船上好汉是谁？救宋江则个！"那大汉失惊道："真是我哥哥，早不做出来！"宋江钻出船上来看时，星光明亮，那船头上立的大汉正是混江龙李俊。……

对于这一段描写，金圣叹的批评认为尤其"妙不可说"的是"钻出船上来看时，星光明亮"这十一个字。他说这十一个字"非云星光明亮照见来船那汉，乃是极写宋江半日心惊胆碎，不复知天地何色，直至此忽然得救，夫而后依然又见

---

* 原书按语：本文原载《国文月刊》第79、80期。1954年2月修正补充后收入本书。
① 是指旧版本《水浒传》。

星光也。盖吃吓一回,始知之矣"。这就是说,因为这十一个字能够以具体的形象来写出宋江在得救之后和得救以前两种不同的心境,不用噜苏的叙述就能使读者得到一个生动的印象,所以是非常之妙的。金圣叹在这里赞为"妙不可说"的东西也就是我们现在常常提到的"艺术手段"或"技巧"。"艺术手段"或"技巧",过去虽然常被认为"不可言喻",或者"不可说",其实只要细想一下,倒并不真是如此。

说到文学的表现,我们固然要问表现的是什么,也要问是怎样的表现,后者也非常重要。问是怎样的表现,意思就要有效地获得表达的效果,使作者所认识的东西能够非常深切地容易地为一般人所接受。而所谓"艺术手段"或"技巧",应该就是指的求得表达伟大生活真实这种效果所需要的能力或方法。"技巧"既然是这样一种能力或方法,可是为什么一提到它就常有人要表示深恶痛绝呢?

几等深恶技巧的人

深恶痛绝"技巧"的人,大略分析一下,就有好几等,其中有些人在骨子里其实并没有真正反对或否认。过去有些自然主义的作者,认为文学是无需乎技巧的,技巧甚至还是文学的障碍,会减低它的真实性的;他们又或以为只要把所认识的"传达"出来了,便已尽了文学的能事。有些人写得一手好文章,他只求写得"合式",从没有学习什么"技巧",甚至他还会否认曾经注意过表达的问题,因此他们讨厌谈技巧。又有些人看到别人只管修饰字句,讲究格律,别的什么也不问,以致作成的文字完全没有生命,便说这就是"技巧"害了他们。

对于这些深恶痛绝的论调,很明显的,只要细想一下,就能看出大多缺少坚强的理由。修饰字句,讲究格律,单是这些本就不能包括"技巧"的全部。如果它还是完全脱离了思想内容而孤立存在的话,那就更加是"技巧"中的末事,只能算作舞文弄墨的玩艺,不能据以反对那含义广大得多的"技巧"。作者们有的诚然从未向人有意识地学习过"技巧",但"技巧"在丰富的生活、学习、思想经验中,原也能自己成长。他们只求写得"合式",不错,可是求得"合式"的过程难道不就是注意表达和获得"技巧"的过程?"合式"难道不就是发挥了技巧的结果?因此,像这种作者在主观上的忽略或反对技巧,既不必会减少作品表达的力量,也决不能就表明技巧这个问题在文学上不存在或不重要。对于那些认为文学无需乎技巧的,我们怀疑的是为什么他们否认了技巧倒还能承认有文学。无需乎了技巧,文学该怎样表现法呢? 如果技巧是比那些舞文弄墨的玩艺要高明得多的东西,那么它的目的倒原来是在加强或显示作品内容的真实性,为了最完整的表现丰富的思想和认识,对读者的想像和灵魂发生强烈深刻的作用,那里会成了文学的障碍! 以为只要把所认识的传达出来便已尽了文学的能事的人,他们首先没有考虑到这个简单的要求很可能使传达出来的根本不成为文学;其次,即使是文学,所表现的是否能深切,容易传达于广大人民呢? 文学作品应该为广大的人民服务,因此必须充分正确明了地表达。

坚决反对"技巧"的人还有宋朝的一些顽固的道学家? 他们主张"有德者必有言",圣人有德,圣人只撼发胸中所蕴便自成文章,并非讲究"技巧"的结果。讲究技巧便是:"悦人耳目,既务悦人,非俳优而何?"①要免于俳优这个恶名,最好还是根本不作文。程颐说作诗文是"闲言语",人家说"吟成五个字,用破一生心",他则"可惜一生心,用在五字上",所以作文在他看来毕竟是"害道"的。程颢"忧子弟之轻俊者只教以经学念书,不得教作文字",更进一步,他们并把"文章"与"异端"一同看待。自然,连文学都不要,那还谈得到什么"技巧"! 可是承认了要文学的却又怎么能不要"技巧"? 承认了要文学,就没有拒绝技巧的理由了。

"情欲信,辞欲巧"

比之反对技巧的人们,倒是重视技巧、欢迎技巧的人更多些,也更重要些。孔子说:"情欲信,辞欲巧。"②又说:"言之无文,行而不远。"③前者说文辞的表现要求巧妙,后者说巧妙了就能行远,这两句话真是言简意赅。在文学上努力阐说着意识与倾向之重要的别林斯基在他的时代这样说道:"艺术首先应当是艺术,后来它才可能是某一时代社会的精神与方向的反映。"苏联的批评家罗森达尔更强调这一点说:"任何崇高的意识都救不了艺术,如果它的创造主不是作为一个艺术家,而是作为一个普通的意识与理想的播送员出现。更有进者,在文

---

① 程颐语,见《程氏遗书》十八。
② 引自《礼记·表记》。
③ 引自《左传·襄公二十五年》。

学作品中,如果其中最优秀的意念并不是用艺术的手段,并不是用艺术形象的形式表现出来,那么,这种意念本身也都要贬值;它们传不到并且也不能传到读者的耳中。"[1]苏联的作家也会强调技巧的重要?是的,这是事实,因为他们知道文学之所以能够有力地教育人民就由于它必须是一件艺术品。他们一致的肯定:在各色各样的描写上,应用了社会主义现实主义方法的苏联作家,必须把自己的技巧提高到古典作家所站立的高峰,必须充分把握到技巧的极致。

苏联的作家们如此,也可以说,凡是对文学重视有所期待的,便不能不这样。针对着我国的需要,所以多年以前鲁迅先生也这样说过了:"我以为当先求内容的充实和技巧的上达……一说技巧,革命文学家是又要讨厌的,但我以为一切文艺固是宣传,而一切宣传却并非全是文艺,这正如一切花皆有色,而凡颜色未必都是花一样。革命之所以于口号、标语、布告、电报、教科书……之外要用文艺者,就因为它是文艺。"[2]鲁迅先生这个对于技巧的看法,是正确的,应该成为目前一般作者的座右铭。

技巧是劳动经验的结晶

真正的技巧,在本质上实在是劳动经验的结晶,是深刻理解现实及其发展规律的结果。

我们在生活实践里劳动,在劳动里有着经验,从这经验可以提高我们对于世界的认识,也给我们培养了表现这种认识的能力与方法。惟其这种能力与方法是从认识来的,是与认识密切而不可分的,所以,它就决不能和单纯的形式这一概念混同。

"为艺术而艺术"的人们,他们常常追求单纯的形式,他们想以外表美丽的形式来掩饰内容的贫乏,来掩饰自己的思想与道德上的堕落——脱离人民。这就是所谓形式主义,在基本上,他们是想把文学的过程与社会的过程区分开来,他们不愿看到文学产生什么社会作用,他们宁愿它是孤立的、抽象的,于是就不致成为不利于他们的一种力量。而真正的技巧,却正相反,它的工作十分明确,

---

① 罗森达尔《论艺术的意识性与倾向性》,水夫译,见《苏联文学之路》,第92页,时代出版社1946年出版。

② 鲁迅《文艺与革命》,见《鲁迅全集》,第四卷第95页。

是更好的表达真实，它的目的则正在要完成某种主题的表现，使人民容易从文学作品得到教育，因而形成一种重要的革命力量。

单单提高意识水准是不够的

因为是这样的技巧，技巧有着这么重要的意义，所以高尔基再三的要求青年作者"必须吸取和熟习技师的工作方法——秘诀"。大多数青年作者所以会缺乏"观察和知识的丰富，书的言辞描写技巧"，在他看来，就"由于他们不大熟悉文学工作技巧的缘故"。[①] 一切的工作都需要技师，文学工作也不能例外，这一方面由于它的对象实在太复杂了，另一方面，文学作者又必须在熟习技巧之后，才可以尽量发挥他们的才智。

文学者的材料是最复杂的人，最复杂的人如果又是生活在像目前这样波涛壮阔、变化多端的时代，新的任务，新的问题，自然更增加了表现上的困难。换言之，技巧的需要也就更加迫切。刘勰在《文心雕龙·总术》篇里说得好：

> 凡精虑造文，各竞新丽，多欲练辞，莫肯研术。落落之玉，或乱乎石；碌碌之石，时似乎玉。精者要约，匮者亦鲜；博者该赡，芜者亦繁；辩者昭晰，浅者亦露；奥者复隐，诡者亦典。……夫不截盘根，无以验利器；不剖文奥，无以辨通才。才之能通，必资晓术，自非圆鉴区域，大判条例岂能控引情源，制胜文苑哉！

有技巧同没有技巧或技巧不足的作品在效果上是不同的。如果没有形象，不能凸出地表现主题，造成动人的力量，如果不但结构与风格无从把握，连文字的去取也不能有标准："虽前驱有功，而后援难继，少既无以相接，多亦不知所删"；那就不能成为"按部整伍，以待情会，因时顺机，动不失正，数逢其极，机入其巧，义味腾跃而生，辞气丛杂而至"，即声情俱美的东西。因此，苏联作家所说的要"为提高自己的艺术水准而斗争"，实在是不错的，艺术水准如果不提高，单单提高意识的水准，文学作品的教育效果仍是不大的。

对于开始写作的人，研究技巧则还可以使他们不致白费精力。尼·奥斯特

---

① 高尔基《培养文化技师》，孟昌译，见《文学散论》，文献出版社 1942 年 4 月再版。

洛夫斯基曾说:"可惜的是帮助青年作家的杂志中,大作家们虽然讲了书的布局和章的结构等,但他们不谈起草时的实际工作。他们认为这是不必要的琐事,而用了很多篇幅来专讲理论。但是开始写作的人,正必须知道写作的技巧。"①

技巧不是唯一的最高的"法宝"

技巧是非常重要的,但如把技巧看作文学写作上唯一的或最高的法宝,这也不是正当的态度。唯美主义者、艺术至上论者他们把技巧看成是文学的一切,把技巧从文学的思想内容分割而独立起来加以论究,这就使他们的作品失却了生活的基础,也便使它不成了艺术。用歌德的话说,便是成了一种"技巧品",而不是"艺术品"。歌德说:

> 因为加了工的题材的内容就是艺术之始和终。我们虽不否认天才和有修养的艺术家能够以艺术手腕从一切中造出一切,以及可以控御倔强难使的材料,可是如细加考察,这样得来的作品常是一种技巧品,而不是一件艺术品。后者应当基于一种可宝贵的内容,然后艺术手腕藉着熟练、勤劳,终于使材料的真价更优越地、更美好地表现在我们的眼前。②

这种只注意于技巧的作家,在历史上是不少的,可是他们从来就不曾占到什么地位。王若虚引其舅周德卿论诗之语说:"文章以意为之主,字语为之役,主强而役弱,则无使不从。"又说:"以巧为巧,其巧不足;巧拙相济,则使人不厌。……雕琢太甚,则伤其全;经营过深,则失其本。"③专重技巧,正是主弱而役强,如何能不失其本! 这种失本的作品,无论它外表如何艳丽,如何齐整,终是虚伪的东西,不过是以巧伪媚人于一时而已。

美学上和修辞学上已经树立的若干原则,我们自然都有熟习的必要;但若一个作者以为只此已足,就可凭着一点"鉴貌辨色"的小聪明,依样画葫芦写出

---

① 尼·奥斯特洛夫斯基《我怎样写〈钢铁是怎样炼成的〉》,见《钢铁是怎样炼成的》第 626 页附录,戈宝权译,人民文学出版社版。

② 歌德《诗与真》,见思慕译《歌德自传》,生活书店版。

③ 王若虚《滹南诗话》卷上。

好作品来,这却是绝大的错误。那些专重"技巧",结局却遭遇到惨败的作家,他们太把类此仅占次要地位的"职业的技巧"看重了,并且是把应该活用的知识完全死用了,他们的惨败不是偶然的。

生活认识的深浅决定技巧的高下

技巧是表现认识的一种能力或方法,因此作者认识生活的深浅高下,可以决定他的技巧的高下。没有对于生活的深刻认识,就不可能产生真正高明的技巧。我们感到某人的技巧很高,并不是指他那种"职业的技巧",而是说他所认识的真是高。唯其高,所以他才各方面都能顾到,所以他才能横说竖说,头头是道,所以也才使一般人都能深切地容易地接受他所欲表达的东西。

朱熹说:"今人所以事事做得不好者,缘不识之故。"又说:"好物事虽百工技艺做得精者,也是他心虚理明,所以做得来精。"①朱熹说的这层意思,在作文上亦一样。要写一个人物,如果不深切认识这个人物,怎能写得出?就是写得出,又怎能写得动人?渥兹华斯说一切好诗"决不是由于题材丰富就可产生出来,乃是由于一个具有非常的感受性的人,曾经长久深思而产生出来的。"②所谓"长久深思"其实就是一个深切认识的过程。凡是认识不清的作品一定脆弱不堪,因为如果这个观念在作者本人还不大明了,它就当然不能使读者明了。观念越清晰,表现这个观念的能力就可以越增加。

在这一点上,古今中外的大文学家的观点全是一致的。歌德劝爱克尔曼"无论如何,要不怕辛苦,充分地观察一切,然后才可以描写"。(一八二三年十月二十九日的谈话)卡莱尔对于莎士比亚的"明察的眼睛"作过这样一段说明:

> 莎士比亚是古往今来一切诗人们的领袖,是世界有记录以来最伟大的智慧者,以文学的方式留下自己的记录。我们若汇齐了他的各种性质看,的确找不到第二人有这样的观察力,有这样思想的灵才。这样渊深中的沉静,和平愉快的力量,一切可以幻想的事物,在这伟大的灵魂里,都这样的

---

① 《性理大全》。
② 渥兹华斯《抒情短歌集序》,连珍译。见《艺文集刊》第一辑 136 页,中华正气出版社 1942年 8 月初版。

真实而明晰,彷佛在一片平静而不测的大海中。……完善,胜过一切人的完善,惟莎士比亚足当之。他仿佛从直觉中就辨别出他在怎样情势中工作着,他的事材是什么,他自己的力量如何,这力量和以上种种的关系如何。这不是一种暂性的透视力足以胜任的;这是深思熟虑地整个儿事物的烛照,这是一只镇静地观察的眼睛,简言之,是一个伟大的智慧。一个人见过了一种广大的事物,你要他做一套叙述,看他怎样构造,看他能表现出怎样一种图画和描写,这是试验这个人有多少智慧的一个好法子。那一种境象是重要而应该注意表现的,那一种是不重要而应该略去的,那儿是真的发端,那儿是真的结果和结局,你叫他寻找这些,你就叫他用尽全副透视的力量。他一定要对这件事物有透澈的了解,他了解的深浅就能断定他答辞的确否。你就可以这样试验他。……

或者我们又可以说,莎士比亚的伟大就在他的描绘上,在他的描写人物,特别在人像上。这个人的一切伟大准确地奠基在这上面。我以为,莎士比亚的镇静而有创造力的慧眼是无可比拟的。他所注目的东西,不是曝露着这面那面的脸容,却曝露着内层的心和根性的秘密;在他面前,这一切仿佛溶在光明里,使他洞瞩了它完全的构造。我们说他有创造力:诗的创造是什么,那不也是洞瞩万物么?描写万物的字句,自然地就跟着这种明晰贯澈的观察而产生了。①

这说明"透澈的了解","洞瞩万物"的智慧——也就是深刻的观察和认识对于技巧的养育是如何重要,如何密切而不可分。一个人如果没有正确深刻的观察能力,没有对于"一切人,一切阶级,一切群众,一切生动的生活形式和斗争形式,一切自然形态的文学和艺术"的周密的"观察,体验,研究,分析",他又如何能有高明的加工能力呢?

几 个 例 子

正确高深的认识可以产生高明的技巧,在《庄子》里就有两个著名的例子。其一是庖丁为文惠君解牛,解得非常干净利落,文惠君赞叹道:"嘻,善哉,技盖

---

① 卡莱尔《英雄与英雄崇拜》,第157—159页,曾虚白译,商务印书馆1933年6月再版。

至此乎！"而庖丁却这样回答：

> 臣之所好者,道也,进乎技矣。始臣之解牛之时,所见无非牛者;三年之后,未尝见全牛也。方今之时,臣以神遇,而不以目视,官知止,而神欲行。依乎天理,批大郤,道大窾,因其固然。技经肯綮之未尝,而况大軱乎?良庖岁更刀,割也;族庖月更刀,折也;今臣之刀,十九年矣,所解数千牛矣,而刀刃若新发于硎。①

另一个例子是在《达生》篇里：

> 梓庆削木为鐻,鐻成,见者惊犹鬼神,鲁侯见而问焉,曰:"子何术以为焉?"对曰:"臣工人,何术之有? 虽然,有一焉,臣将为鐻,未尝敢以耗气也,必斋以静心;斋三日,而不敢怀庆赏爵禄;斋五日,不敢怀非誉巧拙;斋七日,辄然忘吾有四肢形体也。当是时也,无公朝其巧专而外骨消,然后入山林,观天性。形躯至矣,然后见成鐻,然后加手焉。不然,则已。则以天合天,器之所以疑神者,其是与?"

这里庖丁的解释,是辩明解牛的本事,主要来自对于牛体的完全认识,不能单以"技"来说明,所以说是:"道也,进乎技矣。"梓庆所以要"斋以静心",无非为便于作专一的观察和思考,以求"成鐻"的显现。认识都是原因,技巧都是结果。况周颐说:"'春山淡冶而如笑,夏山苍翠而如滴,秋山明净而如妆,冬山惨淡而如睡',宋画院郭熙语也。金许古《行香子》过拍云:'夜出低,晴山近,晓出高。'郭能写山之貌,许尤传山之神,非入山甚深,知山之真者,未易道得。"②绘画作词如此,民间歌谣亦复如此。《诗经》里的许多诗歌,大多是"小夫贱妇,满心而发,肆口而成",正因为他们已经"真积力久","故肆口成文,不害为合理",而且还成了稀有的妙品。③ 欧阳修所谓"愈穷则愈工","穷者而后工",④亦是说的

---

① 《庄子·养生主》。
② 况周颐《蕙风词话》卷三。
③ 元好问《陶然集序》,文集卷三十七。
④ 欧阳修《梅圣俞诗集序》。

这种道理。

积极参加生活，认识生活

技巧主要来自对生活的认识，没有生活就没有文学，自然也就不会有什么技巧。描写自己所不认识的事物一定要失败的。

不识字的农民能够唱出动人的歌，说出含意很深的故事，主要是丰富的生活经验产生了他们的才能。

但要有丰富的生活经验，仅凭观察生活是不够的，必须能参加生活，了解生活，还要改造生活。在另一方面，例如游戏的生活就只能产生出游戏的文学、游戏的技巧。并不是从任何熟悉的生活或革命的文件决议中都可以写出伟大的作品，只有在人民大众的火热的斗争生活里才能开拓创作的源泉。生活越富于社会意义，对客观现实的认识越正确深刻，技巧也就越能够得到发展。法捷耶夫曾经这样说：

> 要能够赋与真实的性格，只有从生活出发才可能，若是只从论文，从书籍，从决议案出发，要赋与真实的性格是不可能的。决议案只是党的、全国的经验的凝结。而我们若不研究真的生活，而单从决议的命题出发，只在贫农的颌下添上焦红的胡子，给富农装上一个肥满的肚子，放进一些他对儿孙的舐犊之情，则我们从这里决不能创造出真正动人的作品，只是创造了生活的模造。而这却还不是真的艺术。[1]

作者所以不能有出色的技巧，主要由于对主题没有明确深刻的认识，对所描写的事物并未完全彻底弄清楚。或根本缺少这份生活知识。欧阳修评论孟郊《移居》诗所谓"借车载家具，家具少于车"，《谢人惠炭》诗所谓"暖得曲身成直身"，以为"非其身备尝之不能道此句"[2]。生活细节还得如此，重大问题更不必说了。

———————————

[1] 法捷耶夫《创造新的纪念碑的形式》，见《文学的新的道路》，第 74 页，适夷译，光明书局版。

[2] 欧阳修《六一诗话》。

在生活中成为一个先进者

有了正确、进步、丰富的生活经验和知识，在技巧的完成上，还需要有对于生活的热情与挚爱。只有当作者在生活中是一个先进者能够预见到许多新事物的时候，他才可能成为一个生活的强有力的发现者。卡莱尔说得好：

> 我们所谓知道这东西，一定先要爱这东西，同情这东西；换句话说，必得要有德性地系属着这东西。他若不能在每一次转变上压住自己的自私心，他若没有勇气在每一次转变上维护这危险的真实，他怎么会知道？他的一切品德，将永远纪录在他的知识中，在品德卑劣、自私而怯懦的人，"自然"和它的"真理"永远是一本密封的书本。这种人所知道的，"自然"永远是浅陋、浮薄、渺小，只足为日常的应用而已。①

技巧的成长的确应当同作者的品格、意志、决心和热情一同联接起来。爱仑堡说得好："作家的观察力是和他的内心品质与生活经历分不开的。""作家的观察力并不是一种登记事件，性格，以及冲突的技能，而是同鸣共感的才能。……作家不是只在写字台旁边形成的，他是在热火朝天的现实生活中形成的，因为必须先有伟大的情感才能描写伟大的情感。"②在技巧里面，不能只有职业的事物，还应当有英勇的事物，后者的地位更占重要。人民大众的英勇奋斗，为人民事业服务，这样一种庄严的使命正就是作者们创作精神的一个最有力的支柱。全人类——祖国，世界，都在望着他，等着他去完成新的事业，这样一种意识就能使他产生出力量，克服一切的困难。

艰巨的思想工作之一部分

技巧来自认识，换言之，也就是决定于思想。它就是艰巨的思想工作的一部分；二者是不能机械地分开的，因为二者在创作的过程中常常是同时成

---

① 卡莱尔《英雄与英雄崇拜》。
② 爱仑堡《作家与生活》，第24—26页，蔡时济译，文艺翻译出版社1951年10月初版。

熟的。一个作品如果是成熟的,那中间一定有生动的人物、近情的故事、贴切的环境,从而表现了很好的思想,而这些一定也是在作者动手写以前就已成形在他的心目中,否则,他就一定写不出来。思想与技巧之不能分开,可从思想不成熟的人决计写不出技巧成熟的作品来这件事实上得到显著的证明。仅有思想的骨架的所谓"公式化"的作品,它们所以没有血肉,没有生命,并不是由于它们的思想已经成熟,却是由于它们的思想还没有完全成熟的缘故。

思想与技巧,在文学作品里的地位都是重要的,"革命的政治内容与尽可能高度的艺术形式"应该统一,但二者的关系,是思想为主,技巧为属,又彼此互相影响。唯美主义者、形式主义者们以为技巧可以完全离开思想而独立,殊不知离开了思想而孤立起来的技巧,不过是舞文弄墨的末技,甚至还是一种欺骗,真正的技巧要比这广大、深刻有价值得多。舞文弄墨的末技是失去与人民的接触的结果,这就是腐败贵族和没落资本家文学的最大特色。形式派的文学的目标,是歪曲人生,逃避现实,用琐屑的、无价值的、题外的东西去限制内容,制造意识形态上的毒素,腐蚀人民的思想,在精神上解除它同时代人的武装,阻止文学参加人民大众为达成他们理想的斗争。他们幻想使形式高出在其他一切之上,结果却仅足证明他们自己是多么无能,形式是变成多么空虚和贫乏,以致形象完全解体——毁灭了文学。而真正的技巧则决不是模糊思想的实质,而是要显明它,证实它。

思想是主要的,革命的思想尤其主要。作家们应该积极参加当代的生活,照别林斯基的话说,作品的根和人民的根愈缠得牢,那么它就能变得愈有力,它流出的汁就更有生命。作者们如果只写他个人感觉兴趣的东西,而不以每个新的历史时代所推出的问题为重,他就决不会在历史上留下什么痕迹。否则,他就应当去写人民,写他们所靠以生活的东西,组成他们的快乐与悲痛的东西,填满他们的思想与期望的东西。作者应该成为革命人民的喉舌和代表,不仅在思想上并且也在感情上和人民完全结成一体,只有这样他们才能成为一个伟大和头等重要的人物。但这就需要他有马列主义的高深的修养,不倦不怠的工作精神,特别是,对我们时代革命事业的无限忠诚。若是能够这样,他也就是有了能够广泛地掌握各种技巧的可能。

不断劳动的必要

　　思想与技巧一般说是同时成熟的；但在有些时候，尤其在初学写作者的场合，其间却难免有一点距离。他们这时虽然已经有些认识了，却还不能把它表现出来，或者不能表现得好。这原因，一方面固由于他们的认识还缺乏条理性、明晰性，也就是说对于对象的构成的规律——这中间包括各部分对各部分的关系，各属性对各属性的关系，各部分各属性对全体的关系，各部分对中心的部分，各属性对基本的属性的关系——还未能进一步地去把握，因此不能使表现合乎这种规律而显出完美；另一方面，也由于从思想到技巧，其间还存在着一些先得解决的问题，例如对表现工具的特殊性能是否熟悉？ 对教育对象的接受能力是否清楚？ 又是否能适应？ 如果像这类的问题不先解决，那么即使已有很好的思想、很深的认识，思想与技巧在某种程度上就难于马上完全同时成熟。表现工具的特殊性能，表面上似与所要表现的认识无关，事实上它却有着很大的影响，可能发生限制的作用。作者如能充分了解和发挥这种性能，使它同客观现实的法则与主观精神的影响一致，它就能使技巧容易成熟。可是要充分了解和发挥这种性能并非易事，这又给思想与技巧的同时成熟在事实上增加了一种困难。

　　像这些问题和困难，自然不是不能解决的，但对观察和描写都还缺少经验的初学写作者，则不能不需要时间和训练。这所以就有了"熟练"的提出。

　　高尔基说：

　　　　作家底工作究竟是什么呢？ 作家须各式各样地想像自己底观察和印象、思想和生活经验等，而将它们装进各种的形象、情景和性格里去。作家底作品要能够相当强烈地打动读者底心胸，只有作家所描写的一切——情景、形象、状貌、性格等等，能历历地浮现在读者的眼前，使读者也能够各式各样地去"想像"它们，而以读者自己的经验、印象和知识底蓄积去补充与增加。由作家经验与读者经验底结合和一致，能够产生艺术的真实——言语艺术底特殊说服力。①

---

　　①　高尔基《给两位青年作家的公开信》。见《给初学写作者》，第 94 页，以群译，平明出版社 1953 年 6 月四版。

因此，文学作品要获得它的特殊说服力是不大容易的，作家应该在把握到人民大众精神上的深度之外，还把握到他们在接受上的广度。在这上面他需要竭力改正自己的偏向和偏见，需要从根深蒂固的习惯里勇敢地振拔出来。他要有认识，有决心，重要的是他还得有经常的练习，不断的劳动，求得熟练。

古人也都重视这种练习。欧阳修说："文有三多：看多，做多，商量多也。"[1]胡仔又说：

> 东坡云：顷岁，孙莘老识文忠公，乘间以文字问之，云："无他术，唯勤读书而多为之，自工。世人患作文字少，又懒读书，每一篇出，即求过人，如此少有至者。疵病不必待人指摘，多作自能见之。"此公以其尝试者告人，故尤有味。苕溪渔隐曰：旧说梅圣俞日课一诗，寒暑未尝易也。圣俞诗名满世，盖身试此说之效耳。[2]

这里所谓三多，所谓日课一诗，寒暑未尝易，固然是求熟练，而像长久的酝酿，再四的修改，无疑也是求熟练。只有熟练了，才能熟悉表现工具的特殊性能，才能很好地适应并提高人民大众的接受能力。也只有这样，作家才能逐渐做得到在思想成熟的当时就亦成熟了技巧。文学史上许多大师们之所以伟大，并非因为他们所写的一切都是卓绝而毫无错误，是因为他们终生不断的劳动着，在和自己的疏忽和错误作斗争。

熟 能 生 巧

熟练了，就能熟悉；熟悉了，于是更能熟练；两者是互相关联的，即所谓"熟能生巧"。因此熟练不仅在技巧的培植上是重要的，在认识的深化上也非常重要。庖丁解牛已有十九年数千牛的历史，这是熟练，也更熟悉，所以此后他益发可以游刃有余。杜甫诗：

---

① 欧阳修《六一诗话》。
② 胡仔《苕溪渔隐丛话》前集卷二十九。

临危经久战，用意始如神。①

读书破万卷，下笔如有神。②

乃知盖代手，才力老益神。③

这无非仍是多读多作四字。工具运用得熟了，方法训练得细密了，妙处自然会生发出来。孙元忠朴尝问欧阳修为文之法，修答："于吾侪岂有惜，只是要熟耳。变化姿态，皆从熟处生也。"④吕本中《紫薇诗话》里有一节说：

叔用尝戏谓余云："我诗非不如子，我作得子诗，只是子差熟耳。"余戏答曰："只熟便是精妙处。"叔用大笑以为然。

熟便是精妙处，诚然，因为原来之所以不妙，就为的于事理既未尽通透，于表现工具读者程度亦未能操纵裕如完全清楚之故。

苏东坡论文，以为"所可知者，常行于所当行，常止于不可不止，如是而已矣。"⑤话说得不错，但这应是对作文的各种条件都已能充分把握后的结果，刚开始写作的人不易到此境界，他们须要由熟练而更熟悉，由更熟悉而完成熟练——于是产出完美的技巧来。

从日常生活的短篇习作开始

培植技巧的基本工夫应该从日常生活的描写做起。日常生活因为是熟悉的、亲切的，所以在表现上较易把握。同时它也决非不重要，很值得去写。如果开始就从事重大的主题，由于作者的力量不足，不但会伤害了这个主题，而且那种思想与技巧上的碎屑、混乱、歪曲……也会解消了练习的意义。

不要一开始就想写什么大著作，这是不可能的，应该慢慢来，拣那能够胜任的东西先写。长篇巨制需要非常的博识，需要精通材料的各个部分，要把每个

---

① 杜甫《观安西兵过关中待命》。

② 杜甫《奉赠韦左丞丈二十二韵》。

③ 杜甫《寄薛三郎中据》。

④ 引欧阳修《文断》。

⑤ 《东坡题跋》卷一，《丛书集成》本。

部分都写得很好,否则,便容易一败涂地,许多力气都变成白费。歌德说得好:

> 诗人若每天抓住现在,只把呈现于眼前的东西时常以清新的心境来处理,那么无论在什么时候,定能作成很好的作品;即使偶而失败,也不致有多大的损失。……用那种以为总有一天会达到目标的走法是不够的,必须一步一步都是目标,一步有一步的价值才好。……
>
> 有许多事物你或可以写得很好,而未曾充分研究和不熟悉的事物却不易写得出色。……若在全体中的什么地方失败,那么部分不论写得多么巧妙,总是有瑕疵的东西。……不如把你尽能处理的各个部分,单独地分开来写,那一定可以写成很好的作品。①

斐定也这样说:"练习技巧最好先从短篇小说开始。在短篇小说里面一切都是一目了然的:各部分的匀称,人物和情节的有机关系,每一插话为整个构思服务,每一细节为整体服务。而且在短篇小说中真正能够培养语言的感觉;在短篇里不许东拉西扯,里面的词汇需要选了又选。"②

日常生活复杂而多变,若不是由于熟悉和亲切,决难写好。随着生活范围的逐渐扩大,只要你能始终把握住它,你的认识和技巧就也能一同进步、深入。

向文学遗产学习

培植技巧应该向中外文学遗产学习。但这样的学习,既不是直线地接受它的思想,也不是机械地模仿它的形式。在技巧的学习上,如果流于机械的模仿,抄袭,结果便要成为"画虎不成反类狗"。古人大都明了这一层,随举数例,如:

> 近代文章之病,全在摹仿。即使逼肖古人,已非极诣,况遗其神理而得其皮毛者乎?……如扬雄拟《易》而作《太玄》,王莽依《周书》而作《大诰》,

---

① 歌德《在1823年9月23日与爱克尔曼的谈话》,周学普译,见《歌德对话录》,商务印书馆版。

② 斐定《作家的技巧》,见《作家与生活》,第50页,刘辽逸译。

1703

皆心劳而日拙者矣。①

陶渊明为文不多，且若未尝经意，然其文不可以学而能。非文之难，有其胸次为难也。……后世学子书者，不求诸本领，专尚难字棘句，此乃大误。须是神明过人，穷极精奥，斯能托寓万物，因浅见深，非光不足而强照者所可与也。②

学稼轩要于豪迈中见精微，近人学稼轩只学得莽字、粗字，无怪阑入打油恶道。试取辛词读之，岂一味叫嚣者所能望其顶踵！……稼轩是极有性情人，学稼轩者胸中须先具一段真气、奇气，否则，虽纸上奔腾，其中俄空焉，亦萧萧索索如牖下风耳。③

临摹古画，先须会得古人精神命脉处，玩味思索，心有所得，落笔摹之，摹之再四，便见逐次改观之效。④

法固要取于古人，然所资者，不可不求诸活泼泼地。若死守旧本，终无出路。古人之画之妙，不过理明而气顺。……要在能取其意。⑤

这里他们都反对机械的摹仿，知道作品之所以巧妙，主要是在于作者的"神理"、"胸次"、"性情"、"胸中一段真气奇气"、"穷极精奥"；那些"难字棘句"、"莽字粗字"、"纸上奔腾"，不过只是"皮毛"，"落笔摹之"，"终无出路"。正如欧阳修所说的："今之学者，莫不慕古圣贤之不朽，而勤一世以尽心于文字间者，皆可悲也。"⑥"用力愈勤而愈不至"⑦，真可说是一个悲剧了。

但如前所说，现代的作者也不可直线地去因袭古代人的思想，因此，在技巧的学习上，现代人"所资者"，正"不可不求诸活泼泼地"。所谓"活泼泼地"，就是说作者应当从那些大作家们的精神活动和客观历史发展的关联上去吸取教训，学习他们同情人民勇于揭露生活真实的现实主义精神，学习他们对人的了解的深刻，去积蓄文学的认识方法。大作家们在当时的历史限制下，怎样接触了现

---

① 顾炎武《日知录》。
② 刘熙载《艺概》。
③ 谢章铤《赌棋山庄词话》。
④ 方薰《论画》。
⑤ 张庚《浦山论画》。
⑥ 欧阳修《送徐无党南归序》。
⑦ 欧阳修《答吴充秀才书》。

实生活？怎样从社会的真实创造了文学的真实？他们的作品的哪一些要素在文学史上寄与了积极的意义？现代的作者如果多多在这些问题上作深刻的发掘，一定可以提高他们对生活和文学的关联的理解，一定可以提高他们的艺术技巧。因为技巧并没有现成的一套，并没有万灵药方，每一个作者都应当而且可能自己去寻找合适的方法。只有这样的学习才真正能够帮助作者们来表现出新的生活。苏联狄那莫夫说的"我们必须向莎士比亚学习在活动、行动、斗争中表现人的手法"，①也就是这个意思。要能如此学，才真是"转益多师是汝师"。②

技巧发展的无限广境

对于一个从事文学工作的人，他必须有写作的能力，能掌握技巧。而能把真正的技巧提供给他们的，无疑是社会主义现实主义的方法。

我们现正生活在历史上空前的真正的人民革命的时代，新的人，新的性格，人性之新的巨大的量，正从千百万人民的海洋中涌起。革命解放了人民大众的生活，同时也改造了他们自己。这种事实，给文学工作者提出了迫切的任务，就是要赶快学会很好地写出他们。这不但需要新的眼光、新的观点，也需要新的、独创的技巧。严格地讲，所谓优秀的技巧在其具体的运用上没有不是独创的，因为每一个作者都有他自己的认识角度，也都有他自己的气质与习惯。只有懒汉才会盼望有现成的一套"技巧"——法宝能从什么地方掉到他的手里来，也只有胡涂虫才会相信他真能得到这一套。而且，技巧也是永无止境的。

技巧的发展和社会制度的是否合理有密切的关系。在残暴不自由的环境里，作者们受着种种的压迫和危害，想写的不能写，能写的不让透澈的写，于是就只好停笔不写，或者只好转弯抹角地写出很少的一点，在这样的情形下，技巧的发展非常困难。因此也只有在人民的社会里，人民革命胜利的环境中，技巧的发展才是有着最好的环境。人民文学的前途是光辉无量的。

---

① 狄那莫夫《学习莎士比亚》。
② 杜甫《戏为六绝句》。

高尔基论文学工作者的学习和修养*

唯一应走的道路：前进和提高

生活在目前我们所处的这样一个伟大的时代，作为一个文学工作者，那唯一应走的道路，高尔基指出就是：前进和提高。这是一种最根本的精神，也是一个最基础的条件，如果一个文学工作者在这一点上没有做到，或根本忽视这样做的必要，那么他在这个工作上成功的希望也就同时要被取消了。

所谓前进和提高，究竟是指的什么呢？高尔基说：

> 前进和提高——这是我们大家的道路，同志们，这是唯一值得我们这个国家，我们这个时代的人们走的道路。提高——这是什么意思呢？这就是说，应该站得高过琐碎的私人的争吵，高过自尊心，高过夺取第一把交椅的斗争，高过想指挥别人的欲望，高过我们从过去的庸俗和愚蠢所继承下来的一切东西。我们参加了巨大的事业，参加了有世界意义的事业，应当使我们自己无愧于参加这一事业。……我们一分钟也不能忘记整个劳动人民的世界在听着我们，想着我们，我们是在人类有史以来从未有过的读者和观众面前工作。同志们，我号召你们学习——学习思考，学习工作，学习互相尊敬和珍重，要像战场上的战士们互相珍重一样。千万不要把精力浪费在彼此间为芝麻小事的争吵上，因为现在正是历史号召我们去和旧世

---

* 原书按语：本文原载《春秋》第六卷第 1 期，1954 年 1 月改写后收入本书。

界进行残酷的斗争的时候。①

是的，如果文学工作者们能够自觉到他们是生活在这样一个伟大的时代，对于这样一个时代，和这个时代的人民有着巨大的责任时，那他们就一定会感觉到有赶快前进、提高的必要了。这不但为的他们需要改造自己，也为的还需要他们去影响别人。高尔基说：

> 这些人们——青年作家——应加深地注意和努力，因为，再说一句吧，他们是勤劳大众的智力，将来的优秀记者、作家、革命文化事业的人员，和防备新作者重染庸俗习气的壁垒。②

文学创作的过程，基本上就是一种极紧张的劳动的过程，需要大量的知识和印象的蓄积，如果没有继续不断的前进和提高，就无法做好这个工作。高尔基指出：

> 创作是我们文学家使用得太多的一种概念，虽然我们差不多没有权利这样做。创作乃是记忆工作所达到的一定紧张程度，在那里记忆工作底速度从知识和印象底库藏中间抽出最显著和最富于特征的事实、景象、细节，把它们包括在最确切、最鲜明、最被一般理解的语言里。我们的年青的文学还不能夸耀自己具有这种品质。我们的文学家们底印象底库藏，知织底总量，并不巨大，同时我们也感觉不到他们的想把它们扩大和加深的特别的焦虑。③

真正做到了前进和提高的文学工作者是一定能够成功的，这个伟大的时代就可以作为保证。只要真能把握到了这个伟大时代之丰富的生活内容，就一定能使文学工作者们创造出深刻有益的作品来。高尔基说：

---

① 高尔基《在苏联第一次作家代表大会上的结束语》，曹葆华译，见《人民文学》1953 年 12 月号。（下引文同）

② 高尔基《论伟大作家和"青年作家"》。见《文学散论》4 页，孟昌译，文献出版社 1942 年 4 月再版。

③ 高尔基《苏联的文学》，第 44—45 页。

你们有着在我这一代,和我的下一代的文学家所没有的东西。那就是,对于产生各种事物和改变人间关系的能力之广泛的把握与理解。你们是在这种生活的中间,是正在它的深处。这给了你们一种非常丰富的经验,供给了你们顶新的材料。你们要比我这一代的作家,更能深入生活,并且更丰富地武装起来。①

我们今天的确都是生活在历史上空前壮丽的伟大的生活的中间、的深处,如果我们仍是视而不见,听而不闻,感而不觉,那我们的生命将见得是多么的空虚,贫乏,可耻呵!

知识正是我们大家所缺乏的武器

在国内人民庆祝他创作四十年的纪念大会上,高尔基演说忠告青年一定要有一种对于理性的、全能的、不可动摇的信仰:

还有一件我所希望于青年的事情,那就是信仰,一种对于理性的、全能的、不可动摇的信仰。这就是给你衣服、居住和温暖的力量,而我们必须信仰这种力量,坚定地相信它能达到将来无限的进化。我们应该把这种信仰灌输到我们的脑子里面,而这就非劳动不可,这就非获得知识不可。知识的基础就是劳动,这就非对于理性所给予个人和人类的东西有明确的认识不可。我要求我的年青的作家同志去学习又学习,去知道他们的国家,去找出它有什么以及它缺乏什么去知道它的现在、它的过去和它的将来。为了要知道将来应该做些什么,努力学习并不是坏的教训,知识正是我们大家所缺乏的武器。②

要求知识,对的。但要到那里去求呢? 高尔基告诉我们他自己的经验:

---

① 高尔基《和工人作家谈话》。见《高尔基文学论集》,第 138 页,林琪译,天马书店 1937 年 6 月出版。

② 高尔基《在国内人民庆祝他创作四十年纪念大会上的演说》。

我私下在学习我整个的生活,而且继续在学习。我从莎士比亚和塞凡提斯学习,从奥格司提·倍倍尔和俾士麦学习,从托尔斯泰和列宁学习,从叔本华和麦克里可夫学习,从福楼拜和达尔文学习,从斯丹达和黑格儿学习;我从马克思也从《圣经》学习。我从虚无主义者库拉普庚、司蒂莱和教堂神父学习,我从谣俗和木匠、牧羊人、工厂工人,和其他千千万万的人学习,在他们里面我度过了半世自觉的生涯。我并未发见我正在肄业的学校里,放了我毫无用处的东西。在继续从列宁和他的门徒学习的时候,我同时也从学问不很好的理发匠、和受过高等教育的司宾格莱学习。我也从我的通信人学习一些东西。这种高级的形形色色的学问上的课程,我愿把它叫做从现实得到的学问。①

　　这就是说,我们应该从书本学习,但更应该从现实生活学习;我们应该向有学问的人学习,但更应该向劳动人民学习。

　　我们应该从现实生活学习,不但要了解生活的主流,也应尽可能地了解从生活的主流里分出来的一切细流。高尔基说:

　　　　作家必须了解一切,——生活底一切的川流,川流底一切的细流,现实底一切的矛盾,现实底悲剧,英雄主义和庸俗性,虚伪和真实。现实底现象无论觉得怎样微小,怎样无意义,作家也必须了解:它是崩溃的旧世界底破片,或是新世界底嫩芽。②

　　应该指出,这种从生活的一切细流里抉发出来的知识,往往倒是最具体、最生动的,对于理解生活的本质是极有用处的。

　　然而只是"学习",只是"知道了生活里的一切,却还是不够的。我们在学习了、知道了之后,更要紧的是不可以做鲁滨逊,置他人的痛苦于不顾。我们应该有所同情,有所关切,有热烈的爱,也有深刻的恨。严格说,如果只是一个旁观者,而并非革命战斗中的勇士,也就不可能真正学习到什么东西。一个对于人民命运淡漠的作者毕竟写不出激动人心的作品,高尔基说:

---

① 高尔基《论轶事》。
② 高尔基《给两位青年作家的公开信》,见《给初学写作者》,第 100 页。

现在，大部分诗人似乎处在生活之外，生活的浑沌之外，而完全住在无人的荒地上。这当然比生活在现实底浑沌中容易而愉快，但是，这样却等于在掠夺自己。

不可以做鲁滨逊！生活，叫喊，笑骂，爱，都是必要的。探究尚未发见的东西，新的语言、音韵、形象画面，也是必要的。①

要求知识！"只有知识才有救人的能力，只有它可以使我们在精神上成为强壮的、忠诚的、有意识的人，这样的人，方才能够忠诚地爱着人类，尊崇他的工作，衷心地注意到他那不会中止的伟大工作的极美丽的结果。"②为了要求知识，我们就不但应该向生活学习，向人民学习，向一切优秀的遗产学习，而且还得关切生活，关切人民，为改善生活，鼓舞人民前进而奋斗。

从历史读起

向生活学习，为改善生活而奋斗，这是文学工作者学习和修养的基本，其次还可提出几项，第一就是应该熟习历史。高尔基说：

先从历史读起。那就是古代的作家们——从海洛道特、兹克尼特、里维、塔西兹特等"历史的元祖"起，更下以至蒙先、基彭等。这些人们一定会教您必须将他们当做引路者的理由，而且也会将您引导到真正的"自我"方面去。

最重要的事，是从这些错杂的历史事件中发现自己，而且使自己的意志和那创造着"全人类的善良事物"的意志并行，而和障害着那"包含人生意义的伟大创造"的意志对立。③

对于一般历史的熟习，能够帮助我们理解人类的过去及其前途。"艺术家是自己的国家和自己的阶级的感官，是它的耳朵、眼睛和心脏。他是他自己时

---

① 高尔基《给阿夫米安》，见《给初学写作者》，第52页。
② 高尔基《我怎样学习的》，齐生译，见《高尔基文学论集》，第102页。
③ 高尔基《给沙哈洛夫》，见《给初学写作者》，第58页。

代的喉舌。他应该尽可能更多地知道过去,他对于过去知道得越清楚,那么现在在他看起来就更加明了,他就也能更强烈地更深刻地感觉得我们现代的普遍的革命性及其任务的广大。"①除开一般的历史,文学工作者自然先有知道文学史的必要。高尔基指出:

> 开始写作的人,必须具备有文学史的知识。……在每一种事业里,就必须知道这种事业的发展的历史。假如每一个生产部门的工人,更正确地说——假如每一个工厂的工人,都知道这个生产部门,这个工厂是怎样产生的,怎样逐渐发展起来,怎样完成了生产的话——那么这些工人们,他们对于他们的劳作的文化和历史的意义,有着更深刻的了解,并且还怀着更大的兴趣,一定会比现在工作得更好。②

文学工作者如果不熟习历史,将使他们不能避免许多错误,无从来把握和表现新生的事物。在《论形式主义》里,高尔基说:

> 我们作家对本身事业的知识是如何贫乏,又如何不了解文学的潮流、格调、风尚和其他戏剧的历史,隐藏在这些东西的基础上的,或者是自觉无力在戏剧和悲喜剧的形态上反映现实,或者是疯狂地玩弄词句或保护色,知道在自己的皮毛上着上合乎现实环境的颜色。我们作家历史文化的知识的缺乏,同他们技术知识的缺乏相结合,这在我们的条件下,对他们是非常危险的。③

在《文艺放谈》里,他又说:

> 我们具有丰富的才能,但是却送许多无聊的书籍到市场上去。这是因为我们对于过去的历史的知识太贫乏的缘故。一切的事物,总是靠着比较,才能认识它底意义,我们青年们,因为不懂得过去,故不能十分理解今日底意义。所谓作家——多少应该是历史家,是历史的解说者,我们的作

---

① 高尔基《我怎样学习写作》,第57页,戈宝权译,三联书店1950年2月第一版。
② 高尔基《论伟大作家和"青年作家"》,孟昌译,见《文学散论》,第4页。
③ 高尔基《论形式主义》,见《高尔基文学论集》,第251页。

家们，不认识他们工作底历史的意义。因此，在工场和农场的集团劳动中，新的特性底发生和发展底过程，他们完全不能把握了。他们虽然肯定着事实，评价着事实，然而却不能如上所述地来表现：事实的论理，行动的化学，人类变化底合法则性，以及人类陷于过去的眩惑雾中底逆流，等等。①

正因为熟习历史文化可以使人前进、提高，所以就有些人要来反对历史了。"忘掉历史"，法国的反动诗人保罗·樊列立（Paul Valery）曾在他的著作《现代生活评论》（*Review of Coutemporary Life*）里这样教训人。他说："历史是头脑的化学实验室里所造出的一切产物中的最危险的东西。历史使人们沉湎于梦幻里。它陶醉人们，它使人们生出错误的回忆，夸大他们的印象，展开他们的旧的创痍，剥夺他们的和平，并且把他们投入壮烈和迫害的梦幻里。"②反动的资产阶级反对研究历史，特别是反对那种真实的历史，因为真实的历史是一面镜子，照彻着罪恶的过去和光明的未来，但反动的资产阶级他们却只需要一种愚民的政策，他们既不要人民理解过去，更不愿人民有一个光明的未来。

学习观察新的事物

文学工作者应该学习观察新的事物，理解它们的复杂性。文学工作的对象主要是人，而人就是最复杂，最多变化的一种存在。高尔基说：

> 作家，以那生动的，多角的，富有伸屈性并极复杂的材料为对象而工作。这材料，有时在作家之前，表现为一个不可解之谜。并且，作家观察人类越观察得少，又关于人类，关于人类底复杂性的原因，关于人类底多样性及质的矛盾，越读得少，思索得少，这材料便越难以处理。

> 工人由矿石作成生铁，由生铁作成钢、铁板，又由钢作成缝针、大炮、战斗舰。但是，文学者的材料，就是和作家本身同样地具有个性、意欲、希望、嗜好，和情趣的动摇底人类。并且，就是过去往往和现在矛盾，将来是不明了的人类。这材料，具有一种反抗那想把典型的形态，具象于被描写被形

---

① 高尔基《文艺放谈》，林林译，见《高尔基文学论集》，第190页。
② 参阅高尔基《一封写给几个美国人的回信》，柯尔达译，见《高尔基文学论集》，第492页。

象化了的个性中，或许多集团里的个性中的——作家底意识的最大的力量。①

文学工作者成功的最大保证就在他能够看到生活中的主要矛盾和主要斗争，看到新的力量在成长，而衰朽的则正在消亡，并能给以适当的表现。但许多作家却不能做到这一点，因此应该加紧学习。高尔基指出：

> 在我们现实中急需注意，开发，描写一切稳固地生长着的有用、新鲜、明确性的事物。这新鲜的事物是青年作家不大觉得的，显然是由于他们不知道旧的，他们太热中于倾听人们的话语，就代替了在事业中在对生活发生了新的和旧的，衰老的悲剧斗争中——学习观察新的事物。如果他们留意科学工作和工人生活，他们就会观察到这新鲜的事物了。这些工人不仅是喝烧酒，并且是在神话般的困难情势里真实地英勇地建立着自己的国家的。……我们的世界不是用言语，而是用行为，用劳动来创造的。②

在《苏联的文学》里高尔基又这样说：

> 我们生活在一个根本破坏旧生活的时代，在一个激发人底自尊心的时代，在一个使人认识自己是真正改变世界的力量的时代。许多人看到人们不再姓"猪"、"狗"、"小沙弥"、"牧师"等等，而改姓"林斯基"、"新人物"、"游击队员"、"木匠"等等觉得可笑。这并不是可笑的，因为这正说明人们底自尊心底高涨，说明人们不愿再有那种使他们想起祖父和父亲底艰苦的奴役的过去而感到屈辱的姓名或绰号。
>
> 我们的文学对于人们自我评价底改变之在外表上不足道而在内在里却非常有价值的标记，对于新的苏维埃公民底发展过程，并没有十分注意。③

---

① 高尔基《关于创作技术》，林林译，见《高尔基文学论集》，第239页。
② 高尔基《论青年作家》，孟昌译，见《文学散论》，第16页。
③ 高尔基《苏联的文学》，第48页。

值得注意的是，高尔基在这里指出必须从新与旧的剧烈斗争中去学习观察新的事物，并必须从劳动人民的努力奋斗的结果，从他们的阶级本质，和日益提高的思想觉悟等方面去理解这些事物。而为了这，就需要文学工作者自己也是一个革命者，自己的思想觉悟已经能够站在人民的最前列。

事业技术的必要

资产阶级的反动理论曾说：作家是能够"创造世界"的，并且，使得作家创作的，不是知识的力，而是那神秘的灵感。不是由于活生生的人，大众，而是由于诗的神，缪司。这种谬论只能产生妨害创作毒害作者的结果。

作者们不应该依赖他的所谓灵感。如果灵感是实有的话，那么它也决不是一个"原因"，却是长久努力所造成的一种"结果"。高尔基说：[①]

> 年青的文学者们明白地没有充分评价知识底意义。他们非常过分地希望着"灵感"。但我以为"灵感"作为一个工作底鼓舞者看，是不错的。所谓灵感，恐怕在成功的劳作之过程中，是作为结果，作为享乐的感情而出现的吧。……要知道做一篇小说、剧本，以及其他作品，是件非常困难而又须要缜密的工作。这必须以经过长期的生活现象的观察，事实的集积，语言底研究为先决条件的。

因此，我们必须抛开那种对灵感的倚赖和幻想，而切切实实来学习文学事业的技术。高尔基指出：

> 我很知道，虽然有着许多浅学和毫无修养的人，在青年作家之中却也有许多热望着学习的有天赋的人。在他们当中有着许多能干的人。然而他们都需要学习事业的技术。他们大多数在技术上是没有武装的，这无限地损害他们中间许多人，不能使他们尽力发挥他们的才智。必须为他们设立"文学技巧的课程"。……在课程上，必须阅读关于俄国文艺语言与所谓"本国"语言的关系的讲义，必须阅读关于俄国文学史与西洋文学史的关系

---

① 高尔基《论剧》，屈轶译，见《高尔基文学论集》，第 292 页。

1714

的讲义。没有什么"创作理论",也不需要什么天才,却需要提供关于工作的显明概念,这最好不要用哲理,而要用事实。①

但高尔基所说的技术(或技巧),却决不是脱离了生活认识的一种机械物。在他看来,只有在紧张的认识生活的过程中,技术能力才得培养起来。例如他说:

> 青年人啊! 如果您明白,在工作中起着决定性作用的常常并不是材料,而常常是技巧,那么你就要好好努力吧。用白桦木头可以做出斧柄,而且可以艺术地雕刻出人的美丽的肖像。然而并不是每一把斧柄都可以做得够好的:必须懂得材料的品质。可是您甚至不知道,在过去,一个普通警察不能升到警察局长的等级,妇女不被容许到礼拜堂的祭坛去。在研究材料,在认识过去的现实,而更在认识现在的现实时"创造力发抖",是非常必要的。②

真正的技术乃是劳动经验的结晶,是深刻理解现实及其发展规律的结果。高尔基在《关于创作技术》里说:

> 我们底一个个的概念,就是由长时间的观察、比较、研究的结果。可惊的自然力底作用——在我们底生活和实践,能够研究它底作用底范围内——发展了我们底理性的分析能力,又发展了分解,看来像整个的东西的,或团结各个不同的现象而成单一的东西的综合能力。
>
> 这样地,劳动的经验,在我们底理性中,发展了研究、理解、洞悉世界(宇宙)的能力;把世界底一切的事物,组成为概念、表象、思想、理论的形态;这四种形态今后更作为认识自然底力和秘密——有益或有害于我们底生活的各种各样的自然的现象和过程的武器而使用。……
>
> 我们认为天才的文学者的人,就是那具有优秀的观察和比较的能力,摘出具有特征的阶级的特异性的手法,及把这些特异性包括于一个人格中

---

① 高尔基《论青年作家》,孟昌译,见《文学散论》,第18—19页。
② 高尔基《论文学》,孟昌译,见《人民文学》45、46 期合期,第123页。

而描写的技俩等三种东西，并且能够创作文学的形象，社会的典型的作家。……只有获得这种技术，才能对于材料多多少少地赋与完美的艺术的形式。①

技术决不是轻易就能掌握的，需要努力去学习。技术一旦熟练了，那么一种完美的风格也就可以形成了。所以高尔基说：

风格（文体）的单纯及明了，并不是由文学的质降低所能达到，反之，只有由真正的技术熟练的结果才能达到的。②

注意日常生活，从短篇写起

谈到要写作，高尔基经常最强调的就是应积极参加生活，不使自己孤立在火热的革命斗争之外。他在给阿夫米安的信里，曾恳切地劝他应当"更接近生活"，"不可以将自己的精神禁闭在自己所造成的围栏里"。

在给马克西莫夫的信里，高尔基劝他应当从描写日常生活开始练习写作。他说：

我想劝您：现在立刻开始写最单纯的——例如以"日常生活"为主题的短篇。

请试写您的日常生活——您怎样醒转来，到什么地方去，看见什么，怎样就寝，以及这类细琐滑稽的，忧郁的一切——一切！对于您的梦中的生活，对于您所要求的一切，有着怎样的关系。

单纯的东西是最困难而重要的——请记住这点而写作！……③

这是因为，日常生活不但是你比较熟悉的，而且也很单纯，重要，从这里开始练习写作，就可以打下一个稳固的基础。这是为要表现重大主题的一个不可

---

① 高尔基《关于创作技术》，林林译，见《高尔基文学论集》，第234—240页。

② 高尔基《儿童文学的"主题"论》，沈起予译，见《高尔基文学论集》，第285页。

③ 高尔基《给马克西莫夫》，见《给初学写作者》，第49页。

缺少的准备。事实上,火热斗争也是应当结合日常生活,通过日常生活来表现,如果作者对火热斗争是真有体验,深刻理解的话。

高尔基非常反对有些人一开手就写长篇的做法,认为:

> 一开头工作便着手大长篇——这是非常不好的态度。我国出版了许多言语的垃圾,全是这个缘故。我们必须跟欧洲及我国差不多一切的大作家做过的一样,先来学习写短篇的小说。短篇小说使我们懂得节省语言,按照论理学配置材料,主题的明了性。……但有一次,我劝告一位颇有才能的文学者,叫他停止长篇写短篇,那文学者却那样回答我:"不,短篇小说形式太难。"这不是说造大炮比造手枪便当么?[1]

除此之外,在写作的过程中,文学工作者们应该互相帮助,指正,不但新作者应向老作家学习;老作家也该向新作者请教。因为正如高尔基所说:

> 古时候的格言:"鸡蛋不能够教鸡",已经明显的丧失了自己的那种陈腐和守旧的意义。第一,"大家都是从鸡蛋里爬出来的",而第二,说到小鸡,它们之中却有很多是从老鹰窠里飞出来的了,大多数受着了实际生活的严厉手腕的教养。他们受着生活的锻炼,而且积极的参加着新世界的建设事业。[2]

老作家如果故步自封,只凭着当初一点点的成绩,就倚老卖老,不再进步,那么他们也就再不会有什么希望,有什么可以骄傲的了。

文学工作者必须为知识所武装,必须忠实地学习工作,学习革命的理论和政策,这是一个重大的任务,但却并不是极端困难的。因为新的社会制度已经把我们走向科学和艺术之路上的一切障碍都彻底消除了。

---

[1] 高尔基《和青年们谈话》,逸夫译,见《高尔基文学论集》,第 116 页。

[2] 高尔基《关于小孩子》,见《高尔基论文选集》,第 161 页,瞿秋白译,人民文学出版社 1954 年 1 月第一版。

第三部分　文学语言和改作问题

列宁和语文问题

辑 录 小 记

伟大的革命导师列宁认为语言是影响群众、进行劳动人民政治教育、提高他们共产主义自觉的有力武器。为此他不但非常重视语文问题,并且他自己的演说和文章就成了布尔什维克语文的最光辉的典范。

在我所读到的列宁文章中,专门讨论语文问题的极少,可是顺带涉及语文问题的地方却很多,往往话语虽少,却十分具体深刻,总是一语道破,使人豁然开朗。

列宁是大革命家,他谈语文总是从工人农民的革命利益出发,总是要以教育效果的有无或大小来进行检查,他彻底揭露了语文上一切形式主义花腔的反动性和对于人民的危害。学习列宁对于语文问题的指示,不但可以提高我们语文教学和语文科学研究的水平,而且因此也就可以大大增进我们今天建设工作的效率。诚如斯大林所说:一个文理不通的人是办不好什么事情的。

我所读到的列宁著作还很少,对于已经读过的著作我也不敢说已能完全掌握伟大列宁的思想和精神。在这里,我只是从所读过的列宁著作和有关列宁的著作中选出列宁涉及语文问题的和涉及列宁的语文成就的片段加以辑录,并略为分类,附以标题,加上着重点,供给和便利同志们参考。这个辑录,一定还只是有关列宁和语文问题资料的极小一部分,我的分类和标题自然更可能有不适当之处,深愿今后能随时补充、改正。

一、向列宁学习使用语言武器

语言是宣传教育的有力武器①

我们党的和人民的天才领袖列宁与斯大林建立了布尔什维克宣传语言的典范。他们非常雄辩地证明,布尔什维克的语言是影响群众的一个极大手段,是进行劳动人民政治教育和提高他们的共产主义自觉的有力武器。……

他们非常重视政治宣传的语言,认为能善于掌握语言,利用语言的财富,善于使一切语言的工具为群众的共产主义教育事业服务,是多么地重要。……

在目前,当苏联人民正在解决着完成社会主义建设和逐渐过渡到共产主义的任务的时候,当布尔什维克语言的作用在劳动群众的共产主义教育事业中以及在与人们意识中资本主义残余的斗争中无限提高了的时候,研究和实际运用列宁与斯大林的这些(语言)言论就特别具有迫切的现实意义。

怎样向列宁学习语言②

学习语言——这意味着向列宁和斯大林汲取应用丰富语汇的实际例子,这意味着经常注意布尔什维克主义的领袖们用何等样的字句以及怎样表达他们的思想和概念,他们如何以阐述的形式来适应本身内容,经常注意当他们和思想上的敌人论辩和在劳动群众间进行解释工作时,他们的话是怎样说的。

二、语言的力量来自真实,来自正确清明的思想

每一句话都是一颗打中目标的子弹③

列宁底这一封信虽是比较不长,但是对于我们党底实际工作给了一个大胆无畏的批评,并把我们党在最近时期内的全部工作计划作了一个格外明白简要的说明。只有列宁才善于把最纷乱的事情描写得这样简单、明了、扼要和大

---

① 本文节自 A·叶菲莫夫《论宣传员的语言》,第 1—2 页,高士彦译,时代出版社 1953 年 11 月北京新一版。(下引文同)

② 本文节自 A·叶菲莫夫《论宣传员的语言》,第 76—77 页。

③ 本文节自斯大林《论列宁》。见《列宁文选》,第一卷第 38 页,莫斯科外国文书籍出版局 1949 年版。(下引文同)

胆——他的每一句话都不是一句寻常说出的话,而是一颗打中目标的子弹。

语言的力量在于它的真实①

布尔什维克语言的力量在于它的真实。列宁说:"我们的宣传有如此的成就,倒不是因为我们是如何巧妙的宣传家,它之所以有成就,是因为我们所讲的都是真理。"

布尔什维克的话——是真实的话。……列宁在国内战争时期说:"白匪在他们所有的小报上都写道:布尔什维克的鼓动是很出色的。他们不惜金钱进行鼓动。但是人民听到过各种各样的鼓动——白匪的鼓动,立宪分子的鼓动。认为人民跟着布尔什维克走是因为他们的鼓动很有技巧,那就可笑了。不,问题是在于他们的鼓动是真实的。"

语言的伟大力量之来源②

斯大林与列宁相同,以其演说的内容吸引听众,说服听众并深深地感动听众,这些演词印出来之后也还保存着它全部宏伟,它的全部结构的逻辑。……它的力量是在于它的无比的健全思想,广博的知识,令人惊讶的内在的严整,对明确性的热爱,严格的首尾一贯……可以说,没有一个人能像斯大林那样体现了列宁的思想言论。

不可克服的逻辑力量③

非常大的说服力量,简单明了的论据,简短通俗的语句,没有半点矫揉造作的色彩,不玩半点令人昏眩的手势,不用半句故意刺激听众的辞藻,——所有这些,都使得列宁底演说比通常"国会"演说家底演说高出万万。

可是,当时使我佩服的还不是列宁演说底这一特点,而是列宁演说中那种不可克服的逻辑力量,这演词虽然是较为干燥地,但是着实地抓住着听众,一步一步地感动听众,然后就把听众俘虏得所谓精光光。我记得当时有很多代表这样说:"列宁演说中的逻辑,简直是一种万能的触角,好像是用螯子从各方面把

---

① 本文节自 A·叶菲莫夫《论宣传员的语言》,第15—16页。

② 本文节自亨利巴比塞《斯大林》,转引自《论宣传员的语言》,第12页。

③ 本文节自斯大林《论列宁》,见《列宁文选》,第一卷第39页。

你钳住,使得你无法脱逃出去:你不是俯首投降,就要完全失败。"

我认为,列宁演说中的这个特点,就是他的演说艺术中最强有力的地方。

不可抵抗的演说力量那里来①

演说家列宁影响群众的力量,是不可抵抗的。他演说的力量就在铁的逻辑和确信自己事业正确的精神,就在于简单、明了和真实。……

有一个工人回忆列宁在普梯洛夫工厂中演说的情形时说道:"他忽然从人们中间,从四万多群众中间走上讲坛……他那种使人信服的伟大力量,他那种使全体听众倾服的特别力量,简直是不可以言词形容的……伊里奇所说的一言一语都使人信服,使人兴奋,使人失掉了恐惧心,使人忘掉了疲倦。使人觉得,不是伊里奇一个人说话,而好像是所有的四万工人都在这里,或是坐着,或是站着,或是攀着柱子叙述自己的衷心愿望。使人觉得,工人的一切心思都由伊里奇一人的声音吐露出来了。凡是每个人所思想,每个人心中所感伤,但找不到机会和言词把它清清楚楚地向同志们完全叙说出来的一切心事,现在忽然都确切规定出来,发表出来了。使人觉得,全场群众都想放声大喊什么似的。"

简单而真诚的列宁言词,深深透入了民众底意识。

语言的说服力由于具体,由于联系实际和联系群众利益

(1893 年秋季,为反对彼得堡社会民主党人团体中一分子格尔曼·克拉辛,列宁作了《论所谓市场问题》的著名讲演)克鲁普斯卡娅叙述当时马克思主义者惊服列宁这些灿烂讲演的情形时说:"一位新来的马克思主义者把市场问题提得格外具体,把这个问题和群众底利益联系起来,在整个问题看法中都令人感觉得到的,正是在观察现象时注意到现象底具体环境和发展情形的活的马克思主义。"列宁在其中发过言的那个小组组员们后来回忆道,列宁令人惊服其善于把马克思主义应用于当时俄国现实中各迫切问题的才能。②

应当使群众与一般经济生活的建设联系起来。……这应当是每个宣传员和鼓动员工作中主要和基本的东西,当他自己领会了这一点,他的工作的胜利

---

① 本文节自《列宁生平事业简史》,第 260—261 页,联共(布)中央附设马恩列学院编,人民出版社 1953 年北京三版。(下引文同)

② 本文节自《列宁生平事业简史》,第 23—24 页。

就会有保证。①

语言要有真挚热烈的感情,才能动人②

（列宁不顾危险,而于1906年5月9日改名为卡尔坡夫在帕宁纳国民公所举行的盛大群众会议上发言。参加这次会议的,有彼得堡全城各区的工人。）列宁底演说引起了不可磨灭的印象。"在立宪民主党人奥果洛德尼科夫发言以后,——克鲁普斯卡娅回忆道,——主席就让卡尔坡夫说话。我当时站在人丛中。伊里奇异常激昂,面色非常苍白,默然站立了半晌。他的全部血液都涌到心窝上来了。立刻就令人感觉到,发言人底激昂精神引起听众底同感。忽然间,会场中掌声雷动,因为党员们认知这是伊里奇。我记得,当时有一位站在我跟前的工人,现出一种疑惑莫解的、万分着急的神情。他发问道:这是谁,这是谁? 谁也没有回答他。全场静寂无声地听着。在伊里奇说完话后,全体听众都感觉非常兴奋,当时大家都思想着临来的坚持到底的斗争。"

语言所以有力是因有坚强的事实根据③

（1894年1月列宁在莫斯科参加了一次由当时著名的自由民粹主义作家瓦·沃[沃龙错夫]作报告的会议,在听完报告之后,列宁发言反对这个民粹派分子,将其报告批评得体无完肤。）

列宁底姐姐安娜·乌里扬诺娃也参加过这次晚会,她回忆列宁这次发言时写道:"他就开始大胆地,坚决地,鼓起全副少年热潮和确信力量,但同时也带着知识武装,来实行猛攻民粹派底学说,将其打得片甲不留。……对方底高傲态度和科学反驳……并没有使弟弟慌张。他也就用科学的证据,统计的数字,用更厉害的讽刺和力量来扑攻自己的那个论敌……全场听众,特别是青年,都大感兴趣,聚精会神地听他讲下去。于是那个民粹派分子就减低自己的语调,越说越软,而到最后则已弄得面红耳赤了。"

---

① 本文节自列宁《1920年11月3日在全俄各省县国民教育局政治教育人员会议上的演说》,转引自齐林《鼓动》,第7页,曹葆华等译,人民出版社1954年1月初版。

② 本文节自《列宁生平事业简史》,第144—145页。

③ 本文节自《列宁生平事业简史》,第25—26页。

论证简明，热情洋溢，思想充实，信念深刻

列宁和斯大林的一切言论是具备异常明晰、朴素和思想充实这些特点的范例。列宁和斯大林的演说和论文渗透着对于布尔什维克党所实现的历史事业的正义性的深刻信念。①

列宁和斯大林底全部讲演的特点，是具有真理制胜一切的力量和布尔什维克的热情，具有非凡的说服力、逻辑底独创力和论证底简明性。在列宁和斯大林底讲演报告中，有机地结合了带有广泛普遍性的具体事实。②

想得清楚就说得清楚③

波格唐诺夫，一个非常可爱的、温和的和深爱着列宁的人，虽然自视很高，也不能不倾听这些异常尖锐和难受的话：

——叔本华说："谁思想得清楚，就说得清楚。"我以为他再没有讲过比这更好的话了。你，波格唐诺夫同志，说得不清楚。你会用两三句话给我说明你的"代替说"将给与工人阶级一些什么，为什么马赫主义是革命的马克思主义吗？

波格唐诺夫竭力解释，但是他的确说得不清楚而且很冗长。

——得了吧，——伊里奇劝告道。——是谁，我想是霍瑞思吧，曾经说过"说老实话比作内阁大臣还好些"，我可以添加说：比作马赫主义者还好些。

通顺是思想能力的见证④

通顺不只是个人修养的外在证明，而且是他思想能力的见证、正确论理逻辑的见证。因此，通顺是正确阐明演说材料的必要条件。……

因此，列宁如此注意语言的通顺问题，注意语言体裁上的正确构造，不是偶然的。许多失败的、不正确的用字情形，都是列宁申斥的对象。当一九〇二年编辑马尔托夫所提出的纲领草案时，他指出一连串的文法和文体上的错误和漏洞。讲到马尔托夫的这样一个句子"追求那个终极目的，好像所有其他国家的社会民主党人一样"时，列宁在边上写道：用"好像"（"Kak"）这一个字并不是俄

---

① 本文节自齐林《鼓动》，第 6 页。

② 本文节自佛·马特洛索夫《在宣传鼓动工作中如何运用艺术文学》，朱子奇译，见《文艺报》41 期，第 35 页。

③ 本文节自高尔基《列宁》，第 32—33 页，曹葆华译，新华书店 1949 年 12 月初版。

④ 本文节自 A·叶菲莫夫《论宣传员的语言》，第 30 页。

国语法。在文体上是拙劣的。列宁将这个句子改正如下:"他们追求的最终目的,也是所有其他国家的社会民主党人或者诸如此类的人们所抱的目的。"

三、学习语言,必须善于观察研究实际生活

支持新事物,作生活底积极改造者①

列宁毫不疲倦地反复说道:研究现实的日常的生活,是一切文学家底第一个任务。一九一八年他在《论我们报纸底性质》一文中写道:"对旧题目的政治鼓动——政治喧嚷,所占的篇幅太多了。对新生活底建设,对事实,对这方面的事实,所占的篇幅太少了。……我们还很少用生活各方面的生动的具体的榜样和模范去教育群众,——而这正是报刊在从资本主义到共产主义的过渡时期的主要任务。我们很少注意工厂、乡村、军队生活内部的日常方面,在那里建设着的新东西是最多的,在那里需要最多的注意、宣扬、社会批判、对无用的东西的痛斥,需要号召学习好的榜样。

"少一些政治的喧嚷,少一些知识分子的议论。多接近些生活,多注意些工农群众在其日常工作中怎样在实地建设新的东西,多检查些这种东西有多少是共产主义的。"

列宁教导苏维埃人们不要看停滞了的生活,而要看生活底发展过程,不要作生活底观看者,而要作生活底积极改造者。

列宁在《苏维埃政权底当前任务》一文中写道:"伟大跃进时代底真正值得注意的地方,就在于旧东西底碎片极多,并且有时候比新东西底许多萌芽(不是常常可以一眼看到的)还积累得更快些,这就要求我们要善于从发展底路线或链条中抽出最重要的环节。有这样的一些历史时机,为了革命底胜利,最重要的是在于多积累些碎片,即多破坏些旧机关;也有另一些时机,破坏已经够了,当前的事情是一些'平凡的'工作(在小资产阶级革命家看来是'枯燥无味'的工作),即清除地基上的碎片的工作;此外还有一些时机,在瓦砾还没有清除净尽的基地上殷勤地看护从碎片下生长出来的新东西底萌芽,是最重要的事情。"

---

① 本文节自牟雅斯尼科夫《列宁与文艺学问题》,第137—138页,曹葆华等译,人民文学出版社1952年11月北京初版。(下引文同)

怎样观察①

要教群众善于"观察"。怎样才能做到这点并怎样去做呢？列宁在其《论策略的信》中对这个问题回答说："要善于将公式去适应实际生活。""现在必须领会这样一个毫无争论的真理，即马克思主义者应当估计到活的生活和现实底确切事实。""理论至多只能指出主要的和一般的东西，只接近于把握复杂的生活。"

生活是很复杂的，要善于去说明它，要藉阐明工人日常生活细情小节，引起工人去了解理论，去了解共产主义，要使包括有繁琐事情和变换无常的日常生活与共产主义间有某种引带存在。只有时时刻刻都以无产阶级思想底光芒去照耀这些细情小事，才能教工人群众去"观察实际生活"和自觉地对待实际生活，从共产主义的观点上来批评它和实现真正的无产阶级监督。

从工人利益的观点来估计细小事件②

实在讲来，伊里奇自己就是个模范的工农通讯员。他善于精敏地观察实际生活，察出旁人漠然放过去了的现象，从工人利益的观点上来估计一切细小事体，而后他就在自己的文章中来分析他所见闻的一切，并根据这些细小事体来说明大的原则问题。

怎样研究问题③

列宁在其工作中始终是以辩证唯物主义方法为指南的。他在观察现象时是从现象的全部总和，它们的一切联系和因果关系来观察的，是从它们的发展，从社会主义建设事业所必需的观点上来观察的，所以他研究一种问题是把这问题与宣传和鼓动问题——即把获得的知识转变群众——与组织问题紧相错综着的。理论与实践的这种联系是向着一定的轨道发展，而研究现象的事宜就使这一研究成为特别有生气的，它不仅改变了全部宣传工作和鼓动工作的范围，而且也改变了全部宣传工作和鼓动工作的性质。

---

① 本文节自克鲁普斯卡娅《群众监督与工人通讯员》，见《向列宁学习工作方法》，第119—120页，新华书店1949年11月版。（下引文同）

② 本文节自克鲁普斯卡娅《我们要向伊里奇学习》，见《向列宁学习工作方法》，第121页。

③ 本文节自克鲁普斯卡娅《向列宁学习工作方法·序言》，见《向列宁学习工作方法》，第2—3页。

要说出问题的实质,反对吹毛求疵①

列宁把各种不同观点拿来对立比较的方法是很有意思的。……

乌拉基米尔·伊里奇把"批评家"底意见仔细地作成了概要,选择和摘录其中一切最显明、最特出的地方,并将马克思底言论与之对立起来。他仔细分析"批评家"底言论,特别着重指出那些最关重要和最迫切的问题,并力图揭露其阶级实质。

列宁常常故意地来强调某个问题。他认为,声调并不是最重要的事:声调上是可以说得很粗暴又可以说得很严峻,只是要说出问题的实质。……

伊里奇常爱使用"吹毛求疵主义"这一字眼。如果争论不是按问题的实质,而是歪曲事实和对细小事故吹毛求疵,那他就说:"这已是'吹毛求疵主义'了。"

四、语言要简单明了,思想要充实丰富

不应忽视工人读者,要写得简单明了②

列宁曾劝党的宣传员们、学者们和文学家们,永远不要忘记:"一个战斗的党,其党员即使在自己的学术著作中也不应忽视工人读者,一定要尽力写得简单,不用那些不必要的别出心裁的文体,不用那些为颓废派艺术家和官场人物所崇尚的表面'博学'姿态。"

必须时刻把工农放在我们的眼前③

列宁这样说:

"我们必须时时刻刻地把工人和农民放在我们的眼前。为了他们的缘故,我们必须学会管理和打算事情。这同样地,也可以应用到艺术和文化的部门中去。"

---

① 本文节自克鲁普斯卡娅《列宁是怎样研究马克思著作的》,见《向列宁学习工作方法》,第15页。

② 本文节自 A·叶菲莫夫《论宣传员的语言》,第27—28页。

③ 本文节自蔡特金《列宁回忆录》,转引周扬编《马克思主义与文艺》,第206—207页,新华书店1950年3月出版。

怎样才能把复杂问题讲得简单充实①

乌拉基米尔·伊里奇匆匆地登上讲台,用喉音喊了一声"同志们"。我觉得他不会讲话,但是过了一分钟,像众人一样,我被他的演说给"吞没"了。第一次我听见把复杂的政治问题讲得如此简单。他不故意制造华丽的词句,他把每个字明白地说出来,非常轻易地表现出他的正确的思想。要想传达他所唤起的非凡的印象是很困难的。……

他的演说底一致、完整、明快、强劲,他的在讲台上的整个像貌——恰是一个古典艺术底作品:什么都有,然而没有丝毫多余,没有半点装饰……

按时间论,他比在他以前发言的演说家们都讲得少,但就印象讲——却要多得多;不仅我一个人觉得如此,在我背后有着热烈的耳语:

——讲得很充实……

真是这样;他的每个论证都是自然而然地发展的,都是凭着它本身所包含的力量发展的。

语句简单而思想丰富②

他的举止轻巧、敏捷,而且简单,但是他的强有力的手势与他的谈话是完全和谐的。他的谈话也是语句简单而思想丰富。……有时候好像他的灵魂底不可战胜的力量从眼睛里射出火花,一些充满着火花的语句在空中闪耀。他的谈话总是使得肉体上也感触到一种不可抗拒的真理。……这些语句总是令我想起那铁屑一般的寒冷的光辉。从这些语句里异常单纯地显出了极其完美的真理底塑像。

事物都能用简单明了的话语来表达③

如果我们都写得更简洁,更经济,这样"使得言语严密,思想广阔",而不是那样,例如:"……我们必须排斥那种不关心政治的讨论的倾向",那末,我想,就会有益得多了。

不是可以说得更简单些么?我们排斥在我们的争论中不谈政治的企图。

---

① 本文节自高尔基《列宁》,第17—18页。
② 本文节自高尔基《列宁》,第47—48页。
③ 本文节自高尔基《论文学》,孟昌译,见《人民文学》1953年7、8月号,第124—125页。

世界上没有不能用简单明了的话语来表达的事物。列宁完全使人信服地证明这点。然而我们的批评家不大关心教育学中所必需的单纯的明朗。

众所周知的尽量少说，众所不知的应当多说①

关于像孟什维克——资产阶级底仆从——底卑劣的叛变，像英国和日本为了恢复资本底神圣权利而进行的侵略，像美国大亨之咬牙切齿反对德国，以及其他等等，这些简单的、众所周知的、明显的、群众已经很清楚的现象，为什么不写成一二十行，而硬要写成三四百行呢？ 这些事情是应该讲到的，这方面的每一件新事实是应该记录的，但是不要写论文，不要重复议论，而只要以几行字，以"电报形式"来痛斥旧的，已经周知的，已有评价的政治底新的表现。……

少谈些政治。政治已经完全"明朗化"了，它归结成了两个营垒底斗争，即实行起义的无产阶级与一小撮奴隶主——资本家（从他们的腊犬起到孟什维克等等为止）底斗争。我再说一遍，关于这种政治，可以而且应当讲得很短。

多谈些经济。但经济不是指"一般"议论、学者评论、知识分子计划以及其他这类的废话，——可惜这些废话常常就只是废话而已。不，我们所需要的经济，是指搜集，缜密检查及研究新生活真正建设底各种事实。……

少一些政治的喧嚷，少一些知识分子的议论。多接近些生活，多注意些工农群众在其日常工作中怎样在实地建设新的东西，多检查些这种新东西有多少是共产主义的。

对别人的语文，也要求简短，明断，确实②

列宁把自己在生活和工作方面惊人高度的组织性，也应用到中央委员会，人民委员会，和国防委员会会议上去。他的时间是分配得很准确的，连一分钟也不枉费。他准确地按所规定的时间宣布开会。他要报告人和发言者说话要非常简短切实，提议要确切明晰，证据要确实无讹。他不能忍耐长篇大论。……他爱说讽刺话，爱开玩笑，喜欢嬉笑，并使别人也受其薰陶。有一位英国社会名流参加人民委员会会议看见列宁笑得使人受其薰陶时说到：这是强有力的笑。

---

① 本文节自列宁《论我们报纸底性质》，见《新华月报》2卷1期。
② 本文节自《列宁生平事业简史》，第358页。

简明语言来自真正智慧①

一切有真正智慧的人——是质朴和平易的。乌拉基米尔·伊里奇是一个质朴的人,因此也就成了一位具有伟大思想的人物。在简单明了的语言中道出了一切。列宁十足地证明了这一点。

号召动作的语言必须简短锋利②

我们应该发表一篇简短的布尔什维克宣言,用最锋利的语句指出说,冗长的演说以及一般"演说"都是不合时机的,而认为必须即刻动作起来挽救革命……

这个宣言愈简短愈好,愈锋利愈妙。……

我们既宣读这篇宣言,既号召解决问题而不是说空话,号召动作而不是写决议案,就应立刻把我们整个党团都派到工厂和营房里去。……那些地方,我们应该用热烈激昂的演讲来说明我们的政纲,并指出或者是民主会议完全接受这个政纲,或者就是武装起义。折衷办法是没有的。等待是不行的。革命垂危了。

令人兴奋向往的锋利词句③

伊里奇在其带宣传性质的发言中,毫不回避困难问题,毫不模糊这些问题,恰巧相反,他却极严格和极具体地提出这些问题来。他不害怕锋利的辞句,故意地把问题尖锐化,他并不以为,宣传家的演说是应当像溪涧平水那样静静无声;他的讲话很严峻,常略带些粗暴,但能钻入脑际,使人兴奋,使人向往。

五、反对夸张空谈,反对术语堆砌,反对陈腐隐晦

夸大词句里的欺诈手腕④

马克思在《资本论》中讥笑了资产阶级民主"自由人权大宪章"内的浮夸词藻,讥笑了所有这些妄谈一般自由平等博爱的美丽辞句,这些辞句是使各国市

---

① 本文节自高尔基《论文艺与文艺描写》,转引自《论宣传员的语言》,第 24 页。

② 本文节自列宁《马克思主义与武装起义》,见《列宁文选》第二卷第 141—142 页,莫斯科外国文书籍出版局 1950 年版。(下引文同)

③ 本文节自克鲁普斯卡娅《列宁是个宣传家和鼓动家》,见《向列宁学习工作方法》,第 33 页。

④ 本文节自列宁《伟大的创举》,见《列宁文选》第二卷第 598 页。

侩和庸人,直至现今卑鄙伯恩国际中一般卑鄙英雄们心向神往的。马克思用来和这种华丽人权宣言相对立的,是无产阶级一种平凡的、质朴的、务实的、日常的问题提法:由国家缩减工作日,就是这种提法的标本样式之一。……少谈些什么"劳动民主",什么"自由、平等、博爱",什么"民权"等等的空话吧:现代有觉悟的工人和农民在这些夸大词句里,容易看出资产阶级知识分子底欺诈手腕,也如像每个有生活经验的人,望见"善良君子"极"光泽的"面貌和外表,就能一下子确切断定他"大概是个骗子"。

学究式的堆砌术语之真正目的①

列宁写道:"马克思、恩格斯天才的表现之一就在于:他们蔑视学究式地玩弄崭新的名词、玄学的术语、狡猾的'主义',而简单率真地说:哲学上有唯物论的路线和唯心论的路线,而在两者之间有各色各样不可知论的阴影。"这就是列宁之所以要采取如此不妥协态度以对付他的敌人们的那些杂乱的、故意复杂化的术语。他屡次地讲到"阿万那留斯的使问题晦涩、使大众畏避哲学的,学究式的术语的堆砌"。一切这些术语(思惟的经济性,经验认识,实体等),在他看来,是梦话的顶点,术语的暧昧,学究式的哲学谵语,从各种不同的书籍中乱抓来的词句的堆砌。用这一些新的、煞费苦心的词汇的目的在于掩盖自身理论上的反动本质,使读者们慑于词句的铿锵、杂乱、模糊,作为一切科学的主要基础的理论认识。

不要夸夸其谈②

(列宁对自由主义资产阶级的政论里那种夸夸其谈,咬文嚼字的语言所作的讽嘲,也雄辩地说明了他是不赞成空谈一切和"花言巧语"的。)论及涅维多牟斯基的一篇论文时,列宁写道:"这个现代知识分子雄辩家写道:'吸收了和完满地体现了伟大的俄国奴役制度覆灭时代的基本热望和趋向,托尔斯泰也是全人类思想原则——良心原则的最纯洁、最完美的体现。'嗬,嗬,嗬。……吸收了和完满地体现了自由资产阶级的政论所特有的基本夸大方式,涅维多牟斯基也是全人类思想原则——吹牛原则的最纯洁、最完美的体现了。"

---

① 本文节自 A・叶菲莫夫《论宣传员的语言》,第 51—52 页。

② 本文节自列宁《"保留"的英雄们》,曹葆华译,见《马克思、恩格斯、列宁、斯大林论文艺》,第 113 页,人民文学出版社 1953 年 9 月北京第二版。

反对空洞陈腐和闪烁不定的语言①

且看一看自由派的报纸对托尔斯泰的评价吧。它们说了一些空洞无物的、官方自由主义的、陈腐不堪的教授式的话就算完事,譬如说什么"文明人类的呼声"、"世界一致的反响"、"真和善的观念"等等;然而正是因为这些,托尔斯泰才痛斥了——而且十分正当地痛斥了——资产阶级的科学。它们不能直率地和明白地说出它们对于托尔斯泰关于国家、教会、土地私有制度、资本主义的观点的意见,——这不是因为检查制度阻碍着它们;相反地,检查制度正帮助它们摆脱困难呢!——这是因为托尔斯泰批评的每个原则对于资产阶级自由主义都是一个打击;——这是因为托尔斯泰无畏地、公开地、十分尖锐地提出了我们这个时代最棘手和最讨厌的问题,这对于我们的自由派的政论的陈腐的辞句、庸俗的巧辩、闪烁不定的"文明化"的谎言,正是当面的一个耳光。

揭露每一个字的真义②

脱离了阶级基础的民主派,专爱讲漂亮话,喜欢提出贱价的、流行的(特别在农民问题方面)口号,我们绝不愿与这些革命性竞赛。我们,刚刚相反,对于这些革命的话,永远是取一种批评态度,揭露每一个字的真义,指出被理想化了的伟大事件的真正内容。

不能以抽象辞句代替具体分析③

如果以抽象的辞句,来代替具体的分析,那么,这是革命中最主要的罪过之一,最危险的罪过之一。

空话毫无内容,解决不了问题

德国"左派"……他们以为用几篇响亮言论和怒气冲冲的惊叹词句把"反动的"和"反革命的"职工会大骂一顿,也就足以"证明":革命家,共产党人,不仅不需要而且不容许在黄色的、社会沙文主义的、妥协的、列金派的、反革命的职工

---

① 本文节自列宁《列夫·托尔斯泰》,曹葆华译,见《马克思、恩格斯、列宁、斯大林论文艺》,第113页。

② 本文节自列宁《社会民主党与临时革命政府》,见《思想方法论》,第46页,新华书店1949年9月再版。

③ 本文节自列宁《二月革命到十月革命》,见《思想方法论》,第67页。

会内进行工作。

不管德国"左派"怎样坚信这种策略是革命的,而其实这种策略乃是根本错误,除了空话之外,别无丝毫内容。①

发光的东西不一定都是金子。托洛茨基底词句虽有很多光彩和响亮声音,可是没有丝毫内容。②

深恶痛绝空话连篇的人③

在列宁和斯大林关于语言的一切言论中,像一根红线地贯串着内容与形式统一的意见。举例说,当列宁言及立宪民主党党员们用的那些"古俄罗斯律师的干燥无味的话语",以及沙皇政府官吏们的那些"官场空话","体面的官话"的时候,那么当然,列宁所注意的,与其说是词句的形式,毋宁说是官僚集团的思想、意识形态。

因此,我们要着重的首先是演说的内容,而不是词藻和字句……词句的取舍及其应用,也都取决于演说的主题和思想的目的性。

追求措词的形式,首先就是产生空言巧辩的原因之一。对于各种空言巧辩家——那些不可恕地轻视内容,爱好美丽词藻的人们,……列宁对这类十分肤浅、空话连篇的人是深恶痛绝的,他曾经指出:"假如一个共产党人不能将一切得到的知识通过自己的意识而予以加工的话,那末,他只不过是一个单纯的吹牛者而已。"

反对无根的空谈④

列宁在这篇文章——《论革命空谈》内写道:"革命空谈就是在事变底一定转折关头,一定现存情况下,不去估计客观情况而把革命口号加以重复而已。口号尽管是卓越的、迷人的、使人沉醉的口号,——但是没有根据,——这就是革命空谈底实质。"往下列宁又继续说:"……谁不愿意以空洞词句、夸大言辞、无谓的叫嚣来自慰,谁就不能不看到,革命战争底'口号'在一九一八年二月是

---

① 本文节自列宁《共产主义运动中的"左派"幼稚病》,见《列宁文选》第二卷,第713页。

② 本文节自列宁《论高喊统一而实则破坏统一的行为》,见《列宁文选》第一卷,第765页。

③ 本文节自 A·叶菲莫夫《论宣传员的语言》14—15页。

④ 本文节自克鲁普斯卡娅《列宁是个宣传家和鼓动家》,见《向列宁学习工作方法》,第46—47页。

一点现实基础和客观基础都没有的空洞言词。感情、希望、愤慨、难堪——这就是当时这一口号的唯一内容。只有这样内容的口号，就叫做革命的空谈。"

两种含糊其词不容混同[①]

全部合法的刊物都是非党的刊物，——因为党性是被禁止的，——可是"倾向"于这个或那个政党。畸形的联合、不正常的"同居"、虚伪的掩饰是不可避免的。愿意表示党的观点的人们之被迫含糊其词，与那些还没有成长到党的观点的人们，那些在实质上还不是党人的人们之思想上的不彻底和畏缩，混淆在一起了。

伊索寓言式的笔调，文学的卑躬屈膝，奴隶的语言，思想上的农奴制——这个该诅咒的时代呵！无产阶级结束了这种把俄罗斯一切生动的和新鲜的东西都窒息着的丑恶状态。

要避免抽象的不确实的语言[②]

列宁和斯大林为布尔什维克党思想宣传的有效性而斗争，他们特别注重语言的表现力和彻底性。按他们看来，革命政党的语言一定要显出政治尖锐性，要避免平淡的、含混的书本用语。列宁建议对于下面的句子："大规模企业经济重要性的增强，就是小规模企业相对的减弱，和它作用的收缩……"易以较简洁的叙述："小规模生产渐渐被大规模生产所排挤了"，——列宁表示，"普列汉诺夫的含糊措词只有神学院的学生才听得进，是抽象和不确实的。而像'排挤'这个字即会使每一工人和农民在思想中引起几十个、上百个为他们所熟悉的例子"。在这方面，列宁曾引证恩格斯所说的话，这就是："简短而意味深长的句子易为人所理解，深印在意识中，变成了口号。而在含混的叙述中，这种情况是永不会有的。"

隐晦难懂的语言只会使事情含混不清[③]

各种各样的玄学，荒谬的学院派，都是列宁尖锐讽刺的对象。他指出：马克

---

① 本文节自列宁《党的组织和党的文学》，曹葆华译，见《马克思、恩格斯、列宁、斯大林论文艺》，第70页。
② 本文节自Ａ·叶菲莫夫《论宣传员的语言》，第26—27页。
③ 本文节自Ａ·叶菲莫夫《论宣传员的语言》，第29页。

思和恩格斯的天才也表现在他们蔑视玩弄新名词,蔑视玩弄不可思议的术语和机巧的"杜撰",他们的话是直截了当,简单明了。一切"哲学上隐晦难懂的语言","大学教授的乱谈"等等只会使事情含混不清,并削弱宣传的思想意义。

最憎恶最鄙弃奴仆底诡辩,似乎是博学的废话[①]

　　列宁所提出的爱帝国主义战争为国内战争的号召,起初在国际工人运动中曾是孤立无助的。可是,列宁大胆地逆流而进,揭穿战争底真实目的,各帝国主义政府的欺骗手段和资产阶级那些"社会主义"奴仆底诡辩。列宁认为特别有害和特别卑鄙的就是暗藏的社会沙文主义者,即中派主义者(考茨基,托洛茨基等等),因为他们在口头上赌咒发誓忠实于马克思底遗训而在事实上却卑鄙下贱地背叛这些遗训。"我——列宁写道——现在最憎恶最鄙弃的,就是考茨基:卑鄙下贱的、恶劣不堪的和自鸣得意的伪善态度。……现在世界上对于无产阶级底思想独立性再没有比考茨基这种卑鄙的自鸣得意和下贱的伪善态度更有害更危险了,因为他想蒙蔽一切和抹煞一切,想用诡辩和似乎是博学的废话来安慰工人觉醒起来的良心。"

六、通俗和庸俗之不同

文章应当为群众所了解所喜爱[②]

　　列宁指出道:苏维埃艺术底力量就在于它的人民性。他向蔡特金说道:"重要的同样不是把艺术交给以千千万万计算的人口总数中的几百人,甚至几千人。艺术是属于人民的。它应当把自己最深的根埋植在广大劳动群众地层本身中。它应当为这些群众所了解并为他们所喜爱。它应当把这些群众底感情、思想和意志结合起来,提高它们。艺术应当在群众中间唤起艺术家并发展他们。"依据列宁看来,艺术只有当它在思想上情绪上令人激奋起来,培养意志,唤起美学的情绪时,只有当它在动员人们去为共产主义底崇高理想而斗争时,它才是人民的。

---

　　①　本文节自《列宁生平事业简史》,第220—221页。
　　②　本文节自牟雅斯尼科夫《列宁与文艺学问题》,第140—141页。

"庸俗"把问题缩小或简单化①

伊里奇为要把自己的意思更加明显和更好地转告工人,曾作了不少的工作,但同时却对各种庸俗化以及在工人面前缩小问题和把问题简单化的意向表示愤懑。伊里奇在《做什么》一书中写道:"主要的注意力,应把工人提高到革命家的程度,而绝不应定要把革命家降低到'工人群众'的程度(如经济主义者所想的),定要把革命家降低到'中等工人'的程度(如《自由》杂志所想的——在这一点上《自由》杂志已升到了经济主义'教授法'底第二级)。我并不想否认替工人编制通俗书籍底必要——尤其是替特别落后的工人编制特别通俗的书籍(自然,只不应该是庸俗的书籍)底必要。但使我愤懑的,就是常常把教授法牵联到政治问题与组织问题。你们这些关心'中等工人'的先生们,你们讲到工人政治和工人组织,你们预先就想一定要像同小孩讲话样的把腰儿弯起来,这实际上倒是侮辱工人了。……"

伊里奇对于那般与工人咿咿呀呀,和以"花言巧语"来代替严重讨论问题的行为,都是极表愤慨的。……

列宁经过三年后(1905年6月),又回到他在《做什么》一书中所涉及的问题并写道:"……要教育整个雇佣工人阶级去执行使全人类脱离一切压迫而斗争的战士底作用,要经常地教育这个阶级底新阶层,要善于去对待这个阶级中最无知识、最落后、最少接触我们科学和生活科学的分子,善于同他们交谈,善于同他们接近,善于坚定地、耐心地把他们提到社会民主党人的意识水准,不要把我们的学说变为枯燥的教条,不要只在书本上来作教育,而且还要以参加到无产阶级之这一最黑暗、最落后阶层底日常生活斗争来教育他们。"

不择手段的通俗就是庸俗,就是欺骗②

列宁卓越地指出真正的通俗与不择手段的通俗之间的区别。不择手段的通俗和简陋与庸俗并无二致。通俗在于依据简单的,尽人皆知的材料,把听众引向深入的思考,引向复杂的学说。庸俗的演讲者并不推动听众去深入思考,

---

① 本文节自克鲁普斯卡娅《列宁论善于写工农群众读物的技能》,见《向列宁学习工作方法》,第105—106页。

② 本文节自A·叶菲莫夫《论宣传员的语言》,第21—23页。

却用一种丑恶的单纯,穿插一些戏谑,油腔滑调,给听众们提出某种研究的一切"现成的"结论,甚至读者们也不必加以咀嚼,而只是把这些乱七八糟的东西一口吞下。

大家知道,列宁是怎样跟卑劣的通俗作无情斗争的,他是如何愤恨一切对工人们演说时的嗫嚅不清,以及用一种鄙俗词句来代替问题的深入讨论。这类的通俗在他看来是一种"下流的议论",是一种"受过教育的人们对人民的有意欺骗"。……

列宁教导我们,讲述的方式应该是用语简单、明了,引证要有说服力。这决不等于贬低布尔什维克各种形式的宣传的本身内容,"以一种粗野话来接近工人群众"等等。列宁说:"好的报纸必须要通俗,思想上必须接近千百万群众,但决不是堕入庸俗。不是迁就落后的读者,而是要稳步地逐渐提高读者的进步性。"

彭契·勃鲁也维奇在他的回忆中说明列宁是特别要求讲述的简洁和平易。假如他看到讲述患了不够通俗的毛病,他一直就要问:"难道说你不会用俄国话说出自身的思想,使你的思想为众人所实际接受?俄国语言是非常丰富的。假如你们这点不能做到,那末错在你们自己,而不是在那种你们用以写作的语言。"

通俗地讲话和写作的技能①

列宁很重视善于通俗讲话和通俗写作的技能。必须使共产主义成为群众容易了解的东西,如同自己的事业一样。通俗演讲和通俗小册子应有足以激起某种行动的具体目的。通俗演讲中所发挥的政治思想,应该是明确、显著而有意义的。任何的庸俗化、简单化和脱离客观性都是不允许的。应准确地按着计划来叙述问题,帮助听众或读者自己去作结论,而只把这些已为听众和读者所领悟了的结论总括起来和形成起来。

不要从抽象的议论出发,而要从切近听众或读者,且足以激发他们的事实出发,并逐渐地、依次地来解说这些事实与阶级斗争中最重要及社会主义建设中最重要问题间的联系。

---

① 本文节自克鲁普斯卡娅《列宁论善于写工农群众读物的技能》,见《向列宁学习工作方法》,第108—109页。

列宁就是这样来教大家通俗地讲话和写作的。

通俗的作者和庸俗的作者之不同①

列宁在 1901 年所写的评论《自由》杂志的未完成的断片中，……写道：

"《自由》这种小型杂志简直是一塌胡涂。它的作者……提出的要求是：通俗地'为工人们写作'。但是它一点也不通俗，却是最恶劣的以通俗为名的腔调。没有一句话是简单的，一切都是矫揉造作……没有华丽的词句，没有'民间的'譬喻和语汇，像'他们'所写的那样的，作者就一句话也说不出来。在这种畸形语言里，反复咀嚼着故意庸俗化的老套的社会主义思想；没有新的事实，没有新的例子，没有新的加工。我们告诉这位作者，通俗化是和庸俗化，和以通俗为名的腔调完全不相干的。通俗的作家是从最简单的和大家熟悉的事实出发，并藉助于不复杂的论述或适当选择的例子，而从这些事实中指出最重要的结论，并促使有思想的读者去接触继续发展的问题，这样，他便引导读者趋向深刻的思想和深刻的理论。通俗的作家并不认为读者是不思考，不愿思考或不能思考的，恰恰相反，他认为尚未成熟的读者具有用头脑去工作的这种严肃愿望，并帮助他去进行这种严肃而困难的工作，在帮助他的时候，还要指导他去作好最初的步骤，教导他独自向前迈进。庸俗的作家则认为读者是不思考和不能思考的，他不引导读者趋向严肃的科学的最初步骤，反而用简化得残缺不全的，加上些滑稽和诙谐的形式，把一种确定的学说的全部结论'现成地'搬给读者，以致读者无须咀嚼就将这种稀粥吞咽下去了……"（原注：《布尔什维克》杂志，1936 年第 2 期第 73 页）

清楚明白地叙述重要材料②

我尽可能地力求通俗地叙述了关于美国的新材料，我相信，它们对于马克思主义的通俗化以及说明它的事实根据是特别有用的。我希望，我做到了对新的读者层清楚而且明白地叙述了这些重要的材料……

① 本文节自格拉塞《马克思列宁主义经典作家的工作方法》，第 72—73 页，高国淦译，三联书店 1954 年 5 月北京第一版。

② 本文节自列宁《给高尔基的信》，见《列宁论作家》，第 221—222 页，吕荧辑译，新文艺出版社 1953 年 2 月第二版。（下引文同）

朴素的语言和生动的描写①

列宁的文学必须为群众易于接受这一要求,是和他的作家必须为人民而工作的原则相关联的。列宁主张必须写得明快和朴素,正是为了群众,为了普通人民。

列宁的这个训谕——要想到工人和农民,话要说得简单好使他们懂得——正和颓废的资产阶级文学底条规根本不同,后者的特点正是相反的东西:词藻的雕琢华丽,形式和结构的复杂,是为了附庸风雅者们和市侩们的小圈子而写作的。因此列宁非常热烈欢迎的作品是他能在那里面看到为普通劳动人民所理解和享受的朴素的语言和生动的描写的。

今天已不必用伊索寓言式的文字来写作②

我写这本小册子的时候,是预计到不免要经过沙皇政府底检查。因此,我不仅必须极严格地局限于纯粹理论上的——尤其是经济上的——分析,并且我在叙述我对于政治问题所必须作的几点意见时,都不得不用极其谨慎的口吻,用暗示的方法,用伊索寓言式的文字,用沙皇制度迫使一切革命者在执笔写"合法"作品时所不得不采用的这种可恶的伊索寓言式的文字来说明。

在目前自由时期,阅读小册子里那些因顾虑到沙皇政府检查而不得不说得含糊,紧缩,被压得不能舒展的页子,真是很觉难堪了。

以具体的事实说服人③

希望学会写广大群众易解的作品的青年作者,须仔细地来研究伊里奇的这些著作。

只要把关于《罚金法律之解释》的小册子拿来考察考察,那就可看到,这本小册子是用极普通的语言写的,但同时我们又可看到,这本小册子与那些在目前还如此盛行的肤浅宣传,实有天渊之别。在小册子里完全没有鼓动的辞藻和号召。但主题底选择本身上就很恰当。这是个当时最使工人焦急和有关工人

---

① 本文节自伊凡诺夫《列宁与苏维埃文学底诞生》,见《列宁、斯大林与苏维埃文学》,第49页,人民文学出版社1951年4月上海第一版。(下引文同)

② 本文节自列宁《帝国主义是资本主义底最高阶段》,见《列宁文选》,第一卷第918页。

③ 本文节自克鲁普斯卡娅《列宁论善于写工农群众读物的技能》,见《向列宁学习工作方法》,第102—103页。

利益的题目。这本小册子是从工人所熟知的具体事实出发,完全按仔细收集来的大批材料底事实作根据,事实的叙述又极为明显。在小册子内所讲到的,拿来说服人的,并不是空话,而是具体的事实。这些事实竟至说得这样明显,这样令人信服,使工人认识这些材料后,就能自作结论。……

在结论里只是简单地把工人自己已从这本小册子的前几章引来的事实所作出的那些结论概括起来,只是帮助去综合和最终拟定这些结论。这些结论是很简单的,但对工人运动却有极大的意义。

用简朴的同志态度和人谈话①

他对工人、农民——贫农、中农和红军的态度,不是高高在上,而是以一种平等的同志关系来对待他们。在列宁看来,他们并不是"宣传底对象",而是许多历尽艰辛,熟思苦虑,要求对其需求加以注意的活的人物。"他很郑重地同我们谈",——工人们在讲到他时都这样说,并特别珍重他那种简朴的同志态度。听众看到,他所解释的问题,正是他们亲身感觉到的,使他们兴奋的问题,这样一来就使听众更加信服。

善于简明地解释自己的意思,用同志的态度来对待听众,这就是伊里奇宣传力量底所在,就使这种宣传特别卓著成效。

经常关心读者是否能懂②

列宁的论述体裁的特点,是经常的关心读者。关于波格唐诺夫的句子"生动的真理",列宁就曾加上了括号问道:这是什么意思? 列宁当引用"社会科学内部统一的原则"这句话的时候,他也曾加上了括号问读者们:"你们懂得这是什么意思吗,读者们?"

深入浅出是列宁的标本特点

列宁受到那些在他所指导的各个小组里听讲的先进工人们底热烈爱戴。凡在彼得堡与列宁发生过关系的工人,都一致指出说,他是他们"自家的"人。他关于最重大的问题——关于马克思底理论,关于资产阶级制度底基础,关于

---

① 本文节自克鲁普斯卡娅《列宁是个宣传家和鼓动家》,见《向列宁学习工作方法》,第34页。
② 本文节自 A·叶菲莫夫《论宣传员的语言》,第52—53页。

俄国底经济政治状况等——都说得非常简单明了。工人们听过列宁讲演以后，对于通常认为无法了解的东西，都很容易领会，好似是他们早已知道的东西，好似是他们早已明白感觉到的，不过未能用语言表示出来罢了。

善于把最复杂的理论问题用简单明了的语言说出来的本领，就是列宁底标本特点。①

列宁几乎每日都写文章在《真理报》上发表。他的论文在指导党和工人运动方面，在提高工人底社会主义觉悟和阶级组织性方面，起了极大的作用。列宁底论文是每个工人都易于了解的：在这些论文中把最复杂的问题都解释得简单明了。②

"最大限度的马克思主义等于最大限度的通俗和简易"③

列宁在 1895 年 12 月被捕以前，担任着重大的宣传工作，那时，他在彼得堡先进工人小组里讲课。"列宁受到了他所指导的那些小组里先进工人们底热烈爱戴。"（《联共（布）党史简明教程》，第 29 页，苏联外国文书籍出版局 1953 年中文版）

曾经听过——哪怕只有一次——列宁演讲的，特别是那些在列宁亲自指导下，在工人小组中学习过的工人们……他们大家都着重指出，列宁以怎样简明易懂的方式来阐释马克思的基本学说。

列宁以伟大的爱来教育这些先进工人，他把他的知识以及他对工人阶级胜利的无限信心传授给他们，他还要用他的革命热情去鼓舞他们。……

列宁努力去详细了解每一个学生，研究他们所在的工厂的劳动条件，他们的生活习惯以及工人和工厂主之间发生的一切冲突。因此，他在工人小组里讲课，永远是以工人非常熟悉的实例为基础的。他十分认真地对待他作为一个宣传者的责任，他对于自己和对于他的学生都提出高度的要求。他在阐述马克思理论时，不管是口头的或书面的，不管是论文或小册子，都力求简明，使每一个工人都能了解。他从流放所里寄出的一封信中写道："我的最大愿望，我的最美丽的梦想就是能为工人们写作。"他在这方面锻炼他自己，至死也没有停止一

---

① 本文节自《列宁生平事业简史》，第 34—35 页。
② 本文节自《列宁生平事业简史》，第 196 页。
③ 本文节自格拉塞《马克思列宁主义经典作家的工作方法》，第 69—74 页。

天,他向每个宣传员都作同样的要求。

列宁在 1917 年所作的讲演稿中,可以找到下面这句话:"最大限度的马克思主义等于最大限度的通俗和简易。"这两种要求对于列宁来说是互相结合而不可分割的;如果它们不是同时出现,那末,任何宣传工作都是不可能的。……

所有对列宁的宣传工作的回忆录中,都曾提到:列宁着重于帮助工人们去独立掌握理论,协助他们去独立工作,不把他们看作"宣传的对象",而看作现在虽尚未成熟,但已能认真思考,并希望成为革命战士的同志。列宁对待他的学生的这种关系,加强了他们对于本身力量的信念,加强了他们的求知欲,他们的能力以及他们的革命斗争意志。工人们时常说到列宁:"他认真地和我们说话。"他们感觉到他们的导师是以整个生命和他们结合在一起的,他们永远都记得他所说的话,他们变成了工人事业的忠贞不渝的积极战士。

七、向群众学习,确信群众的创造能力,是通俗化的前提

通俗化底模范

如果进行通俗化的人是"郑重"其事,其目的是在拿出最简单易懂的形式来说明某种理论底实质,那这一工作就会给他自己以极多的东西。

列宁以最严格的态度来对待这一工作。他从放逐处写信给普列汉诺夫和阿克雪里罗得说:"我最愿意的,是要学会写工人读物。"……①

1921 年关于职工会问题发生争论时,列宁所说应如何应用辩证法来研究对象和现象,是通俗化底模范。列宁说:"为要真正地认识一种对象,就要把握并研究其一切方面,一切联系和'因果关系'。我们任何时候也不会完全做到这一点的,但要求全面观察就可以免于错误,免于僵化。这是第一。第二,辩证逻辑要求在事物的发展,'自身运动'和变化中来观察对象……第三,整个人类的实践应当作为真理底尺度,作为事物与人类需要的联系底实际标准而包括于事物底完全'定义'中去。第四,辩证逻辑教训我们,'抽象'的真理是没有的,真理总是具体的。"

这几句话,乃是列宁多年研究哲学问题的结果。伊里奇之研究哲学并不是

---

① 本文节自克鲁普斯卡娅《列宁是怎样研究马克思著作的》,见《向列宁学习工作方法》,第 28—29 页。

因为这是一门"很有趣味的科目"，而是因为列宁在哲学中寻找了行动的指南。他在辩证唯物主义中找到了这个指南，辩证唯物主义使他善于极深刻地去研究现象，善于找出有组织地影响这些现象的道路；辩证法使他能有特出的远见，坚定的观点，像人们所说那样，善于"捉牛先抓角"，即善于发现每个问题中最基本和最主要的东西。①

语言的美来自本性深处②

当列宁对工人农民群众讲话时，他绝不以自己的谈话演说来迎合粗鄙的，工人之间的俚语，他毫不故作虚炫地以简单平易的话发言，而工人农民们却始终以为，列宁是猜着了他们的心思，他讲的话正是他们想要讲的。列宁不喜欢那些虚饰的，不可思议的漂亮话，他避免它们。渐渐地他的演说臻于至善至美的境地。但这个美，是非常简单的。它就是在于明晰、简洁、没有虚伪，不兜圈子，没有工人农民们所不了解的词藻修饰。类此的美是假造不了，是纯技巧所不克达成的，——它是出诸内心，出自列宁本性的深处。

理论联系实际就能亲切易懂③

列宁著作的特点是在于：他善于将理论与实际联系起来，任何实际问题都不与理论脱离，善于把每个理论问题同目前所处的时机，同活生生的现实紧相联系起来，使理论成为读者亲切易懂的理论。

宣传家成了组织家④

列宁和斯大林演说的最重大的特征就在于他能将理论和生动的现实、和群众为共产主义胜利而进行的实际革命斗争联系起来。这种善于解释自身思想，使自身思想与当前苏联人民正在解决中的那些任务联系起来的能力，再加上与听众们的有机联系，就使宣传现实化、有效化。因此，宣传家就成了组织家。

---

① 本文节自克鲁普斯卡娅《怎样来写群众读的党的书籍》，见《向列宁学习工作方法》，第111页。

② 本文节自亚洛斯拉夫斯基《列宁的生活与工作》，转引《论宣传员的语言》，第22页。

③ 本文节自克鲁普斯卡娅《列宁是个宣传家和鼓动家》，见《向列宁学习工作方法》，第32页。

④ 本文节自A·叶菲莫夫《论宣传员的语言》，第6—7页。

确信群众底创造能力①

我不知道有第二个革命者，如像列宁这样深信无产阶级底创造能力，深信无产阶级底阶级本能适合于革命目的。我不知道还有哪一个革命者如像列宁这样大胆无情打击过那些傲然责难"革命紊乱状态"和"群众擅自胡闹"的分子。我记得在一次谈话中曾有一位同志说"在革命以后就会奠定正常秩序"，于是列宁就讽刺地说："一个想做革命者的人，而竟忘记革命秩序是历史上最正常的秩序，那就糟糕了。"

因此，列宁总是鄙弃那些瞧不起群众，想照书本去教训群众的分子。因此列宁总是不倦地教诲说：要向群众学习，要理解群众底行动，要细心研究群众斗争底实际经验。

确信群众底创造能力——这就是列宁活动中的一种特点。

深刻了解群众是接近群众的前提②

深刻了解工人群众和农民，善于把握住当时使他们奋激的问题，由于有这种了解而善于接近群众，引起他们注意，使他们悦服，吸引他们积极参加斗争——这是列宁之为宣传者和鼓动者底特征。把理论与宣传工作紧密联系起来，对造谣惑众者的憎恶，与庸俗化作斗争，善于通俗地解释各种最困难的问题，说明问题的实质，并指出应如何把理论应用于实际，最深刻的信心，所有这些我们都可在宣传者和鼓动者的列宁那里去找到。

仔细地研究群众③

乌拉基米尔·伊里奇常仔细地研究群众，知道他们劳动和生活底条件，知道那些使他们焦急的具体问题。他在群众面前发言，常是针对着听众来作的。他在报告讲演和谈话过程中，估计到听众在这些时刻所特别焦急的是什么，他们所不了解的是什么，他们认为特别重要的又是什么。伊里奇常善于按注意的程度，按问题，按插话，按发言，来明白听众的情绪，善于迎合听众的兴趣，回答他们所不明了的问题，而掌握着听众。

---

① 本文节自斯大林《论列宁》，见〈列宁文选〉，第一卷第43页。
② 本文节自克鲁普斯卡娅《向列宁学习工作方法序言》，见《向列宁学习工作方法》，第3页。
③ 本文节自克鲁普斯卡娅《列宁是个宣传家和鼓动家》，见《向列宁学习工作方法》，第34页。

耐心小心地接近群众①

为了要善于接近群众,就必须研究群众,——列宁曾经常反复说到这点。他自己孜孜不倦地研究着群众,善于倾听群众的意见,善于了解群众所说的一切,并善于把握住工农群众所极想吐露出来的一切问题底实质。

列宁在 1920 年 7 月《论共产国际第二次代表大会基本任务提纲》中,讲到:"……要特别耐心地、小心地学习接近群众,要善于了解这群众中每一阶层,每种职业底心理特点及其特征。"

向工人学来②

列宁是向谁学习的讲通俗话和写通俗作品呢?是向当时列宁读过他很多作品的皮萨略夫学的,向车尔尼雪夫斯基学的,但主要的还是向工人学习来的,他一连几个钟头的来同工人们谈话,询问关于厂内他们生活上的一切详情细节,仔细地倾听他们偶然道出的意见,听他们怎样来提问题,观测他们的知识水准,他们对某一问题有些什么不了解之处和为什么不了解。工人们在其对列宁的回忆中叙述了这些谈话底内容。

详细研究工人的生活状况③

列宁一面教育先进工人,一面又努力研究工厂里的工人状况,工资和罚金制度,以及规定工资额的手续:调查企业里的规则,探知工人所不满意的事情。克鲁普斯卡娅叙说道:"乌拉基米尔·伊里奇对每一个能表明工人生活状况的细小事情都详加询问,力求根据个别细小特征来领会工人底全部生活,力求找到一种可以利用来更便于向工人进行革命宣传的事实。"

随时随地跟农民接近

这个农民问题的大理论家,常到大都会的郊外去参观,跟农民们接近,收获了许多关于农村生活的活泼的印象。Hametski……曾对我们讲过 1912 年 7 月

---

① 本文节自克鲁普斯卡娅《列宁是个宣传家和鼓动家》,见《向列宁学习工作方法》,第 42—43 页。

② 本文节自克鲁普斯卡娅《列宁论善于写工农群众读物的技能》,见《向列宁学习工作方法》,第 104—105 页。

③ 本文节自《列宁生平事业简史》,第 35—36 页。

列宁住在 Cra Covie 的时候的一个故事："靠着一幅郊外的地图和一本《俄波字典》，列宁很快地熟悉了多处地方。在他到 Cra Covie 的一个半月之后，有一回碰着了我，谈起话来，滔滔地全是关于本地的环境和乡村的居民的事。列宁长谈着他们的生活，他们的习惯，他们的意识状态。他为他们的繁重捐税和困难的生活代鸣不平。使我惊异的是，他对于 Cra Covie 四周的自然之美的描写，既那样丰富，同时对于 Cra Covie 的农民的认识，又那样正确。我对他说：'乌拉基米尔·伊里奇，你住在这里并不久，你怎么会如此熟悉地方的情形？尤其是农民的境况，是怎样懂得的？'他笑着答道：'这个，是我的一个秘密。……你们这班人老是躲在房子里面，至于我，却在星期日，乘了脚踏车出门去，研究研究事物和人类。''但是，你说不来波兰话，那怎样跟他们谈话呢？''你看，还是我的字典。我已经学会许多话了。我靠了字典读报纸，我到乡下去的时候，也把它带在身边。我走进一个农民的草屋里，说声早安，然后讨些牛乳喝喝，这样谈话就开始了。我用波兰话讲说，在讲不出波兰字眼的时候，我就代之以德国字眼。许多农民曾经参加过军役，这就是说，他们也懂一些德国话。……总之，我们彼此懂得，……他们是很有趣的人。社会民主党毫不注意到他们，这是多么可惜呵！'"[1]

列宁有千丝万线同广大工农群众联系着，还坚毅地寻找并力求建立新的联系。1922 年 1 月，列宁给《贫农报》的编辑写道："是否可以简略示知（最多两三页）:《贫农报》收到了多少农民书信？在这些信中有什么重要的（特别重要的）和新的东西？情绪怎样？迫切问题？是否可以每两个月得到一次农民信件？"[2]

详细地了解农民的问题[3]

农民知道他（列宁）是学过法律的，所以很多人都到他那里去请教关于诉讼的事情。伊里奇给他们提供了很多法律上的意见，并顺便详细地问及每个到他那里去的农民和农妇的生活和劳动条件。他收集了极丰富的材料。

---

①　本文节自 H·巴比塞《列宁家书集序言》，徐懋庸译，见《列宁家书集》，第 19—20 页，三联书店 1949 年 11 月上海初版。
②　本文节自《列宁家书集》，第 393 页。
③　本文节自克鲁普斯卡娅《我们要向伊里奇学习》，见《向列宁学习工作方法》，第 122 页。

八、说写前的充足准备

列宁写作时的高度计划性和精确性①

列宁在写作时具有高度的计划性和精确性。他在少年时代,还在学校念书时,便已经养成了这些习惯。他的兄弟乌里扬诺夫在他的回忆录里曾经提到乌·伊里奇写学校论文时的情况,他说:

如果学校里把论文交给列宁回家去作的时候,他从来不像其他大多数同学一样,在交卷的前夕,才匆匆忙忙地开一个夜车去写他的论文。恰恰相反,他在课题交下,交卷日期(通常是两星期)确定以后,就立刻开始工作。他在一张四开纸上,写好论文的计划,引言和结论。然后再拿一张纸,竖摺为二,左半张打好草稿,并按照既定计划用字母和数字分好段落;他把右半张或充分的空边留着不写,以便后来填写补充,说明,更正,以及参考书索引(如见某书第几页)等。

"左半张是论文的原始草稿,右半张日渐填满了许多注释,更正,和参考书索引等。交卷日期快到了,列宁便另用一张新纸,写出全部的最后草稿,这时他还要查考他早已整理好的各种书籍,以便充分利用他所作的边注。现在剩下来的工作是只要将完全写好的论文定稿用墨水誊写在一本干净的簿子上。"

列宁用定计划写提纲的方法来完成写论文的全部基本工作,这是他的习惯,他一直到后来还保持着这个习惯。他写的提纲大都留有充分的空边,以便在后来熟思一篇论文或一本小册子时,将更正之点和原始出处等注在上面。

列宁一向很器重那些善于有计划地工作的人,那些能预先思考和准备一切工作细节的人。我们在上面所引的列宁写学校论文的故事里可以看出,列宁在学校里就已经养成了在构思时预先准备一切材料的习惯,以便在写作时随手可以得到它们。在以后的生活中,他将这种有计划地组织工作的才能,发展到高度标准化。……由于列宁的严格计划性和他的工作的严密的组织性,他从学习理论的第一天起,便已经增强和巩固了他的巨大的工作能力以及大家一致公认

---

① 本文节自格拉塞《马克思列宁主义经典作家的工作方法》,第53—54页。

的他在工作中的坚持性。

渊博丰富的学识经验再加上充足的准备①

虽然列宁有渊博的学识，有宣传家的丰富经验——他作过很多报告，写过许多带宣传性质的文章，——但他对于自己的每次发言，每个报告，每次讲演都仔细地准备过。从保存下来的列宁许多发言和报告底纲要中，可以看到，列宁是如何细心地思索过他每次带有宣传性质的发言。根据这些纲要我们可以看到，列宁底发言有多么丰富的内容，他是如何善于把最必要、最重要的东西揭示出来，并用鲜明的例子来解释每种意思。

非常认真严肃的态度②

在列宁的公开演说的准备阶段内会感触到他对语言，对最重要和适切的语句和特征描写的关怀。例如，列宁当起草他在第四次共产国际代表大会上的报告计划时，他随即作成了几个完备的论纲。

列宁的论文和报告的这类论纲，草稿是很多的。……这类例子说明了列宁是喜欢"笔不离手"地工作，对每次的公开演说的态度是非常地认真严肃，因此，事前定下了一切主旨和论题。可见，在演说内容准备时，得做一番文字功夫，精选必要的字句。

作文前先写好概要③

他在写文章前，通常是先写好文章的概要。根据这种概要就可以探讨伊里奇底全部思维过程。有许多文章，其概要竟由伊里奇修改过两次，或三次；最有趣的，是把这些概要拿来比较一下，并确定，为什么伊里奇改变了文章的计划，修改后的计划比起原先的计划好在什么地方，他在那个方向上改变了论述主题的方法。

----

① 本文节自克鲁普斯卡娅《列宁是个宣传家和鼓动家》，见《向列宁学习工作方法》，第33页。

② 本文节自А·叶菲莫夫《论宣传员的语言》，第69—70页。

③ 本文节自克鲁普斯卡娅《列宁是党刊物底编辑者和组织者》，见《向列宁学习工作方法》，第69页。

要极确切的叙述事实,怎样组织记忆①

列宁并不靠自己的记忆,虽然他的记忆是很好的。他从不凭记忆"大致不差地"来叙述事实,他叙述事实是极确切的。他阅读了极多的材料(他读书,也像他写作一样,都是很快的),想要记着的地方,他都写上了笔记。在他的笔记簿上保存有很多的摘录。……

如果书是他自己的,那他就只限于打着重号,做页边评注,在封面上就只记下页数,看标记地方之重要程度,以画一条线或几条线来着重它。他也反覆地阅读自己的文章,也在它上面加些评注,如遇到有引起什么新思想的地方,他也打出着重号来,并在封面上记下其页数。伊里奇就是这样的来组织自己的记忆的。他常清楚地记得,他说过什么,在什么情形下,并是同谁争论时说的。在他的著作、讲演和文章中,我们很少看到重复的地方。

依靠人类知识的坚固基础②

马克思和列宁的笔记本,使人信服地证实了手拿铅笔一面读一面记的价值。"……凡是我所读过的书,我都作出摘录,作许多批注这已经成了我的习惯,"——马克思青年时给他父亲写信这样讲。据列宁说,马克思主义学说底成功,首先是因为马克思是依靠了人类知识的坚固基础。

九、精心的推敲,再三的思索

他要亲自执笔,亲手改正,不惯口授③

列宁惯于亲笔写文章。替列宁速记《宁少勿滥》一文的速记生,在当时,在2月6日(1923年),就在日记簿中写道:"乌拉基米尔·伊里奇浏览自己的文章时,说了一段题外的话。他说:他写文章的老习惯,是亲自执笔,而不是口授;现在他知道为什么速记生不能使他满意;他惯于亲自看见自己的手稿,在遇着困难的时候,他就止笔,思索着他所'陷落'的地方,在房中走来走去,甚至简直跑

---

① 本文节自克鲁普斯卡娅《列宁的科学工作方法问题》,见《向列宁学习工作方法》,第6—7页。

② 本文节自佛·马特洛索夫《在宣传鼓动工作中如何运用艺术文学》,朱子奇译,见《文艺报》42期,第38页。

③ 本文节自《列宁生平事业简史》,第422页。

到外边去散步;现在他也往往想拿起铅笔来写或是亲手加以改正。他回忆到还是在1918年时,他曾企图用口授方式要速记生替他写文章的情形,当他感觉到'陷落'的时候,他就局促不安地用'不可思议的'速度往前'奔',结果使他不得不把全部文稿都烧掉了。此后他就坐着亲笔来写,终于写成了一部自觉满意的《叛徒考茨基》。"

选择主题发挥主题修节文字①

卡斯帕洛夫给《教育》杂志写了篇关于民族问题的文章。伊里奇写信给他说:"亲爱的同志! 你的文章我已收到并阅读过了。据我的意见,主题选择得很好,发挥亦颇正确,但文字上的修饰还欠工夫。不适合于理论问题文章的'鼓动'太多……"

这样,选择主题,发挥主题,文字上的修饰,这就是伊里奇极为注意的三大要素。

主题底选择具有重大的意义。要选择政治上重要的、有切实意义的、涉及最迫切问题的主题。

……我记得列宁与普列汉诺夫关于选择什么主题的问题作过长时间的谈话,交换过意见。连主题的配置——什么问题应放在前面,什么问题应放在后面,也都热烈地讨论过。……详细地来讨论每一主题——它的共产主义比重。……

主题问题与计划性问题是密切联系着的。选择主题,配置主题——这就是计划。……伊里奇总是特别注意到主题底迫切性,注意到计划与实际生活的深刻联系。

主题底论述法……其意义是不下于主题的选择的。主题底论述法是决定着作品的立场。主题也许选择得很好,但主题底论述法却决定问题是否阐明得正确。同一主题既可以从革命马克思主义底观点上发挥它,又可以从民粹派底观点上来发挥它,也可以从自由派底观点上来发挥它。问题底关键就在于论述主题的方法。并且,即或主题是同一政派的人所写出来的,而他们中间的色彩亦非常重要,把什么问题提到首位,特别注意那些地方,在何种联系中和因果关系中来把握问题,这也是重要的。

---

① 本文节自克鲁普斯卡娅《列宁是党刊物底编辑者和组织者》,见《向列宁学习工作方法》,第67—69页。

＊　＊　＊　＊　＊

列宁选择主题总是很合时的：每篇文章，每一著作都对做什么的问题给予一定的答覆。每部著作，每篇文章都是行动的指南。[1]

文体当与内容相呼应[2]

文体应与内容相呼应。文章底语言和腔调应适合文章底论旨。理论问题的文章是不能用鼓动的腔调来写，鼓动性的文章是不能用学院式的语言来写的。写作，这是一种艺术。腔调，体裁，善于生动地叙述，进行必需的比较，这是很重要的。伊里奇对写作法问题赋予了极大的意义，他在自己的语言和自己的体裁上用了极大的功夫。……伊里奇讲话底结构如何使他的讲话富有热情，如何善于去强调其基本的思想、基本的色彩。乌拉基米尔·伊里奇曾肄业于古典中学，枉费过极多的时间去研究拉丁文和希腊文。但这却唤起了他学习语言学的兴趣。他能一连坐几个钟头去翻阅各种各样的字典，连达尔底字典也在内。

每句话都再三地思维过[3]

列宁不管做什么工作，他都是极仔细地来做。他亲自做过很多的准备工作。

他对某种工作愈认为重要，他就愈加深入到这工作的各种细节中去。

……《火星报》就是他所思索出来和组织起来的。每期都经过了精心的推敲。每句话都再三地思维过。乌拉基米尔·伊里奇亲自作过整个报纸的校对工作，这就是最标本的一个细节。他之所以这样做，并不是因为校对无人（我很快就学会了这种工作），而是因为他关心工作，害怕弄出甚么错误来。首先他亲自校阅一遍，然后交给我，以后他又亲自审查一遍。

---

① 本文节自克鲁普斯卡娅《怎样来写群众读的党的书籍》，见《向列宁学习工作方法》，第112页。

② 本文节自克鲁普斯卡娅《列宁是党刊物底编辑者和组织者》，见《向列宁学习工作方法》，第70—71页。

③ 本文节自克鲁普斯卡娅《列宁的科学工作方法问题》，见《向列宁学习工作方法》，第5页。

1751

力求像说话一样地写作①

列宁在公开演说和作论文的一切准备阶段上,都注意语言的简单明了。列宁避免用难以理解的书本上的句子,尽量向人民的生动口语看齐,力求"像说话一样地写作"。据克鲁普斯卡娅证明:"列宁当写作时,惯常是踱来踱去,低声念他所要写的话。"

不赞成滥用简字②

列宁对于选词用字是非常的敏感和细心的,他警告不要迷恋于那些不能为人民所接受的字句,这类字句不能帮助宣传的成功,而只会使宣传减色,并且削弱了党对人民的影响。例如,列宁不赞成滥用速记上需要的简字,他曾以这样一种讽刺形式来批评类如"国家托辣斯"、"共产主义夸大狂"等等的这些字眼:"我很想列举几个'国家托辣斯'(如果用屠格涅夫如此赞扬的这美丽俄文加以形容)的例子……""这点我们没有意识到,这里要用同样美丽的俄文词句说来,就是还存在有'共产主义夸大狂'。"

坚决抛弃那套笨重的货色③

列宁认为鼓动工作的力量是在于有正确的解释工作,明白的,但形式简单的解释工作。1906年列宁在《社会民主党与选举协定》一文中写道:"要会说群众易懂的话,简单明了的话,坚决抛弃那套笨重的货色:深奥的术语,难解的外国字句,死记的,现成的,但群众还不了解,还不认识的口号、定义、结论等。"

对各种不同阶层的人要有不同的提法④

他要求要善于用各种不同的方式去接近各种不同阶层的人民。伊里奇于1911年12月写道:"……每个宣传者和鼓动者底艺术,就在于用最好的方式去影响当时的听众,使某种真理对他们最带说服性质,最容易领会,最明显和最牢

---

① 本文节自 A · 叶菲莫夫《论宣传员的语言》,第 24—25 页。

② 本文节自 A · 叶菲莫夫《论宣传员的语言》,第 28 页。

③ 本文节自克鲁普斯卡娅《列宁是个宣传家和鼓动家》。见《向列宁学习工作方法》,第 38 页。

④ 本文节自克鲁普斯卡娅《列宁是个宣传家和鼓动家》。见《向列宁学习工作方法》,第 41—42 页。

实地记在心上。"当然，这并不是说，对这般人应该说一种道理，对那般人又该说另一种道理。问题只是提法不同罢了。

打击敌人的语言和说服纠正的语言①

宣传员的演说每次都是根据着讲题，材料，听众成分，时间，和其他情况而变化的，每次都要适应所有这些条件。宣传语言根本上是随着个别相异的讨论的对象而有所不同的，得看是谁的，以及出自何种阶级本质的立场，理论和思想是讨论的对象。……

列宁当孟什维克们在彼得堡策动党内分裂的时候，曾向第五次党代表大会作过报告，其中就明显地划分了与思想上敌人的论辩以及与党内人士的论辩。对敌人的论辩所采取的方式要能"引起读者们对这些人的厌恶，憎恨和蔑视"，而同志间论辩的方式却完全具有不同性质，这里需要的是说服和纠正同志们的错误。

列宁曾不止一次地强调过，忠实正确的党内说服斗争的方法与打击敌人组织的斗争方法之间有着一种原则性区别。

列宁的这个关于两种论辩的法则确定了宣传者演说的语言和体裁的一切特色。

使用了许多民间的成语和字句②

伊里奇底文字是很丰富的，他使用了许多民间的成语和字句。时常校对员因没觉察到这是从列宁著作中引证的话，而在书的空白地方，靠近某些成语或字句近旁，标出一些问号或惊叹号，有时则径直按自己的意见修改起来了。但列宁的许多著作底言词，特别是带鼓动性著作底言词，对群众特别亲切，特别易于理解。

民间俚语俗谚的应用③

列宁应用的许多世俗语（杂拌、杂凑、杂烩、垃圾等）也引人注意。他藉助于

---

① 本文节自 A·叶菲莫夫《论宣传员的语言》，第 7—9 页。

② 本文节自克鲁普斯卡娅《列宁是党刊物底编辑者和组织者》，见《向列宁学习工作方法》，第 71 页。

③ 本文节自 A·叶菲莫夫《论宣传员的语言》，第 54—55 页。

这些世俗语,作出了生动的尖锐讽刺的论断和描述。例如,列宁当议论巴柴罗夫时说道:"结语真是出类拔萃,恩格斯已经照马赫的样式被修改了,油炸了之后,还加了马赫主义的酱油。可是,高贵的厨师,注意不要哽住喉咙呵。"……

在错综复杂的哲学著作中,列宁应用的民间俚语俗谚同样地富有意味:"在老鼠看来,没有比猫更强的野兽,在俄国马赫主义者看来,没有比普列汉诺夫更强的唯物论者。""如果几个年青的知识分子上阿万那留斯的钓钩,那么老麻雀冯特并不是一把糠就可以捉住的。"……

列宁以同样的精神用了许多俗语。

运用文学名著中的描述手法和名言[①]

在以生动的适切譬语,文学引证来丰富科学著作语言的这一点上,亦得向列宁学习:"……俄国的马赫主义者很快就会像一种赶时髦的人,戴上欧洲资产阶级哲学家已经抛弃了的帽子,而喜不自胜。"……"此后波格唐诺夫可以随自己高兴去和'经验符号论者'尤世凯维奇争论……从唯物论的观点看来,这不过是相信黄色魔鬼的人们与相信绿色魔鬼的人们之间的论争。"

列宁的文学描述的采用手法是多样性并独创一格的。……列宁在揭发暴露的目的下,是运用了果戈理、屠格涅夫、谢德林以及其他作家作品中的描述手法和名言。例如:"阿万那留斯遵照屠格涅夫的说谎者的忠告行事:特别要当众咒骂自己所有的那些罪恶。"……"苏佛罗夫……只是像屠格涅夫小说里的巴扎洛夫所说的,为着显得重要起见,把笔挥舞了一下,于是出现了'实在一元论哲学'的新'普遍规律'。要知道我们是什么人呀,难道我们比杜林差吗?"

十、热爱祖国语言,反对不必要地使用外来语

每一个人都应学会伟大的本国语言[②]

这都是对的,自由主义者先生们,——我们回答他们道。我们比你们更知道,屠格涅夫,托尔斯泰,杜布洛留波夫,车尔尼雪夫斯基的语言——是伟大而且有力的。我们比你们更想在所有居住在俄国的各民族的被压迫阶级之间,建

---

① 本文节自 A·叶菲莫夫《论宣传员的语言》,第 55—57 页。
② 本文节自列宁《需要义务国语吗?》,见《列宁论作家》,第 69 页。

立尽可能的更密切的交往和友好的团结。并且我们，当然的，赞成每一个俄国居民有可能学会伟大的俄国语言。

酷爱祖国语言①

我们大俄罗斯觉悟的无产者是不是歧视民族自傲心呢？当然是不歧视的！我们酷爱自己的语言和自己的祖国……

可能用本国语表达时不必用外来语②

大家知道，俄罗斯文学语言中利用不少外来语；大家知道，列宁曾经怎样嘲笑滥用外来语，他曾经怎样主张清洗祖国语言中的外国渣滓。在完全可能用俄语时不用俄语而采用外来语来使语言复杂化，这从来没有认为是语言底进步。例如，我们的外来语"лозунг"（口号）现在已被俄语"призыв"所代替，而这样的代替难道不是进步么？！

学习外国语文的态度③

列宁学习外国语文的态度，也和马克思、恩格斯一样，他首先学习那些对于他的革命工作有用的语文。他对克鲁普斯卡娅说："有一个时期我对于拉丁文很感兴趣，但是它妨碍我进行别的工作，因此我放弃了拉丁文。"他一开始学习马克思的著作时，就立刻以巨大的努力去学习德文。他从开始起，对于无论什么著作都要尽量读它的原文，不读它的译文。

反对不必要地使用外来语④

我们抛弃了俄语。无故使用外来语。用也用得不正确。当可以用 Недочеты，Недостатки или Пробелы 等俄文来表示缺陷，缺点，短处等涵意时，凭什么要用上外来语的"Дефикты"（缺点）呢？……

我认为，假如无故应用外来语使我感到痛恨（因为这妨碍我们对群众的影

---

① 本文节自列宁《论大俄罗斯人底民族自傲心》，见《列宁文选》，第一卷第 897 页。

② 本文节自日丹诺夫《在联共（布）中央召开的苏联音乐工作者会议上的发言》，见《苏联文学艺术问题》，第 120—121 页，陈冰夷译，人民文学出版社 1953 年 3 月北京初版。

③ 本文节自格拉塞《马克思列宁主义经典作家的工作方法》，第 52 页。

④ 本文节自列宁《论清洗俄国语文》，转引自《论宣传员的语言》，第 28—29 页。

响），那末，有一些在报章上的错误更将使我受不了。譬如说，人们用 будировать 这个字表示激励、煽动、鼓舞等意思。但法国字 bouder 却表示的是愠怒、气恼……仿效法国式的下诺弗哥罗德（苏联诺弗哥罗德州之首府，位于列宁格勒东南六十一公里。——译者注）的用语，也就是在仿效俄国地主阶层的最可恶的代表人。这些家伙学了法语，但第一，他们未能搞通法语，第二，他们是曲解了俄国语言。

难道还没有到向曲解俄罗斯语言宣战的时候吗？

怎样使用外来语①

他避免用外来语，即使用时，也用打上了括号的同义语加以解释："世界农民的组织（即联合，同盟之意）是庞大的（即巨大的，广大的之意）……"当然，在我们的时代里，一切这类字句已脍炙人口，没有必要作一番翻译解释。但列宁的原则本身——阐明新用术语的涵义——依然是非常切要的。

一般说来，列宁用的同义语是表现了一种对语言中的简洁与说服性的经常关怀。例如："民主——是人民的权力。"列宁将马克思所说的"农村生活的愚昧"解释作："马克思如此适切地称作'农村生活的愚昧'的千百万农村居民与文化的隔绝。"

十一、不断地、重视地熟读文艺作品

爱读并极细致的阅读文艺作品②

那个第一次介绍我认识伊里奇的同志曾经对我说伊里奇是一个只读学术书籍的博学的人，在他的生命里从没有翻阅过一本小说，从没有读过诗，我有点出惊……

后来在西伯利亚，我才发现伊里奇所读过的古典作品绝不少于我。例如，他好几次重读屠格涅夫的作品。我曾把普希金、莱蒙托夫和涅克拉索夫的作品带到西伯利亚。伊里奇把它们和黑格尔的著作一起放在床头。晚上，他不断地

---

① 本文节自 A·叶菲莫夫《论宣传员的语言》，第 60 页。

② 本文节自克鲁普斯卡娅《列宁的回忆》，转引自舍宾娜《列宁与文学》，见陈学昭译《列宁与文学及其他》，第 2—3 页，东北书店 1949 年 2 月初版。

读着,重读着,他最欢喜普希金。但他并不单单重视那优美的文体。如像车尔尼雪夫斯基的小说《怎么办?》,尽管它文学上修养的缺乏和构思的天真幼稚,还是很使他欢喜。我曾出惊地看到他那么专心地读这本小说,并且用了怎样的细致在上面做出摘要来。此外,他研究了车尔尼雪夫斯基这个人物。在西伯利亚的他的照相册里,有两张这个作家的像片,在一张上,伊里奇记录着他的生日和忌日。这本照相册里同样的有一张左拉的像,在俄国作家中有赫尔岑和皮萨略夫,对于后者的作品,伊里奇读得很多,并曾很欢喜。在西伯利亚,我记得我们还有一本德文的歌德的《浮士德》和一小本海涅的诗集。

非常熟悉和爱好文艺

他(列宁)再三阅看普希金、莱蒙托夫、涅克拉索夫,以及俄国其他模范作家底作品,这些作品是他非常熟悉的,是他非常爱好的。[1]

为中伤布尔什维克党及其领导者而造出了一种荒谬绝伦的谣言。硬加列宁以替德国当侦探的诬蔑罪名,这是根据奸细"口供"伪造出来的。但列宁认为革命敌人,人民公敌们所发出的这种狂吠,只是证明他自己主张的正确。他喜欢引用涅克拉索夫底词句:

> 我们所听到的真正赞同,
> 不是在甜蜜的夸奖里,
> 而是在疯狂的怒骂中![2]

列宁当他还是中学生时,对历史和文学就已经了解得很好。他在十四五岁的时候,就研究了车尔尼雪夫斯基的《怎么办?》,这本小说给了他非常强烈的印象。那时,他已读过杜布洛留波夫和皮萨略夫底著作以及其他在当时"被禁的"书籍。在放逐到苏申斯克时,列宁读遍了普希金、莱蒙托夫、涅克拉索夫和其他俄国古典文学家底他所熟悉和热爱的作品。

克鲁普斯卡娅,在她从国外(1913年)寄回的一信中写道:列宁,在那里简直因为缺乏文艺作品而感到饥荒,他几乎能背诵他所读过的涅克拉索夫底诗

---

[1] 本文节自《列宁生平事业简史》,第53页。
[2] 本文节自《列宁生平事业简史》,第264—265页。

句。他，上百次地重复读着《安娜·卡列尼娜》，当他读到旧书商们登出的关于格·乌斯别斯基底二十八卷书和普希金底十卷书的广告时，他是非常羡慕的。

在列宁任苏维埃人民委员会主席时，不管工作多么繁重和忙碌，他都利用休息时间的每一分钟来看书，来翻阅古典作家底作品，和注意新出版的文艺作品。在列宁生病的时候，克鲁普斯卡娅根据他的要求，给列宁诵读了萨尔蒂可夫——谢德林底小说、高尔基底《我的大学》、杰克·伦敦底小说。

正像大家所知道的，列宁在自己所写的关于赫尔岑、别林斯基、车尔尼雪夫斯基、杜布洛留波夫、萨尔蒂可夫-谢德林、屠格涅夫、格·乌斯别斯基、列·托尔斯泰、高尔基等作家们底意见中，给了马克思主义的批评家以辉煌的范例。①

列宁怎样用文艺作品补充和证实他所引用的精确事实②

如果我们打开列宁所著《俄国资本主义底发展》一书时，我们可以找到，他除了引述有统计根据的资料外，还引述格勒甫·乌斯别斯基、柯罗连科、马敏-西比利亚克等人的文学作品，用以补充和证实他所引用的精确事实。……

列宁的家属回忆说，列宁在中学时对于屠格涅夫的作品极感兴趣。乌里扬诺娃写道：当时使她感觉有点奇怪的，就是乌·伊里奇能够长久地反覆阅读屠格涅夫的作品。

我们知道，列宁阅读屠格涅夫的作品时，除了当作伟大艺术家的作品来欣赏外，他还要研究屠格涅夫用特别恰当的和使人有深刻印象的形象所描述的俄国实际生活的社会环境和类型，从而得到许多实际益处。我们在列宁的著作中时常见到屠格涅夫塑造的这种或那种典型的对照。

列宁在一篇题为《回忆海登伯爵》（写于 1907 年 7 月）的论文中，以满怀愤怒和憎恨的心情，揭发了以前俄国伯恩施坦分子普罗柯颇威赤、库斯柯娃以及其他等人的奴隶性，这些人为所谓"高贵"、"有教养"、"人道"的……反革命地主海登伯爵写过追悼的文章。在列宁写的这篇论文里我们可以看到下列一段：

"对于海登的人道主义所发生的这种感触，使我们不只想起涅克拉索夫和

---

① 本文节自佛·马特洛索夫《在宣传鼓动工作中如何运用艺术文学》，朱子奇译见《文艺报》42 期，第 35 页。

② 本文节自格拉塞《马克思列宁主义经典作家的工作方法》，第 61—63 页。

萨尔蒂柯夫,而且还想起屠格涅夫的《猎人日记》。我们面前有一个文雅的、有教养的地主,他有文化,有圆滑的社交礼貌,有欧洲的仪表。他以酒待客,谈笑风生,他向一个侍者问道:'为什么酒不烫热?'这个侍者便惊慌失措了。地主向走进来的一个仆人低声说:'关于弗约多尔的事情……布置下去。'

"在这里你们看到了一幅海登式的'人道主义'或海登型的'人道主义'的标准图画。屠格涅夫写的地主同样是一个讲'人道'的人……例如和萨尔梯齐夏(18世纪时由于残暴而臭名远扬的一个女地主的绰号)相比。他是这样地人道,以致他不必亲自到马厩里去检查鞭打弗约多尔的布置是否已经弄好了。他是这样地人道,以致他不必顾虑到鞭打弗约多尔所用的那些鞭子是否已经放在盐水中浸透了。这个地主不必妄自去鞭打或痛骂他的侍者;他作为一个有教养的人,只要远远地吩附一下'去布置',用圆滑而人道的形式,没有高声,没有恶言,没有'公开的惊人之举'……"(本节译文,请参阅吕荧辑译《列宁论作家》,第70—71页)

这种尖锐的、屠格涅夫式的对封建地主的描绘,帮助了列宁以高度形象化的形式指出奴颜婢膝的"军官学校的学生们的盲从者"的整个丑恶性,这些盲从者们对同一类型的地主也曾加以称颂。

欢喜的作品和厌恶的作品[①]

在他去世之前两天,晚上,我读给他听杰克·伦敦的一个短篇小说《生命的爱》,这本书今天还在他房间里的桌子上。这是一个有吸引力的作品。一个男子,生着病,饿得快要死了,他在荒无人迹的冰天雪地里开辟一条路向一条大河的码头走去。他的气力尽了,再也走不动了,他匍匐着,一只也是饿极了的狼匍匐在他旁边。他们搏斗起来,男人战胜了狼,在半死和半疯狂的状态里,他到达了目的地。这个小说伊里奇非常欢喜。次日,他要我继续读杰克·伦敦别的作品给他听,但是在杰克·伦敦的作品中,也有很脆弱的作品。我们碰到另一类型的作品,浸染了虚伪的道德:一个船长答允他的船主人,装满一船谷物,为的是替船主人多赚些钱,船主牺牲了他的生命,仅仅为了要守信。列宁开始笑起来,耸耸肩,叫我不要念了。

---

① 本文节自克鲁普斯卡娅《列宁的回忆》,转引自舍宾娜《列宁与文学》,见《列宁与文学及其他》,第6—7页,陈学昭译。

尊重作家的高尔基①

伊里奇无限地尊重作家的高尔基。他特别喜欢他的《母亲》,和在《新的生命》里关于小市民思想所写的,——列宁厌恶浸透着狭隘心理的一切东西,他喜爱《夜店》,他喜欢《鹰之歌》和《暴风雨的海燕》等歌,他很喜欢它们的韵律,他同样喜欢高尔基的《丑陋者》、《二十六个与一个》。

广泛使用文学作品中的辞句和形象②

只要我们看一看列宁的作品,就会在其中发现数百条由文学作品中所引用来的辞句和许多光辉的形象。在这里,既有高尔基的鼓舞性的,热情奔放的号召,如:"让暴风雨来得更厉害些吧!"也有克莱洛夫所写的许多出色的寓言中底已经非常流行的,和准确锐利的语句。这些语句体现了人民的智慧,并且有从其他作家们底名著中摘来的句子。别林斯基、杜布洛留波夫、车尔尼雪夫斯基、萨尔蒂可夫-谢德林、果戈理、克里波也多夫、冈察洛夫、涅克拉索夫、乌斯别斯基、托尔斯泰、屠格涅夫、柯罗连柯、契诃夫——这就是远不能包罗殆尽的一些作家的名单,而乌拉基米尔·伊里奇在其著作中是常常引用他们的语句的。

他最常引用的是萨尔蒂可夫-谢德林底作品。在列宁的著作中,曾经从这位无情地批判专制制度底根基的、伟大俄罗斯讽刺作家底文集中,引用过约三百多条辞句。……

列宁认为涅克拉索夫与萨尔蒂可夫-谢德林是农奴制俄国当权阶级假面孔的无情的揭破者,所以对他们非常重视。

十二、怎样帮助别人写作、批评和修改

提高群众文化水平的必要③

列宁认为,提高民众文化程度,首先是扫除文盲的问题具有非常重大的意

---

① 本文节自克鲁普斯卡娅《列宁的回忆》,见《列宁与文学及其他》,第11—12页。
② 本文节自佛·马特洛索夫《在宣传鼓动工作中如何运用艺术文学》朱子奇译,见《文艺报》38期,第35—36页。
③ 本文节自《列宁生平事业简史》,第397页。

义。他再三肯定说：不识字的人是不能从事政治的，必须先叫他们识字。……

列宁认为使广大群众参加文化生活是革命成功底主要条件之一。提高群众文化水平，就能使科学、技术和艺术广泛发展起来，并使各种知识都尽量应用于苏维埃经济建设和国家建设事业。

列宁提出一个有重大政治意义的任务：务使"我国科学不成为死的字母和时髦的辞句（这种情形，用不着隐讳，在我国是常有的——原注），务使科学真正透入实际生活，真正完全变成日常生活底组成部分"。

怎样培植青年作者[①]

波·克尼玻维奇还完全是个年轻人，但同时他读过很多书。他撰作了一本名为《农民经济分化问题》的书籍，在这本书中很不恰当地援引了马斯洛夫（孟什维克）的话，在观察问题时有几个不正确的解释。列宁就给波里斯·克尼玻维奇写了一封长信，但这封长信当时遗失了；于是列宁又把这封信重写了一遍。信是用"亲爱的同事"这几个字来开头的。一开始就赞扬说："我很快乐地来阅读了你的这本书，并很高兴地看到，你写出了这样富有内容的著作。在这样著作中来检查、加深和巩固马克思主义的信念，大概是会完全成功的。"非常之小心的来说，但还是说出："要尽可能彻底地来研究马克思主义。"其次又说："在数字的行列后面有时是否会把各种类型、各种社会经济底经营类型（殷实的主人——资产者，中等的小经济主人，半无产者，无产者）忽略过去呢？"评注是用问题的形式提出的。因为这样一来作者就不能不了解责难底严重性，所以列宁就立即尽力地来解释错误底根源。"由于统计材料本性所在，这个危险是很大的。'数字的行列'是很诱惑人的。我劝作者估计到这一危险；我们的'教授们'一定会这样来窒息这些材料之活的、马克思主义的内容，在数字的行列中来沉没阶级斗争。作者是没有这点的，但在他将开始作的这一巨大著作中，是须加倍地估计到教授们、自由派和民粹派之这种危险和这种'路线'的。估计到并当然要截断它。"后来又讲到马斯洛夫。"末了，为什么突然出现了马斯洛夫？为什么？怎样的？用什么方法？须知他的理论距马克思主义是相隔得太远。民粹派称他为'批评家'（等于机会主义者）是正确的。"于是他又以问题的形式来

---

① 本文节自克鲁普斯卡娅《列宁是党刊物底编辑者和组织者》，见《向列宁学习工作方法》，第74—76页。

给作者以自新之路。"作者是否偶然相信了他，也许是这样吧？"往下就作结论说："这不过是我在阅读这本有兴趣和富有内容的书时所发生的一些意见而已。谨向你握手，并祝工作上的成功。"

伊里奇就是这样来培植青年作者的。

怎样帮助别人写作①

现在我要指出，伊里奇如何帮助编辑同人和亲近的撰稿人工作。例如，要阐明某个新的主题。开始谁也没表示愿意写作。于是伊里奇就找起他认为是最适于写作这一问题文章的人谈话，开始宣传他。并不立刻提出要写这个问题的文章，而首先来同他谈到这主题中所涉及的问题，引起对于这些问题的兴趣，然后又把他引到一定的方向上去，看对方说什么。有时事成僵局再也不能进展时，那伊里奇就另找旁人，又开始同他谈话，当看到对方"上钩"时，他就更详详细细地来讨论问题，他按回答和对话就可看出，对方将怎样论述问题，那时他就向他详细地叙述自己的意见，更详细地发挥自己的观点。然后他就提议——"你来写写这个问题吧，你是会写得好的。"于是这位被伊里奇的谦诚态度所诱导的人就答应了，而且叙述出来简直常常是列宁的意见。

怎样帮助别人修改文章②

对有经验的政治活动家提出一定的哀的美敦书——要求原则上的坚定性，而对年青的、刚开始写作的作家却是另一种关系——一种注意的、关怀的关系，给予许多如何改正错误的指示。如果列宁看到，年青的、刚开始写作的作家由于缺乏经验，或因沉醉于什么而甚至犯了原则的错误，但能于学习，那么列宁就不惜任何时间来帮助他。当这位作者的文章没有改善到应有程度时，他就立意不只一次地，甚至两次三次地来修改它。列宁在修改旁人文章时，总是力图保存作者底个性。还常有这样的事情，就是列宁常极小心地以暗示的方法来给作者解释，指出在文章里需要作些什么修改。……

---

① 本文节自克鲁普斯卡娅《列宁是党刊底编辑者和组织者》，见《向列宁学习工作方法》，第72页。

② 本文节自克鲁普斯卡娅《列宁是党刊底编辑者和组织者》，见《向列宁学习工作方法》，第74、77页。

工人通讯通常是用当时先进工人们所说的那种特殊语言来写的。在他们语言中有大批的新辞句和新术语，但他们在应用这些言辞和术语时，常带着一种特殊的和不正确的色彩，不正确的缀连法。这些工人的通讯须加以修改。列宁很关心这件事情。他很关心于保存这些通讯底精神、体裁和特点，使它们不致失掉其彩色，不致过分地知识分子化，而保存其本来的面目。

认真学好语文,把工作做得更好*

语文学习的重大政治意义

自从 1951 年 6 月 6 日《人民日报》发表社论《正确地使用祖国的语言,为语言的纯洁和健康而斗争》,号召大家"应当坚决地学好祖国的语言"以来,许多同志经过不断的学习,的确已经在语文的运用上取得了显著的成绩,语言混乱和文理不通的现象在一般文件、报告、报纸和杂志上已比较的减少了。语文是表达思想的工具,一定要能正确地掌握语文,才能使思想为群众所正确地接受,也才能产生正确的物质的力量。我们许多同志语文能力的增强,在实际上已为党和政府所领导的各项工作提供了很大的助力。

但同时我们也不可讳言,直到今天为止,还不是我们所有的同志都已认识到学习语文的重要,因此也就还远不是所有的同志都已在认真的学习语文。由于我们还有不少同志不注意这个问题,不重视语文的学习,不理解正确地运用语文来表现思想在今天工作中的重大政治意义,所以语言混乱,文理不通的现象还是继续存在着,这就不能不影响到我们当前各项工作效率的进一步提高。

应当指出,一切认为可以轻视忽视语文学习的理由都是毫无根据的,绝对错误的。也应当指出,今天还有许多青年学生重理轻文,轻视忽视语文学习,把语文课当成一种负担,认为语文课对自己没有用处,这是极大的偏向。政府、学校和语文教师都有责任针对他们的错误认识进行教育,消除这种不合理的

---

* 原书按语:本文原载《语文学习》1954 年 4 月号。此次收入,曾略加修改补充。

现象。

我们为什么每一个人都应重视并认真学好语文？应当明白：这并不是为了兴趣或别的什么利益，而是学好了语文，我们才有可能把人民托付给的工作做得更好。

今天，为了要把我们的国家建设得更快、更好，我们每一个人都应相互进行社会主义的思想教育，都应争取成为一个强有力的共产主义宣传家。毛泽东同志曾经指出："什么是宣传家？不但教员是宣传家，新闻记者是宣传家，文艺作者是宣传家，我们的一切工作干部也都是宣传家。……一个人只要他对别人讲话，他就是在做宣传工作。只要他不是哑巴，他就总有几句话要讲的。"而为了要使宣传正确有效，"所以我们的同志都非学习语言不可"①。青年学生不管他今天读的是理是工，有些在今天同时已是一个工作干部，否则他们很快也就要出去担任工作成为干部，他们既然应当负起宣传的重要责任，那又怎么能不在学校里认真学好语文？

要争取成为一个强有力的共产主义宣传家——革命事业的勇敢战士和各项工作的组织者，一个最起码但也是基本的条件就是他的语言或文章一定要能正确通顺地表达出他所要表达的思想和感情，否则他就很难对别人发生什么影响。伟大的革命导师列宁他的语言具有"非常大的说服力量，简单明了的论据，简短通俗的语句，没有半点矫揉造作的色彩，不玩半点令人昏眩的手势，不用半句故意刺激听众的词藻"，②所有这些，就使得列宁的演说每次都起了极大的宣传组织作用，列宁的文章的效果也和这一样。

语文知识又是一切功课的一个重要基础。这种基础能够帮助青年学生学会其他各门功课，使他们能够走进伟大的生活里去。加里宁曾经一再向苏联的青年学生和进行自学的工农同志们指出，为了要打下基础，以便成为伟大生活的创造者，他们应该通晓三门功课，这就是祖国语文、数学和体育。而加里宁又说："首先，你们应当很好地懂得俄文。"③为什么青年学生首先应当很好地懂得祖国的语文呢？因为，祖国语文这门知识，是一个人的普通知识发展中非常重

① 毛泽东《反对党八股》，见《毛泽东选集，第三卷第 859 页。
② 斯大林《论列宁》，见《列宁文选》，第一卷，第 39 页，外国文书籍出版局 1949 年版。
③ 加里宁《在莫斯科市列宁区中学八、九、十年级学生大会上的讲演》，见《论共产主义教育》，第 105 页，陈昌浩译，时代出版社 1953 年 6 月北京重排版。

大的因素,青年学生要学习各种科学,参加各种社会活动,但没有哪一种科学,哪一种社会活动不是需要有很高的祖国语文程度。青年学生如能很好地学会祖国语文和其他两门基本功课,加里宁说:"那就能保障你们其余的一切功课都会有很好的成绩,因为在前者与后者中间,有着最密切的联系。"①这里着重指出学习祖国语文的重要,当然决不是要青年学生抛弃其余或三门基本功课以外的一切功课。

我们为什么要学习?学习的主要目的就为了要革新,要创造。可是任何革新和创造的思想都要用语文表达出来才成为具体的、有力的、可能变为事实的思想,否则,它就不成其为思想,更不必说能变为事实。语文是表达思想的工具,如果我们不能用语文明确构成自己的意思,那么我们即使有着很高的思想成绩、深刻的知识和热烈的心情,仍无法使人知道。这样不但个人对集体不可能有较多的贡献,同时个人自己也就不能因为得到大家的鼓励合作而迅速改进和提高。这将是一种多大的损失!②

学好祖国语文对我们的日常生活也有很大帮助。我们如果能同周围所有的同志都保持一种亲密团结的关系,这就是生活中的一大幸福。为要达到这个境地必须进行相互的了解,而为了要正确和恰当地表达自己的思想、感觉,与最深微的心情,就必须要有丰富的祖国语文的知识。因为一个人要想使别人了解自己,他就一定须用正确通顺的语文来表达自己的意思。加里宁曾经很有风趣地以恋爱为例对青年学生说明了这个道理:

　　我以为,你们总常常听到自己的同学说:"我懂得这件事情,也很好地知道这件事情,但是我无论如何也形容不出来。"(笑声)为什么他们形容不出来呢?因为他们不通晓本国语言。你们想想吧,一个青年人很想写封信给自己的情人。假如说,这是在五十年前的事吧。他写道:"亲爱的,我爱你爱得没有止境。(笑声)我的心情是这样的热烈,我简直无法形容,我不知道用什么话才能表达出来。"(笑声)假如这情人是个普通的幼稚姑娘,当

---

　　① 加里宁《在莫斯科市列宁区中学八、九、十年级学生大会上的讲演》,见《论共产主义教育》,第112页。
　　② 参阅加里宁《工农自学的途径》,见高霁云译《论社会主义文化问题》,第232页,光明书局1953年4月七版。

然她就会说:"妙极了。"(笑声)但假如她不是一个幼稚姑娘,不是一个普通姑娘,而是一个很有学识的姑娘,那她又会怎样说呢? 我相信,这姑娘一定会说:"可怜的孩子啊,你的脑袋怎么这样笨啊!"(笑声,鼓掌)①

的确,如果缺少了一定程度的语文能力,那么甚至在日常生活问题上,也不免要遭遇到许多困难。而归结起来,我们在日常生活问题上所遭遇到的困难,当然也就要构成我们在进行工作时的障碍。

正确通顺地运用语文对于我们的工作学习和生活既是这样的重要,因此伟大的革命导师们对文理不通的现象一致都非常痛恨。苏联航空工程师,科学院通讯院士雅可福烈夫根据他和斯大林亲自接触的经验告诉我们:

斯大林不能容忍文理不通的现象。当他接到字句不通的文件时,他就气愤起来。

——真是文理不通的人! 但若责备他一下,他马上就会说他是工农出身,藉以解释自己文盲的原因。这种解释是不正确的。这是不爱文化和粗心大意的原因。特别在国防事业中,更不允许拿工农出身来解释自己教育程度的不足,来解释自己没有技术准备,粗鲁或不通事理。因为敌人绝不会因我们的社会出身而向我们让步。正因为我们是工农,我们更应当在一切问题上都有周详完备的准备,毫不亚于敌人才对。②

斯大林为什么会如此痛恨文理不通的现象呢? 这是因为在他看来,"正确通顺地表达出自己的思想是有很大意义的","如果一个人不能把自己的意思通顺正确地表达出来,那他的思索也就同样是杂乱无章的,那他怎能办好所委托的事情呢?"③

毛泽东同志也非常痛恨空话连篇文理不通的现象,他警告犯有这种毛病的人说:"拿不出来的东西就不要拿出来。"把这样不成熟的东西马马虎虎地发表

---

① 加里宁《在莫斯科市列宁区中学八、九、十年级学生大会上的讲演》,见《论共产主义教育》,第122页。

② 雅可福烈夫《生平回忆》,第66页,逸尘译,新华书店版。

③ 雅可福烈夫《生平回忆》,第67页。

出来，"一方面是由于幼稚"，"另一方面也是由于责任心不足"，"须知这是要去影响别人的思想和行动的啊!"绝对不应当"不负责任,到处害人"的。毛泽东同志号召我们对于"这种责任心薄弱的坏习惯,必须改正才好"[1]。

而无论是斯大林或毛泽东,谁都知道他们"都是精于造句的大师,他们所写下的每一句话都有千锤百炼,一字不易的特点"[2]。所以他们的演说和文章也就成了影响群众,对劳动人民进行政治教育,提高他们的共产主义自觉的有力武器。

如上所说,正确通顺地运用语文来表达思想,在今天党和政府所领导的各项工作中具有重大的政治意义,同时它对于我们每一个人的学习和日常生活也有极密切的关系。因此,认为可以轻视忽视语文学习的一切理由,实在都是毫无根据,绝对错误的。

学语文一定要下苦功

在对待语文学习的认识上,轻视忽视这种学习固然是不对的,以为这种学习十分容易,不必花很大气力下苦功去钻研就能够成功,这种想法同样也是非常不对的,有害的。

目前在青年学生中间,有不少人这样想,像数理化之类的课程,如果不花很大气力下苦功去学习,自己就不能懂得,而语文则不是如此,即使不听讲授,不加研究,自己也能懂得,并且自己也就能写出文章。这种想法对不对,是否尽合事实呢? 显然是不对,不尽符合事实的。对于本国的语文,因为我们都是从小就在学习,接触,并不断的在试着运用,所以无形中我们都具有一些粗浅的感性的知识,这就是和数理化之类课程的不同之处。但具有一些粗浅的感性的知识并不等于已能完全懂得别人的作品,更不等于已能写出正确通顺的文章。这中间一定还要经过一个苦学苦练的过程。明明是"一知半解","文理不通",而以为自己已经完全通晓,能够掌握了,于是就自满自足,不再努力提高,这实在只是一种自欺欺人的勾当,对工作、学习、生活,那一方面都毫无益处。我们有不少青年学生所以在语文学习上不能获得应有的进步,就和他们这种错误想法有

---

① 毛泽东《反对党八股》,见《毛泽东选集》,第三卷第 861 页。

② 见 1951 年 6 月 6 日《人民日报》社论。

密切的关系。

应当指出：要学好语文，绝不是一件非常容易的事情。而且也不能说，当到达了某种程度或某个时候，我们的语文能力，就已登峰造极，再也不必继续前进了。说话作文都要有内容，看对象，我们今天的生活是如此丰富，我们每一个人的语文对象——新社会的劳动人民——他们的进步又是如此迅速，因此为要正确通顺地表达生活飞跃发展中的思想和感情，也就需要不断的提高语文表达的水平。

毛泽东同志指示我们："为什么语言要学，并且要用很大的气力去学呢？因为语言这东西，不是随便可以学好的，非下苦功不可。"[①]猝然看来，似乎要学会好好说话又有什么了不起呢，每个人从两岁起就已开始说话哩！可是如要真能说得正确、有力、明了，却是件又重大又困难的事情。

不要以为伟大的革命导师们不经常钻研语文，他们的演说和文章所以能够产生这样巨大的宣传教育效果，原因之一就在他们对于语文问题是非常注意的，他们语文上的"一字不易的特点"正由他们不疲倦的"千锤百炼"而来。

马克思需要非凡的思考力来了解现实，但他"也需要同样非凡的表现天才，假如他要使别人懂得他所看到的和他要别人看的东西。他永不满意他所写的东西，改了又改，总是觉得他的阐述是低于他的思想"。[②]马克思非常重视纯粹的正确的表现，"他对于辞句的简洁与正确，表现了最勤劳的谨慎"，他"常常费力费时的找寻正确的表现，他讨厌累赘的外国字"，"他最注意避免使用任何将为工人所不了解的辞句"，因之，人们都说他"是一个严格的修辞家"，甚至说在文字和修辞的问题上，他的净化主义，几乎已达到了"迂腐"的程度。[③]

列宁在写文章前，通常总是先写好文章的概要，有许多文章，仅仅一个概要他就仔细修改过两次或三次。列宁在自己的语言上用了很多的功夫。他努力使文体和内容相呼应，文章的语言和腔调适合文章的论旨，他也很注意文章的结构，强调基本思想，色彩的方法。他对语言学很感兴趣，他能一连坐几个钟头去翻阅各种各样的字典。[④] 在《火星报》工作的时期，列宁对报纸中的"每句话

---

① 毛泽东《反对党八股》，见《毛泽东选集》，第三卷第 858 页。

② 波尔·拉发格《忆马克思》，第 13 页，赵冬垠译，学术出版社 1941 年 1 月初版。

③ 威廉·李卜克内西《马克思回忆录》，见《忆马克思》，第 37、43 页。

④ 纳·克鲁普斯卡娅《向列宁学习工作方法》，第 69—71 页，新华书店 1949 年 11 月版。

都再三地思维过"①,他甚至亲自作过整个报纸的校对工作,而在校对工作中,他对于每一个逗点都注意。"他对于报纸的应有风格,每篇论文的优劣,每一件通讯,每一个音节,语言,每一个逗点,都是负责的。"列宁为什么对于一个逗点也这样重视? 这是因为:"乍一看来,一个逗点好像是件小事,但是,这些小事累积起来,就会影响报纸的面貌。"②

斯大林是最精通俄语的大师,加里宁在号召青年作家研究俄罗斯语言的宝藏时曾经说过这样一段非常著名的话:"假如有人问我,谁最通晓俄国语言? 我就会回答:是斯大林。必须向他学习语言的精炼、清晰,和水晶一样的明洁。请你们试试去简缩一下斯大林所说过的随便那一段思想吧!"③而斯大林则恰恰也和列宁一样,是连一个小小的逗点也决不疏忽的人。雅可福烈夫又告诉我们这样一个故事,斯大林要他写下一种亲自口授的文件,他就努力试着来写了。

> 我知道他很注意这件事情,所以我紧张起全部脑力,竭力使文法没有丝毫错误。他一面口授,一面不时的来到我跟前,从我肩上看看写得怎样。他忽然站住,看看我写的以后,就握住我执铅笔的手,点了一个逗点。
>
> 还有一次,有一句,我没有完全造好。斯大林说道:"为什么您把这主词写在宾词后边啦? 您把主词安置得有点不顺当吧! 应当这样才对!"并马上给改正了。④

从以上所举的例证,我们就能明白:伟大的革命导师他们所以能把语言这"既是交际的工具,同时也就是社会斗争和发展的工具"⑤运用得如此精当有力,就在于他们决没有把学习语文看作一件十分容易的事情,恰恰相反,而是在对于所写的事物已经认识得那样正确清晰的条件之下,他们还是多么仔细地"千锤百炼"了语文。他们重视语言,锻炼语言,正是为了使所表达的内容更清晰,更有力地转达给听者和读者。可见我们如果仅凭一些粗浅的感性的知识去等待或幻想语文能力的自己增长,是必然要失望的。

---

① 纳·克鲁普斯卡娅《向列宁学习工作方法》,第5页。
② 纳·克鲁普斯卡娅语,转引自《语文学习》1954年2月号第31页。
③ 加里宁《作家应是本身事业的熟手》一文中的话,见《论社会主义文化问题》。
④ 雅可福烈夫《生平回忆》,第67页。
⑤ 斯大林《马克思主义与语言学问题》,第21页,人民出版社1953年3月上海重印三版。

我们中国的语言是非常丰富优美的。过去几十年来,有些帝国主义国家的所谓"学者"和本国的买办污蔑我们的语言"没有规律"、"不科学"、"落后",事实上并不是我们的语言真正如此,乃因他们根本就没有学通我们的语言。在历史上,我们不论在文化或思想方面都曾出现过许多语言巨匠,并且我们伟大的祖先在很早的时候就已非常重视语言的选择和使用。在文学上,杜甫、李白、白居易等的诗歌,仅用几十个字就能精炼地写出非常深刻的意境。《水浒传》、《红楼梦》、《儒林外史》等小说的语言,则尤其是保存我国历代语言的宝库,凡是在当时条件下人们可能有的思想和感情,以我国历代语言为工具,在这些小说里都有极鲜明极生动的表现,以致直到现在,它们仍旧在人民群众中保持着很大的影响。我国现代语言在近几十年来一方面继承了我国语言固有的优点,另一方面又从国外吸收了必要的新的语汇成分和语法成分,因此我国现代语言是比古代语言更为严密,更富于表现力了。鲁迅曾运用了我们的现代语言创造出好多个令人难忘的人物性格的艺术形象,而毛泽东同志的语言,则尤其是使用我们现代语言的模范,在他的天才著作里,表现了我国现代语言的最熟练,最精确,也最纯净的用法。所有这些事实,都很明白地告诉我们:我们应该为拥有这样丰富美丽的语言而自豪,我们更应该把学习这语言、掌握这语言作为自己的不可放弃的责任。假如我们还不会用祖国语文正确通顺地说出写出自己的思想,使自己的思想能为群众所实际接受,那么,错误是在我们自己,而决不是在于我们用来说写的祖国语文。

要学好语文,诚然绝不是一件非常容易的事情,但既然在我们中间已经出现并正在出现许多精通语法、会作报告、会写文章的人,那就可见要学好它也并非特别困难。这里的关键,就是一定要认真地不断地学习。

多想多读多说多写

要学好语文,先决条件是要充分熟悉所说所写的材料。任何一个人,都必须先要知道说的、写的是什么,然后才会明白,怎样把它说出来或写出来。有些人临到要发言了作了,对于所说所写的材料还是不清楚,于是就想一句说一句,写一句停一下,结果弄得上句不接下句,支离破碎,结结巴巴,不知所云。有些人虽然发言作文还能勉强通顺,但因不熟悉材料,心中无数,于是只好敷衍成章,浮浅俗滥,仍落个不堪入目。

充分熟悉了所说所写的材料,必须还要深思熟虑,精选材料,决定演说或文章各部分的逻辑联系和排列计划等等,这也就是我们常说的构思过程。契诃夫劝告大家要先花些功夫构思,然后才去动笔,按他的意见,思想一定要在脑中琢磨,精炼一番,然后才能找到表现这种思想的适切语句。这是完全正确的。

那么,为了要精选材料,区别主要和次要,重要和不重要的东西,所以学习语文就也要懂得马列主义,因为只有马列主义才能帮助我们来做好这种汇综精选的工作。

同样,为了要安排恰当,所以学习语文又必须懂得逻辑。语文的通顺是思想清楚的结果,清楚的思想必然决定了一个通顺的表现形式。正因为这样,斯大林才说一个人如果不能把自己的意思正确通顺地表达出来那他的思想也就同样是杂乱无章的,也正因为这样马克思才经常以"逻辑的思考和清楚的思想表现"①来教育青年。列宁演说的最大特点"就是那种不可克服的逻辑力量"。听过列宁演说的人们都这样说:"列宁演说中的逻辑,简直是一种万能的触角,好像是用螯子从各方面把你钳住,使得你无法脱逃出去:你不是俯首投降,就要完全失败。"②

一句话,我们一定要先想后说,想好了再写,而绝不要先说后想,写了才想,要学好语文,这是必须坚守的原则。

要使我们的思想成为有条理的和可以理解的东西,自然我们还应学会语法,文法,修辞,甚至标点符号。如所周知,列宁和斯大林都是非常重视这些知识的。我们应学会语法文法,这决不是"咬文嚼字",因为只有这样才能使我们的语文达到正确通顺的地步。列宁在每次公开演说前不但总是定下了一切主旨和论题,而且对演说内容一定要做一番修辞功夫,这就是说,精选必要的和确切的字句。适当的修辞能使我们的语文在表情达意上更加正确,有力量。

要学好语文,同时必须有系统地充实和丰富我们的语汇蓄积。A·叶菲莫夫指出:"发言的精辟和表现力是基于发言者的丰富的词汇蓄积。用字愈广,思想也就表现得更好。"丰富的语汇能使我们的思想感情有较完善鲜明简洁的表达。一个粗通文理的人大约有一二千个语汇,一个全面发展的人可以到达六千左右,可是列宁的语汇则在两万个以上。③ 怎样才能增加我们的语汇蓄积? 毛

---

① 威廉·李卜克内西《马克思回忆录》,见《忆马克思》,第39—46页。
② 斯大林《论列宁》中的话,见《列宁文选》,第一卷第39页。
③ A·叶菲莫夫《论宣传员的语言》,第71页。

泽东同志明确地为我们指示了道路：

> 第一，要向人民群众学习语言。人民的语汇是很丰富的，生动活泼的，表现实际生活的。我们很多人没有学好语言，所以我们在写文章做演说时没有几句生动活泼切实有力的话，只有死板板的几条筋，像瘪三一样，瘦得难看，不像一个健康的人。第二，要从外国语言中吸收我们所需要的成分。我们不是硬搬或滥用外国语言，是要吸收外国语言中的好东西，于我们适用的东西。因为中国原有语汇不够用，现在我们的语汇中就有很多是从外国吸收来的。……第三，我们还要学习古人语言中有生命的东西。由于我们没有努力学习语言，古人语言中的许多还有生气的东西我们就没有充分的合理的利用。当然我们坚决反对去用已经死了的语汇和典故，这是确定了的，但是好的仍然有用的东西还是应该继承。[1]

以上所指示的，确实是增加我们语汇的必经之路。但我们在这里却不可误解毛泽东同志的意见，以为只要把人民群众的语言搜集记录照抄一番就能学会了。在这方面列宁也是我们的榜样：他说话作文非常注意语言的简单明了，尽量避免用难以理解的书本上的句子，尽量向人民的生动口语看齐，力求"像说话一样地写作"。但他是怎样向人民群众学习语言的呢？克鲁普斯卡娅告诉我们："列宁是向谁学习的讲通俗话和写通俗作品呢？是向当时列宁读过他很多作品的皮萨略夫学的，向契内舍夫斯基学的，但主要的还是向工人学习来的。他一连几个钟头的来同工人们谈话，询问关于厂内他们生活上的一切详情细节，仔细地倾听他们偶然道出的意见，听他们怎样来提问题，观测他们的知识水准，他们对某一问题有些什么不了解之处和为什么不了解。"[2]列宁的这一事实证明：如果我们不联系群众，不熟悉他们的生活，不同他们在思想上感情上打成一片，仅仅把他们的语汇搜集记录照抄一番是学习不到他们的语言的。

要学好语文，增加语汇，还可举出一些办法，那就是多读伟大的革命导师们的文章和优秀的文学作品。如果我们能够经常精读列宁、斯大林、毛泽东的文章，细心研究他们是用何等样的字句以及怎样表达他们的思想和概念，他们如

---

[1] 毛泽东《反对党八股》，见《毛泽东选集》，第三卷第858—859页。
[2] 纳·克鲁普斯卡娅《向列宁学习工作方法》，第104—105页。

1773

何以阐述的形式来适应本身内容,他们在和思想上的敌人论辩,或在劳动群众间进行解释工作时又是怎样说话的,等等,那么,这种研究必将为我们带来很大的益处,就能使我们的头脑变得精密和有条理。伟大的革命导师们都深知阅读优秀文艺作品对于学好语文有巨大帮助。马克思每天要读一点歌德、莱辛、莎士比亚、但丁、塞凡提斯等人的书,从中找寻正确的表现。[①] 列宁也同样的爱读文学名著。斯大林特别喜欢高尔基、契诃夫、谢德林等人的作品。加里宁说:"要向典型作家学习语言。拿屠格涅夫来说吧。你们从何处能找到像在他的作品内描写得唯妙唯肖的人物形象呢? 就让你们每个人那怕是去描写描写自己的老婆吧。你们要这样写作,是否能找到恰当的话语呢? 虽然对自己的爱人知道得极清楚,但这也不是每个人都能做到的。"[②]他又说:"语文底源泉,这是普希金、果戈理、冈察洛夫、高尔基及我们的其他古典作家。"[③]而在我们,那么施耐庵、曹雪芹、吴敬梓以及鲁迅等作家的语言就是我们语文的宝库。

要增加语汇,除了应多读科学和文学的典范作品,如高尔基所指出,研究辞典中所搜集的资料,也有不少帮助。他说:"文艺作家们必须广为认识我们那些具有最丰富语汇的辞典中的辞汇蓄积,必须长于自其中选取最确切明晰而有力的字句。"[④]

但多读之外,还应多说,多写,也就是,多多练习使用。要学好语文,这就是要经常注意打算说写的是什么,这东西又应当怎么来说和写。可是也只有在多多练习使用中,这种密切的注意和关心才会逐渐变成习惯,而语文能力也才可能因此获得提高。在写的时候,我们应当学习列宁"像说话一样地写作"的方法,"列宁当写作时,惯常是踱来踱去,低声念他所要写的话"。在念的中间,我们时常自己就能发觉不够通顺不够正确的地方,如果能够念给别人听,而多请别人提意见,那就更便于改正了。

学习语文,不能期望速成,一定要从各方面同时努力,配合起来,进步就会快些。这里面没有什么秘诀,如果有,那么就是:认真学习,不断学习,多多的想,多多的读,多多的练习说和写。

---

① 威廉·李卜克内西《马克思回忆录》,见《忆马克思》,第43页。
② 加里宁《论前线鼓动员的语言》,见《论共产主义教育》,第189页。
③ 加里宁《作家应是本身事业的熟手》一文中的话,见《论社会主义文化问题》,第161页。
④ A·叶菲莫夫《论宣传员的语言》,第74页。

论修改文章*

孔夫子提倡"再思",韩愈也说"行成于思",那是古代的事情。现在的事情,问题很复杂,有些事情甚至想三四回还不够。鲁迅说"至少看两遍",至多呢?他没有说,我看重要的文章不妨看它十多遍,认真地加以删改,然后发表。文章是客观事物的反映,而事物是曲折复杂的,必须反复研究,才能反映恰当;在这里粗心大意,就是不懂得做文章的起码知识。

——毛泽东《反对党八股》①

为什么要修改

没有一种有价值的作品可以不经许多修改而产生,这中间的基本理由之一,就在语言文字往往地不能和我们的情意十分完全地合拍。我们常说:"书不尽言,言不尽意。"为什么?就因为语言文字不管制得怎样精密,与事实——情意总难免还有点距离。不过虽然这样,人类既还没有其它更好的交通方法,语言文字依然有其重大的作用。我们对它虽然不大满意,但只好研究它、充实它、改良它,尽可能使它效用增大,能够不太辜负我们的付托。因为语言文字对于我们有这样一种困难,使我们老是不能放心它有没有达成任务,所以,凭借着语

---

* 原书按语:本文原载《国文月刊》63、64 期。1954 年 2 月修正补充后收入本书。

① 毛泽东《反对党八股》,见《毛泽东选集》,第三卷第 865 页。

言文字而工作的文艺作者,修改就成了几乎是命运注定的事。

无论在那一种语言里,都有许多同义字,这些同义字虽然仔细研究起来毕竟不同,但惟其很近似,所以稍不留心就会误用,误用几乎谁亦难免,所以又必须勤于改作。原有此字而一时寻找不着,这是选择的问题;有些则在再四搜索之后,才发觉在原有的字眼里本就缺少着这一个字眼,于是这便成了要创新的问题。创新谈何容易,可是不创新却就不够应付表现的需要。社会不断地向前发展,人类一切活动,自物质的设施,社会的组织,以至心智的运用,都日新月异,由简单而益趋繁复,新的环境,新的事业,新的器物,新的情意,都需要作者打破语文的守旧性,铸造新词,去迎头赶上。没有创新就不能传达出新的内容,要创新便需要极艰苦的努力,所谓屡败屡战,再接再厉,正可以说明此中情景。越是新词,就越难妥贴,非经百炼——多次的修改,不能成钢。

语言文字的成功,在能表达正确的内容,在能与所欲表现的情意恰恰相当,不但相当,而且还要有恰当的形式能使一般人都容易接受。从情意方面说,则又必须求其正确,求其深入,这才可以避免缺陷错误与肤浅。可是要做到这几点,在思维的能力上和在心力的继续上,都有许多限制,绝难一下子就能弄得精确妥贴。我们的思维老是喜欢走熟路,美人都是"如花似玉","王嫱、西施",才子都是"学富五车,才高八斗",所以多的是不恰当的陈言俗套。我们的"之乎者也"或者只有我们自己这一班人才懂得的洋八股也拒人于千里之外。这是习惯,习惯就不易一朝革除;这也是思想,思想尤难下笔就见更新。这都非一再锻炼不成。因为思维老爱走熟路,所以常常发生了偏见,所谓"一隅之见"、"夜郎自大"者是。偏见妨碍了完全,同时也就阻止了深入。对于一个问题,如果只从某一方面或某一角落去看,那结论对于全体必然不能适用,甚至全属错误。修改的过程,正可以补救这种缺点,使我们可以从其它不同的方面和角度来重新走近这个问题,修改的次数越多,那么可供选择补足比较的材料也就越丰富。在创作上,健朗的心力可以产生极大的作用,人的精力有限,一次所能运用的不可能太多,多次的修改就可以运用多次健朗的心力去认识,去选择,结果当然可以更好。郑板桥曾说:

江馆清秋,晨起看竹,烟光、日影、露气,皆浮动于疏枝密叶之间,胸中勃勃,遂有画意;其实胸中之竹,并不是眼中之竹也。因而磨墨展纸,落笔倏作变相,手中之竹,又不是胸中之竹也。①

　　我以为这段话颇可说明修改的作用。眼中之竹经过情意的陶镕成为胸中之竹,是高了一着的东西;把这胸中之竹再落笔在纸上,又经过一番经营裁酌,更加深了认识,所以便成了更高一着的东西。修改的作用,有时是求文字对情意的恰如其分,但决不止此,也是求情意本身的深化,还有则是"深入浅出",在表现形式上再求完美,能使一般人都明白。王介甫"春风又绿江南岸"这句诗中的"绿"字,就是从情意的深化中展转生发出来的,当初他只想到"到"、"过"、"入"、"满"几种意境,是在修改中继续想到了"绿"的意境,认为这境界是更恰当、更美妙,所以才这样写定了的。白居易作诗一定要俟老妪听了说能"解"之后才算完成,便是深入之后又力求浅出的例子。歌德指出:"在莎士比亚所有的创作里,我们不会遇见一个地方可以说不是以蓬勃的兴致和充满的力量写成的,我们读他的著作时,总感到他是一个无论精神和肉体都常是很强健的人。"②心力健旺时才得文思踊跃,其实在我们陆机《文赋》、刘勰《文心雕龙》里也早已一再指明过了。

　　"不奋苦而求速效,只落得少日浮夸,老来窘隘而已。"③欧阳修教人作文字,"无他术,惟勤读书而多为之,自工。世人患作文字少,又懒读书,每一篇出,即求过人,如此,少有至者。疵病不必待人指摘,多作自能见之。"④苏东坡也说:"大抵作诗当日锻月炼,非欲夸奇斗异,要当淘汰出合用字。"⑤苦思力索之后,也许仍不能遽成名作,但这种刻意求精的习惯养成了,不但以后可以具有艺术家发现有价值事物的慧眼,还可以在不知不觉中增进写作的能力,去掉或减少许多缺点,逐渐使难写的东西变得容易有把握。而且,经过一番苦思,即使当时无甚收获,但在潜意识里却已为你增多了一分蓄积,说不定一下子就有灵感涌现。灵感之来虽然不可捉摸,但没有生活和思索的蓄积的人,却断无涌现灵感的可能,可见灵感到底也并非神迹。再则,深思以后的浅出,也与肤浅不同,亦就是王介甫所说的,"看似寻常最奇崛,成如容易却艰辛"。

---

① 郑板桥《题竹》。

② 歌德在 1828 年 3 月 12 日《与爱克尔曼的谈话》,周学普译,商务印书馆出版。

③ 郑板桥的话,见《板桥文语》。

④ 《东坡题跋》。

⑤ 苏东坡《遗珠》。

所以,苦思力索之后,虽或仍不能遽成巨作,但要成为巨作,却舍此道莫由,一旦水到渠成,自然就可以无往不利了。

所谓"稳当"的字就是唯一能够表现事物本质的字

诗文的修改——锻炼,有时是求情意的正确,深化,有时是求情文的融洽,归根到底这自然仍是思想上内容上的工作,但其具体的表现则在于文字。刘勰的这一段话就是说明这个意思:

> 夫人之立言,因字而生句,积句而为章,积章而成篇。篇之彪炳,章无疵也;章之明靡,句无玷也;句之清英,字不妄也。振本而末从,知一而万毕矣。①

所谓"字不妄也"的不妄的字,应该是怎样的字呢? 刘勰又在《练字》篇里提出:

> 缀字属篇,必须练择,一避诡异,二省联边,三权重出,四调单复。

其实这些都是消极的粗迹,做到了这种地步仍未必可以"不妄"。不妄的字应该就是苏子由、郑齐叔他们所说的是"合用底字"、"稳当底字"。朱熹《朱子语类》卷八里有这样两段话,说:

> 苏子由有一段论人做文章,自有合用底字,只是下不着。又如郑齐叔云:做文字自有稳当底字,只是人思量不着。横渠云:发明道理,惟命字难。要之,做文字下字实是难。不知圣人做出来底,也只是这几字,如何铺排得恁地安稳!
> 前辈云:文字自有稳当底字,只是始者思之不精。又曰:文字自有一个天生成腔子。古人文字,自贴这天生成腔子。

---

① 刘勰《文心雕龙·章句》。

唐庚《文录》里也这样说：

> 作诗自有稳当字，第思之未到耳。

而这"合用底字"，"稳当底字"，其实也就是英国小说家斯惠夫特（Swift）所说的：

> 最好的字句在最好的层次。

和法国小说家福楼拜告诉他学生——就是后来也成了大小说家的——莫泊桑所说的：

> 无论我们要说什么，只有一个字去表示它，一个动词去给它动作，一个形容词去区别它。我们应该不息的推敲，直到获得了这个名词、这个动词、这个形容词为止。总不要满意于差不多，总不要玩弄诡计，就是愉快的也不必。总不要利用文字的诀巧，去逃避一个困难。

是的，"合用底字"和"稳当底字"，其实也就是"最好的字"和"惟一的字"。斯惠夫特和福楼拜的话说得的确不错，值得佩服，可是连本国人早了千多年的相类名言竟不知晓，岂不也是大可惭愧？并不是一定要硬说我们"古已有之"，但朱熹、唐庚、苏子由他们都是宋代人，事实上，不是这"最好的字"和"唯一的字"的认识，至少在我们宋代的一般作者心目里已很普遍了么？

合用的，稳当的，最好的，唯一的——也就是不妄的字，其所以不妄，或"一针见血"、"一语破的"，在客观上是因为表现了事物的基本特点和本质，在主观上则它所表现的恰恰就是作者所看见和心里想要说的，没有太过也无不及，所谓铢两悉称者是。所以不妄的字其实也就是精确妥贴的字。

精确妥贴的字所以非常难得，除了文字本身原就不易和思想感情丝丝入扣的困难外，还有就是同类语义的字太多了，差不多无论在那一种语言的字典里，随便一翻，就可以知道同义字的数量之大。这些同义字，在普通的应用上，并不是完全不行；但严格地讲，它们之所谓同义，其实不过有一部分相像，它们的精神气味，仔细辨味起来，可说大有不同，就像"食"、"吃"、"吞"、"嚼"等字的不同

1779

一样。同义字多了，很容易互相混淆，如果不费一番苦功去研求，作者就无从获得精确妥贴的字。而那种含混的、陈陈相因的字，却又正是无孔不入，逢虚即钻，最容易奔赴作者笔下来的，诚如《随园诗话》卷七引陆钚所说：

> 凡人作诗，一题到手，必有一种供给应付之语，老生常谈，不召自来。若作家必如谢绝泛交，尽行麾去，然后心精独运，自出新裁；及其成后，又必浑成精当，无斧凿痕，方称合作。

相传 18 世纪末年，在英国的国会里有两个大演说家，一个叫做辟脱（Pitt），一个叫做福克司（Fox），都是辩才无碍的人物；可是比较起来，福克司可以找到许多字，而辟脱却常常能够找到那惟一的字。这就是说，福克司可以找到许多同义字，丰富是丰富了，但还比不上辟脱的能找出惟一的字，因为这惟一的字正是从更丰富的比较研究中得来，而且那含义也是更丰富的。精确妥贴的字也就是含义最丰富的字，所以语言学家巴默（G. H. Palmer）又告诉我们说：

> 我们的字句应当配合我们的思想；好比我们的手套应当配合我们的手，不太宽，也不太紧。如果太宽了，这里就有了空隙，不能服贴；如果太紧了，思想的活动就受了阻碍。

如果字句能够配合我们的思想，那么这个字就可以立得住，站得直了。袁子才在《与孙俌之秀才书》里说：

> 夫古文者，即古人立言之谓也。能字字立于纸上，则古矣。今之为文者，字字卧于纸上。夫纸上尚不能立，安望其能立于世间乎？

在《诗话补遗》卷五里，他又说：

> 一切诗文总须字立纸上，不可字卧纸上。人活则立，人死则卧，用笔亦然。

所谓"字立纸上"，就是活的表现，惟活，才能动人，发生传达的作用。卧在纸上的字是没有生命的。死文字和死的人一样,人死卧倒,固然再不会有跌翻的危险,但也就谈不到"稳当"了。宋费补之《梁溪漫志》卷七有一节说:

> 王平甫诗云"山月入松金破碎",其流盖出于退之"竹影金琐碎"之句。然斜阳映竹则交加乱射若相琐然,故于"琐"字为宜。至于月华散漫,松影在地,则"破"字佳。诗人用字,皆不苟也。

杨升庵《全集》卷五十六也有一节说:

> 谢玄晖《鼓吹曲》:"凝笳翼高盖,叠鼓送华辀。"李善注:"徐引声谓之凝,小击鼓谓之叠。"岑参《凯歌》:"鸣笳攂鼓拥回军。"急引声谓之鸣,疾击鼓谓之攂。凝笳叠鼓,吉行之文仪也;鸣笳攂鼓,师行之武备也。诗人之用字不苟如此,观者不可草率。

"琐"字和"破"字,"凝"字和"鸣"字,"叠"字和"攂"字,可以说都相当"同义",但实各有意境,混淆不得,诗人们分别去取,各自选择了对他们当时的情意最合用的字来表现,这样就真实正确地传达出来了他们所要传达的东西,于是这些字眼也就成了活的字,也就成了"立在纸上"的字。

文字所以自有"不妄"的字,因为一情一景,在客观上必有一个最切合于实境的字来描写,自其"必有"这一点来讲,这"不妄"的字就像"天生成"一般的存在着,写不好只怨你找不到,没有仔细思量着。一情一景,在不同的时空人事条件下,认真讲必有其不同于他情他景的地方,即使在粗看是同一情同一景的场合也是如此,所以并不是随便可以描写他情他景的文字来胡乱代用,胡乱代用的结果不消说就是不精确、不妥贴,也就是"妄"。明明他是在"吞",你就不能通用一个"吃"字;明明你看到的是"琐"的境界,便决不能用"破"字来"差不多"地替用。在这里"吃"字、"破"字的本身当然无所谓妄或不妄,可是对你当时的真实的情意说,你用了不精确、不妥贴的字,这才"吃"与"破"遂成为"妄"的了。

离开了作者的情意,不但"吃"与"破"还是清清白白、干干净净的字,所谓不妄的"吞"字、"琐"字,其实还不是一样的东西!稳当底字也还是大家习用常见的"这几字"。只因为有些人能"铺排得恁地安稳",才见出其稳当。文字之妙就妙在这铺排功夫上,"最好的字句在最好的层次",其实如果不在最好的层次,就

1781

也不会有最好的字句。故文字之难也就难在这铺排上，惟其难，惟其普通人都难于度过这座险恶的关口，所以我们才有了"诗仙"、"诗圣"、"诗佛"、"大作家"一类的美称产生。

没有一种有价值的文学可以不加许多锻炼而产生，目前我们所有的那些不朽的书籍都是费了极大的苦心著作出来的。托尔斯泰就曾说过："我们读普希金，他的诗是这样的平稳，这样的质朴，以致我们觉得，在他这似乎是自然而然熔铸成这样形式的。我们看不见他为了达到这样质朴和平稳，曾经化过多少功夫！"①所以小泉八云指出：②

没有比关于大文豪在极短期内能写成大著作的故事或传说那样更有害于青年文学者的了。他们把一件至难的事情，当作普通易为的事情看。

诗人们为了求不妄的字，往往苦心焦思，仍久久不得。杜甫自称"为人性僻耽佳句，语不惊人死不休"，元稹称白居易作诗"搜天翰地觅诗情"，李贺要"呕出心肝乃已"，王维吟诗"走入醋瓮"。唐人都苦思作诗，所以有这些形容的句子：

吟安一个字，捻断数茎须。
发任茎茎白，诗须字字清。
吟成一个字，用破一生心。
句向夜深得，心从天外来。

外国作家也是一样。福楼拜在一封信札里这样叫苦："我今天弄得头昏脑晕，灰心丧气。我做了四个钟头，没有做出一句来。今天整天没有写成一行，虽然涂去了一百行。这工作真难！艺术呵，你是什么恶魔？为什么要这样咀嚼我们的心血？"苏联诗人马雅可夫斯基永远不倦地寻求那个只有它才能把事物的本质表现出来的唯一的字眼。他有一节诗写道：

---

① 古塞夫《与托尔斯泰共处两年》中引托氏的话，见《普希金全文集》，第 287 页。
② 小泉八云《作文论》，见《文学十讲》，现代书局版。

写诗——
　　　　就像炼镭。
炼一公分镭，
　　　　就得劳动一年。
只为了一个字眼，
　　　　要耗费
千百吨
　　字汇的矿物。①

　　这种苦吟苦作，杜牧称其为："欲识为诗苦，秋霜苦在心。"是"苦在心"，因为作者的这番苦心，一般人是不了解的。诗、文的流利畅快，兴味淋漓，一般人因为读来舒服、容易，便以为写它的时候也必容易。元遗山与张仲杰论文诗说得好："文章出苦心，谁以苦心为？"因为没有人了解作者的苦心，所以杜甫只好叹息地说"文章千古事，得失寸心知"了。英文里也有一句成语，叫做"Hard writing，easy reading"，意思是"写时困难，读时容易"。可见不论古今中外，是一样的。

　　然而话也得说回来，作者的苦心别人固然都不了解，作者的愉快别人却也一样无从分享。在苦思的过程中，固然是"寻寻觅觅，冷冷清清，凄凄惨惨戚戚"，但一旦豁然开朗，稳当底字到手了，那么那种兴奋和愉快，实在也不可比量。欧阳修所谓"一句坐中得，片心天外来"，怕真要手舞足蹈了。相传西洋有位作家正在同他的朋友散步的时候，忽然叫道："找着了！"他的朋友问他找着什么，他回答："一个字呀，这个字我搜索它已经多久了！"搜索它已经多久了，一旦突然涌现，其内心的欣悦，应该如何！元朝刘将孙《蹢肋集序》解释老杜"新诗改罢自长吟"句道：

　　　　老杜有"新诗改罢自长吟"之句，盖其句有未足于意，字有未安于心。他人所不知者，改而得意，喜而长吟，此乐未易为他人言，而作者苦心，深浅

---

　　① 引自奥泽罗夫《苏联文学中的典型性问题》，叶湘文译，见《译文》1953 年 10 月号第176 页。

自知,正可感也。①

　　这个解释很有趣味,虽或不周全,倒亦是实情。这样子自斟自酌,我们真愿把他自己《题李尊师松障画》的诗句还赠他:"更觉良工心独苦!"诗人用意之妙,如竟有举世而莫知的,岂不是天地间一大憾事。

　　文字上的谨严,正所以表示思想感情的一丝不苟。同时思想感情如果谨严的,通过艰苦的训练,在文字上也必能做到一丝不苟的地步。因此在文字上求真也就是在思想上求真,一个有良心、负责任的作者是一定不肯放松,让他的诗文有一字之妄的,而他们之所以较易成功,其原因也就在此。

修 改 什 么

　　文章应当反复研究,认真地加以修改。修改的目标是什么? 第一,就是要把不正确或不够正确的内容改成为尽可能的正确,进一步还要改成尽可能的深刻;第二,就是要把不具体生动或不够具体生动的表现形式改成为尽可能的具体生动,使广大读者都能容易接受,以充分发挥文章的教育作用。

　　文章应该修改些什么? 目标虽同,但结合到具体的作者作品,则在步骤和重点上,又有各不相同的情况。文章有"有形病"和"无形病"。语法不通,错别字连篇,逻辑上有错误,诸如此类,是"有形病",比较容易看出。有些文章表面上找不出什么毛病,但思想陈腐,语言俗滥,诸如此类,便是"无形病"。在修改的步骤上,虽不能完全截然划分,总应首先把"有形病"改好,才谈得到改好"无形病"。

　　文章的"无形病"也有不同的等级。何其芳同志指出一般叙事说理文章中常见有如下这些毛病:

　　一、抽象笼统,叙事不具体,说理不分析。
　　二、根据不足,就下断语,我要怎样说就怎样说,信不信由你。
　　三、强调一点,不加限制,反驳别人,易走极端,没有分寸,不够周密。
　　四、大家都知道的事情说得很多,以为只有自己知道别人不知道。

---

　　①　刘将孙《养吾斋集》卷十。

五、别人不知道的事情说得很少，以为自己知道别人也应该知道。

六、许多事情或问题，随便放在一起，没有中心，没有层次，逐段读时也还可以，读完以后一片模糊。

七、写到下句不管上句，写到后面不管前面。

八、信手写来，离题万里，偏不爱惜，舍不得割弃。

九、抄书太多，使人昏昏欲睡。

一〇、生造词头，乱用术语，疙里疙瘩，词不达意。

一一、没有吸收说话里面的单纯易懂，生动亲切等好处，只剩下说话里面的啰嗦重复，马虎破碎等缺点。

一二、没有学到外国语法的精密，却摹仿翻译文字造句子，想把天下的事情一口气说完，一直是逗点到底。①

这些毛病大致都可归入"无形病"一类，都应加以修改。但这些毛病还只是"一般"文章的"无形病"，我们如果对于某些作者的某些作品提出更高的要求，那么例如下列这些"无形病"就也还应当尽可能地加以修改：

一、非本质的东西写得太多，典型的事物写得太少。

二、许多描写不能充实主题，不能帮助表现主题。

三、材料取舍安排不当。

四、语言缺少深刻的情感，缺少强大的说服力，不能有力的抓住和提高读者的情绪。

五、语言不能清楚，准确，精密地表达人物的性格。

六、形式未能使广大人民"喜闻乐见"，中国气派不够。

文章的完满没有止境，只有经过不断地学习、修改，才能接近和不断接近完满的境地。而在修改过程中，不论是自己修改或修改别人文章，都应按循序前进，量力而行的原则，不能好高骛远，急躁冒进，提出脱离实际的过高要求。必须由低及高，由近及远，对文字还写不通顺的人先要求他写通文字，对已能写通文字的人则要求他能写出正确的内容，有清晰的条理，只有对已能写出正确内容，有清晰条理的人才可要求他还应有深刻的内容和生动的形式。在总的目标之下，对不同程度不同性格的作者应当有不同的要求和方法。主观主义和教条

---

① 何其芳《谈修改文章》，见《西苑集》，第4—5页，人民文学出版社1952年12月北京初版。

主义的修改要求和修改方法是有害无益的。

为什么会愈改愈糟

在文艺创造上，"多作不如多改，善改又不如善删"[1]，这两句话的确很有道理，文学史上有许多佳话就都与"推敲"有关。然而也有愈改愈糟的一种情形，无论读者或作者都有些人发生过这种感觉。宋车若水《脚气集》说：

> 文字只管要好，乃有愈改而愈不如前者。山谷有诗云："花上盈盈人不归，枣子纂纂实已垂。寻师访道鱼千里，盖世功名黍一炊。"又曰："卧冰泣竹慰母饥，天吴紫凤补儿衣。腊雪在时听嘶马，长安城中花片飞。"后来改云："花上盈盈人不归，枣下纂纂实已垂。腊雪在时听嘶马，长安城中花片飞。""从师学道鱼千里，盖世成功黍一炊。日日倚门人不见，看尽林乌反哺儿。"

明胡应麟《诗薮》内篇卷五说：

> 何仲默云："诗文有中正之则，不及者与及而过焉者，均谓之不至。"至哉言也！然有以用功过而得者，有以用功过而失者。……鲁直题《小儿》云"学语春莺啭，书窗秋雁斜"，尚不失晚唐。既改云"学语啭春鸟，涂窗行暮鸦"，虽骨力稍苍，而风神顿失，可谓愈工愈拙。
>
> 李献吉少时题十六夜月云"清亏桂阙一分影，寒落江门几尺潮"，精绝之甚。晚年用意，乃大不及前，即仲默所谓过也。

清代郑板桥《词钞自序》里也这样提到：

> 为文须千斟万酌，以求一是，再三更改，无伤也。然改而善者十之七，改而谬者亦十之三，乖隔晦拙，反走入荆棘丛中去。……燮作词四十年，屡改屡蹶者，不可胜数。

---

[1] 厉鹗《汪积山先生遗集序》。

以上是本国的例证，我们也可以举两个外国的例证来看。N·V·别耳哥记载果戈理论修改的话道：

> 只在八次的修改，必须是亲手的修改之后，工作才算是完全艺术地了结，才会得到创作的真谛。再多的修改和审查，也会污损工作的。就如画家们所说，是画过度了。

在屠格涅夫的小说《烟》里，描写意志薄弱的男主人公里维诺夫花了一夜工夫坐在案前给女主人公意丽娜写信，他写着，写着，又扯碎他所写的，等他写完的时候，天已经发白了。然而花了这么大力气所写完成了的这封信，又是怎样的一封信呢？屠格涅夫告诉我们说：[①]

> 里维诺夫自己不太喜欢这封信，它并没有正确忠实地表达出他想说的话；这里面充满着拙劣的措词，非常夸张，有点书呆气，无疑地这封信并不见得比许多扯了的来得好。但这是最后的一封，无论如何，主要点已经说得很透彻，并且他乏力了，疲倦了，脑筋里再也抽不出什么东西来。其次呢，他没有把思想写成文学形式的能力，像许多不惯于写作的人，他在体裁上便碰到不少困难。也许他的第一封信写得顶好，因为这从心头倾出来，更温热些。

具体的诗文，究竟是原作好还是改作好，特别是那些意义和表现方法比较深微特致的，这可以有种种不同的结论，因为各人的才性、识力、趣味，都可以有不少差异，关于这一点在这里我们不谈。从上面的引证，至少，可以相信愈改愈糟的这种情形确实是存在的。花了许多力气，结果却并不比原来的好，那么这种创造上的悲剧，究竟是怎样造成的呢？

作品的好，当然是指其内容的真实、正确、动人。所以改作的要超过原作，主要就得在内容上来超过它。若是内容并无添加，只为了求"工"——整齐、华丽、铿锵，于是才来雕琢、堆砌，这就不能不要"画过度了"，因为这样就难免要陷于形式主义，"削足适履"，"以辞害意"，原来一个活泼泼好女子，反被绸缎脂粉

---

① 屠格涅夫《烟》，第 273 页，陆蠡译，文化生活出版社版。

装扮得俗不可耐,"愈工愈拙"了。黄山谷有些诗所以愈改愈糟,就犯了这个毛病。这是就内容大致还是一致的场合说。有些人少年聪慧,不但出口成妙,尤其热血澎湃,敢作敢言,但时移世异,思想感情都有了变化,觉得昔日之我全是荒唐幼稚,岂止可愧,还有某种未便处,于是便改定少作,而所据则是当前的世故。殊不知老练枯寂固不如天真可喜,毒辣自私则尤不必谈。以此改作,自必不逮前作。也有时候,未尝没有美好的新意可以生发,但求成太切,希望一蹴而几,及知其不可,只好胡乱塞责,结果反生缺点。悲多汶自称:"我没有修改我的乐曲的习惯(当它们一旦完成了),我从来没有这样作。认识这种真理:一切部分的变换败坏乐章的性格。"①托尔斯泰的修改也很注意全体的需要。经常为他誊稿的他的夫人曾这样记述:②

> 在抄写的时候,时常会觉得不明了:为什么这里要修改呢? 为什么写得这么好的地方反倒要削去呢? 如果被削掉的地方有时又添上去,我是多么欢喜呀! 有时,校稿过后,已经发出去,托尔斯泰还要索回来,重新改过,再重新誊清。有时,仅为了一句话,也要打电报,更换另一句。因为他把我一心一意抄写的原稿,反复地读过,他又新理解了许多不适当的地方——例如,同样的文句重复了几次,文章过长,应当加以划分,或是意义还要更加明了等等地方。凡是我注意到的地方,都要和托尔斯泰讲。有时他很高兴地在听我提起的注意点,有时却要长篇大套地对我讲为什么非要原样保留不可。他的意思,最重要的,并不在区区的一部分,而是在于全体。

可见部分的修改如果没有顾到整个的需要,这种修改有时也反而要坏事。再则,无论是初写或改作,都一定要遵守"让思想自己发展"的原则,决不能勉强而行,这样绝不会有好的结果。因此在心神困乏、思想不属的时候,来修改文章,就像里维诺夫那样,失败原在意中。一般作家的经验,修改一定要在心力健旺的时候进行,修改过程中的间歇就是要适应这种需要。因为思路有畅通时,也有蔽塞时,"兴会淋漓"的灵感也只有在心力健旺思路畅通的时候才可以涌现。陆机《文赋》形容思路畅通的情景:

---

① 悲多汶给汤臣的信,见《悲多汶传》的附录,陈占元译。
② 托尔斯泰夫人《结婚生活的自白》,第18页,索夫译,国际文化服务社版。

方天机之骏利,夫何纷而不理。思风发于胸臆,言泉流于唇齿。纷葳蕤以驳遝,唯豪素之所拟。文徽徽以溢目,音泠泠而盈耳。

刘勰《文心雕龙》里的《神思》篇也说:"枢机方通,则物无隐貌。""登山则情满于山,观海则意溢于海。"《养气》篇也说:"率志委和,则理融而情畅。"至于思路闭塞的时候,则:

及其六情底滞,志往神留,兀若枯木,豁若涸流。揽营魂以探赜,顿精爽于自求;理翳翳而愈伏,思乙乙其若抽。①
关键将塞,则神有遁心。②
神之方昏,再三愈黩。③

所以刘勰告诉我们:"申写郁滞,故宜从容率情,优柔适会。若销铄精胆,蹙迫和气,秉牍以驱龄,洒翰以伐性,岂圣贤之素心,会文之直理哉!"又教我们:"吐纳文艺,务在节宣;清和其心,调畅其气,烦而即舍,勿使壅滞。意得则舒怀以命笔,理伏则投笔以卷怀。逍遥以针劳,谈笑以药倦,常弄闲于才锋,贾余于文勇。"④他说:"钻砺过分,则神疲而气衰。"这时作文一定徒劳无功。所以"陶钧文思,贵在虚静;疏瀹五藏,澡雪精神。"⑤也就是说应该经常维持健旺的心力。歌德指出:如果一个作家的身体不是结实健康,而是衰弱疾病,那么他每天创作所必需的精力一定会陷于停滞或完全缺乏。拜仑每天要在野外过几小时,或作各种活动,以锻炼体力,他是古今作家中富于创作力的人物之一。

文章所以会愈改愈糟,其原因,大概就是这些吧。所以,并不是真的愈多修改就会愈加糟糕,乃是说,你的修改因为不得其道,不得其时,尤其因为你自己已经落伍了,退步了,所以愈改才会愈糟的。否则,就决不会落到这个结果。

郑板桥说得好:"要不可以废改。"为什么? 因为"改而谬者十之三","改而

---

① 陆机《文赋》。
② 刘勰《文心雕龙·神思》。
③ 刘勰《文心雕龙·养气》。
④ 刘勰《文心雕龙·养气》。
⑤ 刘勰《文心雕龙·神思》。

善者十之七"。并且从上所述,此改而谬的十之三亦还不是没有法子可使改而不谬,此所以修改终仍十分必要了。

文章能否经旁人改正

曹植《与杨德祖书》说:

> 世人著述,不能无病,仆常好人讥弹其文,有不善者,应时改定。昔丁敬礼常作小文,使仆润饰之。仆自以才不过若人,辞不为也。敬礼谓仆:"卿何所疑难,文之佳恶,吾自得之,后世谁相知定吾文者耶?"吾常叹此达言,以为美谈。

"文之佳恶,吾自得之。"这正是后来杜甫"文章千古事,得失寸心知"这两句诗的底子。文章的好坏既然只有自己才清楚,只有自己知道他所写的与所感想的是否恰相吻合,旁人的生活经验不同,观感不同,纵然有胆量改正,所改正的也另是一回事,与原作无干,所以就有人不信诗可以经旁人改正。然而像下面的这两个例子:

> 皎然以诗名于唐,有僧袖诗谒之,然指其《御沟》诗云:"此波涵圣泽","波"字未稳,当改。僧怫然作色而去。僧亦能诗者也,皎然度其去必复来,乃取笔作"中"字掌中,握之以待。僧果复来,云:"欲更为'中'字如何?"然展手示之,遂定交。①
> 郑谷在袁州,齐已携诗诣之,有《早梅》诗云:"前村深雪里,昨夜数枝开。"谷曰:"数枝非早也,未若一枝。"齐已不觉下拜。自是士林以谷为一字师。②

在这里,我们能不能否认"中"字比"波"字好,"一"字比"数"字好呢? 在专制时代,他们既歌咏"圣泽",自然就当极言其深厚永久,至少这样才算是得体,

---

① 唐庚《唐子西文录》。
② 魏庆之《诗人玉屑》卷六。

才不致引来失言的灾祸。波只能代表水的表面,深厚不足,此其一;波要流逝,永久不足,此其二;波浪不免凶险,对他们要谀言"圣泽"之可以"佑民"为拟于不伦,此其三。所以除开"中"字比"波"字为响亮这一点不说,"中"字的确还更含蕴、浑成、概括些,而且也决不会出什么乱子。至于《早梅》诗,既要咏早梅,当然一枝比数枝更可见得早些,并且也惟一枝,才可以表现出它在深雪里孤高劲健的姿态,得风气之先的难得。变成数枝,这种感觉就要大大减色。所以,"一"字的确也比"数"字好。

然则,文章又那里不可以经旁人改正!

唐庚说:"诗在与人商论,深求其疵而去之,等闲一字放过则不可,殆近法家,难以言恕矣,故谓之诗律。东坡云:'敢将诗律斗深严。'予亦云:律伤严,近寡恩。大凡立意之初,必有难易二途,学者不能强所劣,往往舍难而趋易,文章罕工,每坐此也。"① 蒋敦复说:"昔人论作诗,必有江山书卷友朋之助,即词何独不然。不读万卷书,不行万里路,不交万人杰,无胸襟,无眼界,嗫嚅龌龊,絮絮效儿女子语,词安得佳?"② 杜甫尤有这许多诗句:

何时一尊酒,重与细论文。③
会待袄氛静,论文暂裹粮。④
晚看作者意,妙绝与谁论?⑤
把酒宜深酌,题诗好细论。⑥
荆州遇薛孟,为报欲论诗。⑦
说诗能累夜,醉酒或连朝。⑧

在外国,则果戈理是出名的渴望旁人能给他严厉的批评,他在写给朋友们

---

① 唐庚《唐子西文录》。
② 蒋敦复《芬陀利室词话》卷一。
③ 杜甫《春日忆李白》。
④ 杜甫《寄彭州高三十五使君适虢州岑二十七长史参三十韵》。
⑤ 杜甫《赠蜀僧闾丘师兄》。
⑥ 杜甫《敝庐遣兴奉寄严公》。
⑦ 杜甫《别崔潩因寄薛据孟云卿》。
⑧ 杜甫《奉赠卢五文参谋琚》。

1791

的信里充满着对于最严酷最暴露的批评的要求：①

　　对我，总是应该比对别的什么人说得更多，需要指出我的缺点！

　　请把你的意见告诉我，请你尽量地再严格和认真些。你当知道我是需要这个的。

　　我在他们——听者们——深沉的静默中和偶然地轻轻滑过他们脸上的，疑惑底微小动作中发见了的东西，到第二天便给我益处了。如果懦怯不妨碍每个人充分地讲述自己底印象的性质，那么一定会给我无比的更大的益处。……不害怕连累自己，不害怕伤损温柔的口气和别人底情感的弦子，在头一分钟就讲出自己底最初印象的那种人，才是宽大的人。

　　莫泊桑多年不断地拿着自己的作品去求他的老师福楼拜批评，照例地福楼拜主张那些作品应当抛到火里去。我们不知道是应当更羡慕这位先生的能忍耐底尊严呢，还是更应当羡慕这位学生的英雄的服从？可是结果却证明了福楼拜的这种手段是公正的，因为就在这种训练之下，莫泊桑毕竟成功了。契诃夫在晚年的时候企图描写一个青年女革命家。魏列萨耶夫读了他的短篇小说《未婚妻》的手稿之后，对他说："安东·巴甫洛维奇，女孩子们不是这样去参加革命的。像您的娜嘉这样的姑娘是不会去参加革命的。"契诃夫明白了自己的错误，把小说重写了。② 那末，谁说文章不能够经和旁人商量改正？

　　要修改别人的作品自然应当比别人高明，至少也该相等。但一个人尽管知道得不多，可是只要在某一方面或某一点上有特别的成就，便也有了做人先生的资格。所谓"三人行，必有我师"，就是这个意思。文学作品反映生活，所涉极广，谁也不能说对人生万事都已精熟，所以在一个虚心的作者，几乎任何人都可以做他的先生。有些人也许不能执笔代他删改，可是他们提供出来的意见，却可以成为他删改的根据。使作者得以自动去删改，这仍不能不承认是旁人给他提示了的功劳。苏东坡《书戴嵩画牛》说：

---

　　①　果戈理《给阿克沙可夫的信》，见万垒赛耶夫《果戈理怎样写作的》，孟十还译，文化生活出版社1953年6月第八版。

　　②　爱伦堡《谈谈作家的工作》，叶湘文译，见《译文》1953年12月号第166页。

蜀中有杜处士，好书画，所宝以百数，有戴嵩牛一轴，尤所爱，锦囊玉轴，常以自随。一日曝书画，有一牧童见之，拊掌大笑曰："此画斗牛也，牛斗力在角，尾搐入两股间，今乃掉尾而斗，谬矣！"处士笑而然之。古语有云：耕当问奴，织当问婢，不可改也。

又《书黄筌画雀》说：

黄筌画飞鸟，颈足皆展，或曰：飞鸟缩颈则展足，缩足则展颈，无两展者。验之，信然。乃知观物不审者，虽画师且不能，况其大者乎！君子是以务学而好问也。

直接的改正也好，间接的改正也好，总之，作者多多把自己想清楚了的东西同人商量一下，请人指教，多多接纳旁人的忠告，是只有利而无害的事情。伟大的列宁写一个传单也要同熟悉情况的同志商量，结果每一个这样的传单，都大大振奋了工人们的精神。所谓不能经旁人改正或不必同旁人商量之说，实不过是一种有害的高自位置的歪调。

怎样修改旁人的文章

文章能够经旁人，或经和旁人商量改正。但站在帮助旁人修改文章的地位，应当怎样来进行这个工作呢？

从实际出发，照顾个别特点，循序前进，不提过高要求，这些前面已经说过了。此外，在实际改作过程中，我以为还特别要注意到改作的分寸问题，也就是改作的培养性问题。

我们既然肯定了修改应按循序前进，量力而行的原则，对文章不作过高的要求，那末一篇文章就决不致整篇都要不得，一定还有若干可取的地方。另一方面，"改作"的目的无疑是要通过自己的修改工作来培养作者的写作能力，鼓励作者的写作热情。因此，"改作"就应当有所保留也有所删除，决不能完全不顾作者的个性，抛弃作者的本来面目，变成了修改者的"代为重作"。

列宁夫人克鲁普斯卡娅这样告诉我们："列宁在修改旁人文章时，总是力图保存作者底个性。"又说："他很关心于保存这些（工人）通讯底精神、体裁和特点,使它们不致失掉其彩色,不致过分地知识分子化,而保存其本来的面目。"①

别卡索夫指出:修改完全不是意味着必须重新写作,修改应当站在原稿的范围里,并以尊重的心情对待作者的劳动。他告诉我们苏联的报纸编辑部是这样来修改劳动者的来信的:

当信件送到各组和决定怎样具体地利用每一封信以后,就要对信件作文字的修饰。有许多事有赖于文字的校正者,他能够使信件干燥无味,他能这样删改信件,对来信删得除去他的签字以外,其余一字不留。当然,当他们还没有学会谨慎地,并以尊重的心情对待编辑部以外的作者的来信以前,最好不要委托这样的"改稿者"去修改信件。

文字的修饰工作本是一件责任重大的事,尤其是修改劳动者的来信。有许多作者——工人们,集体农庄庄员们,职员们,——初次执笔,还没有处理信件内容和用文字来表现题材的必需的实际经验。普通初次决意给报纸去信的劳动者不大想到这回事。一个事实激动了他,他于是决定给报纸去信报告这件事,因此希望得到一定的结果。至于信件的文字的结构,作者就全部托给编辑部了:"到那里,他们要怎么修改,就怎么修改好了,那是他们的专长。"大多数情形是这样,作者距离很远,改稿者不能引导作者对信件作进一步的工作,因此情形就更复杂了。所以,文字校阅者应当以特别的同情与关切来处理信件,捕捉它的语调,然后细心地修改信件。

但是,另一些"改稿者"是在怎样地工作着呢? 有的拿了一包信件,接二连三地念给女打字员听,同时进行着"修正"——即是把信中生动的词句换成平淡的陈旧的用语;有的自己来写,但是把信件重新改写,而不大注意原文。这些粗枝大叶的"改稿者"简直忘掉了信件的作者,他们只是顾到自己特有的口味。

诸如此类的改稿"方法"把作者推出了编辑部,使报纸干燥无味……

但是对原稿作文字的校正完全不是意味着必须重新写作。这是没有任何必要的。修改信件的文字校阅者应当站在信件原稿的范围里,他只能把那些不通的,不恰当的句法及辞不达意的用语换成其他比较正确的与合

---

① 克鲁普斯卡娅《列宁是党刊物底编辑者和组织者》一文中语。

1794

适的文句,削去词句与结构中的不妥字眼,并力求保存作者文字的本来
面目。①

　　以上别卡索夫所说的话,同样适用于一般作品的修改。花了九牛二虎之
力,给作者代为重作了一篇文章,在改者是卖力,在被改者却没有益处,他会因
自己的文字全被抹杀而失掉或减少了再写的勇气,他更会因无从知晓自己文章
中的具体缺点何在而不能获得应有的进步。这样的修改是完全违反培养的目
的的。

　　修改旁人的文章,主要应启发作者的写作自觉性和积极性,帮助他在作品
中表现自己的独立精神,有错误和不恰当处则改正之,有优点时也应正确地适
当地指明,表扬。修改应从字句入手,但不应限于字句,也要进到思想和艺术,
更要进到指导社会主义现实主义的创作方法。

怎样对待旁人的修改

　　文章能由旁人改正,因此任何作者都应十分尊重旁人——特别是群众的改
正意见。但作者如要求写出好作品来,却不能存着依赖旁人的懒汉思想。

　　旁人的修改对作者有很大的帮助,可是这种帮助当然也有一定的限度。显
眼的单纯的缺点容易代为改正,隐微的关系复杂的缺点就很难代为具体改正,
就是勉力代为改正了对作者整个写作能力的提高仍不会有什么帮助。这种地
方旁人可以启发,劝告作者某些事情,但基本的东西,主要的东西,仍然需要作
者自己去完成。一定要深广地认识熟悉了生活和各种人物以后才能写出好作
品来,而认识和熟悉,却非作者自己去参加、学习、努力不可,旁人是无从替你去
做到这一层的。

　　不能依赖旁人的帮助,同时也不能毫无信心地盲目接受旁人的随便什么修
改的意见。

　　作者应当十分尊重十分感谢旁人的修改意见,应当郑重地考虑和研究这
样的意见,但只有当作者已经把旁人的意见融成为自己的思想的时候,只有

---

　　① 　别卡索夫《报纸编辑部怎样处理劳动者的来信》,苏大悔等译,见《报纸编辑部的群众工
作》,第71—73页,三联书店1950年9月第一版。

当作者在原来的材料上,原来的生活上,又有了新的感受,新的发现,有了相当大的提高之后,才得进行有效的修改。如果以为旁人的意见总不会错误,或者即使自己认为旁人的这些意见不一定对,却又害怕得罪人,害怕取不到"虚心接受"的美评,而不愿意提出来开诚共同商讨,甚至还可能这样想,反正出了乱子也不是自己一个人的责任,于是就不加思索地把意见全部接受下来,马上动笔去修改。这样的改作,一定就像裁缝式的补贴方法,是改不出好作品来的。

　　作者应当虚心,但也应有相当的自信,盲目地"全部接受下来"式的修改,不但因为改作的目的不明,一定改不好,并且还会损害自己的自信和写作能力。关于这一点,英国诗人渥兹华斯有一节话谈得也有道理。他自述在这个问题上的体会是:

　　　　凡有毛病的辞句,如果我确知其在现在是有毛病,即在将来也必如此,那末,我是颇愿花费心机去修改的。不过,仅仅听从几个人或甚至于某一类人底话,就去加以修改,那是有点危险的;因为如果作者底理解还未被人折服,情感还未改变,这种修改就为害不浅了。因为自己底情感是他底支柱,他底后援,如果他随便弃置一次,他会被诱惑着重复地这样做,直到他底心灵完全失了自信,而成为极端的孱弱。此外,我还可以说,批评家决不应该忘记他自己也可犯着诗人同样的错误,或者更厉害一些;因为提起大多数读者,我们并非武断,说他们未必会是同样的对于文字所经历的各层不同的意义,或者对于诸种特殊观念间底固定或变化的关系,十分熟悉。况且,他们既然对于这个题目是这样的比较少有兴味,他们自不妨随便而轻下断语的。[①]

　　任何一个作者,都应随时随地,争取群众对于自己作品的修改意见,这种意见一般都能给作者的工作提供极大的助力,这是无可怀疑的。但好作品不能依赖旁人为自己修改出来,所以比较起来,自己的努力还是更重要的。

---

　　① 渥兹华斯《抒情短歌集序》,连珍译,见《艺文集刊》第一辑第 149 页,中华正气出版社 1942 年 8 月初版。

"不烦绳削而自合"的境界哪里来

我们说文章在完成之前莫不需要修改,可是古人却有"不烦绳削而自合"的说法。黄山谷以为:"至于渊明,则所谓不烦绳削而自合者。"又说:"观子美到夔州后诗,退之自潮州还朝后文,皆不烦绳削而自合。"①叶石林称"池塘生春草,园柳变鸣禽"二句猝然与景相遇为"不假绳削"②。元遗山则说"子美夔州以后,乐天香山以后,东坡海南以后,皆不烦绳削而自合"③。所谓"不烦绳削而自合",直捷地说,应该就是用不着修改便恰到了好处的意思。这境界,难道真可能有么?

用不着修改,一下子就写了出来的事情,我们承认是有的:"王粲为文,每下笔立就。""裴子野受诏立成。""刘敞立马却坐,一挥九制。""许敬宗草驻跸山破贼诏,立于马前,俄顷而就。""袁宏倚马前作露布文,手不辍笔。"④"杨大年每遇作文,则与门人宾客饮博、投壶、弈棋,语笑喧哗,而不妨属思,以小方纸细书,挥翰如飞,文不加点,每盈一幅,则命门人传录,须臾之际,成数千言。"⑤这些虽然全是传说,我们倒都可信是实情。问题却在于:第一,这样写出来的作品是否能免于浅薄俗滥? 第二,这样写出来的作品,若真成了名作,是否它真的不曾经过修改?

就第一个问题论,我们可以说,这样写出来的作品大都难免浅薄俗滥,惟其如此,所以虽然产生得快,灭亡得也快。前举各人都没有写出什么大作品来,就是一证。凡是不怕成为浅俗的,都可以下笔立就,这根本无困难可言,所以可以不谈。就第二个问题论,我们以为这样写出来的名作,毫无疑问,它一定经过再三修改的过程。其所以好像不曾经过者,或由于传说的错误,或由于资料的散佚。更重要的,是它的修改和一般情形不同,它是在心里,在脑里修改,它是在内部经过多时的酝酿、思索,修改完成了才用纸笔传写下来,于是,你因为没有看到作者在纸上涂改,就真相信了它用不着修改。

---

① 胡仔《苕溪渔隐丛话》。
② 叶梦得《石林诗话》。
③ 元好问《陶然集诗序》。
④ 《古今图书集成·文学典》。
⑤ 陈善《扪虱新话》卷五。

这样的例子原是指不胜屈的：

"王勃每作碑颂，先磨墨数升，引被覆面而卧，忽起一笔书，文不加点，时人谓之腹稿。"[1]文与可画竹因有"成竹在胸"，韩幹画马因有"全马在胸"[2]，所以信意落笔，就能够自然超妙。原来他们的修改苦心是化在我们看不见的脑中、腹里了。托尔斯泰的《安娜·卡列尼娜》在内心酝酿三年之后才动手写作，《复活》有十年。歌德的《浮士德》思考了五十年才写出。像这一类的书籍，因为有这样长期内心的镕裁，所以在实地写出的时候也许已可不花什么心力。歌德的《少年维特之烦恼》是出名"一口气写成"的作品，他自己承认"在四星期内握管疾写，没有把全部的计划或一部分的描写方法预先打下草稿"；可是我们也切不可忘记，在这之前，歌德所作的"经过那么久的、那么大的暗中准备"。他自述准备的情形："我特使自己与外界完全隔绝，连朋友的采访也谢绝，在内心上也把一切与这作品无直接联系的思念搁在一旁。在他方面，我把一切与我这个意图有多少联系的思维汇集起来，把还没有使用作为诗的材料的身边的经验加以追忆。"[3]这就是说，他是聚精会神了，专心致志地思索和经营了，才得"一口气写成"的。达芬奇画《最后的晚餐》时，几天内就把十二门徒和基督全部画成，只一个犹大的头却花了极长的时期才画上。他画"微笑"时，为要切实把握到蒙娜利莎的笑的姿态，他每次都带了不少音乐家去奏各种乐调给她听，使她欢乐，从而可以从旁观察，据说这样费了四年功夫这画才算完成。这两幅画在最后完成时也许不过少少的几笔，可是如果没有先前的准备，这"一气呵成"就决没有可能。《庄子》上所说的庖丁为文惠君解牛和梓庆削木为鐻两则故事，也极可用来证明这种情景。

在现代作家中，《钢铁是怎样炼成的》的作者尼·奥斯特洛夫斯基曾自述他的写作经验，说："当我口述时，我先讲一讲这一个或那一个人物，我想像地表现出这个人物来。我的好的记忆力在这一方面很帮助了我。我紧记着许多人，就是过了十多年我还能记起他们。因此，我在自己的想像中描写出我所要口述的情景，我从没有忘却了我所要描写的图画。当图画中断的时候，记述就也中断了。我认为，开始写作的人没有这种想像的描写，是不能明显地写出人物和图

---

① 《古今图书集成》。
② 罗大经《鹤林玉露》卷十八。
③ 歌德《诗与真》。

画来的。"①他这里所说的"想像的描写",和"胸有成竹"实在是一样的道理。

所以,"不烦绳削而自合",不必真是没有经过文字的修改;就算没有经过文字的修改,也决不能跳过了"腹稿"、"成竹"、"全马"之类的"暗中准备"。更退一步说,就算连这有意识的暗中酝酿也没有,可依然不能不有其长期丰富的蓄积。

这蓄积,就是刘勰《文心雕龙》所说:"疏瀹五藏,澡雪精神。积学以储实,酌理以富才,研阅以穷照,驯致以怿辞。"②也就是"意在笔先",胸中有一团至真至正的情理,不能自已,夫惟如此,才有可能"直寄"所见,"拾得"好文章。

同时也就是技巧的培养,即所谓"熟能生巧"。杜甫说:

> 临危经久战,用意始如神。③
> 读书破万卷,下笔如有神。④

欧阳修论文,说:

> 无他术,惟勤读书而多为之,自工。
> 只是要熟耳,变化姿态,皆从熟处生也。⑤

一个作家如果平时能有真情正理和熟练技巧的蓄积,那么即使他并没有存心作文,而在某种情境的激发下,肆口而成一些好的作品,确也有可能。不过可见其绝非出于偶然了。

文章的好坏,同文思迟速原无联带的关系,速成而好固不错,迟成而好也一样。与其速而不成,倒不如细琢细磨多少能造出一点成绩。能够达到优秀成绩的深刻的作家总是那些写作时感觉困难的人,而不是写作时感到容易的人。一般说来,好文章多数是"大器晚成",非一蹴而几的,所以我们还是愿意指出"迟到"、"晚成"倒是创作上的一条康庄大路。

---

① 尼·奥斯特洛夫斯基《我怎样写〈钢铁是怎样炼成的〉》,见《钢铁是怎样炼成的》,第626页附录,戈宝权译,人民文学出版社版。
② 《文心雕龙·神思》。
③ 杜甫《观安西兵过关中待命》。
④ 杜甫《奉赠韦左丞丈二十二韵》。
⑤ 欧阳修《文断》。

手稿的作用

　　小泉八云告诉我们："现在所有伟大的诗或小说,没有一本是原本的最初形式。"①因为"没有一种文学可以不加许多修改而产生",所以不但第一次版本和最早写它时的不同,对于那种不息地进步,不能满意于既成果实的作者,而且在以后的每一次版本都可能有很大的改动。渥兹华斯指出一首"有价值的诗,决不是由于题材丰富就可以产生出来,乃是由于一个具有非常的感受性的人,曾经长久深思而产生出来的。"②歌德把技巧品和艺术品加以区别,以为"后者应当基于一种可宝贵的内容,然后艺术手腕藉着熟练、勤劳,终于才能使材料的真价值更美好地出现在我们的前面。"③因为这样,所以托尔斯泰要深思力索了十五年之后才敢写下他的《艺术论》,在这中间,他"时常对于艺术有所思想,曾动手写了六七次,却每次写过许多之后,便觉得自己功夫还未圆满,就仍中止下来。"④也因此,果戈理才给自己的作品这样规定:"至少应该修改八次。"他说:

　　　　我宁可饿死,也不愿发表那没有分别的,不加思考的作品。⑤

　　　　每一个句子,我都是用思索,用很久的考量得到的。别的作家一点不费什么地在一分钟内就把它换了另一个句子,在我是一桩困难的工作。⑥

　　　　现在都感到拿迟缓、懒惰来责备那样的艺术家——好像一个卖力者,把自己的全部生活装进工作里面,甚至忘记在世界上除了工作还有没有什么快乐存在的艺术家,是多么妄诞的了。⑦

　　相传欧阳修"平昔作文章,每草就纸上净讫,即黏挂斋壁,卧兴观之,屡思屡

---

① 　小泉八云《作文论》。
② 　渥兹华斯《抒情短歌集序》。
③ 　歌德《诗与真》。
④ 　托尔斯泰《艺术论》,耿济之译,商务印书馆版。
⑤ 　果戈理《给谢惟略夫的信》,见《果戈理怎样写作的》。
⑥ 　果戈理《给尼基勤克的信》,见《果戈理怎样写作的》。
⑦ 　果戈理《论历史画家伊凡诺夫》,见《果戈理怎样写作的》。

改，至有终篇不留一字者，盖其精如此"。所以陈善说："大抵文以精故工，以工故传远，三折肱始为良医，百步穿杨始名善射，真可传者，皆不苟者也。唐人多以小诗著名，然率皆句锻月炼，以故其人虽不甚显，而诗皆可传，岂非以其精故耶？"[①]惟其都是苦心努力得来的，这样文章才见得丰富饱满，令人神往。一般人因为不知道"艺术家底一切的自由和轻快的东西，都是用极大的压迫而得到，也就是伟大的努力的结果"，[②]便总以为这类杰作是不曾经过一次多次的改正变化的。殊不知作家们的定本，不过是裁好了的衣服，织好了的锦，因为已经"美人细意熨贴平"过了，所以才"裁缝灭尽针线迹"。[③] 看不出什么来罢了，那里可能有"不劳而获"的事情。

因为凡是大作家，便都有苦心修改的一个过程，所以就他们所写的和所留传下来的来比较，就一定是"作之多而存之寡"。韩愈说李、杜的作品"流落人间者，泰山一毫芒"，这句话若不是韩愈自己也熟知为文甘苦，便不易说出。而这没有流落在人间的绝大多数作品，也就是文章创作上的"粉本"——手稿。

从前人绘画，在未完成以前的画稿，都称为"粉本"。对于这种粉本，"前辈多宝畜之，盖草草不经意处，有自然之妙。"[④]其实粉本正可以示我们以针线的痕迹，叫我们能够体验到大作家们"细意熨贴"的工夫。老杜自称"颇学阴何苦用心"，[⑤]但他的用心深处，我们今天那里还能统统知道？他叹息于前人"词人取佳句，刻画竟谁传"，[⑥]而我们今天竟也仍难免于作这样的叹息。可是如果他的手稿能够多一点保存下来不就好了。

伟大的作家，大都宽宏雅量，不会有"鸳鸯绣罢从教看，莫把金针度与人"的存心，可是因为没有把他们的手稿保存下来的习惯，所以许多绝妙的材料都亡佚了，绝好的作文指导的范本都损失了。章实斋的卓识早看到这一点，在《说林》篇里他说：

---

① 陈善《扪虱新话》。
② 引果戈理《肖像》中的话。
③ 杜甫《白丝行》。
④ 汤垕《画鉴》，见《说郛》卷十三。
⑤ 杜甫《解闷》。
⑥ 杜甫《白盐山》。

> 文辞非古人所重，草创讨论，修饰润色，固已合众力而为辞矣，期于尽善，不期于矜私也。丁敬礼使曹子建润色其文，以谓后世谁知定吾文者，是有意于欺世也。存其文而兼存与定之善否，是使后世读一人之文而获两善之益焉，所补岂不大乎？
>
> 子建好人讥诃其文，有不善者，应时改定。讥诃之言可存也，改定之文亦可存也。意卓而辞踬者，润丹青于妙笔，辞丰而学疏者，资卷轴于腹笥，要有不朽之实，取资无足讳也。

"使后世读一人之文而获两善之益"，诚然，从手稿里，我们可以看到一篇好的作品是怎样成形的，精彩怎样产生，它是从那里转变生发出来的。我们可以从他们的涂抹、添注、改削之中看到他们的全部苦心以及努力的经过，我们可以从他们的涂抹、添注、改削之中具体生动地学会了写作的方法。《朱子语类》卷八有一节说：

> 欧公（阳修）文亦多是修改到妙处。顷有人买得他《醉翁亭记》稿，初说滁州四面有山，凡数十字，末后改定，只曰："环滁皆山也。"五字而已。

何薳《春渚记闻》卷七有一节说：

> 薳尝于文忠公诸孙望之处得东坡先生数诗稿，其和欧叔弼诗云：
> "渊明为小邑"，继圈去"为"字，改作"求"字。又连涂"小邑"二字作"县令"，字凡三改，乃成今句。至"胡椒铢两多，安用八百斛"，初云"胡椒亦安用，乃如八百斛"，若如初语，未免后人疵议。

洪迈《容斋续笔》上也有一节说：

> 王荆公绝句云："京口瓜州一水间，钟山只隔数重山。春风又绿江南岸，明月何时照我还？"吴中士人家藏其草，初云"又到江南岸"，圈去"到"字，注曰"不好"。改为"过"，复圈去，而改为"入"，旋改为"满"。凡如是十许字，始定为"绿"。

1802

从这几个例子里，我们不是可以体会到一点"简练"、"明确"、"风致"的写法么？《早梅》诗"前村深雪里，昨夜一枝开"；《御沟》诗"此中有圣泽"；《严先生祠堂记》"先生之风，山高水长"；"一"字所以比"数"字好，"中"字所以比"波"字好，"风"字所以比"德"字好，不是也因为有了具体的比较，其中道理我们就较容易了解了么？

写作方法的教示，原来就有两方面，大作家的定本如果是在积极方面教示了我们"应该怎么写"，那么他们的手稿正是在消极方面教示了我们"不应该那么写"，两种作用不但一致，而且在初学者的场合，倒还是后者更为首要，因为如鲁迅所说：他们"是必须知道了不应该那么写，这才会明白原来应该这么写的"。[①] 那些手稿"简直好像艺术家在对我们用实物教授，恰如他指着每一行，直接对我们这样说：你看！哪，这是应该删去的，这要缩短，这要改作，因为不自然了，在这里，则还得加些渲染，使形象更加显豁些"[②]。B·勃留索夫曾经指出："注意普希金的工作，你就可以看出，他怎样从原始的混乱的思想和形象中创造出谐和完整的东西，他怎样逐渐改善每一首诗和修改已经很鲜明和准确的字句，怎样善于找寻更优美的字句。对于俄罗斯诗人，除了深入普希金的修改稿，努力解释为什么他放弃某种声音的配合，为什么他将一个形容语去代替另一个形容语，为什么他更改或者抛弃这个或者那个语法——没有更好的学校了。"[③]研读大作家们的手稿，以及关于他们怎样写作和怎样工作的种种意见，他们彼此的通信，彼此的忠告，对于我们的写作是确实极有启发的学习法，我们却偏偏缺少这样的教材。

所以，我们实在也应当急起直追，和苏联一样地来重新"实畜"大作家们的手稿，要有意识的倡导，有计划的保存，有方法的利用。在苏联，多数重要的作家都有手稿被图书馆或博物馆珍贵地保存着，使数十百年以下的后学还能亲眼看到他们前辈的努力的痕迹。这好处还不仅在作文上，它更能在精神上使人严肃和勉励：成功不能偶然得来，如有"无限的能力去吃无限的苦"，你即使是"庸才"也必然会成了"天才"！

---

① 鲁迅《不应该那么写》，见《鲁迅全集》第六卷第 310 页。

② 万垒赛耶夫《果戈理研究》，转引自《不应该那么写》。

③ 见《普希金文集》，第 298 页。

修改的方法和过程

没有一种文学可以不经许多修改而产生，所有现在我们读到的那些大作品都是改而又改的结果，因此，文学史上也就充满了不少有关修改的佳话、轶事。杜甫在这方面倒不曾留下来什么，只传说李白曾笑话过他"借问别来太瘦生，总为从前作诗苦"；不过他自己却有这两首诗："赋诗新句稳，不觉自长吟"①，"雕刻初谁料？纤毫欲自矜"②，可以想见他的刻画之苦和获得佳句后的欣悦。欧阳修作《相州昼锦堂记》，已经把稿子交出去，拿稿的人已去得很远了，猛然想到开头两句"仕宦至将相，富贵归故乡"应该加上两个"而"字，改为"仕宦而至将相，锦衣而归故乡"，立刻就派人骑快马去追赶，好把那两个"而"字加上。弥开朗琪罗"他从不肯把自己的生活安排得更合人性些。他只以极少的面包与酒来支持他的生命。他只睡几小时，当他在蒲洛纳进行于勒二世的铜像时，他和他的三个助手睡在一张床上，因为他只有一张床，而又没有添置。他睡时衣服也不脱，皮靴也不卸，有一次，腿肿起来了，他不得不割破靴子，在脱下靴子的时候，腿皮也跟着剥下来了"。③

在作家们的修改的轶事中我们常常也能因此领会了修改的方法。例如民间文学，它们往往都是不易企及的杰作，这类杰作是经过了千百年千百万用心研读的人们修改和推敲过的，这可以说是一种群众的修改，后代的作家则大都是个人的修改。在个人的修改过程中，有些作家主要是采取在脑子里修改的方式，在把情意写在纸上之前，他在脑子里已经先酝酿修改完成了，例如卢骚：

要在脑内把思想整理起来，那困难简直是不能置信，这些思想隐隐地在里面循环，在那里发酵，直到使我感情燃烧，全身炽热，悸动不已；而且，在这种感动的中间，我不能明了地看任何物，我不能写出一个字；我不得不静待着。在不知不觉中，这个大的动乱安静下来，混沌解开，各个事物各就其位——不过这已是经过一个极长的混乱的骚动之后的事了。

---

① 杜甫《长吟》。
② 杜甫《寄刘伯华》。
③ 罗曼·罗兰《弥氏传》。

因此,在写作上,我是感到异常的困难的。满是删改,满是涂抹,满是颠倒的难于辨认的我的原稿,便是我所支付的困难的证据。这原稿若非经过四五次的修改,是难于付诸印刷的。捏着笔管,面对着书桌及原稿纸时,我是一点也写不出来的,只有在岩石或森林中的散步间,只有深夜在床上不能入眠的时候,我才在脑内写作。对于我这样一个全无言语的记忆,一生中不能够暗记出六首诗的人,人们是可以判断其写作是如何地缓慢的吧。我曾有过在脑内转辗了五六晚上,才勉强落笔于纸的那样的文句,而我的费了劳力的作品之所以比书简体那样轻易地写来的东西较为成功,其原因也就在此。①

有些作家则主要是采取写出后再四修改的方式,这两种方式自然不是有截然的分别,不过着重点略有不同而已。例如果戈理:

首先需要弃掉一切走到手上的东西,虽然这并不怎么好,但得下这样的决心。连那个笔记簿也要忘记。随后,过一个月,过两个月,有时也许还要久些,你再拿出你所写的东西来读一读吧,你会发现有很多不对的,很多多余的,和很多没有达到的地方。你在空白上做一些订正和注解,重新抛开那个笔记簿吧。当下次读它时,仍要在空白上添上新的注解。到那里无处可写了,就移到远一点的页边。当全部都被写成这情形时,你便亲手来把这些文字誊在另一笔记簿上。这里就给你看到新的光辉,剪裁,补充,词句底洗炼。在以前文字中会跳出一些新的字句,这些字句非安置在那里不可,但这些字句不知怎样却不能起初一下就现身出来。你再放下那个笔记簿吧!你去旅行,去消遣,你什么也不要做,或者去另写别的东西。时间一到,就想到抛开的那个笔记簿了。你拿起它,读一遍,用同样的方法改一改,当又被涂抹得不堪时,你再亲自誊一遍。你到这里会发见随着文字底坚实、句子底成功和洁净而来的,是你底手似乎也坚实起来了,于是每个字也更加强硬和坚决了。应该这样做八次!有些人也许用不着这些次,但有些人也许还得多几次。我这样做八次,只在八次的修改,必须是亲手的修改之后,工作才算完全艺术地了结,才会得到创作的真谛。太多的修改和

---

① 卢骚《忏悔录》,第 218—220 页,沈起予译,作家书屋 1947 年 2 月上海一版。

审查，也会污损工作的，就如画家们所说，是画过度了。[①]

又如小泉八云几乎也是和他一样，他在给 Hill Chamberlain 教授的信里自述：

> 题目择定了，我先不去运思，因为恐怕易于厌倦。我作文只是整理笔记。我不管层次，把最得意的一部分急忙地信笔写下，写好了，便把稿子丢开，去做旁的较适宜的工作。到第二天，我再把昨天所写的稿子读一遍，仔细改过，再从头到尾誊清一遍。在誊清中，新的意思自然源源而来，错误也发见了，改正了。于是我又把它搁起。再过一天，我又修改第三遍。这一次是最重要的，结果总比从前大有进步，可是还不能说完善。我再拿一片干净纸作最后的誊清，有时须誊两遍。经过这四五次的修改以后，全篇的意思乃自然各归其所，而风格也就改定妥贴了。这样工作都是自生自长的。如果第一次我就要想做得车成马就，结果必定不同。我只让思想自己去生发，自己去结晶。
>
> 我的书都是这样著的，每页都要修改五六次，好像太费力。但实际上，这是最经济的办法。……做文章付印，我至少也要修改五次，使同样思想在一半篇幅中表现得更有力。我起先一定只让思想自己发展，第二天把第一天所写的五页誊清过，再另写五页；第三天把第一天的五页再改过，另外再写五页。每天都写些新材料，可是第一天的五页未改好以前，不动手改第二天的五页。平均每天可写五页（指每日三小时工作），每月仍可写一百五十页。最要紧的是先写最得意的部分。层次无关宏旨而且碍事。得意的部分写得好，无形中便得许多鼓励，其他连属部分的意思也自然逐一就绪了。[②]

再如托尔斯泰，他除开在构思的时候已花过极长的时间，写作时的困难也仍旧不减。古塞夫在《托尔斯泰怎样写作的》一书中告诉我们：在写作过程中，托尔斯泰常常变更作品计划的本身，不管已写好了多少页。《战争与和平》被他

---

① 《N·V·别耳哥的记录》，见《果戈理怎样写作的》。
② 引自《孟实文钞》中的《小泉八云》一文，良友图书公司版。

舍弃了的开头,在他的原稿纸上保存了许多。计划一经确定,作品的故事就开始渐次展开,然后是各部分的修饰,每一作品都经他修改多回。《童年时代》是他的第一个中篇小说,这就改过四回。他在开始写作的时候就为自己这样规定:"必须永远弃绝那种想法,以为写作可以不经修改就能完成。改三回、四回,只还嫌少哩。"①在写作《战争与和平》的时候,他不只修改删除了个别的字与行,还整页整页地加以删改,负责这书出版事宜的巴尔金列夫 1867 年 8 月 12 日写信给他诉苦道:"上帝才知道你做的什么! 这样下去,我们将永远不能把校对和印刷的工作弄完了。我可以找一个你所高兴的人来证明,你的修改大半都是不必要的,可是你这样一来印刷费却因之大大地增高了,为了上帝,请不要再吹毛求疵吧!"托尔斯泰却这样回答:"要我不这样删改,就像现在我这个样子,我是做不到的。我确实知道,这种删改有着很大的好处……就是说,如果不经过五次的删改,而投你之所好,那一定会糟得多吧。"他写《复活》经十年之久。在 1889 年 12 月 26 日他就已把这部书的初稿大致描下,而等他读完最后的校正稿时,却已是 1899 年了。这部书的亲笔初稿和经他修改过的誊正稿,共被保存有五千三百页之多。

　　大多数的读者不了解作家们修改的艰辛,托尔斯泰也曾指出这一点:"他们读着,于是以为一切都这么简单,'这没有什么了不起,我也能写出这样的东西来',于是他就坐下来动手写作了。他们不知道这样一本简单的东西曾使作者遭受过如何巨大的、顽强的、艰难的困苦,无止境的改作、涂抹和删除一切不必要的东西。"托尔斯泰又说过像普式庚这一类的作家所以能够成功,"全部的问题"就在于他们"都曾努力地把能力所及的一切都贯注到他们的写作上去"。

　　至于我国的作家,在古代则"李、杜集有两三稿并存者"②。"欧阳文忠公作文既毕,贴之墙壁,坐卧观之,改正尽善,方出以示人"③。欧阳修的这种办法在词人间也极通行,如《词源》(下)说:"作慢词看是甚题目,先择曲名,然后命意。命意既了,思量头如何起,尾如何结,方始选韵,而后述曲。……词既成,试思前后之意不相应,或有重叠句意,又恐字面粗疏,即为修改。改毕,净写一本,展之

----

①　托尔斯泰 1852 年 10 月 8 日的日记,见古塞夫《托尔斯泰怎样写作的》,蒋路译。(下引文同)

②　包世臣《乐山堂文钞序》,见《艺舟双楫》。

③　何薳《春渚记闻》。

几案间,或贴之壁,少顷再观,必有未稳处,又须修改,至来日再观,恐又有未尽善者。如此改之又改,方成无瑕之玉,倘急于脱稿,倦事修择,岂能无病? 不惟不能全美,抑且未协音声。"孙麟趾也说:"词成录出,黏于壁,隔一二日读之,不妥处自见改去。仍录出黏于壁,隔一二日再读之,不妥处又见又改之。如是数次,浅者深之,直者曲之,松者炼之,实者空之,然后录呈精于此道者,求其评定,审其弃取之所由。"①徐釚《词苑丛谈》卷三载辛稼轩作《永遇乐》序北府事极自击节,问客必使摘其疵,客多逊谢,独少年岳珂率然称其"微觉用事多耳",稼轩以为实中其痼,大喜,乃改其语,日数易,累月未竟,云云。也可以看出稼轩的刻意和雅量。

在现代作家里,鲁迅曾说:

　　写完后至少看两遍,竭力将可有可无的字、句、段删去,毫不可惜。宁可将所作小说的材料缩成 sketch,决不将 sketch 的材料拉成小说。②
　　我做完之后,总要看两遍,自己觉得拗口的,就增删几个字,一定要它读得顺口。没有相宜的白话,宁可引古语,希望总有人会懂。只有自己懂得,或连自己也不懂的生造出来的字句,是不大用的。③

法捷耶夫曾说:

　　一个艺术家有时写不上几句,就忽然大失所望。写出来的不是想要写的;想抹掉一个句子,有的句子要重新安排词汇,有的词汇要换过。有些作家要等作品从头到尾写完后才来做这道功夫,而大多数作家都是随时就做这件工作的;写好一个句子,立刻就着手修它。这些写作的人如果感觉前面所写的未曾多少予以加工,就不能往下写。第一个方法可以节省许多时间。但不是每个人对于刚写好的不满之情都能克制住。当我比较年青的时候,我连一章都不能一气儿写完。我随时随地来改写,琢磨,然后再前进。过后往往发现,有些极费劲写成的段子,根本是不必要的。因此,年纪

---

①　孙麟趾《词径》。
②　鲁迅《答北斗杂志问》,见《鲁迅全集》,第四卷第 354 页。
③　鲁迅《我怎么做起小说来》。见《鲁迅全集》,第五卷第 108 页。

稍大时,我学着克制自己,写了很多之后这才开始来琢磨。这样可以看得更清楚,什么是可以完全删掉的。①

从上所举,可知古今中外的大作家都是非常注意文章的反复研究,充分修改的,这正是他们的严肃的责任感的具体表现。写文章是专要去影响别人的思想和行动的,一定要做到内容正确,形式恰当,决不能随随便便草率了事,否则不但无益,甚且有害,不负责任的态度是绝对错误的。

---

① 法捷耶夫《论作家的劳动》,刘辽逸译,见《作家与生活》,第6—7页,文艺翻译出版社1953年4月北京三版。

语言要接近民众也要活泼生动*
——以新闻语言为例

贫乏刻板的新闻语言

解放以来,新闻语言基本上已经采用了白话,较前大大地接近了民众,这是一个很大的进步。但今天新闻语言白话化的程度还不够,有些稿子一般读者还很难看懂,或虽能看懂而念给一般民众听时他们还是听不懂,因此有些同志现在又提出了"上不上口,顺不顺耳"的问题,并进一步要求其"不概念化,不公式化",意思是新闻语言不但要求民众能听懂,而且还应避免老一套。① 对于当前的新闻语言提出这些要求来,我以为是很及时的,必要的。我们的新闻语言必须在现有基础上更进一步地向民众靠拢,只有这样才能充分发挥报纸的宣传教育作用,并迅速协助改进和提高我们的一般书面用语。

但我以为新闻语言除此以外还应当做到活泼生动。活泼生动了可以更接近民众,深入民众。有这样一种情况:算是白话,但不能上口,不能顺耳;也有这样一种情况:上口了,顺耳了,甚至亦不是老一套了,但仍不够活泼生动,也就是说,仍不能打动读者和听众的心,使他们留下深刻的印象。

苏联著名的文学作家和新闻记者爱伦堡曾经再三指出:"欧洲报纸最糟糕的一点,就是它所用的语言,比较人民的语言,要贫乏得多。"②他又说:"当我读

---

  * 原书按语:本文原载 1953 年 4 月 2 日《光明日报》。1954 年 3 月修正后收入本书。

  ① 叶圣陶《一些简单的意见》,见《中国语文》1953 年 1 月号。

  ② И·爱伦堡《在中国记者座谈会上的讲话》,见 1951 年 10 月 12 日《光明日报》。

着一些青年作家的手稿时,深为它们的辞汇贫乏而吃惊。"为什么? 因为"他们中间有许多人都不是用俄国语言在写,而是用着一种特别的、恶劣的报纸语言"①。报纸语言为什么是这样的"特别"和"恶劣"呢? 因为它乃是一种"公文式的"、"庸俗的"、"刻板的"、为那些不好的记者自认为"彬彬有礼的"语言;因为它乃是一种"贫乏的"、"基本英语"式的语言,"用这种基本语言来写'准许何人在城内通行,不准何人通行'一类的命令是可以的,但要用来写'哈姆雷特'是不行的"②。总之,这样的语言很贫乏,不可能把复杂的人类的思想充分地表达出来。

对于苏联某些报纸语言的缺点并不是只有爱伦堡一个人这样说,另一著名作家斐定也有同样的批评,他指出:"报纸常常不能利用生动的、形象的语句。机关的、公文的术语侵进报纸里,为报纸所复制,于是竟成为报纸的语言了。"他曾为全苏青年作家举出了很多在报纸编辑部里产生的语言歪曲的例子。他说他"讲报纸工作的益处完全不是教唆作家去学习一些陈词滥调",他说:"我们对语言要求的严格性是很大的,所以不能原谅自己的错误,默认报纸语言的错误。"③

那么我们今天的新闻语言是否会比苏联的缺点较少呢? 显然,回答是否定的。

一个普通的感觉就是:我们今天的生活是多么丰富多彩,我们千百万在各种生产建设和革命战斗岗位上忘我地劳动着的新人,是具有多么优秀的品质和崇高的思想感情,但我们从报纸上一些不好的记者笔下所看到听到的记述却是多么干瘪平淡! 有不少的稿子,虽然也告诉了我们一些东西,但很多时候我们只要随便从那里开始读几行就会知道它说些什么,这些东西不是说错了,而是它即使不说你也能知道。这里既没有新鲜的内容,也没有新鲜的语言。正像爱伦堡所挖苦的:"有时,当你读到不好的记者底文章时,就会有这样一种印象,他毫无理由地强迫排字工人去工作。因为简直用不着排字,只要把许多整个句子从别的地方移过来就可以。"④"华尔街的仆从"啦,"愤怒的火焰"啦,"战争贩子"啦,"无比的愤怒或欣喜"啦,"历史的车轮"啦,"工作一贯积极"啦,"会议始终在

---

① И·爱伦堡《作家与生活》,蔡时济译,见《作家与生活》,第 42 页,文艺翻译出版社 1953 年 4 月北京三版。

② И·爱伦堡《在中国记者座谈会上的讲话》,见 1951 年 10 月 12 日《光明日报》。

③ 参看 К·斐定《作家的技巧》,刘辽逸译,见《作家与生活》,第 53、54、55 页。

④ И·爱伦堡《在中国记者座谈会上的讲话》。

友好热烈的气氛中进行"啦,诸如此类,就都可以这样办。这些句子、词汇,开始用的时候,当然也曾给人一种印象,但当它们已经成为公式,成为滥调,被毫不吝啬地滥用的时候,就只令人厌倦了。

列宁指出语言、文体和时代的关系:"《伊索寓言》式的笔调,文学的卑躬屈膝,奴隶的语言,思想上的奴隶制——这个该诅咒的时代呵! 无产阶级结束了这种把俄罗斯一切生动的和新鲜的东西都窒息着的丑恶状态。"[①]那么当今天中国人民也已结束了旧时代的丑恶统治而在各方面都新生、活跃起来的时候,为什么我们的新闻语言还是这样的贫乏、刻板? 难道我们还缺少着什么能够使得新闻语言活泼生动起来的客观条件么? 如果情况不是这样,那么,又怎样才能使得我们的新闻语言逐渐活泼生动起来呢?

哪些思想在阻碍着它的改进

今天,大概还没有人在理论上主张可以建立一种独立的新闻语言,但这并不等于没有人在实际上容忍有一种独立的新闻语言的存在。"我是在写新闻呀,我不是在说话。或者说:我得有一套'规格'呀。"[②]从记者到编辑部的主笔,有着这种"规格"思想的人今天怕不在少数吧。而在这里,像担任编辑和主笔的同志们就尤其要担负较多的责任。爱伦堡说:"有些主笔,习惯于一定的辞句,认为永远应该用这些辞句,如果遇到新的辞句时,他们就把它抹去,换上那些规定好的辞句。"他还举了一个实例:诗人西蒙诺夫曾经写过一首《等着我吧》的诗,在军队里极为流行,这是一个士兵写给他所爱的女子的一封信,在信里面士兵请她等待着他。在这首诗里面,有这样短的一行:"等待着我吧! 当黄雨带来愁闷的时候。"爱伦堡这时偶然到了主笔的办公室里,恰巧这时候主笔正要想抹去"黄雨"这两个字。主笔说道:"从来没有用'黄雨'这两个字的,都是用'闷雨'、'久雨',为什么用'黄雨'呢?"可是在事实上,爱伦堡写道:"我相信,我们中的每一个人都看见过,在下大雨而且土壤又是粘土的时候,那末,雨水就像是黄色的了。我国有许多黄色的土地,而且报馆主笔大概也看见过黄色的雨,他是

---

① 列宁《党的组织与党的文学》,见《马克思、恩格斯、列宁、斯大林论文艺》,第70页,曹葆华等译,人民文学出版社1953年9月北京第二版第二次印刷。

② 蓝钰《关于新闻语言的几个具体问题》,见《中国语文》1953年1月号。

在生活中看到的,而不是在报纸上看到的。所以如果他拿起笔来就写,我们就要费很大的力量去制止他的手。"①

这样的事实现在我们这里也很多了:"现在新闻语言之所以还不够理想,是由于记者同志还习惯于用知识分子的腔调来写,喜欢套用公式。有的编者同志也常常以自己的喜爱为标准来删改稿件;记者们差不多可以预料到稿子送上去将会被删去那些段。"②

"记者们差不多可以预料到稿子送上去将会被删去那些段",可见像被爱伦堡所写出那样的主笔在中国一定也已很多,而且他们犯病的程度一定也已够深的了。在这种情况下,记者同志们如果自己并无坚决的主张,而又不愿自己的心血白白被耗弃,那就必然会走上主笔们所喜爱的道路。"他所看到的,常常并不是读者,而是主笔,于是他尽量博取欢心的就不是读者,而是主笔。他努力于研究主笔的爱好。他懂得主笔喜好什么,不喜好什么。于是,他常常忘记了,他的写作并不是为了主笔,而是为了所要感动的读者。"③是的,如有这样的记者他自己也该负责,但若主笔同志们能先认识到出版报纸并不是为了投合自己的喜好,而首先应当投合、感动广大的读者,不也就能矫正有些记者同志这种不正确的思想么?因为主笔不是别人,乃是一个新闻工作的实际负责者,从思想到语言的领导人。

自然有时也是由于懒惰,不肯花脑筋去思索、追求,所以语言还是"老一套"。这种病况就比较的轻一些,但懒惰总不是好事情,懒汉总不可能为人民写出好文章。我们古代有一位诗人曾说:"凡人作诗,一题到手,必有一种供给应付之语,老生常谈,不召自来。若作家必如谢绝泛交,尽行麾去,然后心精独运,自出新裁;及其成后,又必浑成精当,无斧凿痕,方称合作。"④苏联作家巴巴耶夫斯基关于这一点说得更清楚,他说:"我应当更严格地选择词汇,所选的词汇应当像黄金那样响亮,舍去那些上锈的、声音不响的词汇。有什么说什么,在我们每个人身上都能找到不少寄生的词汇,你不知要怎样躲避它才好。人家彷佛觉得词汇都在你的口袋里,可以随时拿出来使用,岂不知有些词汇却藏在很深

---

① И·爱伦堡《在中国记者座谈会上的讲话》。
② 中国语文社新闻语言问题座谈会上刘朝兰同志的发言,见《中国语文》1953 年 1 月号。
③ И·爱伦堡《在中国记者座谈会上的讲话》。
④ 《随园诗话》卷七引陆钺语。

的地窖里面的保险柜里,而那些寄生的词汇却不召而来。使我们很难摆脱它。这就需要顽强地、坚持不懈地在句子上用功夫。"①

要做到新闻语言的活泼生动,一定要彻底抛弃那种"规格"的思想,一定要竖决摆脱那些不召自来的陈词滥调,一定要记者不是为取悦主笔的喜好而写作,主笔不是为投合自己的喜好而工作,一句话,首先就要所有有关的人们真正明确自己的工作是要为人民——为广大的劳动人民服务。若是忘记了这一点,新闻语言的改进是不可能的。

要用自己的话语来讲

反对公式化、概念化,反对老一套,我们要求新闻语言也得具有丰富的个性。而为了这,记者同志们就须努力使用自己的语言来讲话。爱伦堡说:"我曾经问过自己,我在战时所写的文章,为什么会受到我国士兵的欢迎?那就因为我是用自己的话语来讲的。"②每一个人都有他自己的声调,自己的语言;新社会决不是要抹杀一个人的个性,相反地,却要努力发挥个性。苏联诗人伊萨柯夫斯基所说的:"为什么这种事情在我叙述的时候,不能使任何人感动,不能使任何人激动呢?那就是因为我叙述这件事情的时候,用的是平面的、没有个性的语言,用的是丝毫不新鲜、既不能启发智慧,也不能打动心坎的语言,用的既不含有我自己的特有的情感又失去诗味的语言。"③平面的,千篇一律的语言决不仅仅是诗里文学作品里应当避免、驱逐的东西,在新闻语言里也不应例外。已故的苏联革命领袖之一和天才的宣传鼓动家加里宁曾经多次地在他的著作里指出"用自己的话语,表达出自己的意思"在宣传鼓动上的重要。他告诉共青团中央和各省委担任青年学生和儿童团工作的书记们说:"在你们的发言中,应当充满着创造思想和主动精神。"④他告诉莫斯科的高中学生们说:"话一说出来,要能激动人们,引起人们赞成或反对,它才会发生极大的效力。这样的话才

---

① С·巴巴耶夫斯基《论活的主人公》,刘辽逸译,见《作家与生活》,第141页。
② И·爱伦堡《在中国记者座谈会上的讲话》。
③ М·伊萨柯夫斯基《论作诗的〈秘诀〉》,刘辽逸译,见《作家与生活》,第96页。
④ 加里宁《在苏联列宁共产主义青年团中央委员会及各省委担任青年学生和儿童团工作书记联席会议上的讲演》,见《论共产主义教育》,第68页,陈昌浩译,时代出版社1953年6月北京重排版。

足以证明演讲人是具有某种独立的和生动的见解。"可是如果人们老是"用别人的、现成的语句讲话",而不是"力求用自己的语句",那么即使"他的话讲得极其精练,他不管什么时候,什么问题都可以讲到。他说得又流利又漂亮,简直像长江大河,一泻千里,但是他的这番话只是在外表上漂亮,其实,最主要的东西,即心灵,他话里面却没有具备。这是无果之花。从这样的讲演人那里,得不到任何东西,因为他没有思考自己的每一句话。这种讲演人的话在内容上是不发生效力的。听讲的人只能够说:嘿,真讲得漂亮。再什么也不说了"。加里宁指出:如果照这样子说话,是"永远也不会生气勃勃"的。这种没有经过"自出心裁",而一味用"早已准备好的公式"来讲话和写成的文字,加里宁给它作了一个绝妙的形容:"好像是晒不了人的月亮。"①

　　我们从爱伦堡自己的文章里就随便可以找到这样的例子。"北大西洋侵略集团加深了世界的分裂",这是简单的一般的写法,爱伦堡却这样写:"这是过去的人和未来的人之间,是金元与良心之间,是原子弹和真正的人道主义之间,是掘墓人的锄头与园丁的锄头之间的分裂。"我们也常说:"我们要保卫和平",或者"我们要制止战争",但爱伦堡的话是"我们决不愿使战争爆发,我们要把枪口从人的胸膛上转移开去";或者是:"现在能够讲旁的么? 当大海气势汹汹的要突破瓦尔赫伦堤,深夜里被惊起的人向这股大自然力量反攻的时候。当发疯的象群威胁着印度的稻田,而人们正反击这些象群的时候。当火灾威胁着城市,而人们忙于灭火的时候。"②没有疑问,爱伦堡的写法是比较活泼生动的,因此也是更有力量,更有感动读者的作用的。这中间的因素当然不止一个,但难道不是也因为他坚决在努力"用自己的话语来讲"的缘故么?

必须熟悉生活,熟悉人

　　不消说,有了丰富的生活,才能产生丰富的形象。活泼生动不可能只是一个技术的,或喜好与否的问题。在大多数的场合,新闻语言的"公式"、"庸俗"、"刻板",乃是生活贫乏、认识能力低下的结果。"脱离实际","脱离群众"的记

---

　　①　加里宁《在莫斯科市鲍乌曼区中学八、九、十年级学生会议上的演说词》,见《论共产主义教育》,第59页。

　　②　И·爱伦堡《保卫和平保卫文化》。

者,即使他喜好活泼生动地来写作,他也永远没法依靠幻想来达到目的。"斯大林同志有次说,最坏不过的事便是用现存的公式和现存的口号来思想。这样做去,当然容易得多。但若用自己的话把某种理论表达出来,那首先就得好好地思索清楚,了解清楚,不然你就会犯错误。"①一定要有丰富的生活经验,一定要经过反复的研究,和再三地思索,掌握到事物的本质。浮浅不实的东西吸引不到读者的注意。

我们的新生活很美好了,然而对于这种美好的新生活我们不但是报道得太少,而且是报道得太缺乏生气了。人民需要表现这种生活,需要证明这个生活实在是非常之好,而且还会更加美好。但这需要我们的新闻记者具有才能,而这种才能是可以从很好地熟悉生活和人的劳动中培养出来的。不去认识生活,不去经常地、注意地、积极地参加生活,研究生活,记者同志现在同样也不可能写出动人的文字。生活里充满着激动人心的事件,充满着真正的美,可是一定要经过辛勤的发掘才能把它们表现出来。

一个办得很好的报纸,它的作用要顶上许多学校。新闻语言对于人民的影响,比之少数学者的研究和一般语文教师的教学,也是多么直接、深广。为此我们要求记者同志们必须是有深广知识的人,有丰富生活经验的人,因为你们所担负的工作实在太重要了。

应当把心灵灌输到工作中去

新闻记者如果缺少一种热烈的、深刻的感情,他的报道一定也很难使得读者和听众发生感动。加里宁说:"如果你想使你的通讯能感动人,那么必须把自己的血流一点进去。"②热情才能使文字生动。在一篇报道中能把事情说得清清楚楚,中心意思也很明确,立场观点方法都不成问题,这固然已经不错,可是如果这中间缺少了报道者自己的热情,这仍将是一篇没有多少效果的作品,冷冷淡淡的,这也就是没有心灵。一个记者也许很有学问,知识水平也很高,但若他用冷冷淡淡的心情来写报道,而不把热烈的爱憎分明地贯注到文字中去,那

---

① 加里宁《要成为全面发展的人》,见《论共产主义教育》,第22页。
② 加里宁《论通讯员的写作和修养》,吴敏译,见《通讯员学习手册》,第16页,劳动出版社1951年6月初版。

么读者立刻就会感觉出来,而减少,甚至丧失了阅读的兴趣。只有当记者同志爱他的工作,只有当他的感情,他的整个的心灵同广大人民的利益完全打成一片时,他的报道才能获得巨大的成效。今天的新闻记者决不能是一个生活的冷淡的观客,他的报道里一定要放进他自己的感情,他的赞扬或批评,热爱或痛恨。我们都说爱伦堡的文学样式就是:"唤起行动的语言。"①这就因为爱伦堡的语言里充满着向压迫者反抗的热情,而这就可以号召人们起来行动。斐定说得真好:"很久以来对于资产阶级在物质世界以及精神世界中的统治权的否认,就是产生爱伦堡的技巧的一颗优良种子。"②"从一片叶子上我们能认识一株树,从一片报纸上,从偶然打开的一页书上,读者马上猜得出这是爱伦堡。"读者群众在这方面是最最敏感的。热情的爱伦堡不止获得全世界进步读者的敬重,而且他还享受着大众的爱戴。获得爱戴比敬重更要困难。

　　加里宁说:"要成为马克思主义者,就是说,要成为创作家。"好的新闻记者也不能不是创作家。"成为创作家,这是什么意思呢? 手艺匠与创作家有什么区别呢? 他们的区别犹之大画家与普通画师的区别一样。试拿弗拉基米尔城派或苏兹达尔城派画师绘出的圣像来看吧。这些圣像都是千篇一律,毫无生气……至于创作家,就完全不同了。当他动手做一件最简单事情的时候,那怕是打草鞋,他也能把心灵灌输到那里面去。手艺匠若把心灵灌输在自己作业内,他也可以成为最伟大的匠师。如果大画家只顾涂颜色,而不把心灵灌输进去,那他也可变为手艺匠。"③记者同志们愿意自己成为一个创作家,还是手艺匠呢?

　　教育人民,引导人民,这是一种极困难的工作,所以记者同志们是在履行着一个极光荣而又极负责的任务。而为了这,记者同志们就应当很热烈,就应当同群众一块兴奋热烈。否则,你的报导就把握不住读者,就号召不起他们的行动。

从多方面学习

　　为了做到新闻语言的活泼生动,我们许多新闻工作的同志已在加紧学习语法,学习人民的语言,这是极可喜的现象。不要以为我们对本国的语言已经懂

---

① 　K·斐定《爱伦堡的创作道路》,孙玮译,见《作家与生活》,第 166 页。
② 　K·斐定《爱伦堡的创作道路》,孙玮译,见《作家与生活》,第 158 页。
③ 　加里宁《学习与生活》,见《论共产主义教育》,第 13 页。

得够了,事实上远非如此。仔细想想,恐怕我们还不大能正确和恰当表达自己的思想、感觉,和较深微的心情。"无论如何也形容不出来"的场合还是太多。但难道真是我们的语言特别差劲一些么?绝对不是的。古往今来我们有多少伟大的作品,可以证明我们的语言能够充分表现人类中最深刻、最复杂、最微妙的思想。问题在于我们自己还不能掌握人民的语言。

向人民学习,向劳动群众学习,熟悉他们的生活,熟悉他们的思想感情,同他们交成知心朋友,这就有可能学到他们的语言。但记者同志们也应当多读一些中外古今的优秀的文艺作品,这亦可以取得不少帮助。特别要多读一些本国的民间文学的天才作品,例如《水浒传》、《红楼梦》和《儒林外史》之类;现代的典型作家,像鲁迅的小说和杂文,就尤其值得我们学习。鲁迅的语言是多么准确、明朗、简洁、通俗和富于个性。他的杂文的语言简直是一针见血。为要成为一个熟练的记者,就需要向我们的前几代大作家学习,需要掌握人类已争得的东西中的精粹,只有这样我们才能走向新的方面,而且走得更远。

我们更要多读列宁、斯大林和毛泽东的著作,他们不但都是最伟大的革命领袖,而且也都是最伟大的教育家、鼓动家。他们都是怎样的善于同人民说话啊!想想看,他们所提出的问题是多么复杂、重大,可是他们的语言是多么鲜明、简洁、透彻、动人和有力啊!他们的语言和我们习见的"公式"、"庸俗"、"刻板"、"矫揉造作"的新闻语言是有着多大的不同!

在列宁、斯大林和毛泽东的著作里,我们经常可以遇到他们运用文艺作品中的故事,著名形象,以及民间的谚语来说明问题的例子。他们的思想是那样深刻,内容是那样丰富,态度是那样严正,而语言却是那样活泼生动,这真是相得而益彰。什么时候我们的新闻语言能够达到,或相近毛泽东同志的语言的高度,我们的新闻就可以发挥比之今天不知要多出若干倍的作用了。

新闻语言和文学语言

对于新闻语言的正确的看法,全心全意为劳动人民服务的观点的建立,用自己的话语来报导,要有丰富的知识,热烈的感情,多方面的语言的修养,所有这些,都是使得新闻语言能够活泼生动起来的必要条件。而这些又都需要记者同志们经过极艰巨的努力,学习又学习,修改又修改,毫不吝惜自己的力量,才能达到目的地。目的地是不能一下子就达到的,而且一定要"循序前进",要"养成严谨和忍耐的习惯"、"坚毅不拔地"去努力。[①] 那么就一定可以得到巨大的成功。

新闻语言应当同文学语言更加接近起来,这可以提高报纸的作用,并不会把它降低。"例如,描写一个很好的先进的乡下人,那就需要很艺术地来写他,使他成为一个人。也就是说,不应该仅限于数字,仅仅说他耕种几亩地,应该描写他的整个内心世界,否则,他就不是活人了,而会是一个刻板或数字。"[②]活泼生动的新闻语言将更能够打动广大读者的心。为了这个目的,所有的新闻记者应当成为加里宁所说的创作家,而所有的文艺工作者也应当积极参加报纸的工作。

---

① 巴甫洛夫《给青年们的一封信》,陈昌浩译,见 1953 年 2 月 6 日《文汇报》。
② И·爱伦堡《在中国记者座谈会上的讲话》。

语言的陈俗和清新[*]

陈言是什么？应当如何去？

"惟陈言之务去"，"陈言"是什么？最简单的回答便是"陈俗的语言"。但"陈俗"的是什么？又什么才不是"陈俗"？关于这个差别，何绍基《使黔草自序》中有一节说得很好：

> 所谓俗者，非必庸恶陋劣之甚也。同流合污，胸无是非，或逐时好，或傍古人，是之谓俗。直起直落，独来独往，有感则通，见义则赴，是谓不俗。

何氏这节话在论人，但同时也在论诗文。因为他曾说："前哲戒俗之言多矣，莫善于涪翁之言曰：'临大节而不可夺，谓之不俗。'欲学为人，学为诗文，举不外斯旨。"（同上）这"临大节而不可夺"，在诗文上的表现，便是"直起直落，脱尽泥水"，便是"不黏皮带肉则洁，不强加粉饰则健，不设心好名则朴，不横使才气则定；要起就起，要住就住，不依傍前人，不将就俗目"。做诗文、运语言到了这种地步，才不是陈俗。反过来，那种识见陋劣，毫无所得的；那种中无感验，一味追仿时新，或剿袭古人的；那种内部空虚，却想铺张扬厉，大言欺世，以致拖沓繁冗，不堪卒读的——所有这样的语言，便无疑都是陈俗的语言。所以"陈言"也就是"因袭俗滥"的语言。

---

* 原书按语：本文原载《国文月刊》第 71 期。1954 年 3 月修正补充后收入本书。

然则"陈言"应当如何去？

要回答这个问题，不能不先明了语言乃是一个人思想感情的表现，它本身不过是一种符号；一定要思想感情不陈俗，然后语言才不会陷于陈俗。因此，在基本上，要去陈言，不能不先要求发出这语言的人具有革命的思想，高尚不凡的学养和品格。陶潜、杜甫的作品如果不是陈俗，就因为他们的学养品格先已高尚不凡。方回诗："肯令一字俗？已拼百年穷！"①又说："孰肯剖肠湔垢滓，始能落笔近风骚。"②风骚的不易近，俗字的不易去，难就难在一般人做不到"剖肠湔垢滓"，只好让他满腹污秽去；做不到抱残守穷拙的工夫，所以也只好让它趋炎附势去。宋末江湖诗人末流所及，变成了"务谀大官，互称道号，以诗为干谒乞觅之赀。败军之将，亡国之相，尊美之如太公望、郭汾阳"，他们有此贱骨，所以才"刊梓流行，丑状莫掩"③，陈俗之极而不自知其陈俗。而另外的一些人，则"趣味清深，态度高雅"，"不谐媚于世俗"，"不流连于光景"，"事有可疑，虽断编阙简，千岁之远必欲研寻"，"理有未然，虽浮名虚誉，一世所宗，不肯随和"。④ 因为他们能够如此不汩于俗虑，不窒于俗学，所以他们的语言也就自然高尚，不务去陈俗而陈俗自去。

高尚不凡的学养品格，这是基本的条件。其次，一定要这语言是出之真诚，并且饱满迫切，非发不可。金圣叹《与家伯长文昌书》说："诗非异物，只是人人心头舌尖所万不获已必欲说出之一句说话耳。"这必欲说出的说话，惟其真诚，所以可见其本色，如唐顺之所称，真是"上乘文字"：

> 诗文一事，只是直写胸臆，如谚语所谓开口见喉咙者，使后人读之，如真见其面目，瑜瑕俱不容掩，所谓本色，此为上乘文字。扬子云闪缩谲诡，欲说不说，不说又说，此最下者。⑤

本色的说话所以是上乘文字，乃由于它所凭藉的情意极真，因此语言的表现也就可以新与奇。这样的新奇是自然呈露出来的，和故意做作出来的完全不

---

① 方回《诗思》。
② 方回《读子游近作》。
③ 方回《送胡植芸北行序》。
④ 刘克庄《跋方蒙仲诗》。
⑤ 唐顺之《又与洪方洲》。

同。如袁中郎说：

> 若只同寻常人一般知见，一般度日，众人所趋者，我亦趋之，如蝇之逐膻，即此便是小人行径。
>
> 文章新奇，无定格式，只要发人所不能发，句法、字法、调法，一一从自己胸中流出，此真新奇也。[1]

因为真到极点，便亦是变到极点，也就可以新奇到极点，独创到极点。雷思霈序中郎《潇碧堂集》解释得好：

> 真者精诚之至，不精不诚，不能动人。强笑者不欢，强合者不亲。夫惟真人而后有真言。真者识地绝高，才情既富，言人之所欲言，言人之所不能言，言人之所不敢言。

真实的情意，即使识地并非绝高，但出之此时、此地、此情、此景之下的此人之口，无论如何，必然有其特殊的面目在。就算你不赞成他，可是由于他的"见从己出，不曾依傍半个古人，所以他顶天立地，今人虽讥讪得，却是废他不得"[2]。也便是说，好时节你十分佩服他，可是就算你反对他，你也不能说他的语言是"陈言"。

陈俗的语言令人憎厌，本色的说话却自有佳致。王阳明说：

> 人之诗文，先取真意。譬如童子，垂髫肃揖，自有佳致；若带假面，伛偻而装须髯，便令人生憎。[3]

用这种本色的说话写入诗文，便可以做到"字立纸上"[4]，所谓"立"，就是活的表现，也就因为它是真正的新奇。姚鼐《答翁学士书》中所说的："文字者，犹

---

① 袁宏道《答李元善》。
② 袁宏道《与张幼于尺牍》。
③ 袁枚《随园诗话》卷三引。
④ 袁枚《随园诗话补遗》卷五。

人之言语也;有气以充之,则观其文也,虽百世而后如立其人而与言于此;无气则积字焉而已。""积字焉而已"的诗文便是"陈言";而"有气以充之",也便是指作者心头舌尖自有其一种万不获已必欲说出的真话。

反用典,反剿窃,反文言,反洋八股

有高尚不凡的学养品格,有真诚自得的思想情感,更有不畏强暴的表现上的勇敢,①能够做到这样,"陈言"就无从产生,产生了也可以很容易自己发觉而除去。在预防或除去"陈言"这件事情上,这三者诚然是最重要、最基本的方策。不过此外也还有些地方值得注意,这些地方虽然比较次要,可是惟其具体,所以分辨明白之后,对于预防或除去"陈言"也可以有不少帮助。

首先就是用语的问题。一时代有一时代的思想感情,因此一时代便有一时代的语言。用上代的语言来表达现代的思想感情,必然不能适合。这原是极明显的道理,但有些人一直到现在还不曾明白。因为有这层道理;所以语言虽然是思想感情的代表,深造自得的思想感情应该能够避免了"陈言",可是如果作者的用语却是选择了上代的语言,那么由于这种语言的不适当性,就会限制和歪曲了他的思想感情,使他的文章里不必要地产生了"陈言"。现代人若是以文言文来表达自己的意思,那么语文本身的"陈俗性"也将连带影响到意思,使它亦变成"陈俗"。所以要尽去"陈言",现代人就不应当再用文言文写作。

不但不应当再用文言文写作,也不应当再用语体里的"洋八股文"和那些特殊的辞藻语写作,应当选用人民日常真实地使用的口头语来写作。这种语言惟其是活在一般人民的口里的,所以不但容易使大家了解,并且以其是出奇的丰富、活泼、生动和正确,所以在使用上也更方便、有力。口语里有许多成语和土语,这些在前人眼中是粪污,在今天却是应加重视的宝贝。许多诗文,往往因为恰当地夹入了成语、土语,更显得生动、有力。例如下面这两段小说:

　　那妇人被武松说了这一篇,一点红从耳朵边起,紫涨了面皮,指着武大便骂道:"你这个腌臜混沌,有什么言语在外人处说来,欺侮老娘!我是一个不戴头巾男子汉,叮叮当当响的婆娘,拳头上立得人,胳膊上走得马,人

---

① 　关于这一点,可参阅本书《勇敢的表现》一文。

面上行得人，不是那等搠不出的鳖老婆。自从嫁了武大，真个蝼蚁也不敢入屋里来，有什么篱笆不牢，犬儿钻得入来。你胡言乱语，一句句都要下落，丢下砖头瓦儿，一个个要着地！"①

差人恼了道："这个正合着古语瞒天讨价，就地还钱，我说二三百银子，你就说二三十两，戴着斗笠亲嘴，差着一帽子，怪不得人说你们诗云子曰的人难讲话。这样看来，你好像老鼠尾巴上害疖子，出脓也不多，倒是我多事，不该来惹这婆子口舌。"②

在这两段小说里都包含着不少成语和土话，可是它们"陈俗"不？不但毫不陈俗，反而是多么的新鲜、生动、巧妙！它把一个尖嘴泼辣的婆娘，和一个刁钻奸滑的差人的嘴脸，一下子就都刻划出来了。

"惟古于词必己出，降而不能乃剽贼"，剽袭和生吞活剥的模仿的确是创新语言的死敌。袁中郎《论文》说得好：

> 古文贵达，学达即所以学古也，学其意，不必泥其字句也。今之圆领方袍，所以学古人之缀叶蔽皮也。今之五味煎熬，所以学古人之茹毛饮血也。何也？古人之意期于饱口腹，蔽形体，今人之意亦期于饱口腹，蔽形体，未尝异也。彼摘古字句入己著作者，是无异缀皮叶于衣袂之中，投毛血于骰核之内也。大抵古人之文，专期于达；而今人之文，专期于不达。以不达学达，是可谓学古者乎？

生吞活剥的摹仿便是不善学古，剽袭自更不必说了。此其结果，就是不通不达，成了十足的"陈言"。模仿剽袭固不足尚，用典也尽可不必。钟嵘《诗品》说道：

> 至于吟咏情性，亦何贵用事？"思君如流水"，既是即目；"高台多悲风"，亦惟所见；"清晨登陇首"，羌无故实；"明月照积雪"，讵出经史？观古今胜语，多非补假，皆由直寻。

———————————————

① 见《水浒传》。
② 见《儒林外史》。

向来都知道推尊《诗经》,可是《诗经》有何典可用?"诗之传者都自性灵,不关堆垛"①,"人有典而不用,犹之有权势而不逞"②,诚然诚然。所以用典不是多余,便是出于情意不足而想假借做作,一般说来,到底也是"陈言"的一种。刘大櫆有一节话说:

> 大约文字是日新之物,若陈陈相因,安得不目为臭腐。原本古人意义,到行文时,却须重加铸造。一样言语不可便直用古人。此谓去陈言,未尝不换字,却不是换字法。

作者应该时刻把"重加铸造"四字放在心头,只有这样,他的文字才真能成为"日新之物"。

除此之外,巧妙的表现技术多少也有助于避免或除去陈言。姜白石《诗说》有几节说:

> 人所易言,我寡言之;人所难言,我易言之,自不俗。
> 花必用柳对,是儿曹语,若其不切,亦病也。
> 难说处一语而尽,易说处莫便放过。僻事实用,熟事虚用。说理要简切,说事要圆活,说景要微妙。
> 学有余而约以用之,善用事者也;意有余而约以尽之,善措辞者也:乍叙事而间以理言,得活法者也。

这些话似乎玄奥,其实意思很简单:应该学习新的表现法,竭力从陈腔烂调或因袭的方法中脱身出来,语言的目标应该是简切、圆活、微妙而不死板,要达到"善"的地步。所谓"善",说穿了实在和"稳"、"当"、"宜"、"合"、"是"诸字都是一样的意思。精确贴切——稳当的文字是决不会成了"陈言"的。

陈熟与生新,清新与创造

在文学语言的创造上,在消极方面要除去"陈俗",在积极方面就要追求"清

---

① 袁枚《随园诗话》卷五。
② 袁枚《随园诗话》卷一。

新"。所谓：

> 清新庾开府，俊逸鲍参军。①

清新也正是杜甫所企望达到的境界。然而如果因此变成了故趋新奇，陷进琐屑、滑稽、险怪、荆棘的地步，那么不但劳而无功，倒还是走进了另一魔道，结局也非成了另一种"陈言"不可。完全的陈熟固不足取，完全的生新一样也无作用，必要从陈熟中脱化出来的生新才是真正的清新。所以叶燮《原诗》卷三中说：

> 陈熟生新，不可一偏，必二者相济，于陈中见新，生中见熟，方全其美。若主于一，而彼此交讥，则二俱有过。
>
> 陈熟生新，二者于义为对待。……对待之两端，各有美有恶。……肉食，以熟为美者也；果食，以生为美者也，反是，则两恶。推之诗独不然乎？舒写胸襟，发挥景物，境皆独得，意自天成，能令人永言三叹，寻味不穷，忘其为熟，转益见新，无适而不可也。若五内空如，毫无寄托，以剿袭浮辞为熟，搜寻险怪为生，均为风雅所摈。

陈熟与生新的关系，正同于模仿与捏造的关系，模仿固不足取，胡乱的捏造一样不足取。可贵的是创造，所谓"创"，正旨着在原来的圈子里所没有而给你新造出来了东西，你领会出来了事物间的新关系，你重新组织起来了人们的各种联想，使语言能够表出更新的意思，这是你的功绩。可是，这所以能被大家承认是一种功绩，而心甘情愿地给你赞美，就因为这圈子（全民语言）原是他们也知道的，这些事物他们也相当清楚的，甚至他们也并不是完全没有这一种意思；不过，他们到底却不曾在你之前就把它新造了出来。惟其他们对你的创造不是全无知识。所以他们才能承认你，赞美你，宝爱你，而这种创造，也才能发挥出它的作用。如果是胡乱的捏造，包管不会有人欣赏，更绝不会发生作用，它只是废物，那里谈得到是清新。真正的创造，"譬如日月，终古常见而光景常新"②，创造者的艰难正在于他要用人人用惯看惯了的一套材料，去安排编制出崭新的东

---

① 杜甫《春日忆李白》。
② 李德裕的话。

西来。

"更得清新否？遥知对属忙。"①"赋诗新句稳，不觉自长吟。"②尽去陈俗而力争清新，杜甫的成功在此，世界上所有大作家的成功在此，所以想在创作上获得成功的人莫不应当努力于此！

"检书换易"不是"务去陈言"

自从陆机、韩愈相继倡导"惟陈言之务去"以后，这种意见很快就得到了许多人的称赞和追从，不过论调也就逐渐纷歧起来，反对的声浪终于传开了。例如：③

> 孔子谓巧言鲜仁，又谓辞达而已矣，而后世文士之为文也，异哉！琢磨雕镂，无所不用其巧，曰"语不惊人死不休"，又曰"惟陈言之务去"，夫言惟其当而已，缪用其心，陷溺其意至此，欲其近道，岂不大难？虽曰无斧凿痕，如大羹元酒，乃巧之极工，心外起意，益深益苦，去道愈远。如尧之文章，孔子之文章，由道心而达，始可以言文章。若文士之言，止可谓之巧言，非文章。

道学家重道轻文，不讲究文字，他们反对把"惟陈言之务去"作为一个皇皇准则，是很自然的事。不过道学家论语言，也并非绝无条件，他们的条件便是这段文字里也提到的"惟其当"。朱熹就这样说过：④

> 前辈云文字自有稳当底字，只是始者思之不精。又曰文字自有一个天生成腔子。

同书还有一段记直卿与朱子同看东坡所作《温公神道碑》，直卿问："大凡作

---

① 杜甫《寄彭州高三十五使君适虢州岑二十七长史参三十韵》。
② 杜甫《长吟》。
③ 朱熹引慈湖杨氏说。
④ 朱熹《朱子语类》卷八。

这般文字,不知还有布置否?"曰:"看他也只是据他一直恁地说将去,初无布置。如此等文字,方其说起头时,自未知后面说什么。"随以手指中间曰:"到这里自说尽无可说了,却忽然说起来。如退之、南丰之文却是布置。某旧看二家之文,复看坡文,觉得一段中欠了句,一句中欠了字。"①

可见道学家作文,一样要用那合用底字、稳当底字,一样想铺排得恁地安稳。然则,道学家们又为什么要反对"惟陈言之务去"?

原来"陈言"简单说就是因袭俗滥的语言,也就是不能做到新鲜活泼的语言,惟其如此,所以传达不出新鲜活泼的情意,而就文章的理想境界说,亦便成了不稳当的语言。所谓稳当,是指不能动摇、无可移易、精确贴切的意思。精确贴切的语言当然决不会成为"陈言"。

因此,不管道学家们其他主张如何,他们对文学用语提出的"惟其当"的主张,在原则上的确不错,而且也与"惟陈言之务去"不相冲突。他们所以会发出反对的声浪乃由于当时有些人把"陈言"的范围看得太呆板、太狭隘了,以致为了要去"陈言",竟反而陷入了魔道。韩愈说的"惟古于辞必己出,降而不能乃剽贼",在有些人竟从此变出了他们的检书换易法,相传:

宋景文修唐史,好以艰深文浅易之语,欧阳公同在馆,思有以训之。一日,大书壁云:"宵寐匪祯,札闼洪休。"宋见之,笑曰:"非夜梦不祥,题门大吉耶?何必求异如此!"公笑曰:"《李靖传》云:雷霆不暇掩聪,亦是类也。"景文大惭。②

虞子匡一日递一诗示余曰:请商之,如何?余三诵而不知何题。虞曰:吾效时人换字之法,戏改岳武穆《送张索崖北伐》诗也。其诗曰:"誓律飙雷速,神威震坎隅。遐征逾赵地,力战越秦墟。骥蹂匈奴顶,戈歼鞑靼躯。旋师谢形阙,再造故皇都。"岳云:"号令风霆迅,天声动北陬。长驱渡河洛,直捣向燕幽。马喋月氏血,旗枭可汗头。归来报明主,恢复旧神州。"不过逐字换之,遂抚掌大笑。③

朱子云:旧见徐端言石林尝云:"今世安得有文字,只有减字换字法耳。

---

①　朱熹《朱子语类》卷八。
②　张晋侯《遣愁集》。
③　郎瑛《七修类稿》。

如言湖州必去州只称湖,此减字也;不然,则称雪上,此换字也。"今人于官名、地名,好用前代名目以为古,将一代制度、疆理皆淆乱不可考矣。朱国桢亦云:"近日文章家多用换字法,龟勉曰闵免,尤甚曰邮甚,新妇曰新负,异曰异,须臾曰须摇,赤帜曰赤志。又以殊代死字,古称殊死,乃斩首分为二也。此皆可笑。空棺为椟,盛尸曰枢,大曰索,小曰绳,自换字法行,扶枢悉改为扶椟,而舟子所呼为力索者亦写为力绳,椟则何尸,而绳则何力耶?"①

除此之外,唐徐彦伯有"涩体",《唐诗纪事》说他在提笔作文时,一定要把凤阁改为鹦阁,龙门写做虬户,金谷写做铣豁,玉山写做琼狱,竹马写做筱骖,月兔写做魄兔,以求华巧深奥。这种现象发展到极端,一定会成了这种情形:"元末闽人林釴,为文好用奇字,然非素习,但临文检书换易,使人不能晓。稍久,人或问之,并釴亦自不识也。"②

"务去陈言"到了这种地步,不但无利可言,可说全是病弊了。因为因袭俗滥不过使人见了生厌,而这样的检书换易,则简直已坠入欺骗的恶道。作文如此,固不但道学家们要反对,文学家也非反对不可。如王若虚说:③

　　李翱《与王载书》论文云:"义虽深,理虽当,辞不工,不成为文。"陆机曰:"怵他人之我先。"退之曰:"惟陈言之务去。"假令述笑哂之状,曰莞尔,则《论语》言之矣;曰哑哑,则《易》言之矣;曰粲然,则谷梁子言之矣;曰逌尔,则班固言之矣;曰辗然,则左思言之矣。吾复言之,与前文何以异?予谓文贵不袭陈言,亦其大体耳,何至字字求异。如翱之说,且天下安得许多新语耶?甚矣,唐人之好奇而尚辞也!

王若虚的话不错,不袭陈言并非字字求异,只是在精神上应力求创新而已。但若虚也没有进一步指出:所谓不袭陈言主要应从思想感情的创新上去努力,思想感情的新与陈才是主要的先决的问题。那些检书换易的人,他们最大的错

---

① 赵翼《陔余丛考》。
② 陶奭龄《小柴桑喃喃录》。
③ 王若虚《文辩》三。

误原来就在这一点上：他们以为"去陈言"就只是语文范围里面的事情，只要语文竭力翻新，便已尽了"务去陈言"的能事了。

自得的创新

不袭陈言并非字字求异，字字求异不但是不可能的，也是不必要的，因为"言"之新陈关键乃在情意上面，情意新则陈字亦可以见新。沈德潜《说诗晬语》说得好：

> 古人不废练字法，然以意胜，故能平字见奇，常字见险，陈字见新，朴字见色。近人挟以斗胜者，难字而已。

其实说字有平字、常字、陈字、朴字等等区别，仍不过是一种说明上的方便，字如果脱离了驱使它的情意，压根儿就说不上彼此间有何区别，因为它本身根本只是一种无生命的符号。

新的情意产生新的语言，不落于凡近是新，所以创新的也就是高深的，凡无高深情意的语言都是陈言。如刘熙载《艺概》卷一所说：

> 所谓陈言者，非必剿袭古人之说以为已有也，只识见议论落于凡近，未能高出一头，深入一境，自结撰至思者观之，皆陈言也。

但"高深"只是"创新"中的一义，虽然它应该是最高的一义；"创新"的另外一个含义就是"自得"，亦即是有真体验、真见解、真感情。凡出于自得的识见和议论，虽然不一定高深，但惟其是自得的，所以至少在表出的方式上，也可以有一种创新。"条条大路通罗马"，在到达罗马这一点上，其中的某一条路或者并不能比别一条更高明些，但就整个的局面看，那么如能更多发现出一条通到的路，仍不失为一种创新。

是的，我们应该强调要创新，但我们同时也应该知道，完全的创新根本是不可能的，创新常常是从自得中一点一滴积聚引发而来。1828年12月16日歌德坦白地告诉爱克尔曼道：

1830

世界现在是这么老了，几千年以来有许多伟人活过想过了，因此很少有什么全新的事物可寻可说的了。我的"色彩论"也不是全然新的。柏拉图、达芬奇，以及其他的先贤们已经零星地发现，而且说过了同样的东西；但我也发现了这个，再说出来，而且努力在混乱的世界里再造一条走向真理的进路，这是我的功绩。

因此"自得"可以说就是"创新"的第一步，"自得"之中孕育着"创新"的种子。也因此，凡"中有所得"的语言便决不会成了"陈言"。我们说话作文，不但在用语上不可能字字求与别人异样，就在思想上、感情上，也不可能与别人处处都有迥然的差异。但虽如此，只要我们说这话写这文真是有所感见，而且迫切踊跃，真是非说非写不可，那么这样说了写了出来的东西，惟其是自得的，所以是独立的，又惟其是独立的，所以也是创新的。为什么也是创新的？因为我们的情意虽在大体上不甚相悬，可也决不会完全相同，先天的遗传，后天的教育，师友的薰染，家庭和时代环境的影响，观察的角度，这些便酿成了我们大同中的小异的原因。所以一个人的所说所写，只要是真正自得的，便又决不会与别人雷同。主观的情意固然这样差异，客观的事物更时刻在变动之中，以差异万端的情意和变动不息的事物糅合，其间的表达、组织方式可以永无穷尽，所以自得之作，便都能有创新的意义了。试想山水风月，从古到今，不知已有多少人谈过写过，可是何尝说尽写尽？不但前人已产生了很多的佳作，今后可信佳作仍将层出不穷。这不为别的，就为"自得"之言就是"唯一"之言，它时常就成了绝妙的产物，至少也不致堕落了成为"陈言"！

同与异，文辞与意识

自得之言不会是陈言，作者有性格，所以这文字也就有了风格。我们可以从这文字的姿态格调里看出一个作家的特殊的精神面目。论文艺创造，我们应当宝爱这种精神面目。一个作家如果不能在他的作品里表现出来他的特殊的精神面目，就因为他根本缺少这个要素，也就足以证明他所说的无非都是一些"陈言"，虽然也许他的文字在表面上倒很奇特不经见。反之，只要作品里能有这种特殊的面目，那么即使都是常用见惯的文字，亦决不是陈言，甚至有些和人相同的识见议论也仍无害于其为自得的语言。为什么？就因为这相同不但只

1831

能是大体的相同，而且它更决不是由于存心剿袭得来，正如这种作品里的识见议论不同之处决不是由于存心立异而来一样。刘勰《文心雕龙》里的《序志》篇自述其意见的形成：

> 有同乎旧谈者，非雷同也，势自不可异也；有异乎前论者，非苟异也，理自不可同也。同之与异，不屑古今，擘肌分理，惟务折衷。

姜白石《诗集自序》之二也这样说：

> 作者求与古人合，不若求与古人异。求与古人异，不若求与古人合而不能不合，不求与古人异而不能不异。彼惟有见乎诗也，故向也求与古人合，今也求与古人异；及其无见乎诗已，故不求与古人合而不能不合，不求与古人异而不能不异。

自得于中的作家，他只是把他自己的所见所感表现出来，根本就不去理会这情意是否与人相同，在表出之后，才知道其中有的与人相同，有的与人相异。但惟其是自得的，所以其同之中精神面目仍有不同者在，其异之中亦仍有其一贯的特殊精神面目在。故意的立异，主要由于并无真实的聪明才智，却想耸人听闻而来。这样的立异，完全是虚张声势，六言欺人，根究到底，其实依然是许多人常玩的那一套花样，所以表面虽很奇异，骨子里十足仍是"陈言"。而偶然的相同或类似，则如章实斋所说，固无伤于大雅：[①]

> 人同此心，心同此理，宇宙辽旷，故籍纷揉，安能必其所言，古人皆未言耶？此无伤者一也。人心各有不同，如其面焉，苟无意而偶同，则其委折轻重，必有不尽同者，人自得而辨之，此无伤者二也。著书宗旨无多，其言则万千而未有已也，偶与古人相同，不过一二，所不同者，足以概其偶同，此无伤者三也。

如实斋之说，又不但偶同为无伤大雅，一个作家只要有其自得的志识，那么

---

① 章学诚《文史通义·辨似》。

即使袭用了别人的成文,也仍可以表见其特殊的面貌,也仍可以不堕落为"陈言":①

> 文辞,犹三军也;志识,其将帅也。李广入程不识之军而旌旗壁垒一新焉,固未尝物物而变,事事而更之也。知此意者,可以袭用成文而不必己出者矣。
> 文辞,犹舟车也;志识,其乘者也。轮欲其固,帆欲其捷,凡用舟车,莫不然也。东西南北,存乎其乘者矣。知此义者,可以以我用文,而不致以文役我者矣。

实斋以上这些话,原是对"立言之士"说的,他以为"辞章家流"则不同,的确应当严守陆机、韩愈他们的教训,即所谓:

> 谢朝华于已披,启夕秀于未振。
> 虽杼轴于予怀,怵他人之我先。苟伤廉而愆义,亦虽爱而必捐。

其实严格说来,"辞章家流"若不是专指那种雕虫篆刻之徒,那么他们倒实在也该"以意为宗",因为不"以意为宗"便决不能写出真正的好辞章来。所以,在文学上,虽然语言的创造是一个极重要的课题,但作为一个原则来看,那么章实斋的话不能不说也同样适用于辞章家流——即文学家。

苏东坡曾说:

> 吾文如万斛泉源,不择地皆可出,在平地滔滔汩汩,虽一日千里无难,及其与山石曲折,随物赋形,而不可知也。所可知者,常行于所当行,常止于不可不止,如是而已矣。②
> 大略如行云流水,初无定质,但常行于所当行,常止于不可不止。文理自然,姿态横生。③

---

① 章学诚《文史通义·说林》。
② 苏轼《文说》。
③ 苏轼《与谢民师推官书》。

一个作家如果有革命的思想，正确的见解，真挚热烈的感情，和丰富的生活滋养，他的文字就可以触处生姿，而且无往而不稳当妥贴。在这境界里，清新美妙，无不寓着创造。不但陈字可以见新，就是袭用别人的文字，也一样可以不堕落为"陈言"，而显出它特殊的精神面目。反之，便无论是怎样的矫揉造作，生吞活剥，即使真能做到了字字僻异，也仍难逃脱"陈言"的称号。

勇敢的表现*

陈言从哪里来

"陈言"在我国文学史上老早就悬为厉禁。陆机《文赋》说:"谢朝华于已披,启夕秀于未振。"韩愈《答李翊书》说:"惟陈言之务去。""陈言"简单说就是因袭俗滥的语言,文章里如果充满了这种语言,那就成了因袭俗滥的文章,毫无价值的东西。然而要去陈言,却"戛戛乎其难哉!"韩愈自述他一再"有年"之后,才"浩乎其沛然"地有了点把握,而且还是"不可以不养",一辈子都不能疏忽。陈言为什么会这样难去呢?

原来,难就难在一个人极不容易冲破语言上因袭俗滥的圈套。《随园诗话》卷七引陆钛语说:"凡人作诗,一题到手,必有一种供给应付之语,老生常谈,不召自来。"为什么? 就因为我们的习惯最喜欢走抵抗力小的路,人人都走这条路,人人都用这些字眼,管保不会出乱子;因袭俗滥的字眼也就是在用语上抵抗力最小的道路。美人都是"如花似玉","艳若桃李,凛若冰霜",感情要好都是"如鱼得水","如胶似漆";为此所以从前人有他们倚靠的"文料触机","事类统编"之类,现在坊间也还有各种文章的"描写字典"。

因袭俗滥的语言没有新鲜真切的情趣,不能示人以一种独到的境界,没有一点创造性;惟其没有创造性,所以这类字眼表面上尽可以很具体,其实一点也不能使人产生真实的感觉。"学富五车,才高八斗"的才子,究竟是怎样一个了

---

* 原书按语:本文原载《观察》第 3 卷第 15 期。1954 年 3 月修正补充后收入本书。

不起的人物？单从这两句套语怕谁也难有什么印象。

语言不是孤独存在的，一个人的语言是他的思想感情的表现，所以语言的因袭俗滥基本上亦必就是他思想感情的因袭俗滥。凡有创造性的思想感情必要用创造性的语言来表现，否则那创造的性质就无法明白显现；反之，既没有什么创造所以也就能安于种种的套语里，甚至还可以安乐得"沾沾自喜"。所以最后归结起来，陈言的难去，是难在一个人极不容易冲破他在思想上感情上因袭俗滥的圈套，难在一个人不容易有一种真正革命性的思想感情。

卡莱尔(T. Carlyle)于其《英雄与英雄崇拜》中曾说："专心坐在椅子里写诗句的诗人，决做不出怎样有价值的诗句。他决不能讽咏英雄性的战士，除非他自己最少也是个战士。"他又说："究竟我们所谓的道德性是什么，那不也是生命之力的一方面，一个人借此而存在、而工作的么？凡一个人的动作，都可以说是他的形貌。你看他怎样唱，就能知道他怎样作战。在字句中，就能看出他的勇不勇。正跟亲眼见他挺枪拔剑时一样的清晰。"这两段话都说得不错，诗人不能不是战士，虽然他也许没有持枪去过前线；从一个人的用语就可看出他是不是勇敢的战士。《系辞传》说："将叛者其辞惭，中心疑者其辞枝，吉人之辞寡，躁人之辞多，诬善之人其辞游，失其守者其辞屈。"从语言的表现来观察一个人，因为"言为心声"，难于掩饰，所以常常很可靠。

战士的语言决不会是陈言，等于满心而发的真话决不会不感动人。战斗的其实的语言永远就是新鲜的语言。鲁迅说：

> 青年们先可以将中国变成一个有声的中国。大胆地说话，勇敢地进行，忘掉了一切利害，推开了古人，将自己的真心的话发表出来。……只有真的声音，才能感动中国的人和世界的人，必须有了真的声音，才能和世界的人同在世界上生活。[1]

做文章而有真的声音、真心的话，这才真可以写出好文章，真可以感动人；同时，也才可以真正从根地解除了造成陈言的因子。

---

[1] 鲁迅《无声的中国》，见《鲁迅全集》，第四卷第27—28页。

必须有真切的体验和认识

　　所谓真的声音,真心的话,在它最深的意义上讲固然是指精深博大的意思和情感,但我们也可把凡是真切的体验和认识都包括在里头。一个人没有什么努力,因而一切活动都是浅尝即止,浑浑噩噩,自然不必说,而有着一点体验和认识的,却也未必就能有很好的表现,因为他知道得并不真切,所以就不会感到推敲的需要,所以就很容易跌入因袭俗滥的陈言的陷坑。但有真切体验和认识的就完全不同了。他就不会"依样画葫芦","人云亦云"地说话,就不会毫无抉择地因袭人家。为什么? 就因他的确看见了那东西的真相。那真相决不是那些俗滥的套语所能表达出来的。在俄国文学里,传统的描写战争的方法就是这样:胆怯的人抖索着,藏到小沟里去,勇敢的人却带着如火的眼光,骑在骠悍的马上,跑到骑兵中尉的前边,发狂似的奔向敌人核心去了。可是托尔斯泰出来了,他描写战事却完全是另一种样子。在他的书里,胆怯的人可以变成勇士,而一些勇敢的人有时却彷彿兔子一般,抖索起来,悄悄地在军服底里祷告。究竟那一种描写较好? 不消说还是后一种更容易使人信服,因为这才是战场的真实,这才真正是人间的战争。托尔斯泰不是在亭子间里幻想战争,也不是在离开战场很远的地方冒充参加过战争,他是亲身经历了高加索、杜拿两地的作战,亲身防守过著名的塞凡司托泊尔围城,并且还以勇将著名过一时的。真正的艺术家照着他亲眼看见的去写,却不照书籍和谈话教他看见的去写",万雷萨夫这样说。关于语法、模样、比喻、和形容也都是这样。托尔斯泰的作品里有"蓝色的马"一语,又在柏拉东·加拉他夫的脚傍睡着"莲花色的马";契诃夫的作品里你可以读到一句话:"暮星闪耀在绿天上。"绿的天么? 如果你在六月里天气晴朗的薄暮时候,在太阳落后,向明亮的西方看去,你一定可以看见天色是绿的。又譬如:在荷马的《伊里亚特》里,希腊人为了被格克托尔所杀死的伯特洛克尔的尸身,同脱洛央人打仗,雅典女神走到美男勒前面,责备他胆怯,一面激励他重行作战,当时他的心,荷马说:"充满了苍蝇的勇气。"苍蝇的勇气? 是,是,苍蝇的勇气! 你不是一定要说"狮子的勇气"么? 这个一定美丽些并且大方些。好,但是请问你曾有一次观察过狮子表现勇气的时候么? 你曾看见过狮子么? 是,你在兽剧场中,囚笼里看见过的。但是它在那里能表现出什么样的勇气来呢? 当守狮人把肉块放在猎枪上面从栅栏底下塞进去的时候,狮子自然要向他

1837

吼叫;但就是胆怯的鬣狗处在这个地位也要吼叫的。至于苍蝇的勇气,那么我们倒时常能够加以观察。在盛暑的夏天,苍蝇坐落在你的汗手上很坚实并且很赖皮的样子,你赶掉它,——它又落下来了;几乎要把它捉住,它却又从你指头中间滑逃了,又坐在原位上面。如果发生这样的情形,就是狮子恐怕也要曳尾而逃。你看,这种比喻把阿海人的勇气描写得如何确当呢:脱洛央人驱逐他们离开尸身,可是他们又奔过去了,正仿佛苍蝇一样。所以,我们从荷马作品里,可以看出一种活泼的形状,如果你说了"狮子的勇气",那么,就不成为活泼的形状,却只是字的集合物,和那因为长久使用而丧失其明晰的铅版了。

然而,有了精确的、真切的体验和认识,就一定不会在文章里造出陈言来了么?

也不见得。还需要勇敢,还需要大胆!

还要表现上的勇敢大胆

托尔斯泰的描写战争,如果他不曾有这样的经验和感觉,他当然不能这样描写,可是如果他害怕了,害怕这样描写之后会对他招来不利,那又怎样呢? 他也许不写了,也许就随便说几句,更可能的,他和从前那些人一样地来描写。就是说,他也非跌进因袭俗滥的陈言陷坑中去不可。

伟大的雕刻家罗丹告诉后代的青年艺术家们说:

> 要做到深刻,极可怕的说真话的人。在表现自己所感到的东西的时候,决不要踌躇。就在知道了这是和公定的思想成反对的时候也要这样。也许你们最初不会得到了解,但不要害怕孤立。同感的人不久就会到你们那边来。为什么? 因为在一个人的心魂里是深刻真实的事,在一切人的心魂里也是同样的深刻真实。

罗丹的话对极了,他以自己刻苦的一生实践了这几句话。可是要做到这样是多么不容易呵!

你得冲破因袭的圈套,为了你的"蓝色的马","暮星闪耀在绿天上","苍蝇的勇气",你得准备挨受人家的轻视和嘲笑,你得和自己的害羞作战,和传统的用语方法作战,这还是指那些无关宏旨的创造而言。至于那种和上层社会显然

1838

不同的论调，激烈尖锐的揭发，意义深长的指导，那么，你就不但要立刻受到他们的围击，被认为大逆不道的叛徒，随时随地都得吃亏受损。甚至你在残酷的压迫之下连生命也得牺牲。你可以不怕受到一些挫折和嘲笑，就像在喊喊喳喳的文人之间那样的，可是难道在刀枪的威胁之下，连生命都可完结于俄顷的危险，也能够坦然不顾，毫不畏惧么？罗丹所说的"同感的人"在那里？于危在俄顷的你又能有什么帮助？并且生命都已完结了，还谈得到什么了解不了解，以及"在一切人的心魂里也是同样的深刻真实"呢！

没有勇气，这也就是为什么我们很难从过去文人中读到较多真实的书的重要理由了。在我们过去接触到的许多书本中，往往在一大堆书中我们才能挑出一本，而由于其它的一些原因，我们甚至在这一本书里也只能找出少数几页或者几行是值得画上圈圈的。他们不是愚笨不化的人，可是为什么在他们的语言中会充满了这样多的含混、支吾和压抑？他们不一定完全没有看到，他们往往是害怕不敢说出来罢了！对于阶级和一己利害的重重顾虑打消了他们的勇气，于是随着勇气的消失，他们语言中的一切爽朗、生彩和精确的东西也都消失了。那代替它们的则就是掩饰、歪曲、胆怯、吞吞吐吐。

在旧社会里，不要以为一个人发表他的思想感情是完全自由而毫不费力的，不要以为我们随便那一个人都能有笑就笑，有骂就骂。旧社会满布着的那种势力，就是要来干涉你的喜笑怒骂的，只有使他们受用，他们感到爱听的才例外。因此事实上只有那些最大的勇者才真能够敢笑敢骂敢说敢为，揭示压迫者的罪行和人民的痛苦与斗争，而事实也证明着只有这些最大的勇者才能说得最精确，最远离了因袭俗滥的陈言。同时，因为他们有惊人的大胆，所以也只有他们才能作精确真切的体察。所谓"不入虎穴，焉得虎子"，对于有些事物的精深的了解，原来就决不能仅仅从书本子的述读，或普通一般的体察方法所可获得的。叶燮《原诗》以"才胆识力"四者为诗人之本，以为：

> 大凡人无才则心思不出，无胆则笔墨畏缩，无识则不能取舍，无力则不能自成一家。

叶燮的说法不错，"惟胆能生才"。和热情一样，勇敢也是产生才能的一个极重要条件。"识明则胆张"，固然如此，他却不明白那另外的一面，大胆的掘发常常可以掘出此胆小拘谨之徒穷年兀兀更丰富更宝贵的东西。

1839

蔼理斯在他的《断言》(*Affirmations*)里曾这样说:

> 在无论什么时期,伟大文学没有不是伴着英勇的,虽然或一时代,可以使文学上这种英勇的实现,较别时代更为便利。在现代英国,勇敢已经脱离艺术的路道,转入商业方面,很愚蠢的往世界极端去求实行。因为我们文学不是很英勇的,只是幽闭在客厅的浊空气里,所以英国诗人与小说家不复是世界的势力,除了本国的内室与孩房之外再也没人知道。因为在法国不断有人出现,敢于英勇的去直面人生,将人生锻炼接到艺术里去,所以法国的文学是世界的势力,在任何地方,只要有明智的人能够承认它的造就。如有不但精美而且又是伟大的文学在英国出现,那时我们将因了它的英勇而知道它,倘或不是凭了别的记号。(1898)

伟大文学没有不是伴着英勇的,因为它敢于英勇的去革新人生,所以它就有了世界的势力。这种英勇蔼理斯以为在用语上也可以看出来,虽然用语上的勇敢并不是所在皆好。白居易喜欢用通俗的话写老百姓被欺压的事,成了被许多士大夫诟病的原因,但这也正是他的一种好处。蔼理斯说:"推广用语的范围不是有人感谢的事,但年长月久,亏了那些大胆地采用强烈而单纯的语句的人们,文章也才有进步。英国的文学近二百年来,因为社会的倾向忽视表现,改变或禁用一切有力深刻的文词,很受了阻碍。倘若我们回过去检查屈塞,或者就是莎士比亚也好,便可知道我们失却了怎样的表现力了。"所以"如一个人只带着客厅里的话题与言语,懦怯地走进文艺的世界里去,他是不能走远的"。

发真的声音,说真心的话,忘掉了个人的利害,推开了一切阻碍进步的因袭俗滥的规矩习惯老调,大胆地说话,勇敢地表现,把现实生活中的主要矛盾冲突真实地揭示出来,五十年前蔼理斯这些论英国文学的话,已经在苏联文学中真正地应验,也将在我们的文学中真正应验。能够做到这样,文学就具有"世界的势力",岂仅干干净净尽去了陈言而已!

1840

第四部分　文艺批评问题

文艺批评的修养 *

批 评 之 难

一个有志于批评工作的学生常常不免要在许多大作家的言论之前感觉气馁。批评是一种很好的事业,对文学发展是有利的,它应该获得大家的尊重。然而过去不少大作家的言论——实际则是猛烈的攻击,却一个一个都在给批评和从事于批评的人大浇其冷水。

托尔斯泰指出现代社会里有三个重要条件是足以助成虚伪艺术的发达的,其中之一就是艺术的批评。在他看来,只有那种最没有感染艺术的能力的人才会终于成为批评家。他们似乎很有学问,很有聪明,结局他们却只能用自己的作品来败坏读者和信仰他们的人底趣味。批评家实在是一种研究聪明人的笨蛋![1] 契诃夫的嘲笑尤其毒辣了,他说:批评家好像是妨碍马耕田的马蝇。马耕着田,全部筋肉和弦琴上面的弦一样都紧张起来,但马蝇却跑去停在他的胁腹上面,搔啦,嗡啦,马就不得不搔它的皮肤,摇它的尾巴。马蝇嗡些什么呢?恐怕它自己也不清楚。只不过因为它安静不下,想告诉人:"看啦,我也是生活在地球上面的,对于任何事情我都能嗡几声呢!"[2]但是骂得最凶最不留情的还要算悲多汶,差不多他是始终把批评家看作有着不共戴天的仇恨的。 1801 年

---

* 原书按语:本文原载《民主与文化》第一卷第二期。1954 年 2 月修正补充后收入本书。

① 参考托尔斯泰《艺术论》第十二章,耿济之译,商务印书馆出版。

② 高尔基《A·P·契诃夫》,胡风译,见《人与文学》,第 56 页,泥土社 1953 年 1 月三版。

1842

他说道:"说到这些蠢物——批评家,只有让他们讲话。他们的饶舌一定不会使任何人不朽,也不会从阿玻龙使他不朽的人夺去他的不朽。""在作为艺术家的这方面,人从没有听到说我对于一个人能够写的论及我的文章,作过最轻微的注意。"1825 年他又这样说:"我像服尔泰一样思想。"一年之后他更如此写:"几下苍蝇的针刺不足以牵住一匹在疾驰中的马。"[①]悲多汶厌恶批评——理论,还可以从下面一件事情里看出来:他的学生后来是钢琴大家的西瑟纳有一次指给他看自己的习作,那中间有一段用了"接连的五度进行"(Cousecutive fifths),而缓和地好像对自己说:"这是不对的,不能允许这样的。""什么人不允许?"悲多汶马上讥讽的问。"啊",西瑟纳回答:"Albrechtsberser. Marpury 和许多别的乐理家都不允许这样的。""好,但是我允许的!"悲多汶便这样回答了他。[②]

然则究竟为什么他们会把批评和批评家痛骂到这步田地呢? 如鲁易斯(G. D. Lewis)所说:"批评家在批评的地界里建筑起来以供奉给他们自己的一排神龛,在诗和读者之间加进了一种可憎恨的障碍物。"[③]若是这个论断不错,那么究竟这些"笨蛋们"是怎样造成了这种可憎恨的障碍物的? 那一排神龛究竟是些什么东西?

这是一个必要的工作,如果我们想把批评应得的尊重恢复过来,或者要证明这些大作家的言论里也有偏见,我们就应该先就批评本身来一番自我的检讨。"物必自腐而后虫生",批评要人尊重先得问一问它自己够不够料。批评自己如果根本一团糟,甚至臭气熏人,那么不但那些有特殊的洁癖者,就是普通人也要掩鼻而过了。

不能捕风捉影人云亦云

对批评本身的检讨今天我们应当仍从最基本的地方开始。这就是说,应当仍从"算不算得批评"这一点开始。所谓"算不算得批评",我的意思就是指这种批评是不是他自己用功得来的。一定要他自己用功得来的才算得是批评,捕风捉影或者道听途说来的意见,凡是不属于自己体察所得融会所及深信无疑的东

---

① 见陈占元译《悲多汶传》的附录。
② 见透纳《音乐概论》。
③ 鲁易斯《一个对于诗的希望》第六章。

1843

西,在真正的意义上都算不得批评。那在别人也许是批评,而在你却不过只是传述。我们必须坚守着这个界限,否则我们就要自己走进法郎士、托尔斯泰他们为要攻击批评——在法郎士那方面主要是裁断的批评——而预先设好了的圈套。法郎士说过:"凡是人人都佩服的作品,大都是那些没有人去看的作品。人们之承受这种作品,犹之承受一种珍重的担子,从这个人的手里传到那个人的手里,却大家都并未尝过目。"①托尔斯泰也这样说:"批评家对于他自己的议论毫无一点亲切的根据,但却屡次来重复它。有人称赞古代的剧作家非常好,他们并不真去品量其优劣,便也附和着,并且认为他们所有的作品都是好的,都是值得模仿的。"②法郎士借此就否定了批评里的一切裁断,托尔斯泰借此就否定了所有的批评,可是我们却根本不承认他们所反对的那种东西就是真正的批评。

我们说不是自己得来的批评就是虚伪的东西。但事实是这样:真正的批评实在很少,因为它的确不大容易培植。关于这层我们不妨听一听下面两个故事:

在印度人之间有这样一个很普遍的譬喻:一个老翁和一个孩子用一匹驴子驮着货物去出卖,货卖掉了,孩子骑驴回来,老翁跟着走。但路人责备孩子,说他一点不懂事,叫老年人徒步。他们便换了一个地位,而旁人又说老翁如此忍心,竟叫孩子走路。老翁忙将孩子抱到鞍上,但后来看见的人却说他们对待牲畜太残酷。于是他们便都走了下来,拉着驴子同走,走了不久,可又有人笑他们了,说他们是傻子,竟空着现成的驴子不骑而徒步走路。老翁听了没有办法,叹息着对孩子道:我们现在只剩下一个法子了,那就是我们两人抬着驴子走回去了。③

另外一个故事则是这样的:④

---

①　法郎士《文学生活》,傅东华译,见《近世文学批评》,第27页,商务印书馆1928年3月初版。
②　参考托尔斯泰《艺术论》第十二章。
③　转引鲁迅《读书杂谈》,见《鲁迅全集》,第三卷第430页。
④　见潘淳《潘子真诗话》,郭绍虞《宋诗话辑佚》本。

东坡作《表忠观碑》,荆公置坐隅,叶致远、杨德逢二人在坐。有客问曰:"相公亦喜斯人之作也?"公曰:"斯作绝似西汉。"坐客叹誉不已。公笑曰:"西汉谁人可拟?"德逢对曰:"王褒。"盖易之也。公曰:"不可草草!"德逢复曰:"司马相如、扬雄之流乎?"公曰:"相如赋《子虚》、《大人》洎《喻蜀文》、《封禅书》耳;雄所著《太元》、《法言》,以准《易》、《论语》,未见其叙事典赡若此也,直须与子长驰骋上下!"坐客又从而赞之。公曰:"毕竟似子长何语?"坐客悚然。公徐曰:《楚汉以来诸侯王年表》也!"

有谁真连该不该骑着驴子回去,或者究竟应该谁骑着回去的道理都不能有自己意见的么? 所以现实生活上,这个故事也许只是一个笑话而已;但这若作为一个譬喻或者讽刺,却分明有着现实的丰富意义,特别是在文艺批评上。王安石玩弄了一顿他的这班门客,然而无论怎样他的这班门客却总是以批评家的姿态出现的,而且只要不是在像王安石这样有力并且识货的人面前,越是像他们这样的人就越发会装出大批评家的气派,也越是不肯认错和声势浩大地掩饰得巧妙的。我们没有法子而且也不必讳饰,无识的,人云亦云的所谓批评,在今天也还没有完全绝迹。法郎士和托尔斯泰的攻击是对的,虽然他们却不应当把所有的批评看作箭靶,为要倒掉浴盆里的污水却连小孩子也一同倒出去了。

独自评价的能力

批评家的困难就在他一定要养成一种独自评价的能力。如果没有这样的能力,他就无法避免不做应声虫,不做别人的尾巴。

不过这里也有程度上的差别。要做到表面上的独自评价也许还容易,要做到里外如一的独自评价就难了。你的主张可能不是随便从什么人的口上或什么书本上得来的,但这还不一定就是你独自的评价。有些好像是你自己的主张,实际你还是受了权威者的影响。就是说,有些你自己的意见你还不敢承认为美好合理,而宁愿修改它使不致违反权威者的意见。在另外一种场合你所以不敢承认则又是因为你怕在某些方面受到损失甚至是严重的危险。不过你却必须要敢于承认了,才算得是自得之见。

轻率的判断都不能算是真正自得的。少年维特对于一些人时刻忘不掉的那一套现成的社会批判,非常愤怒,他说:"为什么你们这些人每谈到一件事情立刻就说这是愚蠢,这是聪明,这是善,或者这是恶呢?你们的意思是什么?你们曾经探寻过那行为的内在意义么?你们寻到了它的原因,推量出了它的不可避免性么?如果你这样做过了的话,你们就不会这么容易地下判断了。"①这也就是歌德的看法,除非对于这件事情原已有深刻的研究,一切脱口而出的判断都不免是外来的口头禅。但就是经过了一番思索的对于作家和作品的批评也还是可能要成为莫莱(J. M. Murry)所说的:"这的确是批评中最危险的一部分。"②

一个批评家在过去几乎不可能真正诚实地批评当代的作家和作品,因此莫莱又说这也许是批评中最少价值的一部分。莫莱的话说错了么?当然是,不过他并不是毫无根据。在旧社会里,对于曾经写出过好作品来的作家之糟糕的作品,要批评家们指出它的真相来是很困难的,这正像对于曾经写出过不好的作品的作家所产生的好作品,要批评家们指出它的真相来,是同样的困难。在前者的场合,批评家的手被一种怕做出对于人有伤害的事情的恐惧心遏制着,在后者的场合则被怕做出对人太好的事情的恐惧心遏制着。更进一层,对于已经成名的作家,你赞美了他是没有麻烦的,即使赞美错了也不会有什么关系;但若你骂错了却就要惹来许多问题,而且重要的是,即使你骂对了也难免要招来作家们个人的怨恨。因为差不多无论那一个稍稍有点地位的作家,不管他对于自己能力的真实性还疑惑不定,他总是坚信他的成功是完全由于他自己的价值得来的,并且一经成功他就不会再失败;因此他就有理由以为任何责难他的批评都是个人仇恨的表现,于是批评家就成了他仇恨的对象。这种仇恨因为带着私人的和直接的性质之故,有时要比批评家激烈地攻击了整个旧社会的卑劣罪恶之后所得的报复更难于和解与防护。至于对待新进的或无名的作家,从好的方面说,是你怕太严格了会使他们扫兴丧失继续追求的勇气,但更真实的原因却在于你怕太宽纵他们了,虽然宽纵也会使他们走上毁灭的道路,而你所注意的却尤在于如果万一赞美错了会丢尽你自己的脸面。为此你就宁愿对于这些文学上的新来者绷紧着面孔,或者索性保持沉默,因为只有这样做才是有利而无害。

以上是就批评当代的作家和作品说。其实评价古代的作家和作品也未必就是批评中的安全部分。在这里个人的恩怨是没有了,可是困难却在别方面增加起来,那就是传统的势力和权威者意见的重量。我们只要看《苕溪渔隐丛话》

---

① 歌德《少年维特之烦恼》。

② 莫莱《批评的信条》,曹葆华译,见《现代诗论》,第 262 页,商务印书馆 1937 年 4 月初版。

1846

里胡仔的这一段话就可以知道了。①

易安历评诸公歌词,皆摘其短,无一免者。此论未公,吾不凭也。其意盖自谓能擅其长,以乐府名家者。退之诗云:"不知群儿愚,那用故谤伤,蚍蜉撼大树,可笑不自量!"正为此辈发也。

李易安是词中女杰,所论也极有胆识,不能以愚儿蚍蜉相比,此其一;诸公歌词,好则好矣,但不能每首都好,字字都精,从各方面去看都无可议,这是不待指摘也可以确信的道理,此其二;说李易安评论不公原也可以,但不公究在那里,为何是不公,你作为一个批评的批评者尤其不能含糊不给说明,此其三。然而胡仔却居然可以不管这些,只凭一腔"义愤",便大肆其笑骂。胡仔也不是一个毫无见识的人,为什么他会如此? 没有别的,传统的势力和权威者意见的重量太大太重了。胡仔他自己因为体察不深,融会不够,信仰不坚所以终于被这些力量压倒了。李易安你不过一个女流之辈,懂得什么? 你配来信口雌黄? 何况诸公歌词人人都说是好,你区区李易安凭什么要来妄作解人胡说八道! 于是所有笑骂她的充分理由便都在这里了。

类此的事实是举不完的。这类事实在今天新社会里当然越来越少了,可是个人主义的、胆怯无识的批评者今天并不是已经完全没有了。

然而独自评价的能力却不就是故意立异,为了要不同凡响,便不惜标新立异,以图耸人听闻的能力。我们要求的不过是自得之见而已,并不是自得之见一定要与人不同,这是不合理、不可能的。我们的批评大师刘勰就早已指出过:"及其品评成文,有同乎旧谈者,非雷同也,势自不可异也;有异乎前论者,非苟异也,理自不可同也;同之与异,不屑古今,擘肌分理,惟务折衷。"②只要是你自己的意见,和别人相同与否都不成问题;而且只要是你自己的意见,你就是暂时错了也不很要紧,因为如果你真正努力去找,你终能自己找到一条康庄大道的。

熟悉历史,理解社会,融通理论

独立评价的能力是作为一个批评者应具的基本条件,但这是比较初步的,

---

① 胡仔《苕溪渔隐丛话》后集卷三十三,《万有文库》二集本。
② 刘勰《文心雕龙·序志》,《四部丛刊》本。

因为能够独立评价还不一定必能精微正确,然而就是这一种能力也已经不容易培植了,为着培植它需要非常丰腴的一大片土壤。

批评家不应缺乏足够的一般文化修养。文艺批评是整个文化工作的一个部门,它如果不能充分明了文化工作各方面的意义而要求能在批评这一部门单独得到成功,那简直是不能想像的。所谓文化修养粗略地说可以分成两类:一类是对于过去历史文化的了解,另一类便是对于现代世界思潮和本国历史社会环境的正确认识。只有根据了这样的理解,批评家才能养成独立评价的一个瞭望的高点。

批评家的工作并不只在衡量作品的音节如何美,或者意境如何妙,主要他得通过这些,去判断作者的意识是否正确,态度是否健康,作品在客观上产生的影响是否有利于社会和人民生活的改进。这就是说,批评家为了他工作的需要,是注定应该熟悉历史,确知历史发展的趋向的。

熟悉历史,能增强我们的认识、勇气和能力。凡是伟大的历史家因为他们都说了真实话所以便成了我们的引路者。历史告诉我们过去人类向自然界和专制暴君斗争的故事,告诉我们人类在这种斗争中怎样逐渐教育,改造和武装了自己,怎样在逐渐发展了他的创造力,同时又指示了这种斗争虽然经过无数磨折阻碍却依然无可抗拒的发展下去。人类要求自由幸福的意志将是永远不能阻拦的,谁想阻拦谁就只好灭亡。历史又提供了我们比较的材料,过去的生活是那样黑暗丑恶,再也不应当去开倒车;今天的努力没有白费,如果继续努力下去那么我们的生活一定能更加光明。这可以给我们安慰同时也有勉励。

增强了我们的认识,也就是增强了我们的勇气和能力。能力就是从认识和勇气来的。人类的历史社会斗争史同时也就是人类斗争能力的成长发展史,在过去的斗争中所造成了的种种知识,得到科学的积聚,还尽在生长,并且越来越深刻、广泛、尖锐,这些正就是今天我们无穷发展的最好出发点。

对一般的历史如此,对本身事业的历史也是如此。文艺批评家应该熟悉文艺的历史,文艺批评的历史。如果他们对于自己所从事着的工作,知道了它怎样发生、发展,以及过去已经完成了点什么,它的贡献在那里,等等详情时,那么他们就会了解这种工作在整个历史尤其是文化史上的意义,而能带着更大的兴奋来从事工作了。又不但是本国的这种专业的历史如此,对于外国的也应如此。真实的文艺在一切国家和一切民族中都是本质相同的。它们在表现的形式上虽不免有若干差异,但同是反抗着黑暗罪恶,打破着和黑暗罪恶妥协的卑

1848

怯心理,而推进人类走向自由幸福的道路,却是完全一致的。而且,为了要避免在复杂的文艺现象上只会硬套一般抽象的理论。批评者也不能不非常熟悉他专业的历史。[1]

要研究历史,就是要给批评建筑起一座坚固的瞭望台,这样就可看得清楚全部的局势,可以看得到远方的景致。所以只有那些自己没有前途,因而也怕看自己被围困在核心的局势,而且还想阻止人民得到历史的指示和鼓励的资产阶级,只有他们才会反对研究历史。[2]

文艺批评的最基本的任务是要透过作品的具体分析,来帮助作者教育读者,推进我们的革命建设事业。为此,批评家一定要能充分明了和切实把握时代。他还要能顾到本国社会的具体情况,把革命的理论原则灵活运用,而不是机械的硬套乱塞。

接受一种理论必要经过一个融和的过程,常常这还是一个长期艰苦的过程。无论谁都有他独自的生长环境和社会,独自的学习过程和教养料,这就渐渐形成了他的观点、论调,要想他马上改变是不可能的。他只有凭藉革命实践,苦心研究和自己内心的斗争,才能逐渐容纳别一种理论,才能逐渐改变自己而与它融和,而终于把它变成自己的东西。否则就不能变成他自己的。

凡是经过一番苦斗得来的理论便是自得的,虽然那仍可以跟许多别人的相同。对于这样的理论他就可以灵活运用,不是断片的抄袭,机械的继承,毫无抉择和批判,因为他在接受的当时就已经经过许多事实和经验的考量。他既然已经精通了这种理论,所以他就不会对于一切复杂的问题都给以一般化的机械的应用,也就不会不懂得用深入浅出的话语来说明它了。

批评家必须是战士

批评家一定要熟悉历史,理解社会,但单是这样还不够,他一定还要热爱生活,渴求进步,并能积极参加火热的革命斗争。也只有在这样的热爱和战斗之中他对于历史社会的熟悉和理解,才能更丰富、更深刻。

热爱生活就是要不容生活里有污点,有了就要设法消灭,并且还要把生活

---

[1] 参看高尔基《给青年作家》、《文艺放谈》、《给几个美国人的回信》诸文。

[2] 参看高尔基《给几个美国人的回信》。

更加提高,使它更加美好。批评家们如果不把批评看作一种严肃的科学工作、群众工作,而只把从事批评当做消闲的副业看待是非常错误而且卑劣,他必须付予这个工作以最大的责任感。他一定要这样才能始终坚持他的观点,而且也一定要这样之后他才能保有一种积极的协助作家的态度,同时并发展出他自己的才能。

人们对于无足重轻的事情常常采取随便的态度,但若批评家以为他的批评对于青年群众思想认识的正确或错误,将产生很大的影响,那么他对于这个工作就决不能轻率为之。无论那一个作家那一个作品,不管他是已成名的或未成名的,在批评的严格检讨下都难免有一些缺点,但只要他们不是存心作恶,只要它不是毫无可取,那么他们的成就仍应首先加以肯定,他们的努力都仍值得尊重,对于那些缺点则应该积极地帮助他们克服。因为他们现在虽还没有成熟,但将来是可能成熟的,它们现在虽然还有许多缺点,但是可能改善的,那时他们及其作品便将一同成为改造生活的新生巨大的力量。批评家最容易犯的毛病就是对于尚未成熟但并无恶意的作者作品不能抱着积极援助的态度,和给以深厚的同情。高尔基指出:所谓"才能"原来只是从对于工作的热情中成长起来的,"才能"在本质上就是对于工作和工作过程的一种爱。[①] 批评家如果真是热爱生活便自己也很容易发觉在批评工作中的错误。对于工作的认真态度,就可以造成工作的熟练,熟练不消说也是"才能"的源泉之一。

批评家应该"理智",但可怕的就是"冷淡"。只有游戏人生的旁观者才能冷淡,但在生活里没有强烈的爱憎的人却决不能成为巨大的批评家。"狂暴的贝沙里昂"(Vissarion Gregorievitch Belinsky),因为他在阴霾笼罩的反动时期,能像一座警钟似的警醒他同国睡眠着的人,指示他们起来同人民的死敌斗争,所以他是伟大的。在反对民众敌人的斗争中,别林斯基尽他所能的参预了一切猛烈的斗争,他总是一只悍鹰,一个不屈不挠的战士。他把整个一生的努力都献给了人民事业。他的工作没有白费,毕竟唤醒了并培养了无数民主的斗士,他的后代终于在不久之后就达成他的目的了。

"我们生存在意气消沉的时代",高尔基说:"我们被封锁在怀疑之中,在冷静的薄光之中过日子。把这些东西一扫而空之后,我们须要用希望来修饰人

_____

① 高尔基《给某青年作家》,见《给初学写作者》,第63页,以群译,平明出版社1953年6月四版。

1850

生,用活动来推进人生,用思想来提高人生,把我们的生活改造成更合理的、更生动的、更复杂的东西。这正是我们的义务。"①是的,这正是我们的义务,而在目前则这种义务应该表现在建设社会主义的实践上,我们应该和人民一同奋斗。作为一个批评家,如果对于充满在这个时代社会里的新旧斗争不了解,他又怎能来独立评价现在的许多作品呢?因为如果他不曾亲自参加,他又怎能有真正的了解呢?

明明白白,批评家在今天还想靠一些漂亮的辞句或者符咒似的术语,来吓唬读者,来赢取读者的信仰,是越来越不可能了。而且就是用那些不痛不痒的敷衍之词也已不可能。我们的生活是如此丰富,多彩,如此的澎湃腾踊,批评家不能不看见这个情景,否则就只好自己宣告了工作的死刑。希腊的普罗亭诺斯说:"没有眼睛能看见日光,假使它不是日光性的,没有心灵能看见美,假使他自己不是美的,你若想观照神与美,先要你自己似神而美。"法国的散文家蒙田也这样说:"判断崇伟的事物须有崇伟的灵魂,否则我们会把自己底弱点当做它们底弱点。"②批评家们如想做到真正巨大,他们就应该先把自己造成"似神而美",造成自己的"崇伟的灵魂"。这就是说,他必须站在革命斗争的最前列,善于掌握马列主义的理论,社会主义现实主义的批评方法,而更重要的是他应当常具有一个革命战士的崇高品质。

生活经验和文艺修养

但是文艺批评家毕竟是要通过对于文艺作品的具体的研究分析而战斗的,因此他一定还应该同时是一个在文艺上有优秀趣味和渊博知识的人。

所谓对文艺方面的修养不外几种:对于马列主义文艺理论的精研,对于各时代主要作家作品的熟悉,对于当前作品及其倾向的仔细体察,以及对于文艺表现技术的生动把握,和辛勤的调查搜集笔记等等工作。这些工作应该同时进行,并且要尽力把它们互相沟通。

要认识确实就得多多观察,多多体会,感受,这在生活方面是如此,对艺术的材料也是一样。譬如看画,如邓椿所说:"草木鸟兽之赋状也,其在五方,各自

---

① 高尔基《犬儒主义论》。
② 蒙田《论善恶之辨大部分系于我们底意见》,《世界文库》本。

不同,而观画者独以其五方所见,论难形似之不同,以为或小或大,或长或短,或丰或瘠,互为讥笑,以为口实,非善观者也。"①画家作画,"外师造化,中得心源",他们运思落笔,都有深意,如何草草一瞥就能看尽? 如果一定要加议论,而又想不落"揣骨听声"的下乘②,那么至少也当做到汤垕所说的:"见画爱玩不去手,见鉴赏之士,便加礼问,遍借记录,仿佛成诵,详味其言,历观名迹,参考古说,始有少悟。"③吴道子刚看见张僧繇的画时,脱口而出骂了他一句:"浪得名耳。"然而细细一看却真有妙处,并且越是细看便越觉得巧妙,于是"坐卧其下,三日不能去"④。有些伟大作品根本就是不能随随便便从一只角落看去便能发觉其伟大的。又如看诗,欧阳修就也说"春风疑不到天涯,二月山城未见花"这两句诗如果没有下句那么上句将如何平凡,但见到了下句却就可以看出上句倒非常工巧。⑤ 苏东坡说的陶诗"平畴交远风,良苗亦怀新","非古之偶耕植杖者不能道此语,非余之世农,亦不能识此语之妙"⑥,也是实情。再如看文,有人问朱熹西汉文章和韩愈他们相比如何? 朱熹告诉他:"而今难说,便与公说,某人优,某人劣,公亦未必信得及,须是自看得这一人文字某处好,某处有病,识得破了,却看那一人文字,便见优劣如何。若看这一人文字未破,如何定得优劣? 便说与公优劣,公亦如何便见其优劣处?"他又告诉说:"今人所以识古人文字不破,只是不曾仔细看,又兼是先将自家意思,横在胸次,所以见从那偏处去说出来,也都是横说。"⑦不从全体去观察,去求了解,不肯仔解去研究,和生活经验印证,又还要怀着成见去衡量一切,这样就当然不能产出独立的有价值的评判。

批评家应该要努力成为作家们及其作品的"知音"。在这一点上,我以为差不多一千五百年前我们的批评大师刘勰的下面一节话,对于现在的一般批评家仍有很大的教益:⑧

夫篇章杂沓,质文交加,知多偏好,人莫圆该,慷慨者逆声而击节,酝藉

---

① 邓椿《画继·杂说论远》。
② 沈括《梦溪笔谈》卷十七,以为无识之论谓之揣骨听声。
③ 汤垕《画鉴》,见《说郛》卷十三。
④ 事载《升庵全集》卷六十六。
⑤ 欧阳修《笔说》。
⑥ 苏轼《东坡题跋》卷二。
⑦ 《朱子语类》卷八。
⑧ 刘勰《文心雕龙·知音》。

者见密而高蹈，浮慧者观绮而跃心，爱奇者闻诡而惊听。会己则嗟讽，异我则沮弃，各执一隅之解，欲拟万端之变，所谓东向而望，不见西墙也。凡操千曲而后晓声，观千剑而后识器，故圆照之象，务先博观。阅乔岳以形培塿，酌沧波以喻畎浍，无私于轻重，不偏于憎爱，然后能平理若衡，照辞如镜矣。

一个批评家必须比作家具有更多方面的社会知识，更有系统的对社会生活的理解，更深刻的对社会现象的判别能力，只有这样，他才能更有效的帮助作家教育读者。也只有这样，才能建立起批评工作的威信来。

1853

文学创作与自
我批评[*]

我们都有许多毛病

我们都有许多毛病,但总很少肯承认在自己的行为里也有错误,在自己的心灵里也有丑恶。从古以来,世界上只有极少数的人们肯如此承认,而且是公开坦白的承认,如果说我们不肯承认并不能给洗清了所有的错恶,那么他们承认了倒反显出他们的特殊高尚了。在俄国文学史上,像果戈理,像托尔斯泰,他们就都是这样的人。

不仅在创作上,果戈理对待自己的态度是如此严格,就像伯朗杰所说的:"没有什么比那被勇敢地投进火炉去的原稿的火焰,更能够照出这个作家了。"尤其在自己的人格、精神方面,他更是毫不容情的向自己鞭挞。冒充的巡按使赫莱斯达阔夫也吧,卑鄙可哂的乞乞可夫也吧,果戈理一概都承认了自己有时也会变成这样的人物。当托尔斯泰被人认为是一个有德之士的时候,他却把自己的卑劣的过去丝毫也不隐讳地公告了出来:"我在战争中杀人,我和人挑战,想在决斗之中杀死他们;我赌输了钱,消费农人的劳动,还给他们刑罚;自己放荡地生活,欺骗人民、撒谎、抢劫,各种方式的奸淫、酗酒、行凶、杀人,没有我不曾干过的罪恶。"[①]又当他被视为一个有德的艺术大师的时候,他却又这样向N·A·阿历山德罗夫自白:"我生活在这宽恕人类淫欲的理论之迷雾中,而且,

---

* 原书按语:本文原载《展望》第5卷第4期。1954年2月修正补充后收入本书。

① 托尔斯泰《忏悔录》。

说得高尚点，服务于艺术已经三十年了。然而，我必须说，这是非常舒适的服务。我曾做过所有的所谓艺术家们做过的事，我学会一种无用的技能，但却是搔搔人类色情的一种，不管我所想到的是什么，我把它们写成许多的书；我之写它们，就因为它们能够搔搔人类的色情，而且我可以从它们身上得到钱，我得到了钱另外还听到说我在做着非常重要的工作，而我自己也非常之快乐。……估量到我自己，我发觉我所做过的事，并不见得比不穿衬裤的姑娘们在歌剧中跳舞、拥抱高尚一点，也不见得有什么不同！"就这样，当托尔斯泰无情地暴露他自己的错恶的时候，他灵魂上那纯洁璀璨的一面也就展示了出来，虽然他所提出来的主张我们倒并不赞同。还有什么会比这种严厉的自我批评更需要勇气和胆量呢？

在自我批评中成长

我们有些人之所以缺少这种严厉地自我批评的勇气，基本的原因，就在于缺少一种信仰、一种力量、一种坚强固执的爱，并没有那种足以把自己改造过来的确信。一个没有信仰、没有力量、没有爱的人当然不会有真正的自我批评，因为他不会感觉这种需要，他无从发现自己有什么缺点应该批评。在另一方面，如果他还没有力量没有决心来改造自己，来克服自己的缺点，那么缺点的暴露就好像在他人面前自己卸下武装，这种人不消说是不肯老老实实批评自己的。不但不肯老老实实批评自己，有的恐怕还要花言巧语天花乱坠地把自己夸傲一番哩。

因此，严厉的自我批评不但是一个健康的现象，并且是一个健康的象征。在社会上，它常常只出现于前进上升的阶级中，对个人讲，只有那弥满着前进的活力的人物才有这种精神，而也因此，这种阶级这种个人才更容易获得成功和发展。当今天已经没落的资产阶级在社会上造成了滔天的罪恶，而拼命想掩饰、嫁祸，唯恐人们指出这是他们的错恶的时候，雄心勃勃也生气勃勃的无产阶级却在自己的斗争中勇敢地号召了严厉的自我批评，这真是一个非常鲜明的对照。

远在二十多年前，就是说，当社会主义的先进国家苏联还在生长途中尚未根深蒂固的时期，他们的领导者就曾一再郑重的通告，号召大家发展"从上到下与从下到上"的自我批评，因为他们的伟大领袖曾经这样说："自我批评是我们党的力量的象征,而不是它的弱点的象征。只有强大的党,只有在生活中根深蒂固的党,一个向着胜利迈进的党,才能这样毫无怜惜地进行指出本身缺点的自我批评,正如党在过去以及将来永远在民众面前进行这种批评一样。在民众眼前蒙蔽真理的党,畏惧光明和批评的党,就不成为党,而是一群注定要失败的骗子。"可以说,苏联就是在它这种毫无怜惜的自我批评中克服了缺点,强大起来的。而像我们过去所一向看见的,那在人民眼前蒙蔽真理,畏惧光明和批评的国民党反动统治者呢,则果然已经一败涂地了。那批恶棍是如此的卑劣、贪污、残暴,是如此的完全背弃人民,所以他们就被历史注定失败了。

在把个人的命运与集体的命运看作交织在一起,并且直接依它为转移的苏联人民,在他们的个人与集体之间会高扬着自我批评的精神,实在是非常自然的事情。一个人如果不只想到他自己,他自己那种种动物性的享受,他如果能倾向于伟大的人民事业,那么自然他就会感到自己的努力是多么不够,自己的锻炼是多么需要加强。自我批评之所以成为加速个人进步的一个不可或缺的方法的确不是偶然的。

严厉的自我批评是力强的象征

在人民事业的披荆斩棘的前进中,因为这个事业本身的巨大性,和人们还缺少着足够的知识与经验,加上各人的觉悟程度不同,所以,在前进的过程中会发生种种的错误和缺点,是必然难免的。可是光有错误和缺点,并不能构成严重的危机。真正严重的危机,并不在有错误和缺点,而在于忽视它们,或者不肯坦白承认它们。而严格的自我批评,这正是表明我们有认识和矫正这些错误缺点的眼光与力量,所以说,它实在是力强的象征,是战斗的,积极的,富有强烈的责任感与原则性的品质。

在俄国的文学里自从果戈理以来一直有着一个"批评和嘲讽的传统",这个传统在苏联成立以后是被更热心的继承着,他们称这是"俄国文学中的新精神"。在欢呼这个新的国家胜利地成立的同时,作家们绝没有放松了对它发展途中若干缺点的鞭挞,他们以尖辣的讽刺来回答当时流行的官样乐观主义,他们毫不容情的攻击着一些工作者的无知、粗鲁,和由于这些人的错误而造成的社会的损失。他们看到这给一切人指路的新的国家还包括着不少仍过着痛苦生活的人民,一些新来的官吏还和他们的前辈一样贿赂,一些点起革命之火的

1856

人还撒谎、造谣、欺骗，还施用着卑劣的技俩。不少小资产阶级和一知半解的人，他们虽然表面上接受了共产党的标语，而在内心上还仍然保持着占据的、私有的观念。卡泰耶夫在他《盗用公款的人们》里叙述了分布于苏联各机关内的寄生虫和伪善者，有些而且还掌握着各地方的权柄。以后伊芙和皮特洛夫在他们合作的讽刺小说《十二把椅子》和《金牛犊》里也叙述了一些苏联的害虫怎样带着共产党的官衔去欺骗人民。

所有这些对于危害这个新国家的害虫们的讽刺和攻击，苏联政府都让它们表白出来了，而且是鼓励作家们如此批评了。应当知道，那时苏联的地位还并没有十分稳固，流亡在国外的白俄以及一切帝国主义者正在贪婪地热心抓住任何一个只要稍微可以用来诽谤苏联，破坏苏联的口实，这些严厉的自我批评正可以被他们用来当作反对新政权的武器。但苏联政府毕竟毫不顾忌地如此做了，便因为他们认为：超乎一切之上者，还在本身的健全，如果对敌人和坏思想姑息，那就不免要对人民事业犯罪。历史证明他们这种英勇的决断是正确的。伟大的苏联果然因此就更加强固了。

人民的力量是无比的，人民革命的怒潮是无法阻遏的，正因为人民是有着最好的前途，所以他们才不怕公开、及时、正确的指责自己，才不怕敌人利用自己的自我批评来反对自己，他们就像钢铁一样矗立在现代历史的洪流里，腐败的统治者们休想能撼动他的毫末。

生活里一个不可或缺的节目

从资产阶级和封建余孽的腐败统治转变为劳动人民的胜利，今天人民所从事着的是历史上最伟大的社会改造，在这个改造中间，无论在工作或工作者的本身，必然都会充满着复杂性和困难。旧的习惯，旧的心理，过去的残余，传统思想在我们身上种下的恶根，都不是一下子就能完全铲除的。而且，我们是在人民群众的注视之下工作着，由于他们的教养已经日趋丰富，因之他们的要求也将越来越严格。所以自我批评决不是一时的需要，它应该成为日常工作的一部分，成为我们生活里一个不可或缺的节目。伟大的解放事业在每个阶段上对人们都提出了新的任务，新的问题，为了要胜任地解决它们，我们每一个人就不能不经常同自己的种种缺点斗争。

真正的自我批评在态度上一定是忠实的，在程度上一定是严格的，而在效

1857

果上，则一定要具有广泛的教育意义。为此，公开而详尽的批判是必要的。应该坦白确切地指出：自己在那些地方错了恶了？怎样错了恶了的？那内在的原因是什么？那错恶的发展过程是如何？有什么坏影响？怎样自己发觉的？又应该怎样才能改正过来？诸如此类，自我批评如果越坦白，越严格，越确切，那么它的教育意义也就越大。这样不但可以使批评者自己获得进步，也可以使别人免得再蹈你的覆辙，可以帮助他们去克服自己的错恶。

因之，那种掩掩饰饰不敢真把自己的错恶完全坦露出来的自我批评是绝不能发生什么好作用的，现在资产阶级和封建残余的统治者就常玩弄这种把戏，但也不过是一种把戏而已，戳穿过几次以后不见得还能使人相信。这完全是一种自欺欺人的假惺惺，想来缓和人民的反抗的。过去有许多暴君或者昏君，往往在国事败坏，人民蜂起反抗，局面已到无可挽救的时候，就乞灵于一纸"罪己诏"，总是说得楚楚动听，仿佛真已觉悟了似的，举个例子，就像唐德宗兴元元年的这一道："朕长于深宫之中，暗于经国之务，积习易溺，居安忘危，不知稼穑之艰难，不恤征戍之劳苦……犹昧省己，遂用兴伐，征师四方，转饷千里，赋车藉马，远近骚然……力役不息，田莱多荒，暴令峻于诛求，疲民空于杼轴，转死沟壑，离去乡里，邑里丘墟，人烟断绝。天谴于上，而朕不寤；人怨于下，而朕不知。……"可是事实证明这些话不过都是一些废话。为什么？因为他们如果幸而还能苟延残喘，十九必仍是荒淫胡涂老样子，而若是就此垮了，那也就一切都不必说了。

虚伪的骗人的自我批评有两个特点：其一就是不敢直说、深说，顶多只能说些不重要的缺点作个陪衬；其二，就是即使说了，亦只是说说而已，决不真做。国民党反动统治者就是如此。如果他们这时还没有被打垮，他们倒真会以为这一着还能骗得过人民的眼睛呢。可恨的这班臭官僚政客！

反省与成功

和其他社会行为一样，文学工作者对于他们的作品，一样需要严格的自我批评。这将增进他们的思想水平和艺术修养。凡是自夸自大，不会或不愿注意自己作品的缺点，不明白惟有克服缺点方合他创作发展的规律者，这种作者绝不可能写出优秀的作品来。

无论在创作以前，或创作以后，作者都不可不痛下一番自我批评的工夫。

各方面的准备都已经充分了么？自己的认识算得上是没有错误了么？表现上的缺点在那里？应该如何修正？长久的酝酿与沉思，不断的改作，涂抹和删除，凡是大作家就都曾努力地把力所可及的一切都贯注到了他们的创作上去。整个创作过程如能始终浸透着自我批评的精神，这就可以防止了种种的毛病，就像：疏忽，草率，浮浅，矛盾不一致，杂乱无章，也就是说，这就可以防止失败，至少也可以减少许多失败的机会。

作者，在今天，是"灵魂的工程师"，责任是非常重大的。正因为他的责任是如此重大，所以他们对自己的要求，对自己作品的要求，就不能不更加严格。严肃的作者，对于自己所从事着的工作决不能不有一种责任的自觉。果戈理常是恳切地要求他的朋友们肯为指出自己作品的缺点，写信给阿克沙柯夫说："如果懦怯不妨碍每个人充分地讲述自己印象的性质，那么，一定会给我无比大的益处。……不害怕连累自己，不害怕伤损温柔的口气，和别人底情感的弦子，在头一分钟就讲出自己的最初印象的那种人，才是最宽大的人。"托尔斯泰曾说：一位作家应该是两个人，一个作家和一个批评家。他以为若是作家里面少了批评家，就非常危险。因此他的原稿总要经过七八次的改作。他说："我修改并变化，一直到我感觉我在开始摧残它。"[1] 果戈理、托尔斯泰的成功，同他们这种深刻的反省精神，是固结在一道，不能分开的。

文艺作品要完成团结与教育人民，在思想意识上武装人民的重大任务。作品是要影响到人民的思想和行动的，为此作者们就必须有严肃的责任感，就必须站稳工人阶级，热爱人民的立场，大胆揭示生活中的矛盾和冲突，从中表现出光明和胜利成长的事物，同时还像火一样的把生活中的一切反面的、腐朽的和垂死的东西，一切阻碍进步的东西加以烧毁，切不能松懈麻痹，盲目乐观，以为一切都将一帆风顺，再无什么困难和阻力。并且在这个工作上，作者们还应当"像一个侦察兵"似的去"发现"问题，而不应像一个"文书员"似的只是"抄写"或"叙述"问题。爱伦堡说得很好：[2]

　　作家得把内心的冲突和矛盾表现出来，他得指出精神上不健康的一切

---

① 伏尔克夫《关于〈战争与和平〉的写作》，周行译，见《作家研究》，第172页，新文艺出版社1952年9月第一版。

② 爱伦堡《谈谈作家的工作》，叶湘文译，见《译文》1953年12月号，第190页。

征候，揭示隐藏在人的心灵深处的光明和黑暗的斗争。

一个农学家看到这些或那些种植方法没有效，他就老实说出来。一个工程师发现这种或那种生产中的成绩不能使人满意，他就毫不隐瞒地说出来。作家的责任，——不但要描写那些已经表面化的冲突和解决这些冲突的办法。作家应该把书中和报纸上都还没有提到过的精神上的毛病表现出来。如果作家对于人的内心世界能够比他的读者看得更清楚，更全面，那为什么他不把那些还没有为大家所看到的现象表现出来呢？作家的位置不在辎重队里，他不像司令部里的文书员，而像一个侦察兵。他不是抄写，不是叙述，而是发现。

作者们对于自己和自己的作品，尤应随时进行严格的自我批评，克服自满自大、因循懒散等等不好的习性。只有这样的作者，才能被认为对人民有贡献或可能有贡献的人，也只有这样的作品，才能起教育人民前进的作用。

高尔基论文学批评[*]

　　高尔基不但是一个小说家、剧作家、诗人，在文学的领域里，他还是一个卓绝的批评家。作为一个文学批评家，我以为不但他在苏联文坛上的地位是无可比拟的，并且，这在他自己的全部成就里也是非常重要的。他的批评理论是那样深彻、明确，充满着热情和自信，就像一种钢铁的声音在响亮。没有一个缺点能逃过他的眼睛，没有一个敌人不被他击倒，没有一张丑恶的嘴脸不被他揭破，同时又没有一个人能够像他那样对人民的文学事业具有最高的热忱，对努力的作者洋溢着无限关切和掖助的深心了。

　　高尔基是一个批评家，但还不止此，他同时更是一个批评的批评家。他在这方面的表现是同样巨大而必要。他除开自己认真严肃地批评着一个个的作家和作品，另外也认真严肃地注视着整个批评界的工作。他希望批评能对创作有切实的帮助，可是如要做到这一点，首先就应端正批评界的不良风气，提高批评文章的质量，这中间必然要关涉到批评的态度、方法等等问题，而为了这一点，高尔基便曾以极大的努力做了许多富有建设意义的工作。

　　如果我们注意研究高尔基在批评的批评这方面所提出的意见，将能发现，他的如下就要叙述到的这许多尖锐的指摘和积极的提示，对于今天我们的文学批评工作也是多么有益。

---

　　[*]　原书按语：本文原载《展望》第 5 卷第 22 期。1954 年 3 月修正补充后收入本书。

严格地清洗一切市侩主义的影响

高尔基非常重视批评家的态度问题。他对于那种轻率的、不负责任的、不公正的批评感到十分的愤怒,因为这样的批评态度绝不可能为文学这个集体事业带来任何帮助,反之,它只是要破坏这个事业。在《论文艺及其他》中他这样指出:

批评家们的读书,是走马看花的,他们好像只找机会去和作家为难,去打倒他。这就是我所谓对于别人作品所持的一种偏狭歪曲的态度。我绝对的相信这种态度只能产生仇恨,挑拨作家,像是把黄沙放进机器去一样。①

在《苏联的文学》里他又指出有些批评家的一种"更坏的"态度,便是:

不是写得无关痛痒,就是写得过于激烈——当批评家私人同情于某个作家或者与某一害有市侩底传染病"领袖主义"毛病的宗派之利益相联系的时候,他们就会写得过于激烈。②

高尔基以为,把批评写得含糊笼统,无关痛痒,或不公正地故意把一个作者实有的成就加以降低或抹煞,以及"把很平凡的作家捧得和伟大的作家一样高"③,对于文学事业都是很有害处的。

高尔基极端憎恶批评家中的小集团作风。认为这种宗派的内哄和分裂,势必要掩盖了文学的重大问题,而给阶级敌人以可乘之机。他说:

批评家们分成小集团,他们剧烈地争论着,互相攻讦着,同时把许多显

---

① 高尔基《论文艺及其他》,瞿秋白等译,见《为了人类》,第 188 页,潮锋出版社 1940 年 3 月第四版。(下引文同)

② 高尔基《苏联的文学》,第 54 页,曹葆华译,新文艺出版社 1953 年 11 月上海第一版。(下引文同)

③ 高尔基《论文艺及其他》,瞿秋白等译,见《为了人类》,第 188 页。

明的偏私、傲慢、私情、嫌恶,归根到底,把个人主义带到这个——未必有成果的——事业中来。

　　人们会很奇怪而且很可悲地看到:基本上意见一致的人们的争论,是用仇视的,充满最粗野的私人攻讦的语调进行的。在这些争论中,缺乏同志爱的情感和主要方针一致的意识。用欺诈伎俩和对思想及言语的不忠实的态度来互相叱责,企图刺痛争论者的鼻子和肚脐,露骨地暗示他的愚笨,以及舌剑唇枪等破坏性的手段,对于那些在一个正在建设社会主义文化的国度里选择了"生活教师"的职业的人们,未必是值得赞美的和必要的吧。"有名的"批评家们这些互相贬抑和凌辱的手段,会替新进批评者——目前还是书报评论者——培养那些同样粗野和有害的脾气。①

　　同一个目的的人,共同为着将来而工作的同志,互相之间的关系却是不谨慎的,冷酷的,互相对于别人的优点估量得不够,而凶狠的太心急的,太着重的指摘缺点。见解上是集体主义者,而在私人关系上,对于同志,……行动上是太个人主义了。②

因为批评家内哄和分裂,所以阶级敌人和坏蛋们就钻进来破坏文学事业,不幸的事情就要发生在我们中间了:

　　内哄和分裂,占据去了批评家们许多的时间和精力,所以当一个真的异端人出现在他们中间,他们有好久时光侦察不出来,直到他走到了极端,才大声疾呼地把他清除出去。③

　　批评家被互相的谩骂吞没了,还在纠正着意识形态的路线,不大看见文学里面爬进了"一百分之一百"的市侩。④

在同志的批评家之间发展着这样恶劣的关系,究竟是什么东西在里面作祟呢? 高尔基指出这不是别的,就是"市侩的意识和道德"、"市侩的病态的遗产"。

---

① 高尔基《论文学》,孟昌译,见《人民文学》总第 45、46 合期第 124 页。
② 高尔基《市侩》,见《高尔基论文选集》,第 85 页,瞿秋白译,人民文学出版社 1954 年 1 月北京第一版第一次印。(下引文同)
③ 高尔基《论文艺及其他》,瞿秋白等译,见《为了人类》,第 188 页。
④ 高尔基《市侩》,见《高尔基论文选集》,第 84 页。

因为这种意识和道德,它就是要尽可能的坚固而紧迫地束缚人的意志和理智,束缚那种向着集体主义方面进行的意志和理智。凡是染有这种"市侩的病态的遗产"的批评家,他们就会生长着一种"领袖主义",而这种"领袖主义"和我们所说的领导是有本质的差别的:

> "领袖主义"乃是一种时代病,它的产生是由于市侩们生命力底低落,由于他们感到自己在资本家和无产阶级的斗争中的必然灭亡,而且由于他们在灭亡面前的恐怖——这种恐怖把市侩们驱逐到他们早已习惯认为是在物质上最强大的方面——别人劳动底雇佣者和剥削者、世界底劫掠者方面。从内在讲来,"领袖主义"乃是个人主义底衰颓、无力和贫乏之结果,从外表讲来,它表现为这样的脓疮,如爱柏特、诺斯克、希特勒以及资本主义的现实底其他与此类似的英雄。在我们国家里,正创造着社会主义的现实,这样的脓疮当然是不可能的。但是我们国家里仍然留存着一些作为市侩底遗产的脓疱,他们不能了解"领袖主义"与领导之间的本质的差别,虽然这个差别是十分明显的:领导是高度地重视人们底精力,指出那种用极小的力量而获得最大的实际效果的道路,至于"领袖主义"乃是市侩想站在他的同志们底头上的个人主义的企图,这是只要有灵活的手腕、空空的头脑、空空的心肠,就极其容易成功的。①

市侩主义只是制造具有破坏性的毒药,因此高尔基坚决主张"应当严格地清洗一切市侩主义的影响"。他说文学家们对于自己中间的一切现象必须负集体的责任。

文学是一种集体的事业,批评必须有助于创作的发展。批评家应当对作家负责,也对读者负责。为此在批评家和作家之间,批评家和批评家之间,就有必要造成一种诚意的、与人为善的、互相帮助、互相尊重的同志关系。高尔基说:

> 我们生在阶级社会里,在那里每人必须保卫自己以防止其他一切人的侵犯;有很多人在进入没有阶级的社会的时候,他们已经失去了互相的信任,他们由于几百年来争夺生活中方便的地位已经丧失了对劳动人类——

---

① 高尔基《苏联的文学》,第 54 页。

1864

一切宝贵东西的创造者的尊敬和热爱。我们没有进行自我批评所必需的足够的诚意;我们在互相批评时,表现出过多的卑劣的小市民的恶意。我们还觉得,我们所批评的是我们一块面包的竞争者,而不是这样一种工作上的同志,这种工作日益深刻地具有着世界一切优秀力量的唤起者的作用。……

前进和提高——这是我们大家唯一值得我们走的道路。……提高——这是什么意义呢?这就是说,应该站得高过琐碎的私人的争吵,高过自尊心,高过夺取第一把交椅的斗争,高过想指挥别人的欲望,高过我们从过去的庸俗和愚蠢所继承下来的一切东西。……我们一分钟也不能忘记,整个劳动人民的世界在听着我们,想着我们,我们是在人类有史以来从未有过的读者和观众面前工作。同志们,我号召你们学习——学习思考、学习工作、学习互相尊敬和珍重,要像战场上的战士们互相珍重一样,千万不要把精力浪费在彼此间为芝麻小事的争吵上,因为现在正是历史号召我们去和旧世界进行残酷的斗争的时候。[1]

批评家应当有高度的责任感;他不应不感到自己深重的责任。"我们的现实是纪念碑性的,值得画大幅的画,用意像把它概括起来的",因此批评家们在开口指摘作家的工作以前,应当质问自己能否帮助作家去创造这种概括的和综合的东西。也应当自问:自己究竟有没有能力去指导读者正确的判断和欣赏作品。高尔基说:"文学家的评论应该像火星一样放出光芒,燃起思想的熊熊巨火。"[2]但要做到这点,就一定要首先纠正轻率的批评态度。

批评家之间应当有不同意见的争论,不能设想正确的批评用不着任何争论就能自然产生。但这里却完全用不着以互相谩骂的方式来解决问题,这样子问题必将永远得不到正确的解决。高尔基主张应当在会议上,通过同志性的谈话来解决争论,他说:

如果批评家在会议上,而不是在杂志上,来解决小团体的争执和琐屑

---

① 高尔基《在苏联第一次作家代表大会上的结束语》,曹葆华译,见《人民文学》1953 年 12 月号。

② 高尔基《在苏联第一次作家代表大会上的结束语》。

的争论,岂不是更实际,更有益么?而在杂志上,这样时常发见那些总是不适宜的文章,而且是"在激怒和气愤之中"写的。我看,召集小小的,批评家和作家的会议,为着进行文学问题的同志性的谈话——一般的是合于"时代精神"的。①

　　批评家之间的矛盾也会更迅速地、更顺利地弄清楚的,如果不是在纸上,而是采用敌对集团在讨论会,会议和大会上个别和直接来往的方法的话。彼此隔得远远的争吵会带有过分抽象和琐碎的性质。在同志间直接来往的条件下,论战会更准确地符合"事业"这个概念。②

文学批评是一种非常严肃的、艰巨的工作,任何轻率,不负责任,个人主义的市侩态度都一定会给文学事业带来重大的损害。高尔基的这些指责和建议,都是必要的,正确的,并且切实可行的。

反对主观主义、教条主义的批评方法

在文学批评的方法上,高尔基一再指出主观主义——教条主义的危害性。他认为犯有这种毛病的批评是没有好处的,空洞无物的。这样的批评因为"没有根据那由直接观察澎湃的生活过程而得到的事实去评价",因为是从教条出发而不是从对生活和作品的真知灼见出发,所以又是烦琐的,毫不生动的。高尔基指出这种批评的主要表现之一就是大量引用着革命导师们的字句,却不懂得如何融会贯通,使之成为批评行动的指南:

　　我们的批评家也许在意识上确是很完备的,但是要用简单明朗的话把辩证法的唯物论利用到艺术的问题上去,就有东西把它们阻碍了。他们引用着卡尔(马克思)、恩格斯、普列哈诺夫和伊里奇(列宁)的话,但是他们把这些话埋葬在噜苏的泥沼里,把引来的话的真意义反使掩掉了。关于文艺和关于作家所应该说的话,倒没有清楚地说出来,并且时常有抱同一种意

---

① 高尔基《市侩》,见《高尔基论文选集》,第89页。
② 高尔基《论文学》,孟昌译,见《人民文学》总第15、46合期第125页。

识的批评家对于一个作家提出绝对不同的要求的。①

　　我们的批评，特别是作家们最常读的在报纸上的批评，乃是没有才能的，烦琐的，而且对于日常的现实是不大认识的。在现实正飞驰地变换着的今天，在充溢着形形色色的活动的今天，书本报章知识底无用就特别鲜明地暴露出来了。没有具备或不曾制定一个单独的、领导的、批判的哲学思想，总是反复使用马克思、恩格斯、列宁底同一的词句，批评家们从来没有根据那由直接观察澎湃的生活过程而得到的事实去评价主题、性格和人们底相互关系。在我们的国家以及我们的工作中间，存在着许多为马克思——恩格斯当时不曾预见到的东西。批评家们向作家说："这做得不对，因为我们的导师们关于这点是那样说的。"但是他们不能说：'这是不对的，因为现实底事实是与作者底叙述相矛盾的。'在批评家们常用的一切借自别人的观念当中，他们显然是完全忘记了恩格斯底这一个最宝贵的观念："我们的学说——不是教条，而是行动底指南。"我们的批评不是充分地起作用的、有弹性的、活生生的。②

　　"事实应当用事实来评论"③，但主观主义者教条主义者只有一些非常偏狭的想法和教条，根本没有事实，所以他们这种批评的另一表现就必然是缺乏具体的科学的分析：

　　假如不能看透被批评的作家，是否是普洛列塔利亚底公然或隐然的敌人，和不能区别重要或不重要的问题，虽是歪曲了现实，但这也不过是写作拙劣或错误罢了，我们应该温和地严肃地说明他怎样错误，为什么拙劣，那一点歪曲了。完全怒骂他或者是嘲笑他，这便成为往昔那种沙皇学校的讲着绝对真理的教师底办法。正如谢德林所说：知识分子在这种学校是好像"适应卑鄙"地在学习着一样。④

　　批评家读稿读得很匆忙和疏忽。常常发生这样的事情，就是作者技术

_____

① 高尔基《论文艺及其他》，见《为了人类》，第186页。
② 高尔基《苏联的文学》，第54页。
③ 高尔基《在苏联第一次作家代表大会上的结束语》。
④ 高尔基《文艺放谈》，林林译，见《高尔基文学论集》，第185页，天马书店版。

上的薄弱会被认为他思想上的不坚定。一个还不会用十分明朗的言语来表现自己思想、形象、性格和风景画的青年人，还不能被认为是一个"复古者"。应该教他业务的技术，而不应该割去他的舌头，或砍去他的手。总之，外科不能作为教育的方法。驼子的外科治疗的企图，证实了古老格言的真理："只有坟墓才能医好社会的驼子"，然而在思想方面可以使驼子变直，这就是教育的责任。[①]

文学批评必须要有具体的科学的分析，必须从实际出发，"把整个倾向是反人民的作品和有缺点甚至有错误但整个倾向是进步的作品加以区别"，"把作家对生活的有意识的歪曲和由于作家认识能力不足或是表现技术不足而造成的对生活的不真实的描写加以区别"；[②]同时又必须在批评了作品的缺点和错误之后，对造成这种缺点和错误的原因作出具体的分析，并积极地指出改正的途径。只有这样，批评家才真能鼓励作家的创造性和积极性。

高尔基非常注意文学的技术。他说："在工作中起着决定性作用的常常不是材料，而常常是技巧。"[③]他指出："材料的社会意义越重大，它所要求的形式就越加严格、准确和鲜明。"他又说，"如果青年文学家们理解自己需要学习，扩大自己的知识，加强自己的认识力，研究自己所钻研的非常重要的和责任深重的革命事业的技术"，那么文学的形式的成就以及它的现实的范围就将变得更加珍贵，更加广泛。[④] 因此他认为如果批评只讲作家的政治色彩，而不分析他的艺术，是不够的，是不能给作家多少帮助的。他说：

> 现在的批评家是时常不去教育作家，而只在攻击作家，不说组织经验的方法，而只讲作者的政治色彩了。但是假如非把作家的经验系统地组织起来，如非使他的情感，和他的智慧互相调和，政治主张对于这种青年作家只像是一种硬装上去的东西，他可以把它很机械地丢开，它们就高耸在空中的。朵勃洛卢博夫、车尔尼雪夫斯基和普列哈诺夫都是教育作家的。但

---

① 高尔基《论文学》，孟昌译，见《人民文学》总第 45、46 合期第 124 页。
② 周扬《为创造更多的优秀的文学艺术作品而奋斗》中的话。
③ 高尔基《论文学》，孟昌译，见《人民文学》总第 45、46 合期第 123 页。
④ 高尔基《论短视和远见》，孟昌译，见《人民文学》总第 43 期第 93 页。

是我们的批评家的方法和语调,却只能使我们疑惑他们这种引经据典的手段,究有多少使人信服的能力呵!……①

虽然我们时常说到写到关于长篇小说,短篇小说和戏剧的阶级内容,说得也很多,写得也很多,但是我们并没有说过关于技巧上的方法。这种方法假如我们要介绍我们伟大的现实之中的一部分东西到现代文学里去,倒是必得用到的。②

在进行批评的时候,高尔基再三亲切地劝告批评家们"要多多注意整个文学,而不要注意它的个别现象"。在批评到某一作家或某一作品的时候,批评家也不应当把他们从整个文学中隔开来讨论:

批评家拿起一部个别的作品,或多或少地给它施行外科手术,然而讲到文学家,并不就是讲到文学,而且一切疾病完全不是外科医生所能医好的。批评家把某一部作品从整个文学中割裂和截断的时候,他就会对一个作者孤立地进行批评,并把主题——他和许多别的作者所共同的主题范围缩小了。③

高尔基认为批评如能及时的做出一些概括性的评论对读者的社会教育意义是很大的。例如批评家"每年把文学界一年来所发掘的主题的文学作品加以评论",或"把一年来文学方面的成就加以评论",是非常有益的。因为:"这些概况使读者相信像新世界的建设的各方面一样,我们在文学方面也有非常美好的成就;像到处一样,在这里,国家年轻的主人——工人阶级宣布自己的才能,自己的精力。"④

高尔基指出:要求苏联文学在极短的时期内就创造出像《战争与和平》那样伟大的不朽的作品,是完全无意义的,而且在这样要求的人中间,很可能还存在着一种恶毒的愿望。他指出:

---

① 高尔基《论社会主义现实主义》,孟昌译,见《人民文学》总第 41 期第 76 页。
② 高尔基《论文艺及其他》,瞿秋白等译,见《为了人类》,第 186—189 页。
③ 高尔基《论文学》,孟昌译,见《人民文学》总第 45、46 合期第 119 页。
④ 高尔基《论文学》,孟昌译,见《人民文学》总第 45、46 合期第 120 页。

有人肯定说，我们年轻的文学没有创造出文字的造型艺术的巨匠。我们修正说：它还来不及创造。这是自然的。它存在还不够十年，而这种年龄，如果产生出巨人，倒是一种反常的现象。……

人们指出说："苏联文学没有创造出伟大的作品。"要求年轻的苏联作家立即创造出相等于，譬如说吧，《战争与和平》那样不朽的作品，这是完全无意义的。然而某些聪明人所要求的正是这样的丰功伟绩。有时候看来，在这种要求底下隐藏着这样一个具有挑拨性的愿望：就是迫使青年研究他还力所不能胜任的主题，而当这个或那个作家歪曲、损害一个复杂的主题的时候，就幸灾乐祸地嘲笑他，而且顺便嘲笑整个苏联文学。必须记着，在十九世纪中叶，当法国革命的火焰不仅已经熄灭，而且煤炭也被小市民的幸福的冷灰掩盖以后，人们开始写十八世纪末的法国革命了。

要求"巨大的"和"完美的"语言艺术作品，不仅为时尚早，而且好像具有唯美主义倾向似的。苏联文学之所以不能创造出《战争与和平》，因为苏联文学和苏联一切创造力量一同生存在和旧世界作战的状态中，在新世界的紧张的建设中。战争是不能容纳唯美主义的。在战争中，只有冷淡的无耻汉才会成为唯美主义者。①

高尔基说，年轻的苏联文学虽还没有来得及创造出《战争与和平》这样的作品，但苏联的青年作家却大多数已具有惊人的才能，只要他们再努力学习，他们的才能就会发展得更快，更有光辉。由于在"任何时候，任何地方，文学还不曾跟生活'步调一致'，像我国今日的文学一样"，所以年轻的苏联文学虽然还存在着一些弱点，但它的优点却更多，而且无疑是有着最广阔的发展的前途。

无论是批评作品也好，对批评进行再批评也好，高尔基的工作目的只有一个：就是保护社会主义现实主义文学的成长和发展，使它不致受到敌人和市侩主义者的破坏和损害。文学批评只有像高尔基这样有了如此明确的工作目的，它才能从根本上理解有全面地、具体地分析作品思想性和艺术性的必要，而认识主观主义的教条主义的批评，不但不能解决问题，并且还是十分有害的了。

---

① 高尔基《论文学》，孟昌译，见《人民文学》总第 45、46 合期 115—119 页。

1870

批评文章必须写得单纯明朗生动

谁都知道,高尔基是多么重视文学作品的语言。因之,他说:"教导初学写作者写得简洁、明朗和通顺,这是批评家的责任,我甚至以为,这是他的主要责任。"①可是糟糕得很,批评家们"一般说来,他本人学习不好,并且不注重自己的语言"。"我们的批评家也不能教导作家简单地、明白地、经济地写,因为他自己就写得冗长、晦涩。"②高尔基说:

> 青年的批评界,因为自己的倔强,却忘记了长篇大论的花言巧语时常掩蔽了"根本的路线",而且他们的辩论,对于青年群众,尤其是外省的,实在很难懂。越来越时常的听见对于文艺批评的"难懂","混乱","矛盾"的抱怨了。③

> 我们青年批评家们底论文,那种抽象性,无内容,无生命的枯燥的言语,唯名论和烦琐哲学家底饶舌,真是令人吃惊。在这些论文,既碰不着活泼的肉体,又听不到历史底强有力的言语,也没有事实底解明。……他们底论文,是多余地填着哲学的术语,既难读,又无聊。④

> 如果我们写得更简洁、更经济,这样"使得言语严密,思想广阔",而不是那样,例如:"……我们必须排斥那种不关心政治的讨论的倾向",那么,我想,就会有益得多了。

> 不是可以说得更简单些么:我们排斥在我们的争论中不谈政治的企图。世界上没有不能用简单明了的话语来表达的事物。列宁使人完全信服地证明这点。然而我们的批评家不大关心教育学中所必需的单纯和明朗。……

> 青年文学家埋怨说:"术语使问题的本质模糊起来,我们这里,人们写最冗长的句子,差不多每句都有插入句。难读到这样的程度,以致我们小

---

① 高尔基《论文学》,孟昌译,见《人民文学》总第 45、46 合期第 123 页。
② 高尔基《苏联的文学》,第 54 页。
③ 高尔基《市侩》,见《高尔基论文选集》,第 88 页。
④ 高尔基《文艺放谈》,林林译,见《高尔基文学论集》,第 185—186 页。

组中有两个人拒绝参加共同研究……"我个人觉得，这些牢骚是公平的。[①]

这些批评家的语言为什么会这样冗长、烦琐、混乱、难懂？这主要就因为他们对于所批评的作品所讨论的问题还并无真正清楚的认识，他们不过是从别人那里拿来了一些教条，生吞活剥，随意乱套，因此往往说了一大篇话，却连自己也不清楚究竟说中了要点没有。

高尔基说："作为一种感动的力量，语言的真正的美，是由于言辞的准确、明朗和响亮动听而产生出来的，这些言辞形成书籍中的情景、性格和思想。对一个作家——艺术家来说，他必须广泛地熟悉我国语言最丰富的语汇，必须善于从其中挑选最准确、明朗和生动有力的字。"又说："作家必须细心研究语言，必须发展从语言中挑选文学语言的最单纯、明朗和生动的字眼的才能，这种文学语言是洗炼过的，然而被空洞和畸形的字眼所竭力破坏的。"[②]批评文章虽然和创作有些不同，它的主要任务并不在于描写人们活生生的姿态，但并不是这样它就可以不必用洗炼过的文学语言来写作了。因为，也只有把最单纯、明朗、生动的字眼联结起来，并把这些字，按照它们的意思，正确的排列起来，才能够很好地构成批评家的思想。何况，批评家也应当负起"教导初学写作者写得简洁、明朗和通顺"的责任。

"评论既要精采，又要简短。"[③]对于批评文章的要求来说，再没有比高尔基这两句话更明确，更重要，更概括的了。

批评家应当比作家具有更多方面的知识

文学批评家不但要很有效的帮助作家，促进创作，尤其还要教育读者，使判断力还不强的青年读者能把他们的批评文章作为自己阅读作品时的指导。为此，批评家就应当比作家具有更多方面的知识，具有更深刻的理解和判断力，否则他就不能负起这样重大的责任。高尔基指责批评家的不学，和那种无知的批评，说：

---

① 高尔基《论文学》，孟昌译，见《人民文学》总第 45、46 合期第 124—125 页。

② 高尔基《论社会主义现实主义》，孟昌译，见《人民文学》总第 41 期第 73 页。

③ 高尔基《在苏联第一次作家代表大会上的结束语》。

批评家想像着自己是大教师,而这些教师是很多的,这些人们教的时候,就忘记自学的必要了。他们过于常常由于所得到的知识的口头喧嚷而变得耳聋,由于他们很快地所采取的思想的俗艳而变得盲目。①

批评家要有引起读者注意的权利,必须有胜于读者的才能,要比作家更明了本国的历史,本国民众的生活方式——大体在文学上必须站于比作家较高的地位。……

您的评论总是噜苏不清,而且缺乏作为读者的我当然要向批评家要求的有价值的内容。——亦即缺乏历史及俄国文学与其传统之力的知识,同时关于下述的事项,缺乏优美地表现的手段:这些传统怎样由社会事情而发生及继续变化,这些变化有多少是适当的,在什么地方蕴蓄着不自然的部分,而且最后在现代文学中,究竟何者于社会于民众为有害,何者为有益。②

高尔基经常指出作家必须有远见,应该扩大自己的眼界,以便加强自己的活动。作家如此,批评家尤其应当如此。而所谓远见——

它是由于文学家观察,比较和研究各种生活现象的结果而形成的。文学家的社会经验越广,他的见解就越高,他的理智的眼界就越宽,他就越加清楚地看见世界上什么跟什么邻接,看见这些接近和接触的事物之间的交互作用。科学的社会主义为我们创造了最高的理性的高原,从那里可以清晰地看见过去,从那里指示出一条走向未来的唯一的捷路,从"必然的王国到自由的王国"的道路。……

我们的作家在生活上和创作上必须登高远望,从那高处——而且只有从那高处——才会看清资本主义的一切龌龊的罪恶行为,它的一切卑鄙的血腥的意图,并且会看见无产阶级专政者的一切英雄主义的工作的伟大。要能够登高远望,只有摆脱那职业的,行会的,日常烦琐的生活的蜘蛛网,

---

① 高尔基《论工作的不熟练疏忽不忠实等等》,孟昌译,见《文学散论》,第61页,文献出版社版。

② 高尔基《致黎伏夫·逻迦乞夫斯基》,楼逸夫译,见《高尔基文艺书简集》,第65页,开明书店1949年3月第六版。

我们也许不知不觉会慢慢地被它缠绕着的。必须明白,日常烦琐的生活会使我们变成工人阶级的寄生虫,变成像大多数资产阶级作家常常所扮演的那些社会小丑。①

要很好地说明和了解过去那些恶毒的,磨难人的卑鄙龌龊的事情,就必须发展自己从现在的成就的高处,从未来的伟大目标的高处注视过去的才能。这种高度的观点一定会,而且将会激发起那种骄傲的,喜悦的热情,这种热情会使我国文学具有新的风格,会帮助它创立新的形式,创立我们所必需的新思潮——社会主义现实主义,这,不用说,只有靠社会主义经验的事实才能够创立起来。②

从以上两节话,高尔基不但说明了远见的必要,而且还清楚地说明了这种远见应当怎样去形成。这就是说,只有当批评家们有了极广的生活经验,并能根据科学的社会主义来观察、比较和研究各种生活现象,而且摆脱了那种职业的、行会的、日常烦琐的生活的蜘蛛网的缠绕时,他们才可能形成这种远见,才可能达到这个高处而清晰地看见过去,并预见到走向未来的唯一的捷路。

科学社会主义的理论,本国历史和文学史的知识,古典文学遗产的继承,特别是对于现实生活和各种各样人物的熟悉,这些都是文学批评家必须具备的资本。如果说只从书本和报章上知道的事物并不能给作家多少滋养,那么,这种事物对于批评家同样也绝不应成为写作的主要凭借。否则,他们的批评必然会因为缺少了生活和事实的根据,而变成空洞无物。

高尔基的指示完全正确:只有当批评家们能够站在思想斗争的最前线,深入了生活,经常的倾听群众意见,并不断的学习之后,他们的批评才能正确,才能给文学艺术事业贡献出宝贵的力量。

(本书 1954 年 6 月由东方书店出版)

---

① 高尔基《论短视与远见》,孟昌译,见《人民文学》总第 43 期第 94 页。
② 高尔基《论社会主义现实主义》,孟昌译,见《人民文学》总第 41 期第 76 页。

学习语文的经验和方法

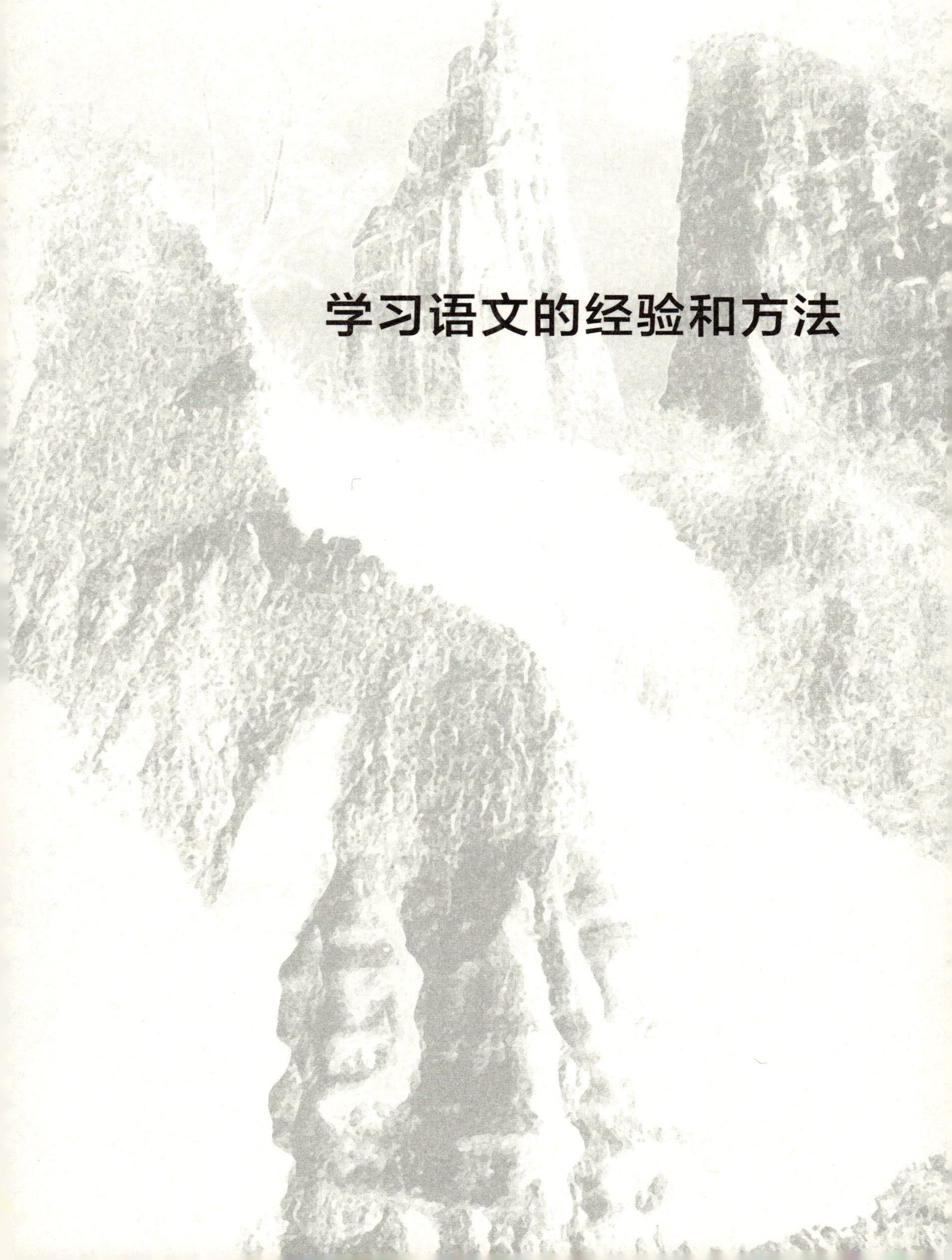

自学成才与
语文自学

一、自学历来就是成才的重要途径

自学比之在全日制高等学校里进行正规的学习,诚然存在某些限制,但限制决不是很大的,对很多同志来说,可说是无足轻重的,特别对自学文科的青年同志来说,尤是如此。

历史上有很多著名的学者专家,甚至公认的大师,是自学成才的。大家知道,现代伟大的革命家、思想家、文学家鲁迅,在国内学校未专门学过文学,去日本学的起初是医学。郭沫若也一样。他们后来在文学上的成就,可说都出于自学。他们靠努力攻读,留心观察,刻苦研究,又在革命实践和创作实践中不断充实提高,终于在文学事业以至革命事业上都作出了巨大的贡献。可以说,无论古今中外,自学历来就是成才的重要途径。没有读过正规大学而成才者,固然由于自学,读过正规大学而成才者,也还是由于在自学上下了苦功。

以我自己为例,在中等师范毕业教过两年小学后,考进了三十年代的国立大学中文系。大学毕业后又考进了国立大学研究院的文科研究所,以致每被有些同志戏称为"科班出身"。我读过的大学中文系,在当时都称得上"名牌",老师中有不少确实极有学问,值得尊敬。可是我今天扪心自问,到底从听课中得到了多少知识?并非我过于狂妄,实在很少很少。不是这些老师教得不好,而是课堂里教的内容其实非常之少。加上有些老师不甚注意教学方法,不善因材施教,上课时扯得太远,漫无边际,令学生不明所以……如果只以听他们这些课为满足,只捧住这些课上的几行笔记当资本,肯定学不到多少东西,成不了什么才,更不要说成为高才。

那末为什么过去学校里的确也成就了一些人才,出过一批高才呢? 我体会,关键就在有无自学之功了。老师们的真正学问,多数体现在他的著作里,中间头头是道,有根有据,比起在课堂里听他的一鳞半爪,细读他的原著要有益得多。这就要自学。好的老师,他自己讲得不多,可是他能指点你该去读谁的书,读哪些必读的书,顺着怎样的次序去读,读时注意哪些问题,读后怎样思考、提问、把想法记录下来。这就更要自学。照我的观察,凡是后来多少成了人才的,是有这种自学之功的同学;后来成了真正的高才的,是深有这种自学之功的同学。名牌大学毕业出来的有的是废品,名师之下有的是劣徒,这种实例难道不是到处都有吗? 我自己这个形式上"科班出身"的人,如果勉强不致被老同学老朋友列入"劣徒"一档,唯一得益处就在多多少少有一点自学之功。几十年来,总算泛览杂抄过不少书,手写过近十万张卡片、杂记。以我为例,无非想说明一点,有幸进全日制大学固然好,由于种种原因没有进大学的,从成才这点来看,的确关系不大。学校里有老师,是一个有利条件,可是常言道:"师父领进门,修行在自身。"你自己不修行,不自学,师父没法用棍子把你打进门去。而目前各方面热心的教师是非常多的。有教材,有自学指导书,有各种咨询、辅导、讲习机会,有大量的书籍、杂志可供自学参考,自学的客观条件是比较好的。

要走通自学成才的道路,韧劲是关键。所谓韧劲,就是不怕困难,不屈不挠,不达目的誓不罢休。俗话说:"天下无难事,只怕有心人。"这个心就是决心、信心、苦心。如果说,封建时代的穷读书人,为了争取个"秀才"什么的功名,还能忍受十载寒窗之苦,那末,我们今天社会主义时代的有为青年,为什么不能远远胜过他们呢?

今天有些青年对年长者发这种牢骚:当年你们生活比我们好得多,成才条件自然也好得多。我以为这是很不全面的。我在抗日战争时期读大学,每个月只领六块钱"战区学生贷金",勉强够吃饭。研究院毕业后留校当讲师,领最低级讲师的工资,不过一百四十元,可是物价飞涨,这些钱只够两个人的饭费,不久还有了孩子,情况决不比今天的青年同志好些。战争年代,生活难得安定,随时准备"逃难",免受日本侵略军的蹂躏,生活和学习的条件并不比今天许多同志好。好的当然有,达官贵人子女照样纸醉金迷,可是他们中间难道真出了什么高才吗? 没有。今天许多革命前辈,正是从两万五千里长征中过来,从窑洞里熬出来,从战斗间隙的实践和生活重压下苦练苦学成才的。我自己虽历艰苦而愧未有才，但我的一些老同学老朋友却无不是历尽艰难困苦而成才的。韧劲使他们取得了不同程度的成功。

自学青年要看到自己也有比在校学习有利的方面。例如在职工作的同志，虽不能把全部精力、时间都投入书本学习，但工作实践本身就是一种最好的学习。周围有各色各样的人物，可以接触到更广泛的社会生活，这一点在校学生就比不上了。特别对文科的学习，如有比较丰富的体会经验，在分析理解上往往提高得快，比较敏锐，这就可弥补学校生活面狭小的不足。但是，光具备学习条件，而没有一股子韧劲，也是不成的。自学青年同志们如能刻苦努力，持之以恒，遇难而进，听见一些冷言冷语不灰心丧气，一定会自学成才。

二、语文自学的一些方法及参考书

有了决不可少的韧劲，还得讲究点方法。成才的方法不可能是一律的，因为各人的志趣不同，所处客观环境和主客观条件都会有种种差异。硬说只有一种方法，我以为是不科学的。

但有些方法，既然很多人行之已见成效，就很值得参考。你可以借鉴、补充、发展、再创新，而没有理由轻视别人已有的好经验。

对自学中国语文的同志来说，既已根据自己的情况，选定了这一目标，就应该循着各科自学大纲规定的次序，根据大纲的要求，踏踏实实地前进。

学语法，一定要认真钻研教材，多做练习，做好练习，否则作用不大。好处是毕竟学的是我们自己现代的语言，努力为之，是不难掌握的。不过也要注意，因为是我们所使用的现代语言，便轻视之，以为不用费多少力气就能掌握，抱这种态度是学不好的。

注意文字表达十分重要。我们听人发言，往往觉得此人口才不差，写出来必定成为佳作，但实际情况往往令人失望，不要说谋篇布局，就是普通道理，也可能表达得杂乱无章。用词不当，别字不少，还在其次。这是因为，一般听人讲话，只重大意，对语法文字上的毛病，不大注意，很容易"滑"过去。如讲的内容颇有趣味，大致不差，一般人对次要毛病就不会去吹毛求疵。而且，对口头上的东西往往也不大容易做到细细推敲。可是任何比较复杂、深刻的问题，优美、细致、曲折的感情，最后总要写出来才为成果，才得推广，才真能表现出其实在的价值。古人早有感觉，有些东西一时可以语惊四座，是因当时人们未加深思熟

1879

虑,待后来仔细一想,就再也不愿点头了。这说明对每一位同志来说,尽可能学好语文,对自己表情达意,提高综合概括能力,做好工作是很重要的。

自学语文,可采用上海华东师范大学出版社出版的《大学语文》(修订本)为教材,修订本中增加了多种便于自学的材料。上海等省市已选定这本书为自学考试的教材。为了帮助自学青年学好《大学语文》,建议以下列读物为参考书:

《语法修辞讲话》,吕叔湘、朱德熙,中国青年出版社

《古汉语语法十讲》,上海教育出版社

《大学语文教材选讲》,华东师范大学出版社

《古典文学名篇赏析》,上海教育出版社

学习《大学语文》,要掌握每篇课文的主要内容和主要的表现方法。要特别注意把握作者的思想感情,以及他是如何围绕主题进行剪裁,如何谋篇布局,如何遣词造句的。阅读古典诗文,还应了解常用的文言词语和成语含义;了解名词、形容词和动词的一般活用情况,了解常见文言虚字和文言句式的用法。

如果说学好语文有什么诀窍的话,"勤奏苦练"四个字就是诀窍。

要勤读:

既要勤于博览,又要勤于精读。要在读懂每篇课文的基础上挑选三四十篇短小精悍的作品进行精读。《上海市中国语文自学考试大纲》所列的四十篇熟读篇目可供参考。在学习课文时,要发挥自己的主动性,先独立思考,然后再看参考资料,以便比较。"读书百遍,其义自见",课文中有些不好懂的地方,查查工具书,仔细读几遍,多想想,往往就理解了。另外还应选读一定数量的课外读物,将精读和博览有机地结合起来。

课外阅读书目举例:

《诗经选》,余冠英注释

《先秦诸子散文选译》,上海古籍出版社

《史记选》,王伯祥选注

《唐代散文选注》,上海古籍出版社

《唐诗选》,人民文学出版社

《宋代散文选注》,上海古籍出版社

《宋词选》,人民文学出版社

《元散曲选注》,王季思等

《三国演义》,罗贯中

《水浒传》,施耐庵

《西游记》,吴承恩

《聊斋志异》,蒲松龄

《儒林外史》,吴敬梓

《红楼梦》,曹雪芹

《鲁迅选集》,中国青年出版社

此外,为了帮助阅读,提高识别能力,也应该懂得一些文艺理论。全国高等学校文艺理论研究会主办的《文艺理论研究》季刊(华东师范大学出版社出版),内容包括古今中外的文艺理论,可以参阅。

要苦练:

(一)练使用工具书。学习中遇到的疑难问题,如果注释不够详细,可以利用一些工具书来自行解决。工具书的种类很多,可找些介绍这方面知识的书籍看看。工具书能使我们节约很多时间,提高学习效率。《辞海》《辞源》现在比较易得,要经常利用,熟练使用。

(二)练断句、标点。自选一些没有标点过的古文,作断句、标点练习,这对理解作品,提高古文阅读能力,学会正确使用标点符号,都有益处。如果你断句、标点得都不错,就可说明你已基本理解这个作品了。因为断句、标点的过程,也就是思索、领会、玩味的过程。

(三)练翻译。把古文译成今语,不仅可以加深对作品的理解,还可锻炼文字表达能力,从中学习优秀作品的艺术表现技巧。经过翻译,对作品的印象就更深刻了。

(四)练写作。把读和写紧密结合起来,进步可以更快。可以学习和参照范文,练习各种体裁的文章,也可通过日记、读书笔记、工作总结、调查报告、通信等各种形式来进行。

学习语文对我们每一个人来说,都是需要一辈子努力的事。我国的文学遗产无比丰富,是全人类精神文明的一大宝库。我们今天要建设社会主义的精神文明,一定要从文学遗产中吸取养料,古为今用。

"勇气产生力量"

——从老舍师四十八年前给我
写的序文说开去

    老舍先生是我最尊敬的大学时代的老师之一,我直接听过他给我们讲的《小说作法》与《欧洲通史》两门课。那是 1935 年暑后,他从济南齐鲁大学转到青岛山东大学中文系来任教。那时,我是"山大文学会"的负责人,爱好写作,又应约为天津《益世报》编《益世小品》周刊,故同他的接触比一般同学多些。我们文学会开会讨论时,老舍师来参加过几次,也曾到他家举行过。每次去看他,总非常热情、坦率,正在写作时也立即站起来,拉手,询问学习情况,问得我很不好意思,因为我并未做到他经常指导我们的那样,必须多读、多想、多写。记得曾两次送去短稿请他提些修改意见。他看后,除了鼓励我应有不怕失败的勇气外,又直率地指出稿中不少看法偏激、浮浅以及表达不充分和无力的地方。一方面使我如坐针毡,同时也从深心里涌起对他的无限感激。他的话,既严肃又亲切,既原则又具体,对我深有裨益。后来,我把为各报写的小品、散文结为一集,题名《芭蕉集》,有人愿为我介绍到上海一家出版公司去出版。年轻无知,当然很高兴,编成后便请老舍师和当时寓青的王统照先生分别作序。承蒙两位都一口答应,并且很快就交给我了。我分别留了个抄件,便把书稿寄出。这大概是 1936 年的事。后因日寇侵略日急,终至爆发了抗战,加之内容原不高明,书未出成,最后竟连书稿都杳无下落了。抗战八年,我辗转西南各省,每次轻装必然先丢掉不能解决饥寒问题的书刊信件,1940 年我抵达粤北坪石村时,两篇序文的抄件已只剩下统照先生的一篇,还是由于夹在一本爱读的书里才得以侥幸保存下来。回想老舍师当年多次晤面时对我的关怀与鼓励,对他的序文的遗失,我一直感到无限的怅惘。因为我约略记得,他在这篇虽然不长的序文里,还对我说过值得永远记住的教言。

再也没有料到,通过《人民日报》1983年7月25日第八版对《老舍文艺评论集》(安徽人民出版社出版)一书的介绍,竟使我看到了他这篇序文中的一些原话。佳木同志介绍文章中涉及这篇序文的部分是这样写的:

1935年,他在给徐中玉的散文集《芭蕉集》写的序言里有:"写吧,什么都要写!只有写出来才能明白什么叫创作。青年人不会害怕,也不要害怕;勇气产生力量,经验自然带来技巧,莫失去青春,努力要在今日。"字里行间,表现作者对青年的关切。

我十分高兴,因为这段回忆,把老舍师通过对我个人的这本并未出成的小书所表达的美意,传达给今天的广大青年作者们了。他对我当时这番言简意赅、语重心长的指导,我认为对今天的广大青年作者们同样具有指导作用。序文写于四十八年以前,今年我已经六十九岁了,积四十八年之经验,我多少知道了"勇气产生力量"这句话的精理。我觉得这句话不仅对青年人从事文学工作是精理,对青年们从事任何工作,包括做一辈子人,都是精理。

"青年人不会害怕",应该这样,"初生牛犊不怕虎"嘛!青年时就畏首畏尾,这也怕,那也怕,没有一点闯劲,还像什么青年!古往今来已经产生了那么多的名篇巨著,真是高峰插云,难免有人会发"观止"之叹。但这是老站在平地上或低矮处的看法。如果站得很高,更高一些,就象今天坐在大型客机上,从万米高空看下来,不是群山尽在自己的脚下,所谓插云的高峰,渺小得可以不入眼底吗?"海阔凭鱼跃,天空任鸟飞",如能想到这一些,我看即使在名家、权威面前,也就不会害怕。谦虚、自知之明、老老实实向先贤、前辈恭敬学习,当小学生,自然完全应该,也必须如此,但这绝不等于害怕。需要害怕的是自己缺乏远大目标、高尚品德、坚毅意志。条件好时还好说。条件太差、遭遇坎坷、挫折频频,有时难免又会害怕起来,这时老舍师的下一句"也不要害怕",就值得我们深思,可以从中汲取力量了。不妨一想,文学史上屈原、司马迁、李白、杜甫、苏轼直到鲁迅这些大家,哪一位是从一帆风顺中生活过来的?如果他们在艰难困苦甚至奇耻大辱面前,害怕了,后退了,还能成为千古不朽的文学大家吗?

的确,勇气能产生力量。老是害怕,就象瘫倒了的一般,没有行动,毫无锻炼,哪会产生出力量来呢?没有勇气,包括面对挫折的勇气,那是会连写作练习、投稿都不敢的。对一个爱好文学的青年同志来说,没有勇气就是自己堵住

1883

了原来很想走的道路——如果你有勇气的话也许正是大可发挥你的聪明才智的道路。当然，要求的决不是蛮勇、傻勇、主观乱来的冲撞。它必须建立在崇高理想、丰富知识、刻苦奋斗的基础上。实事求是，理论联系实际，反映生活真实，为人民服务，为社会主义服务，所有这些，在道理上大概已无人反对，可是作为一个文学作者，要做到这样，真不是很容易的，会遇到各种各样意想不到的困难。实事求是不仅要对生活有深入的洞察，还得有很大的勇气。不消说现在的形势比之过去已好得远了，可是没有这种勇气看来还不行。过去常说搞理论的要有理论勇气，才能有所创新，有所发展，不为成说所限，而为社会进步作出应有的贡献。难道搞创作的不是同样地非常需要勇气？无论是理论还是创作，党的三中全会以来，凡是在广大读者中间产生了积极影响，推动了拨乱反正大计的，莫不由于理论工作者和作家有了这种勇气。这种同志中，青年人占的比例不少，是着实可敬可喜的。正是这种建立在大智上的大勇，既增长了青年同志自己的力量，也增加了我们整个社会、整个革命事业的力量。

重温四十八年前老舍师给我写下的这几句话，结合我自己近五十年的治学经验，不能不使我越发感到他这些话的深刻和有力。真值得把他的这几句话永远铭刻在自己的深心里，铭刻在广大青年同志的深心里。

1884

专心致志 必能成功

看到了上海市首次进行高等教育自学考试的成绩,觉得非常高兴,深深感到党和政府为广大在职和待业青年开辟的这一高等教育自学大道的确太好了。在全市实际参加考试的同志中,及格的百分比为百分之四十八点二。华东师范大学中文系本科考试三门课,及格的百分比总计还稍微高于全市各校的平均比例数。老实说,这是超过了很多同志的预想的。

参加自学考试的同志,其中很多是在职的,据我所知,只有少数同志在考前得到领导部门照顾,利用一些工作时间作了比较集中的准备。待业同志也要承担部分家务,料理其他问题。总之,他们的学习条件,都不如在校学生优越。考试的题目,大致都是按照全日制高校读完这门课程后应当达到的程度来出的,很多同志原来设想,能有百分之三十的及格率,就算不错了。没有想到竟然达到了将近一半的高额。这说明了广大青年同志的学习积极性已大大提高,说明了经过拨乱反正,党和政府的方针正确,大家信心百倍,都想学习更多的知识,掌握更好的本领,为建设祖国,实现四个现代化,争取作出尽可能多一点、大一点的贡献。

在考试期间,我因工作关系,曾多次到考场里观察。考试结束后,也曾接触过一些参加考试的同志,了解到一些他们平时自学的情况。许多应考同志的严肃认真精神使我感动。有好几位已经是六十岁左右的老同志了,已经退休或退休在即,但他们还是带头自学、应考。不消说,他们绝不是为了争取"三同"才来的。"活到老,学到老",退休离休了,还要就力所能及为国家、社会出力。他们这样做,更为各单位的青年同志和家属亲友中的后辈,起了最可宝贵的模范作用。这些同志的高尚行动和积极进取精神,对我也是很好的促进。年老的还得进修,精力旺盛、来日方长、国家民族正寄希望于你们身上的青年同志,又怎能不快马加鞭,踊跃向前?

事实上很多青年同志正是这样拼搏前进的。这次考试及格比例出乎意料之高,就充分证明了这一点。"及格"已颇不容易,何况还有相当数量在八十分甚至超过九十分的呢?我们也设法了解到部分情况,很多同志能在困难条件下取得了好的甚至很好的成绩,主要的一条,就是他们能集中所能集中的精力,学习并学好了这一两门课。他们充分利用了教材和目前不难得到的有关参考材料,他们又充分利用了电台或学校举办的讲课机会。他们有的还自己联络同学,组织起来,互教互学。虽然限于各种条件,党和政府以及有关校系,还是想方设法提供了一点帮助自学的方便。而在这方面,参加上海电视大学学习的同志们,条件还更有利些。我相信参加上海电大学习的同志们,一定能取得更大的成绩,并为广大分散在各地农村、山区的青年同志创造出很多良好的经验。

在世界的历史上,有许多大学问家、大著作家都是自学成才的。德国的诗人和作家歌德(1749—1832)曾被恩格斯称赞为伟大思想家之一,有本《歌德谈话录》,是他的秘书爱克曼辑录的,其中保留了许多很有价值的材料,也有对决心自学成才者的箴言,我觉得极有意义。他认为"在科学和艺术的领域里,人们都相信这里完全是尘世间事(按:指这与神的作用无关),一切都只是人力的果实"①。人力的果实自何而来呢?既然谁都知道不可能一口饭就吃成个胖子,就应脚踏实地,一步一步踏踏实实地走。歌德虽力求多方面的见识,在实践方面却总是专心致志地从事一种专业。这在他当然就是"用德文写作的艺术",而这种专心致志的精神、做法,显然值得我们大家学习。

歌德这样教育爱克曼:

　　你得随时当心不要分散精力,要设法集中精力。三十年前我如果懂得这个道理,我的创作成就会完全不同。

　　把精力集中在有价值的东西上面,把一切对你没有好处和对你不相宜的东西都抛开。

　　聪明人会把凡是分散精力的要求置之度外,只专心致志地去学一门,

---

① 《歌德谈话录》,第 255 页,朱光潜译,人民文学出版社出版。

学一门就要把它学好。①

这是歌德的经验之谈，是他生活、学习了几十年之后，对后人的诚心诚意的指导。我自己也走过多年"分散精力"的弯路，深知这些话是金玉良言，早些回头就能多做些事情，多取得些成绩。因此我愿把他这些金玉良言介绍给正在自学的青年同志们。你们有工作，有家务，有必要的正当娱乐和体育锻炼，但此外的时间，希望你们一定要万分爱惜，充分利用，专心致志地用到一门、两门课程的钻研上去。常言道："一寸光阴一寸金，寸金难买寸光阴"，古代志士不是还有过"惜分阴"的故事么？为建设社会主义祖国而学习科学知识，"分秒必争"的精神，我们都应该有，都应该向已经这样做到的先进同志学习。

歌德还有一段话，倒是专为自学的青年们说的，请同志们一道来看他的话是否过苛：

　　我们看得出这位年轻人有才能，只是他全靠自学，因此，你们对他不应赞赏而应责备。才能不是天生的，可以任其自便的，而是要钻研艺术，请教良师，才会成才。近几天我读了莫札特答复一位寄些乐谱给他看的男爵的信，大意是说："你这样稍事涉猎艺术的人通常有两点毛病应受责备！一是没有自己的思想而抄袭旁人的思想，一是有了自己的思想而不会处理。"这话说得多么好！莫札特关于音乐所说的真话不是也适用于其它艺术么？②

歌德这里对一位经过自学已具一定基础的年轻画家的确是提出了较高的要求，我却以为并不是过苛的。自学可以成才。若未能成才，原因之一，即在只是一般地学过了，能死记硬背出教材了，却缺乏钻研，知其然而不知其所以然，不会开动脑筋，举一反三，甚至只知迷信、盲从；原因之二，即使有所钻研，有所思考，却方向不对，方法不对，不知向人求教，或缺少适当指导，很多时间精力浪费掉了。没有自得之见，又不能正确表达或运用自己的见解，当然也不行。这些毛病，在自学过程中是会产生的。问题在要知道这是毛病，需要克服。在仔细学习教材、打好基础的情况下，进一步自学，就得注意歌德提出的这些问题。学无

---

①　《歌德谈话录》，第 48、49、25 页，朱光潜译，人民文学出版社出版。

②　《歌德谈话录》，第 101 页，朱光潜译，人民文学出版社出版。

止境,创造无止境,老问题解决了,新问题又会出来。生命的意义就是勇往直前,知难而进,接过以前志士仁人的火炬,奋力前行,然后把火炬传到后来人的手里,由他们再奔向更远的前方去。

可爱的青年同志们,但愿你们在刻苦努力之后,迅速成长起来,快来接老一辈同志们手里的火炬吧!

略谈分析作品

我们阅读文学作品,总希望从它里面获得教育,但并不是经常都能顺利地满意地达到这个目的。往往作品是极好的,阅读时也有意要向它学习,却不一定真能学到多少东西;虽然读了许多作品,可是自己的思想、感情、认识还是很少提高,甚至对作品本身都不会欣赏。

阅读要有正确的目的。但还不能说,有了正确的目的,就一定能保证得到很大的收获。这里面有态度问题、方法问题。

阅读一篇作品,特别是那种思想深刻、感情强烈、形象丰富的作品,只有当我们象作战一样,把全部精力和热情都投在里面,多方思索、分析,认真体会、感受,总而言之,只有当我们付出了巨大的劳动代价之后,我们才有可能从这篇作品里面学到较多或很多的东西。

我们在把全部精力和热情投入作品里面,进行思索、分析、体会的时候,先要花一番准备的功夫。

应当尽可能了解一下作品的作者是怎样的一个人,了解一下他所处的时代,他的世界观,他的社会理想,他的生活和思想的发展线索,他对祖国和人民所抱的态度,他对人民事业有什么贡献。还有:他的主要作品是什么,这些作品有什么意义,他的写作方法有哪些特点。我们可以从有关这个作者的传记材料——包括他自己的书信、日记、自传性作品和同时代人的回忆录、别人的评论等等材料中去了解作者。这种了解能够帮助我们领会作品的意义。有些作者本身就是革命领袖或英雄模范,他们的崇高品格对于我们更是学习的榜样。如果这样的作者还是作品中的主要人物,那么对作者就更有详细了解的必要。

当然,对于作者的了解我们只能按照可能与必要的不同情况来进行。这并不是说对于无论什么作品的作者都要按照上述要求去详尽地了解。

了解作者,主要是为了帮助我们了解作品。我们知道了作者的生活和思想,懂得了作者为什么那样写,对他的作品就可以懂得深刻些。因此,我们要了解作者绝不同于把作者的历史跟作品中人物的行事混同起来,把典型人物的创造跟真人真事混同起来。

对于重要的作品,阅读时应当尽可能地了解一下它里面所写时代的基本特点。所谓基本特点,就是指当时阶级力量的对比特征,或同一阶级内部的矛盾冲突。这种知识能够帮助我们理解作品是在怎样的历史条件下写出的,作品中的人物是在怎样一种环境中和哪些条件下生活和行动的,这就能使我们以历史眼光来接近作品而不致作出轻率的结论。

为了达到充分理解和牢固地掌握作品的内容,就应该在经过必要的准备工作之后,对作品中的个别思想和作品的各个部分进行适当的分析。

必须明确,分析是为了阐明和理解作品的思想内容,揭示作品的主题。因此一切分析都应当集中地为达到这个目的服务。凡是离开了这个目的的分析,把注意力放在无关紧要的细节上,象考证《红楼梦》中"寿怡红群芳开夜宴"里的各人的座位,好象很具体、很切实,其实不但没有什么用处,反会取消作品中生动的思想感情和完整印象,分散我们对于作品主题的注意。而正确地掌握主题,则正是我们从作品取得教益的关键。

也必须明确,分析是为了更好地进行综合、概括。分析不是要把一篇作品的有机整体撕成碎片,而是通过分析,把这整体的精神实质、有机关系,理解得更透彻,体会得更完全。因此分析不同于割裂。分析必须把对于各个部分的研究和对整篇作品的评价联系起来,同时注意挖掘作品中的热烈情感、崇高意志和优美的语言风格。如果经过分析不但没有使自己增长对作品整体的认识,获得深切的感受,却只作了一大堆支离破碎、枯燥乏味的说教,那么这种分析就是完全失败的。

分析又切忌千篇一律,流于公式。对内容不同、体裁不同、艺术特点不同的作品固应有不同的分析方法,即使是同一体裁的作品,象同属诗歌体裁的抒情诗和史诗,两者都是通过个性描写去反映生活的,但由于前者多半缺乏情节而后者则经常借完整的个性和事件写出一幅逐渐展开的人生图画,即使站在相同的思想立场,反映相同的社会环境,然而对前者应着重体会作者对生活的深刻而真实的感受,从而通过这种体会来认识诗人对于生活的见解,后者则还是首先要分析其中的人生图画、完整的个性,体会它们的社会意义,分析方法也不可能完全一样。我们读小说、戏剧,应当以人物形象作为分析的中心,但自然也不必把作品中的每一个人物,不管他重要与否,都加以同样分量的分析。有时需要着重地分析一个人,有时需要结合同类的几个人物一道来分析,有时必须着重分析正面人物,有时则又必须着重分析反面人物,或必须把这两种人物密切联系起来分析。诸如此类,在取舍权衡之间,如果从具体作品出发作具体的分析,那么在方法上就可能也应当有种种的不同。有多种多样的作品就应有多种多样的分析方法,只有这样,才能帮助我们在阅读中感受认识到更多的事物。

下面我们再进一步谈谈怎样分析文学作品的问题。

我们首先必须按照作品本身的样子来分析。什么是作品本身的样子?简单说,作品的思想感情不是用抽象的论证直接地表达出来,而是经常通过形象体系或鲜明的人物形象来表现的。作者用形象揭示现实的本质,他让我们接触到具有各种性格的人物,这里面有英雄也有坏蛋,他让我们看见充满着矛盾和斗争的生活,他使我们好象能用手指来触摸到这些事物,而他也就以这些具有典型特征的人、这种复杂多变的现实生活,来教育我们,感动我们,影响我们。作者的思想虽然没有直接明确地说出来,但通过他对于人物的选择和安排、他所表现的性格和事件的整个发展,通过他对于人物的分明的爱和憎的描写,就能使我们同情和拥护他所热爱与赞美的,厌恶和反对他所鄙视与鞭挞的,他就能使我们感到有必要选择那种具有崇高品格的英雄人物为学习的榜样,而深恶痛绝并一定要消灭各色各样的反动落后的东西。这样,作者的思想就在作品的每个形象、每个故事和细节里,就在作品的全部艺术组织里、调子里,非常具体有力地表现了出来,甚至使最不会思考的读者也能立刻懂得他所要讲的一切。而作品的巨大的动人力量,也就是这样产生的。

因此,分析文学作品就必须以形象作为分析的中心。要从作品中获得充分的思想审美教育,就不能不以分析形象为前提。

有些人分析作品只注意从中去寻找一些教训条文,把作品直接当作政治课本来阅读,结果教训条文虽然寻出来罗列了很多,讲起来也头头是道,但凭着这些教条,对人对己都无益处。说是作品里有多么坚强、勇敢、爱国、爱劳动的英雄,但说的人自己就并未为这些英雄的行为所感动,这样的分析必然不会有什么好的结果。又有些人读作品只注意分析其中的故事情节,见曲折离奇就啧啧赞赏,见平淡无波就不以为然,这样的分析当然也不能达到正确掌握思想内容

1891

的目的。诸如此类,凡是不从分析意境或形象出发的,就一定不能够从所阅读的作品里取得真正的领会、应有的益处。

所谓分析人物形象,就是说要分析作品中人物的性格、他们的思想感情和行动、他们活动的环境和社会根据。但作品的思想不是表现在某些人物的单纯的个性上(例如固执、活泼之类),也不只是表现在某一个人物的身上,而是必须分析了若干重要的人物形象,并从他们的相互关系中来分析其中性格的典型特征,认识它的社会意义,才可能正确地理解作品的全部思想内容。人物有正面的和反面的,这两种人物都要加以分析,而且只有把这两种人联系起来分析,他们的性格特征才能更加明显,他们的可爱和可恨才能更加深入人心,从而产生他们的不同的社会制度的优劣也就更加可以使我们看得分明。

所谓分析人物形象,也就是说我们在阅读时一定要和作品里的英雄接近,并且和他们一道体验他们的生活。要理解作品,仅仅领会其中的问题还不够,必须进一步对作品中所写的人物和生活有深切的感受。没有感受就不可能真正理解作品中深刻的思想性。为了要感受,就必须想象,想象作品中的人物形象、自然景色、故事发生的场面和环境、在这环境中发生的行动。我们必须积极地促进想象力的活动,设身处地,仔细地体会揣摩,这种活动不但能提高兴趣,保持注意,巩固记忆,而且还能启发创造。所以列宁在《哲学笔记》里曾这样指出:就是在最严整的科学里,否认幻想的作用也是荒谬的。认为只有诗人才需要幻想,这是没有根据的,这是愚蠢的成见!就是在教学里也需要幻想,甚至于在微积分里也不可能没有幻想。幻想是最宝贵的品质……自然,只有建筑在广泛生活经验基础上的幻想,才能发挥更大的作用。

通过形象分析来掌握作品的思想内容,这种阅读的主要优点就是把教育的影响寄托在作品所写的事实的深度上,只要真有感受,便能对任何人都发生直接的影响。这样的分析便不致枯燥乏味,教条一套,而能亲切动人。

通过形象分析来掌握作品思想内容,就必须分析它的语言结构、表现方法。这两者的关系就是内容和形式的关系。在作品中,内容和形式是一个统一的整体,因此不应割裂开来,孤立地去看。但两者的关系,又是内容为主,形式为从。我们说作品中的某一句话、某一细节非常精确生动,那是由于这句话这个细节不但不是多余的,而且在表达主题思想上起了直接或间接的作用。我们有时也感到作品中的个别语句细节不很恰当,甚至还有毛病,这固然也是缺点,要是作品基本上是好的,我们不应该根据个别语句或个别细节的不恰当来否定它。这就是说,我们应当从整体和基本倾向出发来注意细节,这才能正确评定细节的价值,也不致夸大个别不恰当的细节的危害。有些人在阅读中只注意细节的问题,好象某一细节问题如不解决,就无法把全文阅读下去;好象某一细节如有毛病,这篇作品就无可再看,这都是不妥当的。其实如从整体出发来注意细节问题,有些问题自然非解决不可,另外有些问题就自然会感到不必那样拘泥苛求了。象女英雄刘胡兰,一说她是十四岁,一说她是十七岁,究竟哪一说对?这对阅读作品来说,就不是一个非先获得圆满解答便读不下去的问题。又如写武松打虎先说他抡起哨棒簌簌地将那树连枝带叶打将下来,以后又说原来是打在枯树上,因此有人就问:"既然是枯的树,哪还有什么叶呢?"其实在枯树上(枯死未久,或已枯还未全死的树)还带有些枯叶的情况,不是很普通么?至于象问某一作品中的榆树是生长在北京还是内蒙古之类,我以为就更少意义了。

分析作品的结构、段落,就是要理解作品的主要部分和各部分之间的逻辑的联系,就是要从事件发展的因果关系中去掌握作品的思想。分析作品的语言,理解到人民语言的生动、朴素,理解到某些人民口语还要精炼加工,使它成为更有表现力、更能符合人物性格和叙述需要的文学语言,固然可以丰富自己的词汇,发展自己的措词能力,但更重要的作用则是能够帮助读者分析人物形象,了解主题思想。因为艺术的语言,和作品中的人物性格,以及整篇的思想倾向是一定相适应的。

作品经过各种分析之后,就可能通过现象,挖掘本质,引出必然的结论来了。从分析到综合,从感性到理性,从形象的体会到概括的知识,这就是阅读作品的一个必经的过程。作品虽然不是政治课本或什么工作的教科书,但如作品本身是好的,分析方法是适当的,在阅读中也的确有极亲切的感受,那么当最后形象更加鲜明突出的时候,掩卷一想,许多经验教训自然就会清晰地深印在我们心头。若是一个英雄人物,他在和敌人斗争时应该抱什么态度?他应当怎样对待工作中的困难?他所受到的教育是哪里来的?新的社会制度对他的成长发生了什么影响?对于诸如此类的问题,这时就有血有肉具体真实地获得了认识。正因为这种认识是有血有肉的而不是抽象的教条,所以它就能深刻地教育我们,提醒我们,鼓励我们,不但使我们明确了前进的方向,而且把我们的批评能力也相应地提高了。我们如能做到这样,那么阅读作品的目的就算初步达到了。

1893

领会作品中的哲理
——从苏轼的诗文谈起

苏轼是一个著名的文学家，也是一个哲学家。人谓苏轼作品好议论，甚至"以议论为诗"，多半是事实，但是否全属缺点？不能这样说。宋人好发议论，有其政治、文化背景。政治、文化多次进行改革，也多次引起反改革的逆流，文人学士离不开这个现实环境，都要对社会政治文化诸方面的问题发表自己的看法，阐述自己的观点，以说服驳倒对方，这是时势使然，反映了时代的特点。正确中肯的议论为什么要反对？"以议论为诗"也应具体分析。苏轼就有这样两首名诗：

若言琴上有琴声，放在匣中何不鸣？
若言声在指头上，何不于君指上听？（《琴诗》中约四句）

横看成岭侧成峰，远近高低各不同。
不识庐山真面目，只缘身在此山中。（《题西林壁》）

两诗都可说是"以议论为诗"的，但又都成了名诗，这就是因为此中既有发人深省的哲理，又有耐人寻味的诗意。前一首至少体现出事物的成就，必须主客观统一，客观条件与主观努力都不可缺少。后一首又非常通俗地说明了固执一隅之见，是永远也不能看到全局的，只有尽量高瞻远瞩，才能看得完整，弄清真相。诗意中含蕴着哲理，理在"趣"中，议论不碍有趣，故这两首诗又被称为富有"理趣"的名诗。可以说，在这两首诗里，已把既是文学家又是哲学家的苏轼的卓越才能一道表现出来了。

1894

《日喻》不是诗,在这篇散文里,同样体现出苏轼作品的特点和力量。

这篇散文通体都在发议论,但写得如此具体,摆了许多事实,都是生活中常见的,作者只在必要的时候才画龙点睛似地点一下:"道可致而不可求。"通篇反复譬说的,都是这一点。

"道",苏轼有时又称之为"理",指什么呢?是指事物固有的发展规律。他认为事物都有其"必然之理"。例如水:

> 天下之至信者,唯水而已。江河之大,与海之深,而可以意揣。唯其不自为形,而因物以赋形,是故千变万化而有必然之理。①

事物既都有其"必然之理",人们办事就必须循着它,掌握着它,然后才可能驾驭它,否则就行不通。他说:"循万物之理",即可"无往而不自得"。常言道:"顺理成章。"顺理即循理。循理而行,办事可得成功,作文也才能成功。他说:

> 孔子曰:"辞,达而已矣。"物固有是理,患不知;知之,患不能达之于口与手。所谓文者,能达是而已。②

文章要到"辞达"的地步,大家知道不容易。一般以为"辞达"无非指辞能达意,横说竖说,都把想说的话充分表达出来。苏轼的要求却还高得多,认为能表达出了所写事物的固有规律,才算得上"达"。文章如果只看作者说得如何,而不问说的东西是否合理,怎能算是好文章?真正的好文章,一定要巧妙地把所写事物的固有规律显示在读者面前,使他扩大眼界,提高认识,受到教育。反之,如果内容不合道理,那么即使别还有点长处,总的说就不足取了。

了解事物的道理既如此重要,那么,怎样才能把握到事物的这种道理?这篇《日喻》就在回答这个问题。回答既巧妙有趣,也很中肯。

不知事物的道理,而愿意"求",当然是好事。但如方法不对,主观愿望虽好,客观效果仍会没有收获。

生来就是瞎子的人想知道太阳究竟是怎样的,虽辗转询问于人,似乎懂得

① 《滟滪堆赋》。
② 《答虔倅俞括奉议书》。

1895

了不少，实际错误得很。为什么？"以其未尝见而求之人"。"求之人"是需要的，自己未尝亲眼目睹而只是求助于人，当然不行。

"未尝见而求之人"不行，"莫之见而意之"也不行。因为没有见过，凭主观猜想胡说一气，好象头头是道，其实都站不住脚，同样不行。

然则只要亲眼看到过，一定就知"道"了？亦不然。苏轼把"即其所见而名之"也作为"求道之过也"的一端。"见多"才能"识广"，有比较才能提高识别力。有所见，比未尝见当然好些，但每个人的所见不仅有许多局限，而且如果缺乏仔细研究、实践验证，只凭眼前看到的一点，马上就对所写事物作出结论，片面之见是靠不住的。

一见不行，少见亦不行，可是对有些事物，即使多见仍难解决问题。例如挑担子究竟是什么滋味，不自己去挑一番就不知道，以致往往"看人挑担不吃力"。又如游泳，老站在岸上看别人游，自己总不下水去练一番，虽然见得多，管保你还是不懂水性，不会游泳。

一定有人会这样问：难道别人告诉你的一定不可信？间接传授的知识一定非真理？当然不一定。"北方之勇者，问于没人而求其所以没"，"没人"很可能毫无保留地把他的游泳经验告诉出来了，而"北方之勇者"如果冒冒失失地"以其言试之河"，一头就扎下去，立刻想潜水，那就要"未有不溺者也"。指导学游泳的书讲的可能都很对，"没人"所传授的经验可能也都对，但都对的知识不是马上能够真懂，真会运用，必须有个实践的过程才能真正领会、掌握水性和潜水规律。在可能与必要的情况下，总以不满足于间接传授而力求从实践中学习真知为最好。苏轼是料想到有人会这样问的，实际上他也已回答了这个问题。他反对的是那种"不学而务求道"的人，一味要求道，可并不认真、老实学习。"务求道"，也就是不学而强求道。他认为能学而不学，一味空谈，是求不到道的。他所说的"学"，主要指在实践中学习，"实践出真知"，话虽未曾这么说，实际上他在这篇文章里反复表明的，即是这种道理。"道可致而不可求"，强调的就是实践之功。经过实践，水到渠成，规律性的知识自然就会得到，即所谓"莫之求而自至"，他当然不是要连"求"的愿望、"求"的努力都加以否定，不过说，不学而强求，是无益的罢了。

苏轼是赞同子夏所说"君子学以致其道"的。因此，他既反对"知求道而不务学"的人，也反对"杂学而不志于道"的人。不学固然不能致其道，所学芜杂，漫无目标，也仍得不到道。他以为"以声律取士"和"以经术取士"的办法都有流弊，或因学习目标不明，或因求道方法不对，使许多读书人都得不到切合实际的规律性知识。

要学，但又不要"杂学"。怎样的学才不算"杂学"？看他举的例子："南方多没人，日与水居也，七岁而能涉，十岁而能浮，十五而能没矣。"高明的潜水员必要懂得水性，而为了要掌握水性，他们是每天都和水打交道的。七岁便能走过河去，十岁便能在水上浮游，而到十五岁即可成为一名潜水能手。其间有一个长期专注地在实践中学习和循序渐进、不断精进的过程。他的成功决不是偶然的。子夏另一句"百工居肆，以成其事"，工匠们只有经常住在作坊里继续不断地劳动，才能学成一套制作的真本领，说的其实是一个道理。朝秦暮楚，东张西望，什么都想学一点，但什么都未认真钻进去，以致毫无成就，这就是"杂学"和它的弊病。

苏轼如此强调实践之功，确具卓识。他为什么能有这种卓识？除了他自己有深刻的体会，我看同他能从劳动人民的活动中吸取养料、重视劳动人民的经验和成就也有关系。这篇文章里讲到的"百工"和"没人"，《书戴嵩画牛》里讲到比画家有识的牧童，以及该文末尾所谓"古语有云：'耕当问奴，织当问婢'，不可改也"，等等，都表明他并不抹煞劳动人民的智慧和成就。劳动人民的实践经验最丰富，在这一问题上对苏轼的启发是很多的。

《日喻》虽在发议论，却写得具体生动，深入浅出，引人入胜。全文不断用鲜明的比喻来说明问题，事例都是日常生活中习见的，一经举证，意义便很突出。既反复设譬，又在必要时画龙点睛，从不同角度阐明主旨，边谈边议边结，自然而又严谨。确是一篇文学价值很高的议论文。

此文成于宋神宗元丰元年（1078）十月，其时王安石当政，实行新法，作者四十三岁，任徐州知州。苏轼对新法有不同意见，改以经术取士，即王安石的主张，这篇文章中对此就有不同的看法。王安石变法时期苏轼的政治见解总的说比较保守，但并非在每个问题上都是如此。此文强调求道必须有实践之功，立论原则无疑是正确的。

1897

谈谈读书方法

一、并不是"开卷"都有益

历来有"开卷有益"之说,从读点书总比不读书或拒绝读书为好这点来说,有一些道理,但我认为这句话并不是经常有理、有实际益处的。书有好坏之分,读坏书对缺乏辨别力的人哪有什么益处!书虽好,但好书甚多,一个人的精力有限,一般需要比较集中地使用,只听说是好书便去读,漫无边际,落不到实处,能有多少益处? 同志们有志学习语文,就应集中精力多读语文方面的好书。语文方面的好书不少,但齐头并进同样难于落到实处,这就有一个循序渐进地选书的问题。例如《诗经》、《楚辞》、《史记》都是好书,当你连语文的一般知识还颇欠缺的时候,就想一头钻进去,这就嫌太早,会事倍功半,得不偿失。倒不如根据教学计划和教学大纲的规定,老老实实先读一些打基础的书。一般说,列入教学计划的语文基础课,都有部定的教材和教学大纲,是经过集思广益地择定和编写的,比较适于选用。当然也有后来居上的,可以参看。一面读点文学史,知道发展概况,一面可先读点这些书的选本,如《诗经选》、《史记选》等等,以后再选定目标钻进去。读文学作品,应该选第一流作家的代表作为重点,捎带看看其他的。如果把时间大部分花到阅读那种"侠义"、"公案"、"艳情"或其他平庸的小说上去,那还能有多少精力读最该读的书呢? 读文学书如此,读语文书也如此。当然,即使学语文,也得读点语文以外的书,"文"与"理"都是学问总体的一部分,有联系,知道一点语文以外的新知识、新发现,对扩大视野、学好语文都有帮助。在目前,我觉得青年同志可以看看《百科知识》这份杂志,花不了多少时间,却多少可以获得这种益处。

知识面是需要不断扩大的,不能只知道很少很小的一点点便自我满足。但起点是打好基础,把基础知识学到手,在语文学科内部逐渐扩大知识面,不能只有一点文学知识,而无语言知识;在文学知识方面,也不能只有一点文学理论知识,而无文学史知识,诸如此类。对主要学习语文的同志来说,先要在内部扩大知识面,在此之后,再求逐渐扩大其他方面的知识,例如历史知识、社会知识、哲学知识、自然科学知识等等。要逐步扩大,要分主次,要知缓急、轻重,不能眉毛胡子一把抓。办任何事都要求实效,讲究步骤,读书亦一样,所以我说,不能笼统地完全肯定"开卷有益"的说法。

二、"贪多嚼不烂"——如何消化

精选出最需要、最有代表性、最能体现学术新内容的书来读,不要一味贪多,这只是解决了一个问题,进一步还须解决"嚼烂"即消化问题。光是读,甚至读到能记住、背诵得出,并不等于已经把读过的东西消化了。

记诵对消化是有帮助的,有些知识不能不靠记诵。字音、词义、科学的概念、原理,有些极为重要的人名、书名、年代等等,从幼儿园到大学,各个时期都有些从最常见的到很专门的东西需要下苦功记住、背熟。完全反对死记硬背也脱离实际。只是对任何知识,最后一定要懂得其道理,古人谓之"所以然",即为什么应该这样认识,这就是理解,理解了就说得上是消化了。有些"约定俗成"的东西,例如某字读某音,大家都这样读,非这样读不行,没有多少道理可解释。但这个字应该怎样用,在某个地方应怎样解释,就有很多道理可解了。称赞某文某诗写得好,称赞容易,感觉亦还不难,难在正确、适度地讲出它为什么好,好在哪里。大家都说杜甫的"三吏"、"三别"写得好,你也跟着叫好,却讲不出或讲不清楚它们究竟好在哪里,虽然你背诵得烂熟,仍不能算已经读懂、消化了。可能你以后读书更多,生活经验丰富,历史知识增长了,还是能消化的。但从方法上来说,开始读书时注意力求消化,就能理解得快些,学得更有效些。

消化之道多端。多预习、多复习、多思考、多钻研、多听听、看看别人的意见和研究文章,仔细加以比较,同自己的实践经验印证一番,同师友商量讨论,有寻根究底的探索精神,这都有助于消化。一次不能完全消化,不断循环往复,终有消化得好的一天。能这样做,就是用了功,下了苦功。韩愈论司马迁时说:

1899

"用功深者,其收名也远。"姑不谈收名的远近,用功深的人,读书消化的程度必较高。昔贤主张精读少数重点书,反对粗读泛览许多一般书,就因精通了这些重点书,掌握了方法,养成了习惯,可以举一反三,以后读别的书,容易迎刃而解。所谓"以少胜多"、"先难后易",有时即指此。有人愿意读书,却怕"伤脑筋",宁愿把原文背熟,把笔记背熟,却不愿思考,不肯向师友、向自己多问几个为什么,以为这就是全部的学习任务。这些人若不是思想懒汉,至少可以称之为认识模糊。因为你还未曾消化,还没有把知识真正学到手呢!孟子说:"心之官则思。"那是当时人们的误解,以为心脏的功能是思考问题。而当代科学已经证明,脑子越用越灵敏,越不用就越迟钝,除非确实年老力衰,或用脑过度。多多思考对大脑的正常活动不仅不会造成生理性的"伤"害,反而是一种积极的保护。孔子早就指出过"学而不思"的弊病,荀子正面劝人"思索以通之",不思索,便通不了,亦即消化不了。可见昔贤在这方面已有很深的体会。

记诵对消化是有帮助的,消化对增强记忆的帮助更大。凡是消化了的、融会贯通了的、已经真正属于自己的知识,就会永远记住,不致忘掉。而且也只有这样的知识,才能运用自如。

三、要学会运用,培养能力

读了很多语文书,考试分数也很高,却写不出一篇比较象样的文章,对任何问题都只会照抄照转别人的观点,提不出一点哪怕还不完整的新见解,甚至连文字上、思路上、一般结构上都还存在不少毛病,现在通称为"高分低能"病。目前患这种病的语文学习者并不少,自学的同志中有,在正规学校学习的同志中亦有。

病因之一,在未消化。病因之二,在缺乏运用的锻炼,没有自觉重视培养实践的能力。这不能全怪学生,学校有责任,教师有责任。应该各方面配合,共同来救正。这里且只从学生方面的责任来说一说。

大家都明白,学游泳也好,学打拳也好,只听不练是不行的。学写作,规定要你认真写,仔细想好了再下笔,你马虎应付,草草了事,甚至根本未写;学语法,必须多做练习,你不做,或者偷工减料;学文艺理论,你不运用学到的理论联系作品来进行分析,把思考的结果经常练习写点笔记;学文学作品,你只记住一人之见、一书之言,而不去注意不同的意见,不把分歧之点找出来,对分歧的原因反复进行研究。一句话，就是只读不练，或者练得极少，很不认真。尽管书上的知识是正确的，抄用别人的答案也是对的，可是换了个地方，换了个题目，即使实质上问题相同，却无从辨认，回答不出或答错了。这样子，怎么说得上有能力呢？读了很多书而仍没有能力，有了些知识而不能解决什么实际问题，提高工作效率，应该承认，还远没有完成学习的任务，尽到应负的责任。

实践之道也是多端的，只要你有此认识，有此决心，每一个人都可以寻出许多途径和办法。多思考、多习作、多参加讨论、多看些必要的参考书，是不难做到的。在职自学的同志，就在沸腾的现实之中，自己有具体的工作任务，周围有各色各样的人物和事情在产生发展，可想可写可试加分析讨论的材料是很丰富的，应当好好利用这一条件，而不要成为象过去时代的满口"之乎者也"，问以实际问题却茫然不知所措的迂书生。读书的目的固在求知识，求知识又为的要培养建设社会主义、实现四个现代化的工作能力。实践出真知。在求知时重视实践，不断提高实践的能力，再在实践中发展新知，开辟前进的新道路。这是我们每一个人应有的努力方向，也是学习语文的良法。

党的十一届三中全会要求全党全国人民都要解放思想，开动脑筋，实事求是，团结一致向前看，研究新情况，解决新问题。这个指导思想已使我们各方面的工作取得了显著的成绩。教育工作应该这样做，青年同志们的学习包括语文学习也应这样做。邓小平同志指出："在党内和人民群众中，肯动脑筋，肯想问题的人愈多，对我们的事业愈有利。干革命，搞建设，都要有一批勇于思考、勇于探索、勇于创新的闯将。没有这样一大批闯将，我们就无法摆脱贫穷落后的状况，就无法赶上更谈不到超过国际先进水平。"[1]老革命家高瞻远瞩，对青年们一向抱着极殷切的希望。但愿在我们学习语文的广大青年同志中，将来也能涌现出一大批这样勇于思考、勇于探索、勇于创新的闯将来！

---

[1] 《邓小平文选》，第133页。

1901

研究和写作

一、材料问题

  研究工作的开始第一步是决定研究的题目,即是要解决什么问题。研究什么题目,一方面要根据现实的需要,不是空钻牛角尖;另一方面要根据可能,例如时间的可能、目前自己力量的可能。需要较长时间才能完成的工作,在短期内当然很难做好;目前自己的力量还不够,立刻从事极重大、复杂的题目,也容易造成不必要的浪费。一句话,不能好高骛远,急于求成,而要量力而行,由简入繁,创造条件,循序渐进。

  研究的题目决定之后,接着就应订出一个初步的研究工作计划。这个专题研究将要谈到哪几方面,每一方面将要涉及哪几个问题,每一问题包括哪几个要点,它们之间如何联系,诸如此类的问题,顶好象一本书的目录一样,都把它们详细开列出来。要自己仔细想过,写出来,然后再请别人帮助,提意见,补充修正。这个计划随着研究工作的进行和深入,必然会被不断地修改,在整个研究告成时很可能已经面目全非,但它的作用还是极大的。第一,它提供了一幅虽属初步但毕竟比较全面的草图,使我们在研究时可以有个底子,也就是心中有数,不会茫无头绪,瞎找瞎碰。第二,有了这个底子,搜集材料便有明确的目的,就不会只是自发的,有关的材料就不致在眼底下轻易滑掉,而且,在搜集材料的同时也就能分清主次,并按计划把它们分类,初步地加以整理。

  材料是研究工作的基础。没有材料,就无法进行研究。整个研究工作都将根据我们所搜集到的材料来进行。材料越丰富,越正确,研究工作的成功的可能性就越大。

任何研究都一定要从现有的基础出发,把目前的水平再提高一步。任何创造都不能凭主观的幻想得来,而必须继承前人或同辈在这个题目上所已获得的宝贵成绩。我们一定要先了解他们对这问题的意见,不管是对的,部分对的,或竟是错的,一定要先知道他们在这个问题上已经作了些什么工作。这能使我们少走冤枉路,使我们认清目前问题的焦点究竟在哪里,而集中精力来解决关键性的问题。如果我们的努力有成效,那末,就可能把这个问题解决了,至少能把这个问题的研究水平又提高一步。革命导师马克思、恩格斯之所以能够创立革命学说,就和他们都知道凭借以往科学上的全部知识这一点分不开。列宁告诉我们:"马克思凭借了人类在资本主义制度下所获得的那些知识的坚固基础。"[1]恩格斯在写出他那本《英国工人阶级状况》以前,曾详尽地研究了以前出版的关于这个问题的全部著作。因此,在研究工作上的自命不凡,看不起别人的研究成绩,忽视别人成功或失败的经验教训,以为凭独自的力量就能从头开辟出一个新局面来,实在是狂妄之极,愚蠢之极。

搜集的材料应广泛。马克思曾说:"研究必须搜集丰富的材料,分析它的不同的发展形态,并探寻出这各种形态的内部联系。不先完成这种工作,便不能对于现实的运动,有适当的说明。"[2]据很不完全的统计,他为了著作《资本论》,曾经钻研过一千五百种书。列宁终生不懈地在经济和政治的一切领域内去研究帝国主义的时代。他对任何新工作都要去钻研和问题有关的许多材料。

材料的来源应当是多方面的,方面越多,就越能够加以比较研究。有书本和文献中的材料,但更重要的还有亲自在实际生活中调查研究所得的材料。在运用这些来源不同的材料时,虽然有轻重主次之别,但如有敏锐的分析判断能力,就或多或少总能从比较次要的材料中吸取到有用的东西。这些材料可以互相补充、证实和纠正,使事实或道理的本身明显地呈现出来。

在所有的各种材料中,不消说,革命导师们有关这个题目的专论和他们对这个问题所发表的意见,特别富有启发指导的意义,因而也是最重要、最应搜集完备的。其次,例如我们研究的是文艺问题,那么现实主义文艺大师如高尔基

---

① 《青年团的任务》。

② 马克思《〈资本论〉第二版跋》,见《资本论》中译本,第 1 卷第 17 页,人民出版社 1955 年 4 月北京第 5 次印刷。

和鲁迅的有关意见当然也是非常重要的,必须注意搜集。

搜集的材料能否丰富,当然要受到客观条件的一定的限制。但一般地说,客观条件的限制,并不是材料贫乏的主要原因,主要原因还在于研究者自己的视野不广,努力不够。立场、观点、方法不对头,明明有许多好材料也看不见,或不能发现它们的意义。有了正确的立场、观点和方法,还要不断地去辛勤搜集,任何材料都不可能自动地来到研究者的手口。有些人不考虑自己所选的问题是不是无的放矢,不检查自己的立场、观点、方法有没有问题,不肯经常努力地积蓄材料,而只是一味地为缺乏材料叫苦,觉得"巧妇难为无米之炊",这是不对的,如果不先把这种错误的态度改正过来,研究工作是绝难前进的。事实上,材料问题在研究工作的实践过程中是能够逐渐解决的,如果以为一定要百事齐备地先有了丰富的材料才能开始来做研究工作,那就不但是不切实际的想法,而且在实质上也就是要取消研究工作。

材料尽量要找原始的,即第一手的。一种材料经过转手,往往便要走样。转手越多,完整和可靠的程度就越小。马克思从不引用任何未经检验过的材料,他决不引用间接的根据,而总要找到它原来的出处,即使次要材料也一样。他和恩格斯一道研究所有问题,都是根据原始材料和最初出处来研究的。对于外国的材料,也要尽可能地做到如此。但这就非学会外国文不可。马克思认为学习外国语文是有重大意义的。他说:"一种外国语文是生活斗争中的一种武器。"①他能阅读欧洲各国语文,还能用德文、法文、英文完美无疵地写作。他已经五十多岁了,却还要开始学习俄文。

搜集材料不能专靠记忆,无论怎样好的记忆力都不可能把所有听到看到的材料完整地正确地记住。马克思、恩格斯的记忆力都是非常惊人的,但他们决没有单靠自己的记忆力,而是利用了笔记簿、剪报、做提要、编索引等等的办法来记住材料。以为自己不必花费什么劳动就能记住一切,实在是一种狂妄的、懒汉的想法。

马克思特别重视做提要的工作。他认为这是掌握阅读过的材料所必需的工作过程。在做提要的时候,他经常还附带写下读后的感想。他为著作《资本论》而钻研过的一千五百种书都曾经做过提要。提要之外,他还做了大量的摘

---

① 转引自格拉塞《马克思列宁主义经典作家的工作方法》中译本,第 14 页,三联书店 1954
年 5 月北京第 1 版。

录。他又把这些提要和摘录系统地加以整理,按照自己的方法分类编排,以便在今后的工作中易于选用。马克思这样做法的好处在于一方面能够完整地、正确地记住材料,另一方面在提要、摘录、分类编排的过程中不但加深了印象,并且也是对于材料意义的一种消化和掌握的训练。列宁、斯大林在进行研究工作时,也都运用了这些方法。

在做提要和摘录的时候,必须对材料的出处详细注明。这里面应当包括作者(以及译者)、书名或篇名、书刊的出版年月、版次、页数和出版机构的名字。这不但便于自己核对,也能为读者提供进一步研究的线索。而且既然是提要,就和摘录不同,摘录也和全部的抄录不同,为免日久混淆,应当在做的时候就以注解或符号加以区别。

马克思以巨大的热情来进行研究,只要稍有可能,他总不放松积蓄和思考材料的工作。就是在散步的时候,他也要带一个本子,随时都做笔记。这是一个极好的、对于研究工作者来说也是一个非常必要的习惯。材料是多方面的,在读报的时候,浏览一般书刊的时候,听人报告或同人谈话讨论的时候,以及在实际工作之中,我们都可能不期而遇到某些虽是片断却极珍贵的材料,如果不把它们立刻记下来,很快就会完全忘掉。不但是直接的材料,还有那种从思考材料的过程中所得来的某种突然出现的启发,某种重大意见的萌芽或极有价值的线索,这些东西可能是你久思未得的,也可能是你偶然联想得来而能表现事物间某种尚未被认识到的新关系的,这种发现往往极有意思,可是稍纵即逝,因此在任何场合都必要把它们马上记录下来,即使当时只记下几个字,回来再较详地做笔记也好。

搜集材料的工作必须由自己亲手来做。马克思他们就都是这样做的。至少最重要的材料必须要亲自去搜集。为了搜集材料,马克思他们都从来不怕任何"细小工作",任何吃力的"技术工作"。调查研究,反复阅读,做提要,做摘录,经常不断地分类编目,随时随地记笔记,的确很辛苦,很繁重,的确要费掉很多的时间和大量的劳动,有些人以为自己不必用这种"笨法子",但事实证明不用这种法子就不可能搜集到丰富正确的材料,可见真笨的不是这种法子,而是以为自己不必用这种法子的"聪明人"。在研究工作上,不事耕耘而求收获,不肯勤苦而要速效,是一定要碰壁的。

要在各种场合想出各种办法来搜集材料。材料如果是珍贵的,特别有用的,就一定要努力去搜集。为要写《资本论》里讨论英国工厂法的那段文章,马克思卓越地利用了英国与苏格兰调查委员会和工厂视察员报告的大批蓝皮书，这些蓝皮书里提供了很丰富的实际材料，可是英国的议员老爷们却把它们当作废纸按重量卖出来了，马克思就是从一个他时时去翻查书籍和废纸的旧书商那里以低价买到的。列宁的《俄国资本主义的发展》一书的材料是他在监狱里广泛地搜集的，即使在监狱里他还是尽量抓紧了每一个可以利用的机会来搜集材料。这就可以看出，如果有为人民服务的决心，即使在不自由的环境中还是可能进行研究工作，时间是可以安排好，也一定可以挤出不少来的。这也可以看出，如果有明确的目的、较高的见地，就能从别人以为毫无用处的东西中找到很有价值的材料。

用卡片来蓄积整理材料是一个很好的办法。卡片的好处在于调动便利。提要、摘录、感想、索引，都可用卡片来写。前三种材料可以分用三种卡片，也可以合写在一种上，但都要加以注明。索引适宜另用一种。每一张卡片上都应附上足以看出具体内容的显明标题。标题越显明，分类就可以越细，检查起来就可以越方便。譬如内容是谈"典型与个性"的问题，就不应标为"文学的典型"，是谈"语言的人民性问题"，就不应标为"关于文学语言"，诸如此类。有些材料跟几个问题都有关系，只列入一类很可能在研究别个问题时把它遗漏了，那就应当把这项提要、摘录或索引放在关系最密切的一类里，而在有关各类里则简单地注明哪种材料可到哪一类的卡片中去找。在做索引的时候，除了列出原来的总题目，也应注明分题，如果原来没有分题，不妨自己给它分出来。因为有些文章的题目很抽象，只看题目往往看不出它的具体内容，而另外有些文章的题目虽然很专门，内容却又非常广泛，接触到许多问题。无论是提要、摘录、心得或索引的卡片，都要随时整理分类。类有大小，譬如文学的典型问题、语言问题都是大类，"典型与个性"和"语言的人民性"则是分隶其下的小类。材料积累得愈多，分小类的要求就越迫切，小类就一定会分得愈细，愈细就愈具体。分类的办法根据各人研究上的具体需要，不必求其一律。例如，研究文学理论上的问题，就可以按问题来分大类小类；同时研究作家作品的，至少就应按作家作品做出分类的索引，以便查考。

有人以为对于自有书刊上的材料，只要划上红线，在书头上写些标题，以后很易翻检，就不必作什么卡片了。当然，书刊既是自有的，就有许多方便。但所有的书刊如果很多，研究时要一一翻检，不但极费时，甚至做不到。最好还是用"笨法子"，决不会叫你吃亏的。

有了材料，还要设法使材料能极方便地为你所用。一定要能极快地就从千百本书籍中或数以千计的卡片中取出你所要的书籍——连同确切的页数——或卡片来。马克思从来不允许任何人去"整理"——实则是弄乱他的书籍和文件，不须寻找，他就能随手取到他所需要的任何书籍或笔记簿。他放置书籍时一点也不注意外表的整齐，他安排书籍不是依照本头的大小，而是依照内容。恩格斯也是把他所有的材料整理得井井有条，所有图书都有它们的位置。列宁在工作上需要的各种材料他都可以从他的藏书室里随手找出。

有材料而又能随手找出，就能迅速解决问题，提高研究工作的效率，就能鼓舞起写作的兴趣和热情。有材料而未曾随时加以整理，或虽整理而不得法，需要时几乎找不到，则有等于无。放置材料自然是一个较小的问题，但小问题也能起不小的作用。这也可以说明研究工作必须有严格的计划性和严密的组织性。真有成就的学者，在日常生活上都不大讲究，似乎自由散漫，可是在研究工作上，则莫不严谨细致到极点，他们都是能够有计划地工作和预先思考与准备一切工作细节的人。

二、方 法 问 题

没有材料，就无法进行研究，但有了材料，也并不是就有了一切，单有材料还不能解决什么问题。

要从材料中得出正确的结论，就要成为材料的主人，而不是它的奴隶。这就是说，在整理材料的同时，必须对材料进行审查、批判、甄别。格拉塞指出："列宁和马克思一样，他在研究某一本书时，他不局限于这一本书，而要追究该书作者所引证的一切根据和作家，批判地研究书中引述的一切事实以及所作的结论，并且亲自去审查他们。为了批判地、马克思主义地去研究一个作家，必须对于这个作家有正确的估计，确定这个作家是从什么立场来说明事实，他是否正确地叙述这些事实。"[1]"列宁从不放过任何一点错误、任何对于事实的故意歪曲以及一切伪造的引证。他耐心地、仔细地阅读他们的作品中的一字一句，而且多次地时而从这个时而从那个机会主义者那里发现他们的直接欺骗。"[2]

---

① 格拉塞《马克思列宁主义经典作家的工作方法》中译本，第56页。
② 同上第80页。

列宁对于布尔加柯夫、车尔诺夫和其他所谓"马克思学说批评家"对土地问题的著作的研究,就充分具有这些特征。

要用批判的态度来对待所搜集到的材料,或以批判的态度去搜集材料,显然这不是一个单纯技术的问题,而是一个思想认识问题,立场、观点、方法的问题。恩格斯一再强调研究工作中增进各种理论知识的必要,而如拉法格所说,则马克思就是一个明证:"马克思的头脑是用数量多到令人不敢相信的历史及科学的事实和哲学理论武装着的,而且他又是如此惊人地善于利用他长期智力劳作所积累起来的一切知识与观察。"[①]恩格斯非常鄙视那些只是表面地、肤浅地研究理论的人,那些不象每个真正无产阶级革命家那样用知识来武装自己的人,而他自己则经常是以一个无限忠诚于工人事业的革命家的眼光来看待他所研究的问题的。

无产阶级的立场,唯物主义的观点,辩证的方法,就是驾驭材料而不是盲从材料的基本条件。也就是说,马克思主义的立场、观点、方法便是我们每一个从事研究工作的同志的绝不可少的基础。没有这个基础,一定做不出研究的成绩。那么,马克思是怎样理解事物的呢? 拉法格又告诉我们:"他不仅看到现象的表面,而且深入到事物的深处,在相互作用中和相互反作用中来考察一切组成部分。他分出每一个组成部分并探寻它发展的历史。然后他就由事物转而考察它的环境,观察后者对前者和前者对后者的相互作用。后来他又回头去探讨所研究事物的起源,考察它所经历的变化、进化与革命,最后甚至追寻到它最远的作用。他从来不把个别的事物看做离开它的环境而孤立自在的东西,而是看到一个错综复杂的、在不断运动中的世界。马克思是想在这个世界如此形形色色和千变万化的作用和反作用中,去阐明这个世界的整个生命。"[②]

有材料而没有马克思主义,有了材料也没有什么用处,甚至还因胡说八道而发生危害。没有马克思主义也还会局限了取得材料的范围,会钻到琐碎事件及字句的牛角尖里去。

有些人现在感到学习马列主义的时间太多,好象他们的马列主义已经够了,已容纳不下去了,难道真是如此? 事实是,我们大家的马列主义实在是太不够,太少了。如果不加紧学习,研究工作的质量就不能保证,不能提高。

---

① 拉法格、李卜克内西《回忆马克思》中译本,第 10 页,人民出版社 1954 年 6 月北京第 1 版。
② 同上。

应当加紧学习马列主义,但也应当加紧克服学习马列主义中的教条主义方法。马列主义是行动的指南,要学习它固然离不开马恩列斯的著作,可是决不能只停留在书本上,还要把他们的理论应用到我们目前的经济政治环境中来,贯彻到我们搜集材料,审查、批判、甄别材料,得出正确结论的实际研究过程中来。

三、写 作 问 题

马克思最喜欢的名言之一是"为全世界工作"。他曾说:"科学绝不是一种自私自利的享乐。有幸运能够致力于科学研究的人,应该首先拿他们的学识为人类服务。"[1]马克思所讲的"人类"当然首先是指被压迫的人类。为了爱被压迫的人类,马克思在解放人类的斗争中不惜任何自我牺牲。

从搜集材料分析材料到得出结论,这是一个研究过程。得出了结论,一定还要把它适当地表达出来,才便于为人民服务。只研究不写作,研究的目的就达不到,就成了为研究而研究,是不好的。

为了系统地写作,应有广泛而认真的充分的准备。马克思不是简单地读书,他要深思所读的东西,还要把所读的一切归纳成一定的系统。他不但在思考,而且还要把他的思想表达出来。如他自己所说,他的《政治经济学批判》全部材料都曾各以专论的形式写出来过,他所以要写出这些专论是为了更好地、更深刻地钻研他所研究的问题,是为了自己应用,而不是为了发表。

写作应有计划,不能凭心血来潮,兴之所至。列宁一直坚持用定计划写提纲的方法来完成写论文的全部基本工作。格拉塞告诉我们:"列宁潜心钻研了一切有关材料以后,当他写一本书或作一次报告时,他首先要定出一个计划,逐步地使计划具体化,注上引证的出处,然后再将计划用不同的文体改写为一篇详尽的提纲。列宁用计划和提纲来进行他的全部写作;因此,当他坐下来写一本书时,通常丝毫不加更改,便可以立刻写出,而且和原订计划没有什么出入,虽然有时候他也会不完全利用计划和提纲中所整理的材料。"[2]可见在写作之前,如能做到胸有成竹,也就是说,不但有真知灼见,而且已经组织好了,那么写

---

① 拉法格、李卜克内西《回忆马克思》中译本,第 2 页。
② 格拉塞《马克思列宁主义经典作家的工作方法》中译本,第 81—82 页。

时固可顺利,写后的修订也较容易。

写作文字应力求明白清楚、通俗易晓,这也就是美好。革命导师们总是首先考虑文章应为工人们所懂得,所以马克思所作的宣传、报告和讲演一向是非常明确、清楚,使工人们易于了解的。为了要做到这一点,他往往屡次改写他的稿本。列宁说他自己的最大愿望、最美丽的梦想"就是能为工人们写作",他说:"最大限度的马克思主义等于最大限度的通俗和简易。"①他最痛恨华丽的、矫揉造作的词句。他说:"通俗化是和庸俗化和以通俗为名的腔调完全不相干的。通俗的作家是从最简单的和大家熟悉的事实出发,并借助于不复杂的论述或适当选择的例子,而从这些事实中指出最重要的结论,并促使用思想的读者去接触继续发展的问题,这样,他便引导读者趋向深刻的思想和深刻的理论。"②而庸俗化则总是曲解科学,使它的内容因肤浅简化而失掉真实。许多论文就因为堆满了难懂的名词术语而使人摇头。难道高深的道理一定要用大多数人不懂的形式才能表达出来? 那么高深如斯大林、毛泽东同志的文章,为何又能使绝大多数人明白知晓? 可见一定要有为人民写作的决心,一定要有真正的深入,然后才能以通俗的形式来写作。古人每恨"以艰深文浅陋"的人和文章,这种厌恶是正当的,可以理解的。

写作是为了要把研究的结果发表出来,希望发表是完全正当的,但不要轻易发表,或急求发表。发表出来如果于人民无益,就会有害。如果慎重修正以后可以对人民有更多的益处,那就应当修正了再发表。恩格斯告诉我们:马克思从事科学研究,一直都"以谨严的态度进行研究和思考;由于这种谨严的态度阻止了他,所以在他对于他所作的结论的形式和内容尚未感到满意以前,在他尚未认为已经遍览全书,已经考虑过任何相反的意见,已经对于任何一点发挥尽致以前,不把他的结论,以系统的形式公者大众。"③他决不愿把未成熟或半成熟的作品拿去发表。他曾对拉法格说,他宁愿把他的稿件烧掉,也不愿把它们半生不熟地遗留于身后。④ 这决不是说马克思追求的只是"传之后世",乃是说马克思完全理解一个革命的学者对于人民应当具有多么严肃的责任感。在

---

① 格拉塞《马克思列宁主义经典作家的工作方法》中译本,第72页。
② 同上第73页。
③ 同上第12—13页。
④ 拉法格、李卜克内西《回忆马克思》中译本,第14页。

这里,当然不是要我们达到了马克思的水平才能发表文章,而是说发表一定要慎重,要尽可能地多作修正,要有对人民负责的严肃感。

四、态 度 问 题

科学研究工作是一种长期劳苦的工作,必须经过长时期的坚持不懈的努力,才能创造出若干对人民有用的成绩。急于求成,希望一下子就能搞出什么"大名堂"来,认为没有能够搞出什么"大名堂"来就是白费时间,因此就丧失信心,十分苦闷,这种情况,在开始从事研究工作的同志们中间存在得相当普遍,无疑这种想法是错误的,是不切实际的。

大家知道,马克思为写作《资本论》工作了四十年。他在完整地全面地掌握了所有经济学材料,并完成了三卷《资本论》的草稿,而发表《资本论》的第一卷时,离开他开始著作时已经有二十四年!列宁是在用了二十三年以上的时间,研究了关于资本主义发展规律的事实材料,并掌握了在其研究中积累起来的大量知识之后,才开始来写出他的《帝国主义论》一书的。没有远大的目标,当然研究不出好成绩。可是如果只有远大的目标,而并不想付出巨大的劳动,那么远大的目标永远只能是可望而不可即的目标而已。马克思根据他自己的深切的体验,告诉我们:"在科学上面是没有平坦的大路可走的,只有那在崎岖小路的攀登上不畏劳苦的人,有希望到达光辉的顶点。"①这几句话应当是我们每一个研究工作者的最宝贵的座右铭。

研究工作一定要下苦功,才能深入,才能见到一般人见不到的东西。怕麻烦,贪图省力,粗枝大叶,都是严重障碍。艰巨的任务,繁重的工作,不一定很使人满意的物质生活,在这许多客观困难前面,如果研究者是一个充满着个人主义名利思想的人,他就一定不能坚持下去。但若他是一个革命者,爱国主义者,他就能积极地克服困难,信心百倍地努力工作。因为比起战士们在前线舍命杀敌,上面所说到的这些困难根本就算不了什么。正要在长期劳苦的研究实践中,人的才能才能培养和显示出来。

真正伟大的学者都有极渊博的知识,他们的知识决不限于直接研究到的一个小小的角落。他们的"专"和"深",是建立在"广"和"厚"的知识基础之上的。

---

① 马克思《〈资本论〉法文译本之序与跋》,见《资本论》中译本,第 1 卷第 19 页。

我们过去所知不多,所知的还充斥着错误的东西,必须尽量地多读新书,不断扩展自己的知识。世界上好书这样多,应看而还未看的好书不知多少,任何人都绝无理由骄傲自满,目中无人,自以为是。如果小有成就便不再求进步,结局一定仍是落伍。一定要承认自己在许多方面都极不够,然后才能实事求是,不致盛气凌人,强不知以为知;才能虚心向人请教,获得互相帮助的益处。在研究上骄傲自满,是一条绝路。没有群众观点同样做不好研究工作。

研究者在工作中一定要严格要求自己,要培养独立工作的习惯,不一味依赖人。要有钢铁一般的意志,顽强、坚韧,不为小小的一点挫折就有所动摇。目前我们的祖国正在进行大规模的建设,每一个研究者都应负起重大的责任,应决心做出好的成绩来。

1912

人人都应学点修辞学

　　修辞学是一门很重要的学问。不要以为文学家才需要讲究修辞,其他人就不必了。不是文学家的人也经常要写各种文字材料,包括研究论文、调查报告、同志亲友间的通信等等。除此而外,我们每天还要同各种各样的人说话、办交涉、谈事情。文字要讲修辞,讲话也得讲修辞。语无伦次、辞不达意固然不好,空洞冗长、语言无味,使听者昏昏欲睡,甚至因修辞不当而引起不必要的误解和矛盾,以致影响工作,那难道是你所愿意遭遇和产生的情况? 因此,学点修辞学,有一点修辞的常识和实际锻炼,的确对每一个人都需要,都有益。

　　作文、讲话,首先当然要求言之有物,正确,合理,能分析、解决实际问题,对人有益。但只做到这样子,仍然美中有所不足。有些文章和讲话,对人确实有益,但是人们是用了极大的耐心,花费了许多宝贵的时间,硬着头皮勉强支持下来,才得到的。如果作者讲者能够写得讲得准确、简要、得体、生动利落、条理分明,甚至非常令人感动,深刻难忘,岂不于人于己效果更好? 人们固然反对错误、反动的东西,对种种陈词滥调、连篇废话、干巴巴的说教,也同样厌烦,弃之唯恐不远。表达同样的道理,有些文章有些讲话深受欢迎,另一些则极少吸引力。这当然同理解的深度、广度有关,同写得讲得好不好、巧妙不巧妙,懂不懂得读者听者的阅读心理、欣赏习惯也有密切关系。我行我素,自说自话,不顾对象的反应,文章、讲话得不到好评还是小事,使人对正确的道理不感兴趣,损害甚至败坏了真理的名声,那就是个大问题了。而若你懂点修辞学,具有较好的修辞本领,这种毛病本来是可以避免,至少可以避免掉不少的。

　　"能说会道",读了听了使人入迷忘倦,并非坏事,应该反对的乃是"花言巧语","华而不实",只说不做,或者嘴上纸上好听好看,实际行动则另外一套,甚至十分丑恶。后面这笔账，绝不该算到修辞学头上去。今天我们讲修辞，不是搞形式主义、唯美主义，只追求辞藻漂亮。我们的目的乃在于使革命道理、科学真理，以及一切符合规律的、本质的、美好的东西因讲究修辞而更加深入人心，更能产生实践的、理论的力量。真、善、美，同样是讲究修辞所不能偏废的。"条条道路通罗马"，我们学习、研究、运用修辞这门学问，归根到底，还是为了建设社会主义这个总目标，为了提高我们民族的精神文明，为了发展、繁荣我们的革命文化。

人人都应学点修辞学。以为这门学问可有可无，或竟以为在舍本逐末，那是错误的，至少是一种很大的误解。我们今天研究这门学问，不会忘记了总目的，某些旧的修辞学者走过的弯路，必须引起警惕。对这门学问我自己所懂极少，深愿努力学习，相信这对做好我的工作会大有帮助的。

1914

提高口语表达能力

开展演讲学和口才的研究，总结和介绍古今中外优秀演讲者的经验，极大地提高我们民族的口语表达能力，这是当前全民教育中一个很重要的问题。任何人都要学习、工作和生活，没有一个人不需要不断培养、提高他的口语表达能力。一个人即使文字表达能力已经很好；他的口语表达能力未必同样很好，有的还可能相差颇远。除了某些生理上的原因，主要是缺少训练，不重视培养这方面的能力，以为只要有知识，能写出来就够了。其实不然。能写出来，固然好，只能写，讲不出或讲不好，不能很快说服人、教育人、吸引人，对个人说，就是在力量的发挥上打了很大的折扣，对国家建设说，就是对人力资源没有充分地利用。因为，只要重视了这个问题，不断地加以培养，口语表达能力一般都是可以逐步提高的。革命的真理，科学的知识，高尚的道德，优美的艺术，如能通过大家的口语随时明确清楚、具体生动、热情洋溢并引人入胜地表达出来，它们能起的作用，一定要比目前大得多，也快速得多。比起文字表达来，更多的人主要依靠口语表达，就是对那些以文字工作为专业的人来说吧，他们也还是运用口语表达的时候为多。文字表达得好，当然有助于提高口语表达的能力，但一般地，口语毕竟是书面语的基础。口语表达能力颇好的人暂时也可能尚是文盲，但如经过努力，摘去了文盲帽子，他们的文字表达能力会提高得很快。总之：口语表达能力是每一个人都应该具备、应该重视培养和训练、应该不断提高发展的。大家都提高了这种能力，就可大大提高我们的工作效率，加速四个现代化建设。

我国有重视口语表达能力的传统，"口若悬河"、"语惊四座"、"舌底生花"、"出口成章"、"能说会道"、"能言善辩"……这些都是含有褒义的词语。不消说，此中所褒的，既是巧妙动人的表达技巧，也是其中真实的、合理的、丰富的内容。所谓"花言巧语"、"口蜜腹剑"、"血口喷人"、"信口雌黄"、"巧言利口"、"如簧之舌"……等等，则因其中充满着虚伪的、诬妄的、欺骗的东西，所以即使一时听来好象很甜蜜、很尖利、很迷惑人，终究还是要遭到唾弃。培养训练口语表达能力的目的，原在提高工作效率，办好事情，增进人与人之间的了解与团结，若是离开这些目标，竟成为甚至可以颠覆邦家的"利口"，那就绝不足取了。重视口语表达能力，同时重视表达的目的性和社会效果，可以说是我国一个很好的传统。我们今天应当继承并发扬这个传统。讲的话一定要对人民有利，对社会主义有利，在这前提下，要求我们大家都能在口语上表达得更巧妙、更有力。

　　每一个人都需要有较高的口语表达能力，因为我们对已经知道了的东西未必能表达得好，能用文字表达得不错的，用口语表达未必一样不错，而我们社会主义社会的同志关系，又都是要求通过口语这个最重要的交流工具，无论在思想上、业务上、生活上都互相教育、互相帮助的。这种能力只能通过培养和训练来提高。为此，重视从幼儿园直到小学、中学、大学的培养和训练，是一条很重要的途径。在已经参加工作的青年工人和农民中间，开展一些活动以引起他们学习的兴趣，也很有必要。

1916

当前大学的中国语言文学专业

　　中华民族历史悠久，富于革命传统和优秀遗产，在长期发展过程中，既创造了灿烂的古代文化，也产生了社会主义的新文化。我们的文学是世界文学的一个宝库。从屈原、司马迁、李白、杜甫、韩愈、白居易、苏轼、陆游、关汉卿、曹雪芹，一直到鲁迅，这一连串光辉的名字，突出表现了我国人民的爱国思想与革命精神，反抗侵略压迫，敢于斗争、敢于胜利的英雄气概。他们不但哺育、激发了我们全民族的自信心与自豪感，也为丰富、发展全人类的精神文明作出了巨大的贡献。

　　中国语言文学专业的主要任务之一，就是通过系统地学习、整理、研究有代表性的作家作品，继承我国一切优秀的文学遗产，批判地吸收其中一切有益的东西，包括进步的思想资料、高尚的道德情操、丰富多彩的艺术经验和表现技巧。我们不能无批判地兼收并蓄，但必须认真学习、借鉴祖先们的伟大成绩、千百年来被实践证明是符合客观规律的东西。我们的目的当然是创造、发展民族新文化，为广大人民服务，为社会主义服务。为了做到这一点，就决不能割断历史。继往，是为了开来；要开来，必须继往。在马克思列宁主义基本原则的指引下，经过具体的科学的分析，择取精华，舍弃糟粕，大胆地古为今用，坚决地推陈出新，是我们必须遵循的原则。

　　我们应该重视对古代文学的学习、研究。因此必须通晓古代汉语，熟悉古代社会和古代文学发展的历史，研究古代文学理论，掌握目录、版本等方面的基本知识。我们也应同样重视学习、研究现代、当代文学。半个多世纪以来，中国发生了急剧的变化，在中国共产党领导下，从半殖民地半封建社会发展、变革为社会主义的新社会，这个时期产生了伟大的鲁迅以及其他很多革命作家，这个

1917

时期的文学,反映中国广大人民的生活和斗争非常直接,革命倾向特别鲜明,社会影响更加深远。

学习研究中国文学,不应局限于中国文学,也要学习研究外国文学的一些主要作家、作品,主要的文艺思潮、流派和发展情况。各国人民的心是相通的,艺术规律没有国界,凡是人类社会的一切优秀文学遗产都值得我们借鉴。这可以从各个方面把外国优秀文学作品同我国的进行比较,开拓我们的眼界,能使我们易于发现文艺的共同规律,对发展民族新文化,增进各国人民的相互了解,开辟国际交流的更宽广的道路,都有益处。

为了学好外国文学,适应开展国际交流的需要,中文专业的学生,至少必须掌握一种外国语。

文理应该渗透。学习、研究文学的同志需要学习一点理科的最新科学知识。这对扩大视野,开拓研究领域,建立边缘学科,解决社会生活中出现的新问题,大有帮助。

除了学习、研究文学,还不能忽视对汉语本身的研究。汉语是世界上使用最广的语种,我们必须热爱我们的语言,探索它的发展历史和语法规律。在古今优秀的文学作品中,保存着许多有生命的语言,从中学习遣词、造句等方面的经验和技巧,可以丰富我们的语汇,提高表达能力,把文章写得更准确、更鲜明、更生动有力。

怎样进一步改革我们的文字,使它更适应普及教育、发展文化的需要,也是本专业需要学习、研究的重要课题。

中文专业的学习、研究,必须贯彻辩证唯物主义、历史唯物主义的原则和方法。一定先要打好扎实的基础。基础理论、基本知识、基本技能都不可放松,不可偏废。要力求扩大知识面,融会古今中外。必修课要少而精,选修课要多而新。在传授知识时,要培养学生的主动精神、思维能力、表达能力和独立工作能力。要引导他们刻苦钻研,举一反三,解放思想,勇于创新。我们伟大的社会主义祖国,迫切期望在新一代的青年中,产生出一大批既有雄心壮志又谦虚好学的文学研究工作者、教师和作家来。

1918

求学过程中三点粗浅体会

　　读书求学，究竟为什么？总要有个较高较大的目标。这是老生常谈了，可不能因此就漠然视之，甚至产生反感。有些老生常谈的确是陈腐的说教，但有些应该承认是颠扑不破的真理。虽是真理，未必很易认识，认识了又未必很易做到，一时做到了也未必能终生坚持，所以有心人就常常要这样提醒我们，不厌其烦地提醒，尽管有些人很不耐烦甚至掩耳而去。老实说，我也是当过这种既无知而又不光彩的角色的。当年家里清寒，读初中要到外地去做寄宿生，费用不低，父母勉强供应，亲戚也曾帮助一些，这时想到的只是求学可以将来出息较多。高中时期读了可以免费的师范科，培养目标为小学教师，中上水平的县立小学每月工资二十几元，父母说将来可以养家活口了，可是至亲同辈中已有读完大学考取公费出洋留学的，他们一回国便是大学教授。这个比较对我非常深刻。是生活待遇悬殊吗？社会地位悬殊吗？贡献大小悬殊吗？三者都有，而前两者为主。按照当时规定，师范毕业生必须服务两年期满，才可报名投考比较省钱的国立大学，两年后我终于进了大学。这时为什么非读书求学不可呢？老实说，待遇、地位还是主要的，但贡献大小这个因素，已稍稍增加一点了。这也是时代使然，是形势教育的结果。读小学时五月里常常参加国耻纪念游行，读初中时故乡江阴共产党领导大批农民到学校所在的一个大镇上分大户，"抢"当铺。这件事发生在夜间，学校在镇的郊外，但镇内鼎沸的人声、熊熊的火光，把学监老师和我们所有的寄宿生都从床上赶到了一间大屋子里。这位老师未必进步，却比较明理，安慰充满了惊奇畏惧心理的学生们说："我们大家不要出校门去，不管出什么事，他们不会到学校里来的，不要怕。"革命者当然不会来，而且天明前就走光了，我们则待校门一开便都奔到镇里去看个究竟。这样重大的

1919

突发事件诚然叫全镇居民都惊慌了一夜,可是愁眉叫苦大骂的人却意外地少,因为吃着苦头的仅只有大家素无好感的地主大户和当铺老板这样极少一些人。胆大的镇民还说听到了"暴动"者的演讲,要"夺富济穷"云云。十二岁的我自然根本不懂此中大道理,但《水浒》是已读过的了,模模糊糊认为这是件痛快的事。高中时期遇上九一八事变,东北沦亡,曾跟随大队爬火车去南京"请愿",直接听到蒋介石尖声尖气的"训话",无非全怪共产党"捣乱",使得他不能立刻抗日。从订阅的《生活周刊》,开始知道并不是这么回事。国家被欺侮成这个样子,究竟怎么救? 自己作为一个中国学生,"天下兴亡,匹夫有责"嘛,究竟该如何出力? 上面所说除待遇、地位的考虑之外已稍稍增加了一点贡献大小这个因素,即是指此。进大学后,听到"教育救国"、"读书救国"、"科学救国"、"专家治国"之类的议论颇不少,又常看《独立评论》,一时真以为如由专家学者来管理国家,代替了那些凶残无知的军阀党棍,中国就有办法。后来果然有些教授到南京"从政"去了,可是更严重的是七七事变又爆发了。当时我离大学毕业还差一年,辗转到重庆读完。这时期从参加救亡宣传、加入"民族解放先锋队",和周围进步同学一起学习革命书报,搞进步文艺组织,才逐渐有了个比较象样的生活目标:应该为人类为祖国的事业尽力。待遇、地位的私心并不是没有了,相对说来贡献大小这个因素增多了。不少进步同学先后去了延安,我放弃了一般认为已颇不坏的高校讲师、秘书职位,而到云南澄江一座荒山破庙的油灯下去当一个每月只给伙食费的研究生,我就是选择了一条从深造机会中继续培养报国能力的道路。我一直尊敬那些去了延安或别处直接参加抗日和革命斗争的伙伴,他们比我的觉悟高得多,也勇敢得多,不过我亦自信,不会太辜负他们的期望与友情的。只要真有一点报国的忠诚,即使成绩很小很少,总还是有门路,有需要,有许多工作可做。问题在于一定要有正确的方向。顾炎武论"文须有益于天下",我深为佩服。这句话现在看来已很不够,不过我至今仍认为这种精神大可宝贵。顾炎武对劳苦百姓的命运始终异常关怀,对祖国兴衰是倾注了一生心血的。我为什么要谈这些呢? 为的是1957年后我也意外地陷入了逆境,连同"史无前例"时期的老账重翻,逆境一直持续了二十年,我就是靠了多少有点报国忠忧这一较高较大的目标才不曾被压垮、变颓唐的。只要还有多余的时间和精力,我仍是读我的书,积累我有用的研究资料。老实说,我没有想到"四人帮"和极左路线会完蛋得这么快。我并没有把握有生之年一定还能再用到这一大堆一大堆写下的和搜集起来的材料。我只是按着自己闲不住的习惯和对这些材料总有用处的信念,毫不气馁、松懈地干下去。取消了发表文章的权利,就在自己脑子里思考、酝酿,用极少的几个句子在纸片上写下对某些问题的想法。这些想法现在拿出来看看也不一定正确、精辟,可是学习、思考总算保持了没有中断。如果说现在年将七十,专业上还未完全脱节,思考能力上还非十分迟钝,深感颇得力在此。当前祖国形势空前大好,可长期积累下来的难题也不少,很多比我还年长一辈的八十多岁老师们仍然在日夜奋战,争作贡献,我自谓能够理解他们的崇高热情。虽不能至,心向往之,我是甘心再当他们,以及虽或比我年轻却与这些革命老前辈具有同样精神的一切同志们的学生的。

读书求学,究竟怎样求?是不是也可以承担点读书教书以外的工作,这对教学、科研是否只能成为妨碍?我知道这是一个各处常在议论、议论纷纷的现实问题。无非说:行政事务与教学科研有矛盾,教学与科研也有矛盾。最好的办法,似乎是教学科研人员只搞教学科研,有些同志甚至是专搞科研,连教学也不想搞。我的看法有点不同。我觉得,如果健康条件许可,在教学科研之外,适当承担一点行政事务或社会工作,对读书求学以至教学科研,不是绝无益处的。我说的是"适当",即非占时太多太久,以至把原来从事的学业荒疏甚至抛弃了。行政事务也是一门大学问,今天谓之"管理学",搞好搞坏,不仅关系到这门学问本身,还会严重牵涉到别的种种工作,包括各门学问是否得以顺利展开研究。校长不会管理,这个学校便极难办好。系主任不会管理,这个系便极难办好。管理得好可真难,其中的确有许多综合性的学问。这些学问同各专业不会没有或多或少的内部联系。我佩服苏轼,不只因为他是一个全能的文学家,可算门门都有头等成绩,也因为他在行政事务上的才能同样不弱,历代都有许多人称赞他在地方官任上颇有政绩,是个良吏。开河,筑路,治军,审案,防灾,访贫问苦,以至关心医药,设计工程,进行社会调查,甚至种植,烧菜,穿衣,形形色色,大大小小,许多事都干,很多事还都干得比较合乎情理,有其特色。他不是在写诗词文章之外,还有《东坡易传》等等的学术著作吗?而且,他的作品思路宽阔,意境多所开辟,横说竖说,都成文章,随物赋形,姿态横生,这难道同他的社会工作经验异常丰富,具有多方面的实践功夫没有关系?古来有许多大学问家是实践经验非常丰富,各种事务都做过,而且卓有成绩,并非白首穷经,足不出户,老死故乡的人。宋朝同样以文学著名的欧阳修、王安石、苏辙是这样的人,唐朝的韩愈、柳宗元、白居易、元稹也是,李白、杜甫亦非书生。孔子是道不行才不得已从事整理书籍的,原来做过各种杂事。外国也尽多这种例子,如思想家兼大诗

1921

人的歌德。社会科学的各种学问,讲的都是与人有关的问题,多同各种人接触,同各种复杂问题打交道,可以了解人们的心理、想法、性格、谈吐,训练思考问题分析问题的能力。社会工作经验能够启发我们治学时考虑到事物的复杂性、事物间有多方面的关系,减少些主观片面迂腐的毛病。这对我们搞文艺研究的人,恐怕也是关系密切,特别可补我们只是读书之不足吧。近年来我承担了校内外不少事务工作,一方面确实感到费去时间精力过多,与教学科研本职矛盾不小,而所以暂时还在干着,除了任期制度所限,同志们的好意,不容中途撂下不管这些原因之外,即觉得承担一段时期这类工作,有些锻炼之益。不妨说,这种业务学习正是过去长期只是读书所缺少的。古人所谓"行万里路",当然不是说行了万里就好,当指在行程万里的长途跋涉中,可以接触到各种人物,需要处理各种实际事情,以及亲眼目睹种种新鲜事物吧。这中间的有些人、物、事情,在"读万卷书"时可能已读到过,但未必谈得详细、可靠,更不能象亲临目睹、直接打过交道一般亲切、确凿。所以,我觉得除了改革工作有这种需要,即使确要作一些牺牲吧,也还不是全属牺牲、有出无进的。应该说这种道理古代学者不但已经发现而且很多身体力行过了。"传帮带",不能不包括这方面的内容。不是说谁一定有多大本事,只是说有一分热,就要肯发一分光。社会是一个整体,社会生活和研究社会的各门学科之间必有密切的联系,可以互相促进。文理工各大分科之间还是如此,何况在文科之间呢?只是这种可以互相促进、密切相联的关系,目前尚未为我们深深体会到罢了。当然,如果以此为理由,认为非搞终身制不可,冠冕堂皇地说什么:"中青年没有经验不能叫我放心",实际则从私心出发,只想恋栈,那就是另一回事了。在这方面,在革命化的前提下,"年轻化"是应该切实强调的。至于认为教学与科研也有矛盾,小问题是存在的,总的说没有大困难。很多有成就的前辈,他们的传世之作不都是结合教学中的问题,在业余做出来的么?担任任何教学工作,终究不会妨碍一个人在科研上做出重要的贡献。我自己的感觉,所以还没有做出比较象样的科研成绩,主要并非由于教学工作妨碍了我,乃在自己努力还不够,掌握的实际材料还不多,观察、分析、概括的能力还不强。

再谈一个时间利用问题。过去上来下去、出出进进的情况已改变了,会议也有了限制,每周六分之五搞业务的时间,一般同志都有了保证。当然,工作多少,家务轻重,长期习惯,健康好坏等还是有差别的,不可能有一样的方法。但不善于利用时间,长期吃大锅饭捧铁饭碗,变得不大珍惜甚至很不珍惜时间的情况,确还存在。姑且不谈浪费时间于胡扯、精心经营现代化小窠而不务正业这类情况吧,有些同志在时间利用方面可能还是有潜力可挖的。我现在试验出,零星时间可以完成零星的事情,把零星时间利用起来,就可把整段时间腾出来做需要整段时间才能做的工作,例如思考一个比较复杂的问题,草拟一个较有系统要求连续性地细致琢磨的东西,或者赶写一篇讲义之类。有些短篇著作,本身未成系统,有十分钟一刻钟便可看完好几篇,随时放手都可以,以后即可接着看下去,没有关系。有些材料需要摘记下来,写几句感想体会,留张索引卡,或者把报刊上需要的材料划线做记号,剪下来,分别塞到同一问题的那束卡片中去……这是每天都会遇到的事,而做完这些事每件费时不多,利用好每天睡觉以前的一切零星时间,一般是可以完成的。但如不加利用,积了起来,小则必致侵用整段时间,大则望而生畏,越积越多,有用的材料堆在那里,可能成废物一般了。这味道我是清楚的,如出差半月,回来报刊一大堆,如前处理完毕,非花上两三个半天(我以一个半天为一个整段时间)不可。如果平时不注意,也让材料这样一堆,无形中整理时便得白白损失这两三个半天了。哪些事,哪些书,哪些复信,可以利用零星时间处理,我想我们心里都会有数。没有注意,这点时间一下子就流失了,一旦养成习惯,会知道这点时间倒还真可以解决不少问题。相关的还有个时机问题。什么时机呢?我是指读到了什么,忽然意外地想到了什么,是对某一问题的新的观点、新的表达方法或解释方法,总之是一种对自己来说很有启发、很有价值的东西,甚至不过是想到了一个新的问题,或者从表面看来同自己钻研的问题毫不相干的书报、谈话、物象……上,联想到了点什么,但觉得很有意思,尽管一时还不明确或无暇细想中间究有何种深意——就是出现了这样一类东西的时机。这时一定得赶快把这类东西记录下来,哪怕只用自己才看得明白的几个字记录下来也好。因为这类东西真正会稍纵即逝,以后再也追想不出来了。记得苏轼早就说过这个话,鲁迅论画时也说过类似的话,是很多人同有的感觉,但未必大家都注意做到了。我也时常未能做到,事后追想或已一点都没有影子,或已再没有当初那种新意,等于忘记干净了。是触机?是灵感?是妙悟?这都可以不管,并非无端而来则是肯定的。遇到这种时机能立刻抓住,说不定以后能产生很大的作用。古人不是能从屋漏痕、听江声、看舞蹈、某人走路的样子……忽然悟出写字、作画、吟诗的某种妙法来么?如何说明此中奥妙,可能是一个复杂问题,但古人这类记载,我相信是有事实根据的。他们的所得,推想即由及时抓住了这种甚至只是一刹那的时机。抓住这种

1923

时机所费的时间也只消是零星的,问题在我们一定要勤快,持之以恒,要养成一定得这样做的习惯。

漫谈求学过程中这些粗浅之极的体会,无关学术。实在卑之绝无高论,聊供同伴们谈助吧。

1924

在"科班"里也要
靠自学

　　我没有学过演戏,没有在学戏的"科班"里苦练过,这里只是借用"科班"这个称法,表示我从小学、中学、大学一直到研究院,是始终一段一段在过去所谓正规的学校里读毕业的。有人称象我这样一路在各级学校里培养出来的人为"科班"出身。真正"科班"出身的演员同志的情况我不清楚,没有发言权。我可决无这种思想:一路在各级学校里毕业出来的人,一定会比自学成才的人高明。较好的学习环境不过是个有利条件,高明不高明要看实际工作中有没有作出较多较大的成绩。而关键不在于是否一路在学校里学习,在于是否一路主要靠自学,积极、主动、勤奋、持久地学习。有机会在学校里受到培养,却并不努力自学,肯定学不到多少知识,成不了专才,等而下之的还会是废品。

　　谈谈我的一些经验体会。

　　我没有读过私塾,初级小学已是新制的了。父亲在清末赶过考,后来改学中医,事情忙,对孩子的教育几乎不管。母亲来自农村,不识字,勤劳操持,全部精力花在料理家务上。两个姐姐读完初级小学四年级后就辍学在家,帮镇上小工厂摇袜子补贴家用,只有我再继续升进高级小学。除课本外,那时教师并未要求我们再读别的书,一则当时供少年儿童阅读的读物极少,远不象今天这样丰富;二则乡镇小学条件差,有图书也买不起,连"图书室"这个名称都未听说过。但我却似懂非懂地读完了《三国演义》、《封神榜》、《东周列国志》和一部《水浒后传》。当时父亲发现我在翻这种书,曾训斥我:"这是闲书,你懂得什么!"可也未禁止。老实说,小学程度看这种书,的确有许多地方看不懂,但慢慢地懂的就多些了。

　　小学毕业后,得亲戚帮助,我又到邻镇进了初中,当寄宿生。教国文课的老

1925

师三年中都给我们讲古文,《古文观止》上的居多,《古文辞类纂》中的也不少。每晚两节自修课,其中一节让大家高声朗读课文,因为要求我们考试时必须当面抽背加默字。我有了小学时代看那几部木板书的底子,觉得国文课并不难,也感兴趣。初中里有图书馆了,因是清代梁丰书馆的后身,有许多古书,古书之外更有一大橱林琴南翻译的外国小说。当时通都大邑早有新文学、白话小说了,我们这所初中却还不曾吹进这股风来。成堆的线装书我不敢问津,偶然借到本林译小说,象发现了新天地。于是一本接一本,好象至少看过几十本。虽然也是文言,可同《古文观止》中的不一样了,内容新鲜有味得多。老师只是不赞成白话作品,对林琴南虽无赞词,亦未反对。看与不看,他们都未管。管的是听课时一定要正襟危坐,专心致志,每周交一篇文言作文,有时指名站起来背诵。办法不算最好,可称为命令式,但严格要求,现在想来还是有益的。没有鼓励指导我们读课外书,但并未禁止读什么,到底还有个图书馆,对将近六十年前的一个乡镇初中以及当时条件下的教师来说,我觉得未便苛求了。这些小说的内容我几乎已全忘记,只是,阅读能力倒显著长进了。同时,对文学也进一步产生了兴趣。我觉得,今天书多了,也更适合青少年的需要,教师们大多已懂得需要指导学生多读课外书的道理,如果有些具体措施,既引起兴趣也加强考察,对提高学生语文水平,实在是非常必要、有益的。

高中是在无锡读的,从江阴一个乡镇初中到无锡来上省立高中,眼界一下子扩大了许多。首先是开始接触了新文化新思想。图书馆不但规模大得多,而且有"五四"以来的很多杂志,鲁迅、郭沫若等等的白话小说、诗歌可自由借阅,教师中不但有受过本国新教育的大学毕业生,还有受过外国教育的大学留学生,他们大多要我们多读课外书,说图书馆可以提供给我们比教室里听讲更多的东西。其次是当时沪宁线沿线几个省立中学待遇好。师资水平高,教学经验丰富,有的在国内学术界、文艺界已有些名望,例如姜亮夫先生、刘大杰先生,都在这里教过,目前还健在的,都早已成大学教授了。再次是学生都经严格考试进去,一般都朴素用功,纪律也严,平时连出校门都得请假。家境较好,读高中普通科的,毕业了总想考进中大、浙大、交大、清华这些学校;读高中师范科的,毕业后先想凭成绩优良寻个待遇较高的小学教师职位,服务满两年(作为免费供膳的报答)后再投考国立大学。差不多每个人都有其奋斗目标,因为当时没有铁饭碗可捧,靠家庭供养一辈子的毕竟极少。有许多书可借阅,有高明的老师有意识的引导,客观环境也逼着非努力不可,所以自学之风是很盛的。晚上

1926

九点之前,寝室总门全是锁的,人人都在楼下的自修室里读书。这里朗读之风没有了,国文课大都已改为读新文学作品,自修时大家(一室十个同学,各有座位)都得保持安静,以看、写为主。小说家马仲殊先生要我们写日记,说这是练笔练记忆的妙法。我听了他的话,写起日记来,自修时成为一件经常的工作。记什么呢? 他说,什么都可以,但要挑选那些印象深刻的、很受感动的、特别赞赏的,或非常厌恶的,不要记流水帐。我养成了这个习惯,到高中毕业时积了一大堆练习簿的日记。后来时断时续,虽未能坚持到底,但确实感觉有益。"拳不离手,曲不离口",天天练练笔,要写点什么就心中有底,写起来也顺手。就因有写日记的底子,所以当九一八事变发生,要做抗日宣传工作时,我便敢于大胆写新闻,写诗,写传单,作街头演说了,当然还极幼稚,不过胆子确是大了。毕业之前,我还敢为铅印成书的校刊写论文,在无锡报纸副刊上也写过不少短稿。

这给了我很大锻炼。益处来自哪里呢? 就是自学。比之教师在课内给我的指导,我更感谢他们鼓励帮助我多少养成了自学自练的习惯。课内教学对我有帮助,但老实说,我已忘光了,而当时自学练到手的东西,不仅至今还记住不少,并且始终在起着作用。上课听讲时思想会开小差,自学出于主动,出于自觉,所以专心。听一堂课得到的东西,往往比不上自学时读到的一两页印象深刻。这不能证明教师缺少水平。因为教师要照顾全班,而自学得较努力的学生,对教课的进度一般总觉得太慢的。教师能善于引导学生自学,培养他们良好的学习风气,逐渐提高学生的独立学习、工作能力,就是一大功劳。

师范毕业后,我经老师介绍回江阴一所县立的颇大规模的完全小学当五年级级任,兼全校的训育主任。那时我还不足十八岁,说是师范毕业,其实还毫无师范教育经验,工作压力很大,只有硬着头皮顶上去。白天很忙,夜晚我还是自学,读喜爱的文学作品,为两年后升学考试作数理化的准备,并又开始写日记了。从初中开始,我就比较爱好文史地,高中期间,数理化课程比普通科既少又浅,应付国立大学入学考试是非补学不行的。师范科不重英语,为备考非补记生字,非背熟数十篇文章不可。我坚持自学,两年后如愿考入国立大学。有些同事课后喜欢玩麻将牌,喝酒闲谈,许多时间浪费掉了,虽曾有志于各种事业,结果还是蹉跎了一辈子。虽然主客观都有关系,但毕竟对社会对个人,都是损失。

1934 年我进入大学,当然眼界更广阔些了。图书馆里古今中外藏书数十万册。洪深、老舍、游国恩、叶石荪、颜实甫诸先生都直接教过我。教学方法当

1927

然更科学化了，其中主要的一点，即更要求我们重视自学。越是高明的老师，教学中越只是阐明他自己的创见，集中指授要点、方法，决不象那种平均使用力量，源源本本，照本宣科的做法。要消化听到的内容，课前课后，必须自学许多书。一进中文系，就规定要我们圈点、自学《史记》《论语》这两部书，还得交阅读笔记。中学里我没有读过《史记》，也未读完过《论语》，这时只好勉力照办。考核其实不严，并非人人都照办了，但我倒是照办的。国学基本丛书的《史记》有四大册，硬着头皮一面看，一面每句划红圈。史实不懂，史例不懂，读得苦得很。但读着读着，完全不懂的逐渐懂了，司马迁的文字又极耐咀嚼，有些确实吸引人，四本读完后再看唐宋文，就觉容易多了。老师们都著书立说，报刊上常见他们的作品，也鼓励我们多写，说学文科的动不了笔象样么？所以我们自己组织了文学社，开展讨论，给报纸出副刊。从二年级起，我就为天津《益世报》主编了一个《益世小品》周刊。每期半版，是原副版《语林》编者吴云心先生有意让出来，请山东大学和青岛的几位名作家写稿的，老舍、洪深、王统照、吴伯箫都写过稿子，自然也大大提高了我自己的写作兴趣，经常向一些报纸、刊物投稿。所以这时的蹲图书馆，便既为读书也为写作了。投稿便少不了常被退稿，开头很怕被同学知道。有次老舍先生一语道破："退稿不少吧？"但接下去又鼓励我："不怕，哪有都用的道理，当年我不是一样。他退他的，你还是写你的。多写就会渐渐进步。"我想，你还有这经历，我自然更不可免了。心一横，就不怕同学们笑话了。实际上同学们并没有怎样笑话我。不过自己的毅力、信心、坚持精神，始终是非常必要的。

1938年山东大学迁到重庆沙坪坝，与中央大学暂时合并。我在中大读四年级，负责组织了"中大文学会"，是中大进步同学的三个全校性组织之一。先后请了郭沫若、老舍、胡风到校讲演，对文科一向保守的中大，起了很大的刺激作用。我为《抗战文艺》《全民抗战》《抗到底》《大公报》《国民公报》等报刊写了不少文章，成为中华全国文艺界抗敌协会中也许是唯一的学生会员。归根到底，如说有所成长，还是得力于自学。

中大毕业后，我又进了中山大学研究院。指导教师冯元君、陆侃如、康白情、李笠、穆木天等都给了我不少帮助，是永当铭感的。可是我选的两宋诗论题目，同他们的专长并不对口。说是在读研究院，一无固定地址，二从不上课，唯一的联系方式，便是隔些时候带着问题去向指导老师请教，在方法、资料上得到启发线索。他们只能这样帮助我，已经尽到责任了，而研究工作却必须自己来做，自己摸索前进。一学期规定交一篇有一定分量的论文，两年完成一部三十万字的硕士学位稿子。现在来看，都很不象样，材料不足，观点太旧，无所创新。收获是进一步得到了锻炼。如果说大学阶段已经主要靠自学，那么研究院阶段就更靠自学了。好的条件是图书多，有疑问可以请老师提示些意见或线索。我想，在今天，后面这些方便，不在学校里也大致能够得到的。

我结束学校生活已经四十多年，回想起来，主要的体会便是：在科班里也还是要靠自学。小学里开始读几部木刻小说，初中里读林译文言小说，高中广泛阅读新文学作品，并开始练习写作，都是自学过程的一部分。从无人指导到老师有意指导，当然很好，但毕竟要自己读、自己写，老师既代庖不了，也无法督促到底。大学和研究院阶段，自学的特点就更显著了。有些同学比我有成就得多，是因为学得比我更勤奋，更得法。有些同学未免蹉跎，看来当年确有浪费时间的缺点。同样是科班出身，结果会大不相同，关键在有否抓紧自学。我是过来人，对这一点是比较清楚，也确实相信的。

在学习阶段主要靠自学，在工作阶段自己或者也已成为老师了，要负起指导学生的责任，那就更要自学了。自学，我看这是一条成才的宽阔大路。只有努力自学的，才能成为有一技之长的专才以至大才。这句话绝不是专对在职青年或社会青年同志而言，我深信，对在学青年，也完全适合。

广大的青年同志们：不管你们是在校或非在校，希望你们一定要抓紧自学这一关键。自己不学，最有本领的老师，最关心你们的父母，都是无能为力的。常言道："师父领进门，修行在自身"，确属至理。

1929

学到老 学不了

一

　　我已年近七十,参加工作四十多年了。回顾一下,最深切的感觉,归结为一点,便是学到老,学不了。很多问题,很多学问,越来越感到所知太少,所知太浅,甚至还一无所知,非常赶不上当前工作的需要。有人说,现在是知识爆炸的时代,意谓现在知识更新周期极快,某一学科的现有知识,隔不了多少年就要换代。如果自命不凡,固步自封,在新形势面前,就会变得越来越无知。我深信这绝非危言耸听,很多学理工科的老朋友已经常发这种慨叹。其实,学社会科学又何尝不是如此呢?

　　十年动乱期间,我被关在牛棚里,罪名是"宣扬封资修黑货"、"向青年学生放毒"。当时曾反躬自问,对"封资修"的一大套,自己果然很清楚么?被斥为这些东西的"卫道士",其实是非常不够格的。不要说"宣扬",究竟除了不合当权者胃口的叫做"修"之外,还有些什么东西,真不大清楚。就连接触得较多的"封"难道自己已懂得很多了?上下数千年,纵横数万里,有这么多的"封",岂是读过很少一些本本便敢夸口懂了? 实际情况是懂得很少,因为那时的确也曾以为"全面专政"云云是革命的,只怪自己思想落后于时代就是了。所谓懂,我的理解为,既要通晓它的思想体系,又能识别它的种种表现。我自知两者都不及格。有人以为做到这样并不难,或者很容易,可是十年动乱中把最黑暗的封建专制主义叫喊成最革命的教义的,正多是这样的人。现在我们才逐渐发现原来"文化大革命"实在是"封建专制大泛滥",可见多年来在这方面是何等缺乏辨别力。索性是一头埋进封建旧书堆里没有出来的倒算了,偏偏高喊"批判"、"决裂"的人却最喜搞现代迷信。能说真懂得"封资修"是一件容易事? 更不用谈能正确地、恰如其分地来分析、批评它了。

旧东西不甚清楚其来龙去脉,新情况新问题不甚清楚其复杂关系;或者说写时好象头头是道,碰到比较难办的问题却拿不出半点有用的主意;常看见别人发窘,自己何尝不是如此;空口"研究研究",实际依然故我;……这样能够"夺回"被"四人帮"一伙浪掷掉了的时间么? 肯定不能。如果说我还不是"饱食终日",总归属于差距太远。有多少东西应该学,多少学问应该懂啊! 不努力学怎么行! 学到老,学不了;多学一点总比不学、止步好啊!

二

我考入国立大学中文系后,读书费用绝大部分得自力更生。唯一办法就是投稿。那时较大报纸的副刊每千字一元左右,但被采用也好不容易。稿子不断寄出,同样不断退回。不断被退稿的滋味,我是深有体会的。但又有什么办法呢? 第一,人家的很多东西是比自己写得好,货比货嘛。第二,再没有别的生财之道。于是舒服也好,不舒服也好,硬着头皮还是读,还是写,还是寄出去,还是准备被退回来。谁能一开始写出来就有人要呢? 答考卷还可能只吃六七十分,甚至不及格,要拿文章给较大报刊发表不该难一些才怪。多少有一点自知之明,加上实迫处此,非写不可,所以我坚持下来了。坚持下来有两大好处:得到了锻炼,到底自力更生解决了学费。开手时乱写,从林语堂编的《论语》、《人世间》,到胡适编的《独立评论》我都发表过文章。后来方向逐渐明确了,比较地集中在文艺评论方面了,也不随便投稿了,文章较多地在《东方杂志》、《国闻周报》、《光明》等刊物上登出来。这个逐渐改变的过程,同指导思想很有关系。多少懂得了应该力求专一点的道理,也懂得了林语堂编的那些东西说说风凉话,自作聪明,同那时国家多难的环境相对照,实在太无聊。我原来近似"读书救国论"者,但国难当头,日本帝国主义侵略日急,生活书店出的一大批进步书籍给了我不少影响。光读书就能救国? 不抗日怎能救国? 我开始看到了周围进步同学不怕开除、不怕被国民党军警打得头破血流的英勇斗争行为。我从内心里承认他们比我只知读书、写稿高明得多。七七事变发生后,我从一个专门读书、写稿的人逐渐成为一个积极参加抗日救亡宣传的活动分子,在我来说,是一个

1931

不小的转变。这是我后来在重庆主要只为要求抗日的进步刊物《抗战文艺》、《七月》、《全民抗战》、《抗到底》、《国讯》等写稿的思想基础。当然,我的进步是很有限的,同真正的革命者比更不值一提。我只是想说,在任何时候,应该努力寻求先进的思想,应该以先进思想作为自己行动的指导。随波逐流,暗中摸索,最易浪费时日,无所作为。

做什么事都贵在认清了方向,能坚持下去。怕退稿,怕被讥笑,就不写了,那怎么能在刻苦锻炼中求得进步呢? 毫无自知之明,一味怪编辑没有眼睛,有私心,尽管确有一些这样的现象,但一味责怪别人能解决什么问题呢? 我觉得今天也有一些青年同志存在不能坚持、一味责怪别人而缺少自知之明的毛病。须知真有成绩的人,在旧社会还不能完全被扼杀,何况今天条件好得多,更不能一辈子埋没你。问题在于自己有否刻苦努力,有无作出贡献的决心与信心。粉碎"四人帮"后文艺界出现了许多新秀,难道他们是凭了"关系学"才脱颖而出的? 别的事易讲关系,发表作品可不易凭关系,除非谁个刊物愿意拆自己的台。真好的东西,这里不识货,别处自有伯乐嘛。我们今天的社会尽管存在不少问题,毕竟比旧社会优越得多,讲新旧社会比较,要相信我们年龄大一点的同志们说的话。

三

我从大学三年级起就有心搜集整理研究古代文艺理论,特别是古代文艺家们的创作经验了。那是受了叶石荪老师的影响。他是美、法两国留学生,研究心理学,给我们讲"文艺心理学",却经常利用我国古代文论中的材料。他说,古代文论是一个宝库,那些著名文艺家们的甘苦之言尤其可贵。他又向我们传授了积累资料、运用资料的一套办法。正是由于感到了巨大的兴趣,我大学毕业后放弃了当讲师的机会,宁愿进研究院去搞宋代的诗论。研究院设在云南澄江城外一座小山腰的"斗母阁"里,四五位同学,晚上各各一灯如豆,伴着山野里呼呼的风声。图书馆在城楼上,有时就到城楼上去翻书,抄资料。有人说搞研究限于一个朝代,又限于诗论一个方面,太窄了,加上毕业后留校教书,一下子就压了个"中国文学批评史",赶鸭子上架,只好马上扩大范围,全面看起来。从此立下"大志",全面搞,搞个大东西。我顺着次序,从先秦开始一路往下读,重要论著都著录、笔记。大大小小,现在粗略统计,单是经过著录、笔记的就有千多种书,手写资料两千万字以上。可是大东西呢,并没有能写出来,现在也不想如此傻干了。我想,如果当时实事求是一些,量力而行,象吃饭一样,吃完一口再一口,一定要比今天充实些。研究问题,面不能太宽。知识面要广,但目标要小些,逐步扩大,不要一上手就搞通史一类东西。通史一类东西,同学术界的整个积累多少有关,单凭一个人的力量,无论谁,都必挂一漏万。一个人能力有限,对某些作家作品认真读过,确有心得,对更多的作家作品只有一般的了解,只有第二、三手的知识,洋洋洒洒写了一大本,给专门家一看,到处是毛病。如把力量放在一家、一派、一个朝代的研究上,汇集很多人的贡献,溶进自己的灼见,那时自然会有较好的成果出来了。俗话说,不要想一口就吃成胖子。我就很吃了这个亏。力气花了,但未集中使用,浪费掉了。客观原因也有,例如三十年来一次一次的运动,搞得没法安心,有时甚至心灰意冷,可是主观认识不足,目标太大,也是得不偿失的重要原因之一。

说这番话的意思,是希望后学者要注意,用力要勤,研究的问题开头要小一些,具体些,量力而行,逐步扩大,追求实效。框架极大,内容极空,处处都经不起较细的推敲,这就太不实际了。才大的人是有的,其才之大,实际也是从小到大培养、锻炼出来的,只是可能比众人快些罢了。我看还是自居于普通人之列,按常理求精进为好。

1933

后　记

　　我在中文系任教已经四十多年了,可以说一直是在同学习语文的青年打交道。近几年来,又兼带承担了协助青年同志们自学语文的任务。所以更多地考虑了这方面的问题。特别是,自学同志大都是在职的,学习条件跟全日制大学里的同学有所不同,更要根据他们的情况,多提些建议,贡献些参考材料,为他们的学习鼓劲打气,创造条件。自己力量虽极微薄,总该负起应尽的责任。多年的折腾使我们大家都损失了许多宝贵的时间,现在,如果我们每一个人都能尽其在我,例如在教育方面,无论教者、学者,每一个人都力求教好、学好,我深信我们是一定能做到拨乱反正,振兴中华的。编写这本小书的目的,即想在学习语文与自学成才问题上,对青年同志们谈谈我的看法和一些经验体会,希望对他们能有小小的帮助。我并不敢以识途的"老马"自居,新问题层出不穷,知也无涯,广博精深,谈何容易。不过既有些看法、经验和体会,谈出来争取大家指正,所谓教学相长,即使对人作用很小很少,对我自己却可以有很大很多的收获。

　　文章大都是这几年应各报刊之约写成的。年来经常收到读者来信,或问学习方法,或问经验体会,或问有何资料,难于一一详复,借此机会,一并作答,或可稍稍补过。所以在不少篇里,都是把我自己放进去谈的。卑之并无高论,谈心而已。我走过很多弯路,远未成才。把经验教训谈出来,但愿读者同志因此少走、不走我走过的弯路,尽快成才。我们中华民族有值得自豪的悠久而光辉的历史,产生过无数杰出人才,今天经过拨乱反正,只要刻苦努力,必将出现各种各样的对人民有用之才。这种人才既能从正规大学里产生,也完全能从业余自学的社会大学里产生。我深深感到,不自学,便不能成才。而学好语文,是把

1934

工作做得更好、迅速成才的基础。无论做什么工作,研究哪种学问,都不能没有这一基础。

有些文章还是 1957 年以前写的,现在稍为作了些修改,也许还可以供参考。由于时隔二十五年,有些提法从今天的眼光看来,可能有些距离,但相信读者是会理解的。

《列宁谈语文学习》这组资料,原就是辑来给大学生学习语文用的。其中引用到的不少书籍,多年来未见重印,现在的青年同志已很难看到。资料远不完全,我觉得仍颇有用。不仅可以看出革命导师列宁是多么重视语文学习,学好语文能够对工作起多么大的促进作用,而且从这一侧面,也可感到列宁的崇高品质,确实是值得大家崇敬的,故附录在后(编按:本卷中未收)。

一九八三年五月

(本书 1984 年 3 月由浙江人民出版社出版,部分与
《论文艺教学和语文问题》相同的内容不重出)

1935

《徐中玉文集》
编后记

　　《徐中玉文集》的编纂工作，从收集资料、精选篇目到构思体例、校订文字，历时一年半。此项工作，由华东师范大学中文系主持，指定编者并派给经费。

　　徐中玉先生今年 99 岁高龄，身体健康，行动自如。我们因编辑事宜拜访徐家时，常见徐先生正伏案工作，书桌上甚至床铺上摊满文稿与书籍。见之唯有钦敬与感动。

　　徐先生勤于写作，著述丰厚。我们编文集，主要以徐先生已出版的专书为纲，适量编入有代表性的单篇学术论文。至于徐先生发表的散文、杂文、序跋、报刊文章等，则因数量众多以及文集体量的关系，只能割爱了。徐先生在新时期发表的论文，个别段落观点偶有重合之处，这往往事关当时文艺界的重大问题，反映了徐先生针对现实的强调之意，故予以原样保存。

　　在本文集出版之际，我们要感谢得华东师范大学中文系齐森华教授、谭帆教授给予文集编纂工作的关心、支持和帮助。海南师范大学文学院王学振教授、华东师范大学中文系宫立博士，在徐先生解放前发表的文章资料搜集方面提供了帮助；华东师范大学出版社编辑庞坚诸君，为文集的出版付出了辛勤劳动，在此一并致以谢忱。

编　者

2013 年 5 月

1936